夏日乐章

空留 著

下

重庆出版集团 重庆出版社

Contents 目录

♪ Chapter 11　黑暗一角 1

♪ Chapter 12　扛走郑爷爷 30

♪ Chapter 13　心病暴发 57

♪ Chapter 14　抓到凶手 89

♪ Chapter 15　郑先生觉醒 120

♪ Chapter 16　是男女朋友了 152

♪ Chapter 17　见家长了 181

♪ Chapter 18　战友情 212

♪ Chapter 19　订婚了 244

♪ Chapter 20　领证了 271

Chapter 11
黑暗一角

乌市的秋季特别短,离开二十来天再回来时就已经进入了冬天。天阴沉沉地压着,让刚从敏市的蓝天白云中过来的夏乐有些难受,她有些年没有过乌市的冬天了。

"林凯出院了?"

"还没有,他头上的伤好得慢。"

郑子靖点点头:"先回家休整一天,然后去公司看看,录音室和你的乐器室都已经弄好了。"

"好。"夏乐看向他,"谢老师的歌我写好了,正好去录个DEMO给他。"

"自己的歌呢?只有四天就要总决赛了。"

"写好了。"

郑子靖转头看她一眼,也不提醒她去看网上的评论,如果可以,他很愿意让夏夏一直保持这个不被外物所扰的状态。

邱凝今天有课,这个点还没有回来,郑子靖把人送到家门口就止了步,"好好休息,明天我来接你去公司"。

"我自己开车去。"

郑子靖也想到了楼下那辆落了一层灰的车,他把钥匙递到夏夏面前,"车钥匙拿来换一下,我开去做个保养。"

夏乐从鞋柜上边的抽屉里拿出钥匙换走郑先生手里那串:"明天我接上吴爷爷一起去"。

"那再好不过,你们开始视频上课后吴老就很少往公司去了。"郑子靖笑,

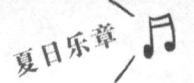

"行了，进屋吧，我走了，有事打我电话。"

"好，郑先生再见。"

家里还是老样子，夏乐撩起袖子把家里搞了一通大扫除，又去看了小宝，帮着那边也来了一通大清扫。

小宝长大了些，精神也好了，不吵不闹的很好带，林欣把他放在摇篮里去帮忙，边说着些家长里短的事："郑先生又送了两次东西过来，这个摇篮就是他送来的，说是他家里小辈用过的，帮着安装好了才走。"

"嗯。"

"前段时间公公婆婆过来了一趟，给了小宝一千块钱，我收下了，也说了短时间之内不会回去，留在这里方便小宝做检查，他们说留在这里他们就帮不上忙，我也没有说什么。"

"嗯。"

"对了。"林欣笑着扯开话题，"前几天我带小宝去做了复查，医生说恢复得很好，不过平时还是要多留意他的情况。"

夏乐从梯子上下来："过段时间我带小宝到我外公和爷爷那一趟，他们都知道小宝，想看看。"

林欣嘴巴动了动，好一会才吐出声音来："好"。

作为来公司最少的员工，夏乐都还没有吴爷爷熟门熟路，当然，作为这家公司的核心，她的到来受到了热烈欢迎。

"姐！"乖乖在公司坐班的夏莹莹跳过来抱住堂姐，她们有些日子没见了。

夏乐接住她，朝另外几人点头问好。

齐兰笑着打趣："小乐你老实说，如果没有吴老带路，你还记得来公司的路吗？"

"记得的。"夏乐把莹莹放开，任由她搂着自己的手臂。

"你当所有人都和你一样没方向感啊。"程江毫不留情地揭她短，"没有导航你能把车开到家吗？"

齐兰觉得膝盖有点痛。夏乐眼神在每个人脸上滑过，公司里和睦的氛围让她觉得很舒服。

"夏夏来了？"郑子靖从外进来，一身西装笔挺，头发也好好打理过，非常精英。他向吴老问了好，递给夏乐一个保温桶："我妈熬的汤，滋润嗓子的，如果还吃得下就先去喝一碗。"

不是第一次喝到郑母的汤，夏乐接过来道了谢，吴老眯起眼睛看了郑子靖一眼，催促道："去吧，嗓子要好好养着。"

"对对对，姐你的嗓子现在可是宝贝，喝汤喝汤。"不等夏乐说什么，夏莹莹拖着堂姐去了一旁的屋子，那里是他们平日里吃吃喝喝的地方，现在公司空置的地方多，由得他们随便用。

郑子靖看她们进了房间才看向吴老，不期然对上吴老的视线，他笑了笑："录音室都弄好了，不如您去掌掌眼？"

这是吴老最关心的事，他二话不说就往录音室走去，郑子靖连忙跟上去，留下几个员工对望一眼，都有点想笑，一个人不开窍还有得救，两个都不开窍要怎么办？

当然是看戏啊！几人击了个掌，回到自己的位置各忙各事。

夏莹莹看着喝汤的堂姐托着腮帮子想问她去敏市干什么了，怎么去了这么多天，可想想她又没问，她和婶婶的要求一样，只要能联系上人就可以了。

"姐，那首《秋千》真好听。"

夏乐放下碗，抬头看向穿着打扮已经脱离了学生模样的堂妹："工作适应吗？"

"挺好的。"

"伯娘知道吗？"

"我和她说我在实习了，她觉得我才大三就能找到地方实习可厉害了。"夏莹莹吐舌，"不过我也没说是在什么公司实习。"

夏乐又问："钱够用吗？"

"还应付得了，化妆品是齐兰姐帮我挑的，便宜好用，衣服也是，她说要做点门面功夫。"

"回头我给你转点钱，该用的就用，不用省着。"

夏莹莹连连摇头："不用的，姐，我快有工资了。"

"跟着好好学。"夏乐也不多说什么，起身往录音室走去。

那边吴老正和人说着什么，郑子靖在一边听着，看到她就招招手："夏夏来，这是录音师任强，来打个招呼。"

夏乐道了声好，她认识的人不多，自然也就不知道任强在录音师这个圈子里有多大的名气。郑子靖能把他挖过来除了价钱开得高，还因为他曾经是吴老的学生，吴老亲自打了电话他才接受了郑子靖的聘请。

任强留着半长的头发戴着帽子，很有型有款。对于公司唯一的艺人他这几天也着重了解了一下，参加的节目他也是看了的，水平要说有多高还说不上，

3

但是这个进步的速度让人吃惊,而且外形不错,再加上蜗牛这家公司的能量也非常不错,后边还有吴老撑着,将来的发展不会差。

"你那几首歌我都有听,非常不错。"

"谢谢。"

郑子靖最了解夏乐不过,也深知她能把任何内容的聊天都聊死的本事,这时接过话道:"任强在编曲方面也非常厉害,夏夏你可以多向他请教请教。"

"好。"

任强取下帽子放到一边,看着崭新的调音台有点手痒:"要不要现在试试效果?"

"好。"夏乐问,"哪首?"

"就《秋千》吧,我很喜欢这首歌的词。"

夏乐点点头,脱了外套进棚,门一关上郑子靖就道:"夏夏是个行动派的人,你别介意,以后接触多了你就知道她是真没几句话。"

"挺好,写歌的人要那么会说做什么,手底下见真章。"任强坐到调音台前,按了对讲机问,"准备好了吗?"

夏乐比了个 OK 的手势,任强坐下来将调音台几个键推上去,伴奏响起,夏乐的声音从监听音响中传来:"你哭着打来电话,说找不到老家的秋千……"

这是夏乐第一次进棚录音,第一句唱完就因为不适应停了下来,她做了个暂停的手势,调整了下后才比出 OK 的手势。几次暂停调整,明显的一次比一次有状态,任强不由得感慨道:"适应能力太强了。"

郑子靖笑得有点骄傲,本来也有些骄傲的吴老一眼瞧着顿时觉得自己的骄傲都表现得不太够。

一首歌唱完,夏乐出来时额头都是湿的,显然这个调整的过程她也并不轻松。

"没有放开,嗓子有点紧,声音质感不是很好。"任强实话实说,"也没关系,多录几次就适应了。"

夏乐点点头,接过经纪人递来的水喝了几口,眼神落在大大的调音台上,真的好多按钮。

郑子靖看她这样就笑:"不是说要录个 DEMO?"

夏乐当然是想的,可是这样录她完全不会。

这就是他的活了,任强非常自觉地问:"曲谱带了吗?"

"带了的。"夏乐连忙从包里拿出曲子递过去,任强接过去看了几遍,质量确实不错,"总决赛的新歌?"

"不是,给谢老师的。"

"谢浩。"郑子靖在一边补全。

任强有点意外,这首歌和谢浩……倒也合:"有歌词吗?"

"有的。"夏乐又乖乖地去掏包,把曲谱带歌词的完整版本递给他。

任强突然有点明白,为什么公司里上上下下的员工对夏乐都是护着的心态了,这人哪里是酷,分明是实诚,实诚得让人想多看护几分。

谢浩和同事说说笑笑着从大楼里出来,听到一声"谢老师"的时候以为是粉丝,下意识地就先露了笑,待看到是夏乐时他自在了些:"才过来?我昨天就看到谢敬轩了。"

夏乐也不说比别人晚过来一天是因为自己有了乐器房和录音室,不用过来和人挤,从包里拿出一个文件袋递过去:"歌写好了,我录了个小样也在里边。"

谢浩意外得不得了:"你这自己马上就要比赛了……"

"有写好。"

也就是说在其他选手参加这样那样活动的时候,她关起门来写了两首歌,至少是两首,说不定还更多。谢浩莫名就有种欣慰感,真好,真的挺好。

把文件袋接过来,谢浩道:"在我做主持人开始有了名气后有人劝我多跨跨界,说这娱乐圈里能红个三五年就是很幸运的事,趁着当红多赚点,演演戏,唱唱歌,外边的活动多接一点,就算哪天不红了吃老底也能多吃几年。可我直到入行第十二年才因为喜欢唱了几首歌,卖朋友的面子客串了几个剧,用接商业活动的时间去看书,行走。"

谢浩看着高高瘦瘦的夏乐笑道:"毫不谦虚地说,我觉得这应该就是我能红到现在的原因,夏乐,记住你现在的心态,保护好它。"

夏乐算不上心思通透,从某方面来说甚至还有些思维固化,可这话她听懂了,于是她道:"我能做到。"

"话说得这么满,到时候可别打脸。"

"不会。"

"那我等着看。"谢浩笑,"今天怎么没看到你那位经纪人先生?"

"送我过来就回去了。"夏乐让开一步,"谢老师再见。"

"你给我个账号,我按市价给你钱。"

5

"不用钱，当时说好的。"

谢浩偏头看她一眼，真就没有再提这个，换成别人他会想一想是不是来贿赂自己的，毕竟他是总决赛的主持人，可换成夏乐，他还挺相信这真就是来兑现承诺的。

"好好用功，等着看你的精彩表现。"谢浩挥挥手，和等在一旁的助理离开，走远了些他道，"去问问看哪家的录音棚最近没那么紧张，等忙完总决赛这茬事我去录歌。"

助理很惊讶："老师您真要唱这首歌？那夏乐还只是个新人，您唱她的歌不是掉价吗？"

"新人反而更可能写出好歌来，在这个圈子里久了的人反而油了。"

助理还想再劝，可他毕竟跟在谢浩身边几年了，很了解他看着特别好说话实际上做出的决定很难改变，于是他拐了个弯："要不然等夏乐总决赛之后再说？"

"我还挺相信自己的眼光的。"谢浩拉开车门，"去联系吧。"

助理没办法，坐到前座翻电话号码去了。

夏乐还是住在之前住的那间宿舍，刚走到门口旁边的门就拉开了，许秋怡走了出来，依旧一头黑长直发，穿着米色大衣，很符合她清纯贵女的人设。

夏乐朝她点点头，推开房门走了进去，听到后边的脚步声就知道她跟了进来，她也不多说什么，把大衣脱了挂起来。

"夏乐，你有把握吗？"

"有。"

"这么自信？"

"嗯。"

许秋怡想说她脸皮真厚，可想一想她又把这话吞了回去，以她之前的水准，这个结果还真是说不好。

"我很羡慕你，夏乐。"

夏乐转过身来，她对许秋怡没有多少恶感，毕竟除了感情的事上有点固执，她有天分愿意努力，虽然骄傲了点，但也不至于让人厌恶。

"这段时间我参加了四档节目的录制，这还是我争取过后的结果。谢敬轩和沈立更惨，一天的时间就那么些，精力也就那么些，还能有多少时间精力去琢磨新歌，我问你有没有把握，是因为我没有把握。"

许秋怡笑得自嘲，年轻的面孔上露出些许疲态，那么努力地走这条路，可真进来了却发现很多事情并不是自己以为的那样。真没意思，许秋怡挥了挥手，转身离开。

夏乐什么话都没说，现实和理想从来就是不一样的，她一直都知道，许秋怡也会知道。

离总决赛只剩两天了，这次直播的地点是青柠台最大的演播厅，早在几天前工作人员就开始做准备了，其他三位选手也都去排练过，夏乐人既然来了当然也要去。

她到的时候谢敬轩正在排练，他看起来瘦了一圈，依然走的情歌王子路线，拿一把吉他深吟浅唱，歌是好听的，但是徐成还是有些失望，一路走到现在选手是要变的，如果固化在一条路上观众会没有惊艳感，好在这个选手很稳。

姜小莉低声道："橙红那边这段时间做得太过分，徐导和他们吵得厉害，脾气可能不太好，如果他说的话不好听你忍一忍。"

想到许秋怡说的那番话夏乐还有什么不明白的，她点点头，走过去向徐成问好。徐成黑着脸，听到声音也只是转头看了一眼就又回过头去和朱逸说话了。

朱逸看起来也有点疲惫，但是他压力到底没有徐成大，这会便朝她笑了笑，道："就差你的了，赶紧把歌拿来让我听听。"

夏乐把录好的盘递过去，朱逸有点讶异："去录音棚录的？"

"公司有录音棚。"

朱逸挑眉，这可就有点意思了，就他所知夏乐背后那公司是新注册没多久的，竟然连录音棚都弄上了？那可不是笔小数目，不少音乐公司都是没有的，毕竟去租棚要划算多了。

徐成难看的脸色都因为这个缓和了些，转头对谢敬轩道："今天就到这了，还有时间，曲子还是要再磨一磨。"

谢敬轩偷偷松了口气，他也觉得自己快绷不住了，心情复杂地看了眼和上次见面没有丝毫变化的夏乐，在助理的催促下背上吉他离开，是的，他有了助理，还有了经纪人，可他失去了自己。

对夏乐，不论是朱逸还是徐成都是有期待的，正因为有所期待要求才会更高，两人私底下甚至猜测过她的新歌会是什么风格，毕竟她对歌曲的驾驭能力很强。

可她的选择仍然让他们讶异，在那种直播现场……唱民谣？

徐成揉揉眉心，歌是好歌，这一点毋庸置疑，可是缺点也明显，不够爆，

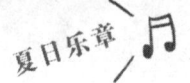

节目虽然最终也不算爆款,但低开高走的走势仍旧让这档节目受到了欢迎,选手的热度也一直在,尤其是夏乐,几期的精彩表现让她热度持续走高,所以对她有期待的不只是作为节目组的他们,还包括关注这档节目的听众。

"夏乐,你确定用这首歌?"抬起头,徐成问。

夏乐点点头。

"没有可能换?"

夏乐摇头,她这段时间不止写两首歌,可她没打算换。

徐成有点压不住脾气,声音都粗了:"你知不知道这是总决赛?你不是摇滚也唱得挺好吗?再不行情歌也行,怎么就要唱民谣了?那种大场子,民谣镇得住?"

朱逸连忙上前插入两人之间,抓着老友的手臂向刘灿使了个眼色:"你老师累了,带去休息休息。"

刘灿连忙上前扶住人,朝夏乐抱歉地笑笑,轻声道:"老师,一会您还有个会,先去歇歇。"

徐成推开她径自下了台。朱逸回头看向神情毫无变化的夏乐,原本安慰的话都说不出口了,干脆说起了正事:"歌是首好歌,只是作为总决赛,我们以为你会做其他选择,你改编的《在那边》那个风格就很适合这种大场子。"

"朱老师,我能现在唱一遍吗?"

"嗯?"

"新歌,我现在唱一遍。"

朱逸有点意外,可是:"乐队现在还没有准备……"

"给我一把吉他就可以。"

朱逸二话不说亲自去拿了一把来给她,夏乐试着弹了几个调,站到麦前开始她的表演。

民谣一直都是受欢迎的,不然那些老的民谣不会至今仍是KTV里的必点歌曲,可民谣也确实是失去了曾经的风光,现在的民谣歌手生存空间比之前小了太多,所以朱逸和徐成才会不看好。

可夏乐的声音一出来朱逸就知道自己想错了,别人的民谣或许镇不住大场子,可夏乐的民谣是有力量的,在这种大的演播厅也不逊色,每一个字都像是敲在耳膜上,抓人心肺,他甚至都想追出去把徐成叫回来听。

五分十一秒的歌,唱完时工作人员都不知道自己什么时候停下了动作,夏乐回头看向朱逸。

朱逸一击掌:"给我半个小时,你随便去干点什么,半个小时后我们和乐队来一遍。"

夏乐琢磨着这应该算是过了,她也不走远,就在台下坐了,看着朱老师和乐手围一起说着什么。

姜小莉走过来,眼睛放光:"超级好听,夏乐,这首歌肯定会火的。"

"徐导好像不看好。"

"我其实能理解徐导的想法。"姜小莉在她身边坐下来陪着她,"你看这个场子,根本不是之前那个录制厅可比的,而且到时候是现场直播,民谣的感染力虽然很强,可是不在这种场子里。"

"在哪里?"

"酒吧,小型的歌友会,朋友一起喝喝酒唱唱歌等这些地方吧。"

夏乐突然有点想替民谣叫屈,怎么它就不能在大场子呢?以前那些老的民谣歌曲当时引起多少人追捧,上万人的演唱会上唱起那些歌照样能引起大合唱。可这些话在嘴边转了几转她又吞了回去,乐队开始磨合了。

总决赛这日,离直播时间还早就排起了长队,从侧面也反映出来这档节目火了。青柠台在这方面很有经验,一应事情安排得井井有条。

比赛正式开始。前二十四强选手跟随自己的导师分四组上场,各自以一首导师的名曲唱跳着登台,把场子彻底热起来后谢浩和刘沁走上台中央熟练地控场,引导四强亮相,从他们登场时的掌声和欢呼声就听得出来,论人气,沈立逊于谢敬轩,谢敬轩逊于许秋怡,而许秋怡又比夏乐略逊一筹。

开场白后,谢浩道:"这档节目做得非常艰难,中间一度差点没能继续下去,幸好我们有非常好的选手,是他们撑起了这档节目,大家一起互相加油打气走到现在,或许你会觉得这不过是一档没什么用的娱乐节目,可我仍然要说,坚持原创的他们都非常了不起。"

掌声雷鸣般响起。

穿一身浅蓝牛仔的夏乐看向掌声特别热烈的方向,那里坐着的有自称她脑残粉的周茹,在她周围的几乎全是女人,有的妆容精致,有的一身简便运动服,有的坦然自若有的不安,同样的是她们鼓掌的力度,夏乐猜她们的手心已经红了。

而另一边坐着的人也让她有些意外,原以为来的只有几个表兄弟,没想到妈妈、外公外婆、爷爷奶奶都来了,他们也在鼓掌,只是看起来矜持多了,尤其是爷爷奶奶,很拘谨。

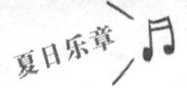

　　四人的表演顺序是导演抽签决定的，夏乐排在了第一个，这算不得有利，可对后边三位的压力也是倍增。

　　她也无须换表演服，拎着吉他就上了台，在高凳上坐下，没有任何多余的话就开始她的表演。

　　"一条水涟，两个漩涡并排，候鸟在湖面飞舞，阿哥摇桨唱着山歌，水天一色现世静好。"

　　"一座密林，两道绿色身影，飞鸟在林间低吟，蛇虫蚁鼠爬过身体，芳草萋萋山河永固……"

　　懂的人都知道这首歌表达的是什么，网上甚至有人说夏乐是不是军人家庭出身，所以写的歌才总会和军人扯上关系。她自己从不说什么，公司的官博也是既不承认也不否认的态度，倒是让这传言渐渐被人当成了真。

　　最后一个音落下，台上台下都有片刻的静默，直到夏乐站起身来朝台下鞠躬掌声才热烈响起。邱凝红了眼眶，夏家两老更不堪，一个哭得泣不成声，一个也是老泪纵横。

　　"比赛前我问郑老师，夏乐为什么不在总决赛的时候唱首更有力量的歌呢？比如摇滚，前边的比赛已经证明了她完全驾驭得住，郑老师说夏乐就算唱情歌都能唱出力量感来，她想唱什么就随她唱什么。我之前还觉得郑老师是不是太抬夸了，彩排过后我完全认同了郑老师的话，夏乐的歌真的……为什么会这么有力量呢？我都恨不得光着膀子去寒风中跑上两圈。"

　　还在感动中的观众一下子又被逗笑了，哭哭笑笑中那点情绪渐渐散去。

　　谢浩笑着看向夏乐，"不过我还是要取笑一下夏乐同学，你唱首这么好听的歌怎么能让大家不知道歌名叫什么呢？明天要怎么去搜来听！"

　　全场哄堂大笑，就连郑子靖都捂住了脸，怎么就能歌名都忘记报了！

　　夏乐有点不好意思，不过反正也没人能从她脸上看出什么，她上前一步站到立麦前："歌名叫《美好》。"

　　"我想说歌名如其人，大家觉得呢？"

　　"是，我们夏乐最好！"

　　谢浩看向一片叫好声中显得声音格外撕心裂肺的方向："我记得你，还真是哪里有夏乐就有你啊！"

　　"那是，我是脑残粉我自豪！"

　　谢浩一脸哑口无言的样子逗笑了所有人，他转头问夏乐："有一个这么死忠的粉丝你想说点什么吗？"

"保护好嗓子。"

"我会的！夏乐加油，你是最棒的！"

谢浩瞪眼："这完全不需要我这个主持人的状况是怎么回事！"

夏乐突然就笑了笑，很浅很浅的笑容，可这是她在屏幕上第一次笑，周茹撕心裂肺的声音再次响起："我家夏乐笑了啊啊啊啊！"

摄像师反应非常快，立刻把镜头拉近，大屏幕上全是夏乐那一点浅笑的模样，很好看，很美好。

与此同时，网络上出现了这档节目的第一个热点：夏乐笑了。工作人员看着稳步上升的收视率终于放下心来，从决定直播总决赛开始他们就压力山大，如果收视太惨淡对青柠台真是一个巨大的打击，他们这个团队也颜面无光，甚至还会失去许多资源。

点评时谢浩往嘉宾区走去："大家如果有关注这档节目就应该知道，夏乐曾经得到过一位老牌音乐人的高度点评，来，我们用热烈的掌声欢迎陈军老师的到来。"

陈军站起来随意挥了挥手，接过话筒道："什么老师，担不起，我就是个混子。"

"陈老师狠起来连自己都不放过。"谢浩笑，"听导演说最开始他去请您的时候您并没有同意，后来却主动通过郑老师说愿意来，如果我没记错，那是在夏乐的《在那边》那一期播出后，也就是您对她做出评价后。"

"对，我看了她那场表演才想来现场听听她到底怎么样。"

"现在您见到了，有达到您的预期吗？"

陈军看向台上的夏乐："我心里没有预期，这些年见过太多一飞冲天后飘得找不着北，再也没有出过好歌的歌手了，所以不敢有预期。答应来这里也是想听听她现场是不是真有那么稳，反倒是之前和徐导聊天时他的话让我对夏乐多了分看好。"

"咱们徐导夸夏乐了？"

"错，你们徐导头疼得很。"陈军笑，"徐导说彩排的时候他希望夏乐能换一首歌，民谣并不适合这种场子，可夏乐很坚持，我喜欢这种坚持，也希望你能坚持得更久一点。"

说完陈军就将话筒递回给工作人员径自坐了回去，显然是不准备再说什么。谢浩知趣，边说边往台上走去，"陈老师虽然从头至尾没夸咱们夏乐一句，可他的话里满满的期待却是藏不住的，我想这是一个老牌音乐人对所有新生

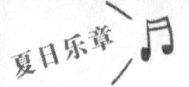

代的期望。那么夏乐,你有什么想说的吗?"

这是台本上没有的问题,夏乐自由发挥了:"谢谢。"

"嗯,这个回答很夏乐。"哄然大笑声中,谢浩看向导师席,"郑老师呢?"

"她都那么好了,还需要我说什么吗?"

谢浩瞪眼:"郑老师你这不对啊,没把夏乐带得多几句话怎么反倒你像她一样话少了?"

满堂笑声中旁边的谭松明接过话道:"她私底下只差没把夏乐夸出花来了。"

"我的学生你还不让我夸了。"郑秋燕优雅地瞥他一眼,扶了扶话筒正经说,"之前也有过担心,怕她经不起追捧,有点名气了会飘,可这段时间她的表现让我放心了。从上次录制到现在一个多月,中间我们没有见过面,但是微信上一直保持着联系,她时不时会发一段曲谱给我,我敢说,她现在手里绝对不止这一首歌,可她选了这首在我们看来并不是最适合的歌。就像老陈说的,因为这个我对她更多了分看好,一个有所坚持的人肯定能走得更远,我对她有信心。"

"这表扬也算得上是毫无保留了。"谢浩打趣,"然而您的学生毫无反应。"

夏乐其实一直是在认真听的,听到主持人的话她立刻回忆了一下台本,没有这个啊,她需要回应吗?

"莫名就从夏乐酷酷的外表下看到了一脸蒙的样子呢!你们呢?"谢浩把话筒对着夏乐的粉丝阵营,周茹笑得已经完全没有形象了,这会看镜头扫到自己立刻正经了神情,用生命维护自己的偶像:"谢老师你肯定看错了,咱们夏乐一直就是这么酷酷的呀。"

"知道了,我问错人了。"谢浩走到另一边纯观众区,"你们觉得呢!"

"对,看到了!"

"这才是我想要的反应嘛。"谢浩笑着把话题又带了回去,"我有个问题想问夏乐。"

夏乐点头,心里却悄悄蒙着,这也是台本上没有的!

"你知道你有相当一部分特殊群体的粉丝吗?"

夏乐摇摇头,总不会是军人,他们应该都还不知道自己来当明星了。

谢浩又走回到了她的粉丝团前:"来,让她们自己说。"

站在周茹身边一个妆容精致的女人接过话筒:"夏乐你好,我叫姜欣,我,我们都是军嫂。"

姜欣指了指自己,又指了指身后:"我丈夫在部队九年了,结婚的时候家里没有一个人同意,他们怕我受苦,可我还是嫁了。从家里的娇娇女到现在天塌了也觉得能扛起来的女汉子不过两年时间,我体会到了爸妈说的苦,可我心甘情愿。如果说我能扛起天,他就是能扛起我那片天的人,再苦想到他的时候心里也是甜的,为了这一点甜再苦我也愿意承受。"

夏乐看向妈妈的方向,她捂住了脸,看不清神情,外公悄悄按着眼角,外婆伏在他肩头不用想也知道是在哭。这个人和妈妈何其相似,当初妈妈也是一意孤行要嫁,外公外婆也是想着法地拦却也没能拦住,妈妈说她从不后悔,她想,这个现在说着再苦也愿意承受的女子将来也不会后悔。

她强忍着敬礼的冲动,朝姜欣那个方向弯下腰去。

"夏乐你别这样,真的,对我们来说你就是自己人。"姜欣语气哽咽,"我们会一直支持你的。"

"谢谢。"

谢浩出了名的泪窝浅,这会也是眼眶通红:"致敬我们的军人,致敬在他们身后默默付出的军嫂,和平从来不易,请不要忘了他们的付出。"

掌声热烈,谢浩朝她们弯了弯腰走回台上:"或许会有人为后边的选手鸣不平,觉得夏乐是以这种方式在为自己拉票,可我想说夏乐从来也不是在今天才这么做,《晨光》大家还记得吗?就像有的歌手能把情歌唱得缠绵悱恻一样,她更愿意去为另一类人写歌,仅此而已。来,请夏乐下去休息一会,我们欢迎情歌王子谢敬轩上场。"

下了台,夏乐呼出一口长气,在家人面前表演她还是第一次,神经绷得有点紧。

郑子靖拿着个保温杯过来,拧了盖子递给她:"喝点水。"

夏乐喝了一口,疑惑地抬头,这不是水啊。

"我找宋爷爷要了点东西拿来泡水,养嗓子的,难喝吗?"

夏乐想说自己的嗓子没这么金贵,在部队操练的时候喊口号喊哑是常事,歇上一夜就又缓过来了,只是唱首歌而已,不会就把嗓子唱哑了,可她没有把这些话说出口,只是摇摇头,道:"有一点甘甜,不难喝。"

"那就好,以后常用这个泡水喝。"

"好。"

人来人往的后台,两人并肩站着听谢敬轩唱歌,听到一半时郑子靖低声道:"谢敬轩可惜了。"

夏乐点头,状态太差了,没有发挥出他原有的水平,这才多久就被熬成了这样。谢敬轩之后是导师表演,然后是被淘汰的前二十强唱跳了一首串烧歌,再之后才是许秋怡和沈立,所以说越前边表演越吃亏,时间久了观众未必还会记得前边选手的表演。

郑子靖眉头微拧,这不对!沈立看起来人气最差,可她擅长的是舞曲,跳舞尤其拿手,本来就容易将场子带热,还将她放在最后登场……而且他记得之前的流程中间只有导师表演,七八分钟的串烧歌是放在后边等结果出来的时候。

"夏夏,郑老师有没有和你说过什么?"

夏乐摇头:"怎么了?"

"没事,我出去打个电话。"

郑子靖把电话打给了二姐,开门见山道:"二姐,夏夏是被当成垫脚石了吗?"

"怎么说?按她那人气,拿第一不是稳稳的吗?"

知道二姐在这事上没有瞒他,郑子靖气性就小了些:"我看着不对,按这节目的流程安排越后边出场越占便宜,可问题是我之前知道的流程不是这样的,他们临时调整了。"

"郑秋燕知道吗?"

"现在还不确定。"郑子靖来回踱着步,"我记得余秋生是第一个抽签的,他是沈立的导师,郑秋燕是最后一个。"

"秋怡是第三个?"

"对。"

郑子萱轻叹了口气:"跑不了是那样了,秋怡是亚军,这是一开始就说好的,冠军和季军冠名商不插手,以夏乐的人气,橙红聪明的话不应该再耍手段。"

"显然他们并不聪明。"郑子靖冷笑,"那就走着瞧。"

"小四儿,在商场上聪明人要么是做双赢的事,要么单方面拿到最大利益,杀敌一千自损八百的事做了也没人夸你,我们郑家人要找回场子总能找到机会,别冲动。"

"二姐,他们坑了夏夏!"

"那又如何,你要跳上台去喊有内幕吗?"

当然不能,这是直播,一旦出了事故青柠台不知道会多久拿不到直播牌照,他再气也不会失去理智到做出这种事,可是心里那口气他吞不下去。

"夏乐很需要这个冠军吗？"郑子萱温柔的声音中带了笑，"不，现阶段是这档节目需要夏乐。"

郑子靖细细一想，还真是这样，谁都得承认，夏夏是这档节目最出色的选手："徐成知道吗？"

"一开始他或许不知道，但是后来就未必了。"

"谢浩呢？"

郑子萱笑，"他倒是真的可能不知道，毕竟这档节目一直标榜的就是没有内幕，谢浩又是出了名的实诚人，最开始瞒着他的可能很大，但是另一个主持人未必，是有两个主持人吧"。

"还有刘沁。"

"那就对了，需要一个主持人带节奏，谢浩不会做这种事，刘沁就不一定了。吃一堑长一智吧，就当交学费了，我和你大哥三姐都是交过学费的，代价比你大多了，这么一说你是不是心理就平衡多了？"

"并没有。"郑子靖有点自责，如果他早些看破这些，夏夏也不会吃亏。

郑子萱平时最疼这个弟弟，也了解他的性子，知道这会说什么都没用，只能他自己去消化。啧，平明多精明一个人啊，手段一套一套的，如果不是太过关心夏乐也不会连这点事都看不透，生生在这里翻了船。这样也好，让他长点记性，越是想要护住一个人越应该思虑周全，有了这个前车之鉴，以后就知道光陪着护着没有用了。

挂了电话，郑子靖在风口站了一会才离开，这样的教训，一次就够了。发了条消息到公司群里，明明只有几个人的群瞬间有了百人群的效果，信息刷得飞快，不过片刻就决定好了后边的应对方案。

"夏乐。"郑子靖随着夏乐一起转过身来，看到过来的谢浩他立刻就肯定了，谢浩之前并不知情，可现在知道了。

"谢老师。"夏乐有点疑惑，沈立的表演应该快结束了，怎么谢老师来了这？

"不是还有刘沁在吗？"看懂了她的疑惑，谢浩道，听不出情绪，夏乐却直觉地感受到了他的不满，她看向经纪人，发生了什么她不知道的事吗？

谢浩欲言又止，最后用力拍了拍夏乐的手臂走开了。

夏乐看着刘沁上了台，她问："冠军内定了吗？"

"应该是。"郑子靖毫不意外夏夏听出了弦外音，他家夏夏从来都不蠢。

"哦。"

15

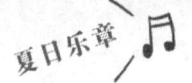

"不生气?"

夏乐看过来:"生气能改变什么吗?"

不能,郑子靖做了个深呼吸,生气不能改变什么,他气个什么劲。

这时原本在别处休息的许秋怡和谢敬轩都来到了后台,三人谁都没有说话,也没有走近打招呼,就这么形成了一个三角体,恰好保持了平衡。

没一会,沈立从台上下来了,接下来有十分钟的休息时间,结果将在十分钟后公布。

看到三人,沈立主动扬了扬手,神采飞扬的样子极为青春,但是得意是上脸的,她并没有藏住。

"这才只是起步而已,沈立,你别高兴得太早了。"谢敬轩不敢说什么,许秋怡却没有顾忌,反正她们不在一家公司,谁也碍不着谁。

沈立无辜地眨眨眼:"怎么了嘛!"

许秋怡轻蔑地勾起唇角,从助理手里拿起手机翻起来,论实力,他们三个谁不比沈立强,她也真敢这么不要脸。

沈立眼睛红了红,眼看着就要哭,许秋怡又说话了:"我比你更会哭你信不信,而且哭得比你好看。"

沈立愣住了,这时许秋怡才抬起头来:"都是些用烂的招数,来点新鲜的。"

夏乐有些意外地看了眼许秋怡,好像……有点变化?

急促的脚步声响起,夏乐朝那边看去,见是郑老师忙过去扶着,郑老师今天穿的高跟鞋是她见过最高的。

郑秋燕强压的愤怒从她抓着夏乐所用的力度就能看出来,她觉得悲哀,原创不是自己死的,是被那些人作死的,天天嘴里说着支持原创,可他们从来不给原创留活路,哪怕那些人是所谓的自己人,只要钱给到位了,什么狗屁原创,在他们看来死就死了。

可乐坛没了原创,唱什么?现在好赖还有几首歌能撑撑场子,十年后呢?二十年后呢?别国的乐坛年年推陈出新,华语乐坛还剩下什么?一地鸡毛!

"老师,没事。"

郑秋燕看向吃了闷亏的学生,压着嗓子喊:"怎么会没事,怎么会没事,踩着你的肩膀站到那个位置,他们不觉得脸疼吗?"

"没有脸,怎么会疼。"夏乐扶着老师坐下,弯腰脱了她的高跟鞋,找不到可以踩的地方她就将脚搁到自己的脚上,自己站那不动,"没事,老师,我没事。"

郑秋燕捂住脸，心里难受得不知道该怎么形容，她心疼自己的学生，可往大了说，她为自己，为这个圈子悲哀。多少才华横溢的新人毁在了资本市场，好不容易出了个心志坚毅的夏乐他们也是死缠着不放，怎么就不能让人好好做音乐呢？

夏乐看向那一头，好几个人站在那里：三位导师，徐成，刘灿，朱逸，谢浩，刘沁……有人心虚，有人内疚，有人麻木。她突然就笑了笑："长了见识，挺好的。"

重新融入社会，她缺的就是这方面的见识，哪怕她时时提醒自己现在已经不在部队，不能再以部队的规则行事，也不如亲眼见证一场，亲身参与一场来得有用。见识了人心，也因此见到了形形色色的人，有人仍在坚持，有人被迫退让，有人被金钱腐蚀……

这般鲜活啊，夏乐莫名就想到了留在青稞山脉没能活着回来的战友，想到了林姐的那句话，"受伤也好啊，怎么就命都没了呢？"

是啊，活着多好，活着就能见识到这些他们或许会嗤之以鼻的事，活着就知道她被人欺负了，说不定他们还会嗷嗷叫着要找回场子……

怎么就……死了呢？

气氛尴尬地凝滞着，谁也没有说话，有的人是不知道怎么说，有的人不知道能说什么，这个圈子从来就是这样不讲道理。郑子靖则是懒得开口，就差明着撕破脸了，他开口没有好话。可节目还是要继续。

夏乐又给老师穿上鞋，扶着老师站起来，最应该愤愤不平的人语调却和平时一般无二："有始有终，老师。"

郑秋燕仗着此时的身高用力抱了一下她，如果说之前她只把夏乐当成一个天赋不错还努力的学生，现在就真是弟子了，她想：他娘的，走着瞧！

原本以为要罢场的郑秋燕第一个上了台，坐回自己的位置谁也不理，神情冷着，衬着她今日艳丽的妆容更添了几分丽色。

余秋生就坐在她身边，看了下麦是关着的，叹了口气轻声道："秋燕……"

"你一早就知道？"

"节目开场前算不算早？"余秋生苦笑，冠军落在他组里他更觉得是天降横祸，这个冠军太烫手了，后边被骂的人里少不了有他一份，可他改变不了什么，直播事故的后果谁都承担不起。

"秋燕……"

"你不用和我解释什么，我能消化得了，等着瞧，看谁能笑到最后。"

十分钟到了,谢浩从候场区笑语晏晏地上场,好像之前的情绪波动都是假的,三言两语把全场的气氛调动起来。余秋生听得明白,谢浩没有问观众觉得谁最有可能拿冠军,他的话语间甚至在尽量淡化冠亚季军的区别。再看候场区,四位选手谁也没理谁,可从他们站的位置来看分明三人是一起的,对沈立的排斥那么明显,哪怕是原本和夏乐有矛盾的许秋怡都站到了夏乐那边。

余秋生的眼神最后落在沈立身上,他们这一组实力偏弱,留下沈立也是矮个里拔高个,现在倒要对他刮目相看了,平时老师前老师后的这事倒瞒得死紧,半点口风都没露,虽然黑红也是红的一种方式,可是啊,哪有那么容易。

选手登场的顺序变了,夏乐第一个,沈立最后,相比台下热烈的气氛,台上反而清冷许多。

"在答案揭晓之前我还是要说一句,你们能从那么多参赛选手中脱颖而出走到现在,足以说明你们的优秀,不论结果如何,请你们能始终不忘初心,做出最好的音乐给大家。"

谢浩的眼神在夏乐身上多停留了一瞬,然后面向观众笑道:"大家应该都很清楚了,现场观众投票占50%,专家投票占50%,现在,请现场所有观众拿起投票器投下你心仪的一票。"

后方的大屏幕上,票数一跳一跳着上升,最先慢下来的是谢敬轩,大家并不意外,他今天的状态确实不太好,可当看到第二个停下来的是夏乐时场上已经议论纷纷,最后沈立和许秋怡在同样的位置停了下来。

"这个结果还真是有点出人预料,难道真是越早出场越吃亏吗?"谢浩圆了下场立刻把话题带走,"接下来的专家投票环节同样是投票器投票,各位老师有看到座位扶手上的遥控器吗?对,在左手边,上边四个选项有对应四个人名,按下你想要投的选手就可以了,准备好了吗?好,开始投票。"

小头像又开始一跳一跳地往上蹦,最先停下的仍然是谢敬轩,夏乐的票数追得很快,可最后仍然是比许秋怡稍低一线,沈立又比许秋怡稍高一线,结果一出,全场哗然,陈军更是直接起身离开。

这时候谢浩的重要性就看出来了,他走到舞台前方,脸上嬉笑的神情悉数收敛:"我想问问大家,谢敬轩拿了第四,你们会因此就不喜欢他吗?我不会,不管他拿了第几,我仍然觉得他是年轻歌手里情歌唱得最深情的,他唱爱恋的歌我会觉得爱情真美好,他唱失恋的歌我想陪他一起哭,这足以证明他是一个特别优秀的歌手。"

现场渐渐安静下来,机房里随时准备掐断直播的工作人员往椅子上一瘫,妈蛋,都要得心脏病了。

"我从不怕人知道我对夏乐偏心,她的歌真的能唱到你心坎里去,让你仿佛看到一幕幕场景,然后哭完了笑,笑完了哭。我还可以告诉大家,在总决赛的前几天她送了我一首歌,是那次综艺她答应给我写的,往歪了想这算是贿赂吧,可她从来不会去想这些,她有一个音乐人最该有的纯粹,答应了要送就兑现承诺,没有任何顾忌。她的底气来自于她行得正坐得端,我特别喜欢她这份底气,因为这是许多人,包括我在内都缺失的。她有才华,有目标,也愿意为之付出努力,我们凭什么要因为她得了季军而对她失去信心呢?"

台下,周茹发挥出了一个有头脑的大粉该有的力量,她约束住了这一片所有的粉丝,哪怕她们仍然情绪激动,仍然愤慨,可所有人都忍耐住了,比起其他地方的躁动反倒更显得理智。

"许秋怡将古典和流行结合得恰到好处,就像她的人一样大方典雅,难得的是她对音乐的热忱从不曾改变,不论取得怎样的成绩想的也永远是下一首要比上一首更好,我相信她一定会越来越好。"

"而沈立,我想用黑马来形容她,从一开始的名声不显到现在站到最高处,大家都很吃惊是不是?可这不就是黑马该有的姿态吗?她唱跳样样在行,差点把节目现场变成了她的演唱会,感染力一流。"

一一点评过后,谢浩脸上有了点笑意:"他们都证明了自己,不是吗?"

谁都知道谢浩在救场,正因为知道才没法再去砸场子,而且仔细听了就会发现,他对另外三个选手都是从音乐上来点评,对沈立却只说是黑马,在一档以原创为噱头的比赛中,这算不得表扬。

"现在,让我们用热烈的掌声恭喜余秋生老师团队的沈立夺得冠军。"

掌声从稀稀拉拉到越来越响亮,谢浩松了口气,场子控住了。

为了不出直播事故,之前商量好的就是在谢浩控住场子正式宣布冠军得主后立刻给节目收尾。谢浩正准备说感谢语,就听到耳机中徐导的声音传来:"再稳一稳,能不仓促就不要太仓促结束。"

谢浩忍了又忍才没有让情绪上脸,他入行这么多年,就算是在新人时期都没有这么憋屈过,这件事已经违背了他做人的原则,可现在他没有选择。

他看向台上的几人,都是年轻的新人,他既不敢把话筒交给拿了冠军的沈立,也不敢拿给第四的谢敬轩或者第二的许秋怡,比起来他倒更相信夏乐会顾全大局,可眼下话筒最不该给的就是夏乐,那是仗着了解她在欺负她。

19

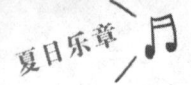

　　于是他把话题抛给了几位导师："余秋生老师，有没有料到冠军会在你的团队里诞生？"

　　"没有。"余秋生说得耿直，"在我看来沈立在原创方面要比另外三个差一点，她的优势在于她的舞台表现能力，大概因为她是最后一个表演的，大家被她感染了投票的时候就有了偏向。沈立，你该好好谢谢大家。"

　　沈立从善如流，立刻深深弯下腰去。

　　郑秋燕弹了弹麦，看着一众工作人员紧张的神情似笑非笑地倾身上前："是一个意料之外的结局，不过比赛嘛，从来都不缺少意外。沈立，你要好好努力了，身为冠军应该走在更前面才对，别让后来者追上了。"

　　这话乍一听没什么，可深思其中的意味就有些深长了，这就等于给她立了个目标在这，沈立还年轻，一时没看透，非常乖巧地深鞠躬道谢："我会好好努力的，一定不让老师们失望。"

　　郑秋燕缓缓退回去靠着椅背，依旧似笑非笑，可好歹是没有说出更难听的话来。机房的工作人员再次瘫回椅子上，额滴个亲娘哎，他深切地了解到为什么直播会有延迟了，就是出了事给大家时间来善后的啊！

　　谢浩当机立断在一通鸣谢后结束了节目，看到摄影打来的手势他才将挺直的背塌下去些许，笑容也渐渐收敛了起来，直接扯了耳麦下台，想要发脾气，可看着比他脸色更难看的徐成他什么都说不出来。是啊，他再生气又哪里比得上徐导，好好一档上升期的节目硬生生被糟蹋成了这个样子，做完这档节目准备退的徐导才是最伤的那个。

　　想到这个他又心软，于是他又回到了台上，引导四位选手去和各自的粉丝近距离接触，连说带笑地回应那些和他打招呼的观众，真诚又不失亲切，一贯的水准。

　　夏乐看了他一眼，朝在亲人那边的莹莹打了个手势，见莹莹会意了便走向周茹那一团人。那么多人，保持着原来的阵形半点没散。她们都沉默着，看着夏乐又难过又愤慨。

　　"都回去吧，注意安全。"

　　"小乐……"周茹急了，"这事就这样？"

　　"我不会因为自己没拿到冠军就否定自己。"夏乐把地上不知道是谁的包捡起来，"一个头衔而已，没那么重要，这是谁的？"

　　姜欣伸手接过去，抱着包想说什么最终还是闭上了嘴，家里有一个当兵的，所以她很清楚他们有多能扛事。

20

夏乐的这份淡定影响到了她的粉丝，她们一想可不就是这样，总不会因为小乐没有拿到冠军她们就不喜欢了，反而会更团结，更喜欢这个遇到这种事仍然镇定自若的夏乐。

"有多少人开车来的？"

周茹深吸一口气抬手在胸前打了个叉："这些事我来安排，不用小乐你操心，我会安安全全地把大家带去她们安顿的地方，你去和公司商量一下后边要怎么办吧，被人踩了一脚总不能什么都不做。"

夏乐回头扫了一圈没看到经纪人，猜也猜到是做安排去了，是啊，她吃亏了呢，公司要是什么都不做大概要被人以为好欺负了，弱肉强食，欺软怕硬，在哪里都一样的。

"小乐。"

夏乐回过头来。

姜欣咬了咬唇："你是军属吗？"

夏乐想到父亲，点点头。

"我就知道。"姜欣笑着红了眼眶，"不是军属写不了那么传神，就像谢老师说的，你的歌唱进了我们心坎里，夏乐，你要加油，我们会一直在你身后支持你的。"

夏乐有些迟疑："我今后不会只写这一类型的歌……"

姜欣扑哧一声笑了："谁让你只写这一类的歌了，还想不想出头了，你想写什么就写什么，你唱什么我们就听什么。"

身边的其他人连连点头："对，小乐，你唱什么我们就听什么。"

"我们都支持你。"

"对，支持你。"

"……"

七嘴八舌的声音显得这个粉丝团不那么专业，可心是热诚的，喜爱也是真心实意的。夏乐只觉得满心都是无以为报的感觉，却又充满力量，就像面对赋予自己重任的首长，她给出保证："我会好好写歌的。"

那认真的样子让周茹想摸摸她的头，可她忍住了这股冲动，嘱咐道："小乐，我把大家带走了，你去专心应对这件事，我看那位经纪人先生不错，你和他好好商量。"

"好。"

真乖啊，周茹用尽洪荒之力才没有扑上去摸摸抱抱，左手掐住右手转身朝着一众人道:"大家和小乐道个别,我们先离开这里,一会有车的来我这里说一声,我算算看要不要找车过来。"

大家也都识趣,虽然舍不得这样一个亲近的机会但还是和夏乐挥挥手跟着周茹离开,周茹之前就说了,她们一会还要去网上和人掐架的。

夏乐去了后台,她的家人都在那。吴老一直看着这边,第一个看到她过来,也比其他人更快一步地迎上去恶狠狠道:"小乐你放心,吴爷爷会给你讨个说法的。"

要说在音乐上的造诣,在乌市这个地界吴爷爷确实首屈一指,社会地位也在那里,可那不是实权,娱乐圈的事也用不上那些,夏乐看得明白这些事,所以她也从来没想过要让家人替她出头。

"音乐做不得假,我把歌写好了就是最好的反击方式。"夏乐的话既是向吴爷爷说的,也是和外公,和几个眉眼间尽是不忿的表兄弟说的。

邱凝笑着接过话来:"小乐说得对,说到底还是实力为王,更何况她背后还有经纪公司,要替小乐出头也该是他们的事,我们这点力气就留着陪陪小乐吃顿好的吧。"

"伯母说得对,这事本来就该是经纪公司的事。"郑子靖走过来,"我没有提前做准备就是我的失职,后续的事我会处理好。"

吴老用力点了点拐杖,显然还是不高兴,可到底也还是没有再说什么,倒是邱家外公多看了郑子靖几眼,这后生有点太俊了。

邱凝扶住老师:"今天都累了,我们先回吧。"

"对对,我们先回,不在这里给小乐添乱。"外婆眼睛有些肿,明显是之前哭得厉害了,她拍了拍外孙女的手臂,"忙完了来外婆家吃饭,外婆给你做好吃的。"

"好。"

邱家几个小辈再不愿意走人可在老爷子的眼神下也不敢唱反调,乖乖跟着离开了。他们倒也知道心疼夏乐,见她要送就给拦着,让她去处理自己的事,夏乐也不坚持,郑老师那里她得去一下的。

"先离开这。"郑子靖把厚外套披到夏乐肩上,又给她戴了顶帽子压低帽檐,莹莹连忙把其他东西给拿上了,跟着两人就近去了之前的化妆室。

"徐成有联系我,说想当面和我们聊聊,我拒绝了。"

夏乐并不意外:"郑老师在哪里?"

郑子靖把她的手机递回给她:"没见着,节目一完她就走了,直接拎着高跟鞋走的,你看看有没有给你留言。"

"有。"信息比平时多了许多,她找到老师的,有好几条,"老师说电视台想和她解释一下,她没理会,这会已经在去往机场的路上了,她让我直接回,谁的面子都不用给。"

这性子,怪不得能和陈军做朋友,在现场陈军就是直接走人了的。郑子靖点点头:"莹莹,你去找到我们自己的车,让司机把车开到地下停车场的C区电梯那,我们直接坐员工电梯下去,就不去大厅露面了"。

"好。"

夏莹莹从堂姐头上取了帽子戴上小跑着离开,堂姐吃了亏,她火着呢!

"电视台的人在我这里走不通可能会找你……夏夏?"

夏乐抬起头来,向来七情六欲不上脸的人这会竟能看到些不好意思来,郑子靖顿时好奇了,凑到她面前看向手机:"谁说什么了吗?表扬你……了……"

看着标注着政委的消息框上显示的"做得很好"几个字,郑子靖还有什么不明白的,他家夏夏暴露了。

忍住笑,郑子靖问:"是只有政委知道了还是其他人也知道了?"

夏乐手忙脚乱地退回去,结果按错了退到了屏保,她忙又点开,看到来自于林凯、路遥和陈飞的信息都有点想关机。

郑子靖长手一伸点开消息,军人耿直的夸赞让他忍得肩膀耸动,陈飞最过分:队长,我没认出那是你!我突然意识到你是女人了!

夏乐直接按黑了屏幕,下次见着的,跑三十圈!

郑子靖好不容易忍住笑,重新捡起之前的话题:"电视台肯定是要来转圜一下的,我这边走不通估计会找你,你要是觉得烦这几天就别开机,去公司待着写写歌玩玩乐器,随便做什么都可以,不要和电视台的人接触。"

"徐导也不理?"

"夏夏,我知道你有着很好的尊老爱幼的习惯,可这事首先是他们做过了,不是我们在欺负他们,就算以后要和解那也不是现在。"

夏乐没有吱声,郑子靖多了解她啊,立刻又道:"徐导自己就是那个生气的人,但是现在他和电视台是一体的。"

夏乐点点头,低头看到屏幕上还显示着陈飞那条信息,她嫌弃地退出去,点开吴之如的信息去回话。

郑子靖也不打扰他,同样打开手机去看娱乐新闻,微博上前十条热搜里有三条热搜和这档节目有关,其中两条中挂了沈立的名字。郑子靖冷冷笑了笑,点开排行榜看到夏夏在十二名挂着,不上不下的位置,正好。

打开群,郑子靖敲了一行字:别让沈立掉下去,夏夏的要看好,再过两个小时才开始一名一名地往上跳,压着点,别太快。

公关齐兰:收到。

这时夏莹莹的信息跳了进来,郑子靖拿起包:"走吧,车到了。"

网络上热度上涨得很快,这档节目也算得天独厚,虽然开局不尽如人意,可后期势头很不错。而且就那么巧地最近各大台的几大综艺都结束了,这季度没出爆款,因此这档口碑渐渐上扬的节目吸收了很大一部分观众。谁也没想到直播会做成这样,就好像一记重拳明明是要打到对手身上去的,最后却落到了在旁边加油喝彩的自己身上,生疼生疼的。受了疼还输了阵哪能甘心,哪怕已经很晚了,挽袖子下场撕节目组,撕电视台,撕沈立,撕幕后金主的人不要太多。

在最不应该爆的时候,这档节目爆了。

混乱的一晚,大概只有夏乐睡了个安稳觉,锻炼完买了早餐回来就看到莹莹睡眼惺忪地扒着妈妈在耍赖。

邱凝捏了捏她的脸:"你这是熬到多晚才睡,快去洗洗来吃早餐,一会再去补个觉。"

"等会要去公司。"她掩嘴打了个呵欠,"姐,你手机没开吗?老板找到我这来了。"

"忘了。"

夏乐放下早餐:"妈,阿爷阿奶呢?"

"说是去楼下转转,你没见着?"

"没留意,我下去找找。"

邱凝连忙叫住她:"等等,莹莹不是说老板找吗?你去回人家的话,我去找人。"

"我去。"夏乐回房拿了手机穿上鞋子下楼。

夏莹莹嘴里塞着牙刷含糊不清地帮她姐说话:"婶,姐是怕你冻着……"

"还用你说。"邱凝笑,"赶紧地刷好牙换衣服,大姑娘要有大姑娘的样子,别弄得邋邋遢遢的,不好看。"

"四(是)!"

夏莹莹缩回头去,看着镜子里的自己咧开嘴笑,哎呀,真好。

夏乐下楼没走出多远就看到并肩走着的老两口，她小跑过去："阿爷，阿奶。"

夏奶奶笑眯眯道："这小区环境是真好，住着舒坦。"

"您要喜欢就在这里多住几天。"

夏奶奶笑着摇头，以前她还能住得理所当然，现在要再赖着不走就过分了。人家邱凝惦记着夏涛，愿意守着这个房子过下去是他们夫妻的情分，和他们却是没什么关系的，还愿意来往，年年不忘替夏涛来尽孝就是她有心，他们两个老东西得知好。

"乐乐啊，别为难自个儿。"夏爷爷吐出一口白气，"你怎么打算的我们都弄明白了，阿爷不拦着你，可你也别让自己吃了亏，要做得不开心咱们就不做了，你去找个安稳的工作，别的不说，弹了那么多年钢琴去做个钢琴老师是没问题的。"

"对，咱们不能被人欺负了去。"夏奶奶抹了下眼角，笑，"不过咱们乐乐歌唱得真好，站那台上也好看，比她们都好看。"

夏乐侧耳听着，该应的时候应一声，得了夸奖就笑一笑，直到把两老带回了家。

"阿公，阿婆，快点来，早餐都要凉了。"

夏奶奶没有换鞋的习惯，走过去对着夏莹莹就弹个脑崩，笑骂道："净嚷嚷，不知道的还以为这是你做的呢！"

"她也出力了，都是她端出来的。"邱凝笑着看向门口打算换鞋的公公："您进来吧，都是老房子了，没那么讲究。"

夏乐扶着夏爷爷进屋，不想两老不自在，她也没换。

吃了早餐两老就提出要回家，邱凝并不意外，她也不留，把准备好的东西从各个地方拿出来，不一会客厅里就堆了好几个大袋子了。

"怎么又准备了这么多东西，家里什么都有，你别花这个钱。"

被念叨了邱凝也不辩解，只是道："今年还不知道有没有时间过去，东西您先带回去，就当是早些备了年货。"

"给你你就拿着，又不是外人。"夏奶奶还待说什么，夏爷爷发话了，"工作忙就不用来回折腾，知道你们好就行了，乐乐也是，有时间你就来看看我们，没时间就打打电话，咱们一家人不讲那些虚的。"

"知道了，阿爷。"

夏爷爷也实在是为这个孙女骄傲，想再嘱咐几句发现那些话都是多余的，

25

索性他也就不再说,只等老婆子唠叨完就回家。城里和小镇上不一样,他们在这里时间越久越给邱凝添麻烦,还是早点走的好。

夏乐手机响,是经纪人打过来的,她走到一边去接。

"郑先生。"

"吃过早餐了吗?"

"吃了,刚才在忙。"

因为在忙,所以没来得及回话,郑子靖自动翻译完全,笑道:"没什么大事,如果忙就不用来公司了。"

"阿爷阿奶要走,我送他们去车站,然后过来。"

"好,那我在公司等你。"

"嗯。"

这边电话一挂,那边也说好话了,邱凝指挥自己力气大的闺女:"把东西都搬到后备箱去,我送爸妈去车站。"

"妈,我去送吧。"

"你忙你的正事,这点事妈妈能行。"邱凝想到什么又回头喊另一个,"莹莹,记得给你爸打电话。"

"打了打了。"夏莹莹从房间里冲出来,化了个淡妆,穿着也是利索的,有了点职场新人的样子。夏奶奶摸着她的手臂上上下下地打量,怎么看怎么欢喜,一直都知道邱凝对这丫头好,可真正见着了才知道是怎样的好,那个男孩儿似的孙女变得她都快不敢认了。

"听你婶的话,别淘气,啊?"

夏莹莹小下巴一抬:"我乖着呢,不信您问我婶。"

"乖呢乖呢,谁都没你乖。"邱凝笑,安慰哪哪都不放心的婆婆,"莹莹听话,乐乐也听话,您什么都别担心,要是什么时候想出来走走了您就给我打电话,我接您过来住一段时间。"

"哎哎,好。"夏奶奶悄悄抹了下眼角,"走了走了,老头子,你快搬东西,真在那里等着乐乐搬啊。"

夏爷爷也不和她争,一手提一个往外走去,夏乐同样一手提一个,就剩下几个小袋子给后边三个老中少的女人。

把人送上车,又是一番恋恋不舍的道别,老爷子还好,绷得住,老太太就不行了,抓着乐乐的手直淌泪。就算之前她不懂,这一趟下来也了解了,她这大孙女是真的没有放弃找她爸,她高兴,可是……心也疼啊!

夏莹莹也悄悄红了眼，车一开走就带着哭腔道："我妈说奶眼睛不行了，谁也不知道她暗地里哭了多少。"

"……嗯。"

"姐，以后我们有钱了就把爷奶都接到一起来住吧。"

"好。"

家里离着公司不远，二十分钟就到了。

电梯里夏莹莹突然想起来一件事，挽住堂姐的胳膊问："姐，你不是说要把小宝带给家里人看吗？"

"等小宝养得更好点。"

夏莹莹想了想小宝虽然好了一些但仍显瘦弱，脸上还能看出紫绀，也就明白地点头。没有老人不喜欢壮实的孩子，小宝离壮实可还远得很，姐这是怕小宝现在不能给爷奶一个好印象所以连提都没提起。

性情完全相反的两姐妹一冷淡一热情地和前台打了招呼，一回头就看到郑子靖笑容可掬地往这边走过来，夏莹莹分明注意到前台小姐姐扯了扯小裙子。

"怎么来得这么快？不是说要送爷爷奶奶吗？"

"我妈去送了。"夏乐朝看过来的几张熟面孔点点头，大家看起来都有点疲惫，"加班了？"

"是不是一直没看新闻？"

从大家都忙通宵就可以看出来事情闹得不小，夏乐有点不好意思点头，她是真没看。

郑子靖真是半点也不意外，越过她朝夏莹莹道："莹莹，你去忙，人我带走了。"

"好咧。"夏莹莹早就想走了，在这里总觉得自己是多余的，长发一甩就转身去了自己的工位。

两人进了休息室，夏乐一坐下就拿出手机去看新闻，热搜榜首"夏乐"两个字晃得她眼睛疼。

"营销上去的吗？"

郑子靖倒了杯水走过来放到她面前："还真没有，要不是我让人压着点，昨天节目一结束你就上去了，那个时候避开点是好事。"

夏乐不懂那些，她也不问，忍着别扭点开自己的名字，第一条就是公司官博。

蜗牛V：音乐原创比赛大家更喜欢跳舞跳得好的那也没办法，谁让咱家

27

夏乐只会写歌唱歌呢？

有点毒，夏乐摸摸鼻子，又莫名觉得有点爽。往下翻，下一条是郑秋燕的。

郑秋燕V：在后台时夏乐和我说：有始有终，老师。她还曾说：人不能言而无信。这就是夏乐，我认识那么多人，诚信两个字没人比她做得更好。

陈军：知道吃了一嘴屎是什么滋味吗？老子吹了两瓶酒都没有冲走一嘴的屎味。

看着这条夏乐想表达一下感想，可想来想去，发现以自己的词汇量评价不了，她干脆继续往下看。

扒皮V：没本事拿冠军倒是有本事买热搜，啧，你们反应是不是太大了，不就是一档娱乐节目嘛，现在回锅肉那么多，说不定就从别的选秀节目里又看到她了呢，那样你们粉丝不是更高兴，又可以看到爱豆了哟！

回复顶在最上面的那条夏乐也看到了。

陈年旧事：哟！那么贱，你有本事不扒娱乐新闻去扒时事新闻啊，那些水军是五毛，你这条洗地洗得这么好怎么也得给五块吧，介绍一下业务呗，五毛的我看不上，五块的还是可以考虑一下的。

再之后夏乐看到了周茹，那个行不改名坐不改姓的姑娘居然也挂着V，简介简单粗暴写着：夏乐脑残粉。

周茹V：熬夜扒了个消音现场，请叫我周优秀！如果真是小乐的粉丝就请不要去别的地方叫骂，世界上还有素质这个东西，别人有没有我管不着，希望身为小乐粉丝的我们有。

【视频】

夏乐没打算听，手指要往下滑的时候被另一只手指勾开了。郑子靖直接点开了那个视频："听听。"

他当然是听过的，公司里每个人都听过了，可他想让夏夏听一听，让她知晓自己的优势有多突出。

周茹也坏，她把夏乐的放在了前边，沈立的放在后边，听完前半段再听后半段是真的没法忍，气息不稳就算了，劲歌热舞嘛，可以原谅，可那喘得跟得了哮喘一样，每个拍子都踩不对算怎么回事，夏乐没有听完，她也没有兴趣再往后翻了，按了手机看向经纪人："我需要做什么吗？"

"你想做什么吗？"

"我想要个假期去办点事。"

"我们现在说的难道不是这次你被人踩着肩膀往上爬的事吗？"郑子靖

一脸艰辛,明明这么大的事在眼前,为什么话题也能跳到别的地方去。

"谁都觉得我吃了亏,我就没有吃亏。"

很有道理,郑子靖无言以对,再一想公司的招全在后边等着,他也就不坚持了:"要去办什么事方便说吗?你的行程公司最好能有个方向,而且不能太久,你现在的歌能出ep了。"

夏乐沉默片刻:"去几个战友家里看看。"

郑子靖立刻就会过意来,他点点头:"行,知道了,这段时间你不露面也好,再让舆论发酵发酵,打算去多久?"

"不确定,没有特殊事情大概七八天。"

郑子靖在脑子里翻了下自己的行程,遗憾地发现不要说七八天了,两天他都空不出来:"我派个人跟着你……"

"会有战友一起去,郑先生,我能照顾好自己。"

"好吧。"郑子靖还要说什么,有人敲门,"进来。"

齐兰探进头来,迅速在两人之间扫了个来回,把手里的平板递了过去:"公司收到一封邮件,有点稀罕,左右追踪了,对方的邮箱受保护。"

Chapter 12
扛走郑爷爷

公司这几个人有多大本事郑子靖是知道的,他们都说稀罕了那恐怕真有点稀罕,他连忙接过来,信件短短几行字,一眼即明。

"致蜗牛公司,贵公司艺人夏乐同志形象出众,诚信上佳,堪为表率,我局欲请她为全国禁毒大使,若无异议,请于十二月二日前往禁毒办面谈。禁毒办公室。"

艺人做禁毒大使不稀奇,但是在代言艺人一再翻船后禁毒办已经很少再请艺人助阵了,就算宣传力度弱了点,可至少保本,禁毒的人去吸毒才是天大的笑话。

现在突然请夏乐,郑子靖不得不多想一点,这大概是夏乐曾经的军人身份发生作用了?又或者,夏夏的政委看不得她受了委屈,在用这种方式替她做主?不管怎么想这都是一件好事,尤其是在眼下这个时候更是一件大好事。

郑子靖二话不说推了所有行程带夏夏上京,他没去老宅,而是在酒店休整一晚后直奔禁毒办公室。

夏乐的形象是真的好,虽然离开了部队,可她始终自律并且想方设法保持锻炼,一身军魂本来就没有被洗掉多少,尤其是在进了这个地方后,到处都是制服的身影让她下意识地走出了军人的步伐和身姿。

这是骗不了人的,禁毒办公室主任周辉见到她这样先就笑了,如果说一开始只是卖个顺水人情,毕竟夏乐底子在那,他们还真不担心这样的人会跑去吸毒,可真见着人了他倒觉得这确实是个好人选。

双方握了握手做了个简短的自我介绍,周辉将一个文件夹递过来:"我们有一年多没有正儿八经拍过宣传片了,这次想拍得隆重点,估计需要两三天时间,有没有问题?"

"没有问题,我会将夏夏……乐后边的时间空出来。"郑子靖一个拐弯差点没咬着自己舌头,"周主任,有什么需要注意的事项吗?"

"我想该注意的夏乐应该都知道。"

夏乐犹豫着不知道该不该点头,部队里的她会,可这里和部队还是有点不一样吧。

"那些都没那么重要,最重要的是关于毒品这件事。夏乐我要提醒你,你是陆春阳政委介绍过来的,如果你哪天想不开沾染了那玩意,不要说你会怎么样,我首先就要找陆春阳麻烦。冲动之前先想想他,我和他认识几十年,还是头一次听到他说帮个忙这三个字。"

"是,我不会。"

夏乐话不多,但是有力量,听到她这么铿锵有力的回话周辉就多了分好感,点点头示意两人看看资料,自己端起茶慢条斯理地喝起来。看着对面两人头挨着头看得认真,他拿出手机悄悄拍了一张发给陆春阳,并附一句话:你还担心夏乐那性子不好找对象,我怎么瞧着已经找着了?

陆春阳回了三个点。

周辉笑,他和陆春阳是新兵连的交情,一起从新兵蛋子熬过来,后来又进了同一个连队,一起挨过罚,一起受过冻,虽然后来选拔的时候陆春阳进了特种部队,他被筛选下来,后来更是转业到地方。可那么多年的交情比起亲兄弟也不差,那家伙有几天假都要来找他喝顿酒的,所以他知道夏乐,也知道夏乐她爸夏涛,涉及机密的事他不知道,但这两个名字是从陆春阳嘴里听到过的。

啜了口茶,周辉眼神又落到了对面的两人身上,男俊女……也俊,挺搭,看着就挺顺眼,当然,他不会承认最主要是因为这会心情好,看什么都觉得好。终于找着个不会翻船的艺人了,安逸。

"看明白了。"

周辉回神,放下茶杯坐正身体:"有什么问题吗?"

"没有。"

这干脆得像个军人,周辉满意地点头:"这份资料给你,你回去再好好琢磨琢磨,明天早上九点过来这里,会有人带你去戒毒所。"

"是。"

周辉又被她这利索的模样逗笑了:"其他人我还要给他提前做点心理建设,免得到了那里被吓着,你就不用了,明天好好发挥。"

"是。"夏乐站起来,"谢谢您给我这个机会。"

"谢你们陆政委去,一辈子就一个操心的命,政委那工作适合他。"周辉端着茶杯慢腾腾地站起来,"行了,回去吧。"

全程就说了一句话的郑子靖走出戒毒办后长吐出一口气:"回酒店?"

"嗯。"夏乐拿着手机按亮了又按灭,重复几次后还是划开来,找到政委的名字说了声谢谢。

那边回话很快,也简洁:"好好干。"

"是。"

郑子靖瞟了一眼,摇着尾巴献起了殷勤:"要不要去哪里逛逛?"

"不了。"夏乐指着他手里的文件袋,"回去看这个。"

"也行,琢磨透了明天也容易,那这样,我送你回酒店后回老宅看看爷爷,午饭我让酒店送到房间来,晚饭如果我不回来也会安排好,你不用管这些。"

"好。"

两人在酒店大堂分开,郑子靖让酒店帮忙叫了车,直奔老宅。

郑国兵排行老大,按理老大都是留守京城,其他兄弟姐妹去开疆扩土的,当年如果不是发生了一些事郑家也是这样。就因为当年那些不愉快,导致郑国兵就算到了现在这把年纪仍然不愿意回来,不管老父亲怎么骂都听着,行动上却完全没有。

大概真是远香近臭,这么远远处着,他们这一房和老爷子关系反而是最好的,再加上当年老爷子最宠爱的老幺出事,也是郑国兵两口子上下奔波,这些老太爷心里都有一本账,尤其是年纪渐大后就更记着这些了,自然而然地,同样是老幺的郑子靖就成了老爷子的宝贝疙瘩。

这好一阵不见的宝贝疙瘩突然送到眼前来了,老爷子笑得一把白胡子都翘了起来:"今早就听着乌鸦在窗边叫,原来是你小子要来了。"

"怎么能是乌鸦呢,爷爷您肯定听错了,必须得是喜鹊啊。"郑子靖没大没小地把手放到爷爷拄着拐杖的手上,"怎么才这点时间不见您就更有仙气了?快说吃什么灵丹妙药了?"

"还不是吃了我宝贝孙子孝敬的一车好东西。"

"我知道肯定是因为我的灵丹妙药起作用了,可我就是想听您亲口说出来,这不更显得我孝顺嘛!"

老爷子哈哈大笑,弹了他额头一下笑骂道:"全是你的事。"

"那是,不然您怎么会这么惦记我。"郑子靖扶着人往壁炉走去,老宅子是真的老,也不算太大,什么中央空调都是没有的,但是暖和,满屋子都是老物件,置身其中就像和岁月打了回交道。

老爷子念旧,但也不要求子女和他一样,虽然房间都有却从不要求他们回来住,常年住在这里的除了老爷子就是四个已经在这宅子里工作了许多年的用人。

壁炉里火熊熊烧着,宅子里安静,但半点不显冷清。

扶着爷爷在壁炉前的摇椅上坐下,郑子靖非常不拘小节地席地而坐,地毯的花色有些古旧,衬着周围的一切刚刚好。

用人来上茶,郑子靖笑眯眯地和她打招呼:"喻姐,我就说你适合穿紫色,大气,特别有气质。"

年近五十的喻姐笑得眼睛都眯成了一条线:"子靖少爷的眼光谁敢说不好。"

"颜色一直就那样,是喻姐让这衣服变好看了,不然我眼光再好也没用啊。"

喻姐被哄得眉开眼笑:"等着,喻姐给你做好吃的去。"

"要加量!"

"加量加量,给你多多儿的。"

老爷子就在一边看着小孙子耍宝,椅子一摇一摇的,时间仿佛都慢下来了。

"爷爷,你又去淘着好玩意了?"

"也就你眼神好,一来就能看出来屋里添了好东西。"老爷子指了指几个地方,"都是新添的,怎么样?"

"您过了眼的我还能说不好啊,那不是找揍嘛!"郑子靖认真看了几眼,这方面他是真相信老爷子浸润了几十年的眼光。

老爷子点了点他,想装出个唬人的样子自己却又先笑了:"也没有去别地儿淘,前不久有人家里头出了事,要填的窟窿挺大,我就让他们先把东西留我这了,借了一笔钱给他们,回头缓过来了要是想赎回去把钱还回来就成。"

郑子靖托着腮帮子笑:"前儿老郑还念叨,不知道老头儿是不是又胡乱收了一屋子人情,您瞧瞧,老郑多了解您。"

"你爹都是老郑了那我是啥?"

"这问题您都问多少次了,又问。"郑子靖倾身捧住老爷子的脸细瞧,"都这么高兴了绷着干什么，快笑快笑，忍着多难受。"

"没大没小。"老爷子拍开他的手，"儿子关心老子那不是应该的，用得着高兴上脸的？"

虽然这么说着老爷子仍是笑开了，大概真是远香近臭，在身边的时候没觉得多亲近，远远离着感情反倒是好了。

"你妈最近身体怎么样？"

"和以前一样，除了头疼也没别的毛病，就是最近三姐让她操心了点。"

"又闹腾了？"

"是呗。"郑子靖深知说话半真半假的精髓，老爷子想知道多一点家里的情况他就多说点，但是真正烦心的却也不会说出来让老人跟着心里不好受，就这么轻轻松松有一搭没一搭地叙着话。

"你那个公司怎么样？"

突然问到自己身上郑子靖也没在意，他的投资公司爷爷是知道的，于是他道："目前投资的几个项目都挺稳……"

"不是那个，你不是新开了个经纪公司？"

郑子靖还有什么不明白的，轻笑一声，道："他们和您嚼舌根了吧。"

"你不吃家里的老底儿，自己去开公司不是挺好的事？理他们做什么，那一行水是浑了点，但是任何行业都不会永远浑下去，就像现在那些已经正规化的行业一样，小四儿，你要记着一点，没有……"

"没有不好的职业，只有做不好的人。"郑子靖嬉皮笑脸地抢着说完，"老郑不愧是您儿子，早就用这话敲打过我了，您就饶了我吧，我都记得牢牢儿的了。"

"滑头。"老爷子笑骂，看他那副嘚瑟的样子就忍不住想刺刺他，"那姑娘不是受了欺负？你不好好替人出头来我这做什么？我一把老骨头了可不想往那里头蹚。"

"我要这点事都解决不了老郑不得敲我脑袋，您别想那些，都是小事，我今天过来就是看看您，没别的心思。"

"你倒是有点心思啊，不知道老头子我在这等着呢？"

郑子靖笑得不行，拿出手机滑开就开录了："不行，您把那话再说一遍，我得让老郑听听。"

"你当我不说，开好了没有？我说了啊，你倒是有点心思啊，不知道我老头子在这等着呢？录好没有，让他听，最好是把你往京城赶，我还巴不得了。"

郑子靖贱兮兮地把短视频发到了家庭群里，最先看到的竟然是大哥："小四儿，你去看爷爷了？替我问好。"

"爷爷，大哥向您问好。"

"告诉他我听不着，让他自己来我跟前说。"

郑子靖尽职尽责地做着传声筒，然后就看到别别扭扭的老郑发了个图片，一根血红血红的长长的棍子，像是古代衙门用的那种水火棍。

郑子靖拿着手机就往老老郑面前递："我回去要挨了揍肯定怨您。"

老老郑推开手机，笑得见牙不见眼的："那就别回去了，正好，我还不想让你走了。"

"您跟我去乌市不也一样，都叫您多少回了您也不去。"郑子靖看了一眼手机，见是章惠女士问话，连忙噼里啪啦回话，在家里章惠女士是金字塔顶上的人，不能怠慢。

老爷子直接不接这茬："来京城给她拉资源来了？"

"我这都还没发力呢，资源就找上门来了，禁毒办的邮件直接发到公司邮箱了，找她做禁毒大使。"

老爷子在京城打滚了一辈子，虽然行业不同，但很多事也是共通的，立刻就想到了重点，有这样一个背景，找还是个新人的她做禁毒大使就说得过去，毕竟这几年禁毒宣传这事上是有点难看。

郑子靖一直到十点老爷子睡了才准备离开，喻姐递过来一个装好的食盒，一直把人送出大门外。

"前段时间老爷子打电话把他们那几个都骂了一顿，让他们这段时间不要再过来，我没听着是什么事，但是能让老爷子生气总归也不会是什么好事。"

能让爷爷生气的郑子靖不用猜都知道是什么事，爷爷有多盼他们回来，他那些叔叔姑姑就有多不想他们回来。

"如果他们过来爷爷身边最少也要留一个人，那些急用的药多备点哪个房间里都放一份，别真到了那个时候找不着药。"

"少爷放心，我们留心着呢，就怕老爷子气上头了磕着摔着。"喻姐笑容温和，她喜欢这位少爷还真不只是因为他嘴甜会说话，是不是真的关心一个人她看得出来，这几个少爷里也就子靖少爷心最诚。

"知道喻姐最好，不然我们哪能放心在乌市待着，趁着爷爷心情好的时候你帮着劝劝他，让他出去走走，乌市多好的地方，雾霾天还不多，不比在这里受气强。你偷偷告诉他，他家老郑天天在家念这事，他要再不去我都想

35

离家出走了。"

喻姐笑得不行："是是是,我一定劝,到时候少爷记得提醒老爷子把我带上,我也去见见子靖少爷长大的地方。"

"喻姐肯定不能少,要不是怕爷爷揍我,我早就把你挖走了。"

把人哄得高高兴兴的郑子靖回到酒店时已经十一点了,知道夏夏作息规律,他也不去打扰,洗漱好打开微信,扫了眼找他的人不是很要紧,他先打开了工作群。

聊天时间还在一个小时前,翻了下记录,看着没什么重要的事他打开了微博。

夏夏依旧在热搜榜上挂着,排名掉到了第六,青柠台始终装死不回应,原创大赛的官博锁了评论区,沈立最新的一条是几个哭的表情,郑子靖看了下,她也没敢开评论区。

意料之中的,话题中有人开始带节奏洗白,大概是因为受了委屈的夏夏始终没有露面,蜗牛嘲了一句也没做得过分,洗地的人不敢对他们下手,洗得有些小心翼翼,也就导致了作用来得慢,但是招数是好的,很稳。

他打开工作群发了条信息:明天把夏夏的新歌放到官博上去。

宣发汪正军:明天就发?老板,改变计划了?

老板:对,所有计划提前,录音室那边准备好,等夏夏回来就录专辑。

宣发汪正军:明白。

录音任强:随时可以进棚。

老板:除了发歌,官博保持沉默。

宣发汪正军:收到。

从群退出来,郑子靖一一回了好哥们的话,最后才点开了徐成的。

徐成:事情走到这一步说什么都是多余的了,道歉更是没用,我会替她找来合适的资源抵这次的损失。

郑子靖想了想,回了句话:后来我让夏夏不要理会所有人时她问我是不是你也不可以,我说是,她有点不开心。徐导应该也知道夏夏当过兵,她看不得英雄迟暮,在她眼里徐导现在的情况就是,如果徐导是为了求个心安,那我可以告诉您,夏夏心态很好,比我们都要好。

等了很久,徐成才回了三个字:知道了。

郑子靖笑了笑,走到窗边看着高楼下的星星点点,突然想到一句非常适合形容此刻的自己的话:你来和我谈买卖的时候我和你谈情怀,好像是有那么点不要脸,可是,你们让夏夏吃了亏!

次日一早,两人准时出现在禁毒办公室,周辉不在,一个制服笔挺还挺年轻的男人打量了夏乐一眼:"我叫金南,负责你这次的拍摄,周主任有会,说你过来了就直接过去,确定没有问题?"

"没有。"

金南点点头:"那行,走吧。"

显然这次的拍摄挺受重视,不是拿个DV对着脸拍一拍就完事,而是专门来了一个团队,夏乐他们到的时候这边的设备也都架好了。

金南抬手和那边打了个招呼,回头道:"场数不少,你先跟我进去熟悉熟悉地方,别到时候走错了。"

"等等。"郑子靖叫住立刻就要往里走的两人,"夏夏就穿这样的衣服?"

"我们有准备,就穿我们的制服,只是没有肩章。"

郑子靖点点头,拿了包就要跟着进去,这次是他被喊住了:"经纪人先生最好不要跟着,免得把你拍进去了,你放心,我们会保护好夏乐。"

夏乐也转过身来:"郑先生,我可以。"

郑子靖还能说什么,笑着露出八颗牙齿挥了挥手,外边冷得很,他也不客气,直接回了车上拿出手机处理工作,投行那边他从来就不是甩手掌柜。

夏乐跟着金南进了戒毒所,当身后的铁门一关时她回头看了一眼,明明阳光仍能照射进来,可她却突然觉得有点儿冷。

"害怕了吗?"金南看着她问。

夏乐摇摇头。

金南又看看她,他对这个主任信任的艺人有点好奇,昨天晚上他就看过资料了,没想到真人这么话少。这次他们打算拍得大胆一些,金南带着她去了情况严重的区域。于是夏乐看到了毒瘾发作时被手铐铐住了手脚嘴里塞了毛巾却还在拼命挣扎嚎叫的男人;看到了用吸烟来缓解毒瘾身体却在发着抖的瘾君子;看到了满是针眼找不到一块好肉的四肢;看到了一张张打着哈欠涕泪横流的脸……

夏乐想到了一次在完成任务回来的途中突然接到的救援任务,救援的对象就是缉毒警察,那一次警察死了四个,警犬三条,如果不是他们及时赶到,那十多个缉毒警可能一个都回不来。

她忍不住想,他们守护的人里有这么多在践踏他们心血的人,牺牲前,他们后悔吗?

夏日乐章

金南一直在观察夏乐,没有看到预料中的退却、害怕、紧张,她就那么淡定地在那些屋子前走过,有时候甚至还会停下来看一会,从头至尾都是神情淡淡,没有多的话,也没有多余的表情。

所以他不再问她害不害怕,只是带着她一个地方一个地方地走过,连之前没有决定要给她看的地方都带她去了。

在那里,犯了毒瘾的瘾君子被绑了起来,一个白大褂手里拿着针想要靠近他,另一个给他当助手,绑住了的人手脚不能动了就抬起头去撞靠近的两人,含着东西的嘴里呜呜地喊着,他疯狂摇摆身体,手铐脚铐撞在床头吡拉作响,好在那床是特制的,无论他怎么挣扎也纹丝不动。

可那人多狼狈啊,都已经不像个人了,面目狰狞,像野兽。

"这里会拍吗?"

金南犹豫了一下,摇头。

"拍吧,让人知道痛。"

金南意外于她会提这个要求,可一路走下来他也不再只把人家当个艺人:"我需要请示一下。"

夏乐点点头,继续往前走,这里都是给毒瘾严重的瘾君子用的,每一间房都阳光充足,可屋里如同地狱。

一圈看完,夏乐看向金南:"现在拍吗?"

"你准备好了?"

"是。"

"好,我让人带你去换衣服。"金南打了个电话,立刻有个女工作人员拿了制服过来引着她去更衣室。

谢绝了她的帮忙,在工作人员惊讶的眼光中她以比一般警员更快的速度把警服穿好,戴上帽子,理衣领,正帽檐,一气呵成。

看着镜子里的自己夏乐有些恍惚,制式不同,颜色也有区别,可是穿上了这一身仍然让她有种错觉,就好像这些日子的沉浮都是在梦里,她仍然是带着小队冲锋在一线的孤鹰一员,她的队员都在,她身上也没有那些一变天就会隐隐发疼的伤口。

"可以了。"完全没帮上忙的工作人员打开门提醒她,金南正和人说着什么,回头看到她眼神都定了一定,这种衣服并不是和谁都有契合度的,有的人穿上怎么看怎么别扭,可夏乐穿上,就好像这一身衣服本来就是她的。

等人走近,金南轻咳一声把剧本递过去:"看看,有问题说。"

夏乐也不废话，接过就看了起来。

原定两天的拍摄比预定的顺利，一天时间就完成了。郑子靖非常认真地履行经纪人的职责，认真看过原片后又问："大概多久能出来？到时候是在网上宣传还是？"

相处了一天，金南对这两人观感改变了很多，不再把他们当成娱乐圈里那些耍小聪明的人，说的话也就多了："这种片子肯定一路绿灯，提交了就会审核下来，以这次的宣传力度来看估计是全网推，上星卫视也会上。"

"这么一说咱们夏乐还真是沾光了。"

"那是，比那什么冠军有分量。"金南手往兜里一插就打趣那个话少得都能让人忘了她存在的人，"夏乐，什么时候替我们也写首歌啊，怎么说咱们也算半个自己人啊。"

"以后会写。"

金南愣了愣，真写啊？

郑子靖却并不意外："她说的话都是认真的。"

"挺好，挺好。"金南低头笑了笑，"外边的人只知道皮毛，说一句'岁月静好是因为有人在替你负重前行'就是他们最大的善意了，难得有一个懂得这些不易的人去闯娱乐圈，能替我们说说好话也是好的。"

郑子靖看向夏夏，就算心里希望她多写写其他类型的歌免得被人定性在一个类别上了，可行动上他也没打算干预。

"那我们就先回了，明天我们还会在这里，有需要补拍的地方就说。"

"看审核后是不是会要补内容，不过这个三两天也出不来，你们去忙自己的，有需要我会联系你们。"

"行。"

一路上夏乐都没有说话，郑子靖也不打扰她，联系酒店定了饭菜，又和家里人在群里聊了几句，知道他们来了京城，章惠女士一再提醒儿子给夏乐多喝汤养嗓子，京城可比家里要干燥多了。

郑子靖笑，看，有移情作用的不止他，章惠女士那么聪明的女人不也把夏夏当成自家人在疼了吗？时间一久，章惠女士就会和他一样不止是移情了，夏夏在这个速食时代太难得。

回了酒店稍作收拾饭店就送了饭菜过来，两人都饿了，先闷头吃了半会才放慢速度说起话来。

"明天有想去的地方吗？"

夏日乐章

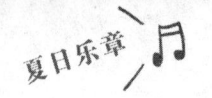

夏乐想了想，摇头。

郑子靖笑："还以为你会想去烈士陵园那些地方看看。"

夏乐仍是摇头，有些人，有些事，记在心里就好。

"那跟我回去见见爷爷？"话一说完郑子靖也觉得有点唐突，解释道，"平时不常在一起，既然来了京城我就想多陪陪爷爷，你不想去也没关系，我们可以改签，明天就回乌市。"

"去。"钢铁直女夏乐完全是一个拜会长辈的心思，别的都想不到，巧得很，钢铁直男的郑子靖也没想到别的，于是，明天的行程就这么定下了。

吃了饭夏乐要去收拾被经纪人制止了："去网上看看。"

感觉又有新闻的样子，夏乐有点抵触，又有点认命，她要的不就是成名吗？只有站到更高的地方爸爸才有可能看到她啊！可是，如果每次上新闻都是和音乐有关就好了。

情绪有些消极的夏乐打开微博，漫不经心地扫过热搜，猝不及防下，醒目的"夏乐新歌"四个字让她有点蒙，新歌？今天一直在戒毒所拍摄宣传片，就算有新歌也还在脑子里啊。

点进去，第一条就是公司的官博。

蜗牛V：夏乐新歌《归根》，接受指导，不接受指责。

返回上一页，果然，热搜第一是夏乐新歌，第三就是归根。这是她的歌她当然知道，在敏市她一共写了四首歌，《归根》是其中之一，她只是没想到会现在放出来，记得当时经纪人说过这首歌会放到新专辑里。

"本来是要放到新专辑里的，权衡过后觉得现在放出来最合适。"像是知道她在想什么，郑子靖打了通电话后过来道，"你的假期要延后了，回去后咱们就录制专辑。"

夏乐没有任何异议，她懂，千言万语的辩驳不如用事实让人闭嘴。

点开评论，最前边的是几张熟脸，老师的，周茹的，之如的……可更显眼的来自于另一个眼熟又不眼熟的ID，眼熟是因为名字里有她一半的名字：夏乐后援团。

夏乐后援团：别人是一言不合吵架，咱们乐乐是一言不合就发歌，风风雨雨又怎样，我自岿然不动，比心！

把这话来来回回看了几遍，夏乐有点喜欢，脸上就带了点高兴的模样。

郑子靖倾身过来看了看，笑了："你猜会长是谁？"

"周茹。"想也不想地夏乐说出答案。

郑子靖也觉得这问题没什么难度，周茹对夏夏的热情他都觉得有点儿过了，就像他也不能理解那些追星追到要自杀的小姑娘一样。可一想到自家夏夏被人这么喜欢追随，他还是高兴的。

"周茹的会长，姜欣的副会长兼法律顾问，她的职业是律师。"

夏乐眨眨眼，还有法律顾问，她们想干什么？

"不要小瞧了她们，当她们全力对一个人好时能发挥的能量你想象不到有多大。"

夏乐一皱眉头他就知道她在想什么了，又道："不用担心，都是成年人，会先顾好自己的生活，周茹家大业大，别看初次见面的时候她很狼狈，可她是凭自己的本事坐稳董事位置的。姜欣更是出了名理智的律师，都是有脑子的人，我让齐兰和她们对接，承认她们是你的官方后援团。"

"我要做什么吗？"

"你好好写歌好好唱歌，一直保持现在这个样子就好了。"郑子靖笑，"这对别人来说或许千难万难，可对你来说大概和现在也没什么区别。"

夏乐点进后援团的微博看了看，还只发了几条微博，可每一条都和她有关，是真的有心。

"我不懂这些，需要我做什么的时候请郑先生多提醒我。"

"这是我的职责。"看她低头认真看评论，郑子靖也滑开手机处理工作，所有的举重若轻都是给别人看的，私底下他做的从来都不少。

知道夏乐起得早，郑子靖也早早就起了床。可当他敲开夏乐房门，看她一脸汗的模样就知道自己这早起在这里怕是真算不得早了。

"早。"郑子靖眼神在夏乐裸露出的手臂上迟疑了一下，若无其事地打了个招呼。

夏乐却感觉到了，她把卷到肩膀的衣袖放下来，退开两步请人进来："我去收拾一下。"

"不着急。"郑子靖笑眯眯地问，"让人送早餐过来还是去楼下餐厅吃？"

"餐厅。"

"行，那等你。"

待人进了浴室，郑子靖脸上的笑容渐渐落了下来，早该想到的，认识至今的这些日子夏乐从来没有穿过短袖。哪怕是天气最热的七八月份，那次他想要给她把衣袖卷上去也被抓住了手腕，不是她怕丑，以她的性格大概只是不想被家里人看到而已。好像也并没有多意外，毕竟小宝的父亲都牺牲了，

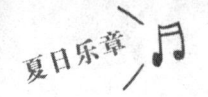

活下来的哪可能全身而退。

郑子靖起身走到窗户边，就和那个敞亮的人一样，窗帘拉到了最开，连窗户都尽可能地打开了，怪不得这边比他的房间冷多了。今天也难得地好天气，天空蓝蓝的，天边成橙红色，就在此时太阳露出来一点点，然后是半弯，不过片刻，太阳出来了。

住高楼还是有好处的，迎着朝阳郑子靖如是想。

身后传来动静，郑子靖回过头来："错过日出了。"

背着光的人看不清表情，可她知道他肯定是笑着的，这个人好像每时每刻都在笑，就像第二次见他时的感觉一样，这个人是真的快活，所以哪怕有时候会笑得客套，多数时候仍然笑得真诚。

走到窗户边和他并肩看着天边的太阳，她没告诉郑先生她见过更美的日出，虽然全身冰凉局限在一个小小的地方不能动弹，虽然只能啃冷硬的干粮，可就着那美得无与伦比的日出也吃出了鲜美的味道，因为那代表他们都还活着。

活着，她才能见到今天的朝阳。

离开窗户，夏乐拿起外套和包："走吧。"

"吃了早餐我们直接过去，把东西都带上。"

这话有点意有所指，夏乐看过来，郑子靖无奈地指了指床上的手机，都有点想问在夏夏那里手机的存在率到底有多低，尤其是当看到她这时候才开机的时候。

老老郑没想到小孙子今天又会过来，还买一赠一地带了个人来，笑得胡子一翘一翘道："你小子，我还以为你回去了。"

"这不是想着多陪陪您吗，来，给您介绍一下，这是夏乐。夏夏，这是我家老神仙。"

转眼又成了孙子口中老神仙的老老郑没好气地瞪他一眼，面对夏乐的时候倒是挺和蔼："看着就是个心思纯正的好孩子，难为你愿意信我家这臭小子。"

"郑先生挺好。"夏乐弯了弯腰，"打扰您了。"

"难得来几个小年轻，我高兴得很。"老爷子眼神在两人之间扫了一圈，走到火炉前坐下，喻姐非常有眼色地搬了两个凳子放到那："随便坐，不用拘束，就当成在自己家一样。"

郑子靖今天没有像上次一样坐地上，非常乖巧地坐到了凳子上，连嘴甜的程度都打了折扣："喻姐，要吃的，要很多好吃的。"

"是是是，喻姐这就去准备。"喻姐笑眯眯地看向夏乐，"这位客人喜欢吃甜点吗?"

夏乐还没有说话郑子靖就抢先道:"只要是能入口的她都喜欢,正好借喻姐你的好手艺让她知道知道什么叫好吃的。"

"人家这叫不挑食,哪像你。"老老郑挤对起小孙子来毫不嘴软,说完还让喻姐不用理会他,喻姐知道老爷子这是真欢喜,顺着他的话去了厨房忙活。

郑子靖一脸嘚瑟,半点不以为耻,反以为荣:"会吃有什么不好,老神仙你这有点不对啊,平时不还夸我天生黄金舌吗?怎么今天当着夏夏的面就说我挑食了。"

老老郑被这一声夏夏麻了半会,偏生那两个人还一副习以为常的样子,他手里的拐杖都有点蠢蠢欲动了。

不去理那个没点自觉的小子,老爷子看向坐姿端正的姑娘,从进屋到现在她的神情没有变过,不拘束也不放肆,那种自在不是强撑出来的,而是因为底气足,就像……就像他那个小儿子。

心底一痛,老爷子眼前发黑身体都晃了晃,郑子靖早就留着心,连忙蹲到椅子前握住老人早不如曾经饱满的手:"爷爷,怎么了?"

老爷子另一只手摇了摇,不用多说什么,他们心里都明白。夏乐不知道该做什么,看到茶几上的茶杯便端起来递过去。

老爷子勉强笑了笑接过来喝了几口,那股劲才渐渐缓了过来,他拍了拍小孙子自责的小脸道:"没事,爷爷知道你的孝心。"

"是我疏忽了。"他以为过去这么多年,爷爷看到夏夏会感慨,会觉得人生就是一个又一个的轮回,可他算漏了父母对子女的感情有多深。小叔故去再多年,留在爷爷心里的痕迹也从来不会淡去,甚至还会随着年纪增长而越加深刻,是他疏忽了。

数度浮沉中走到今天,老爷子的心智自然不是一般人可比,缓了缓就和没事人一样了。赶了孙子去添茶水,看向坐姿端正笔挺的姑娘,他都不用去多想就知道是什么吸引了自家那个看起来没心没肺,实际比谁都通透的孙子。

"适应那个圈子了?"

"适应了。"

老爷子笑:"总听说那个圈子有多乱,我瞧着也没那么玄乎,最多就是来往的金额数目大了点让人盯住了罢了。"

"一份工作而已。"至于数额有多大夏乐还不知道,之前郑先生和她说到这个的时候正好是凯子住院,她没往心里去。

"要都能像你这么想哪来那么些事。"老爷子轻轻摇头,哪行哪业都这样,牵扯到利益再单纯的事也会变得不再单纯,老爷子不着痕迹地看了夏乐一眼,问题开始拐弯,"家里人都同意你去唱歌?就我知道的有些人家就算爸爸妈妈同意其他亲戚也会阻止,总担心女孩子会吃了亏。"

夏乐难得地有些犹豫,不知道是不是该回是,这件事从一开始就没有爷爷奶奶什么事,外公外婆更不用说,她就没有想过要去征得他们同意,连妈妈都只是接受了她的决定……

在别人家这种事是要问过其他亲人的吗?可是从她决定当兵,至今所有的决定都是自己决定的。

老爷子人精,一见她这神情就猜出了大半,立刻转开话题道:"我家那混小子,让他干什么他偏不干什么,全是他自己的主意,瞧着也没什么不好,会自己拿主意的人也能担事,比那些推一步才能走一步的好。"

"老老郑,你这是夸我呢还是损我呢!"郑子靖把茶杯放到爷爷手边,拖着凳子再自然不过地往夏夏身边移了些。

老老郑手有点痒痒,看了眼手杖到底还是没有动,得,给他留点面子。

"离着过年不远了,你们今年怎么打算的?"

这是家事,见爷爷都不忌讳郑子靖就更没什么不能说的,耸耸肩道:"还和去年一样呗,初一回。"

老爷子神情黯淡了些许,家里啊,多少年没有吃过团圆饭了。

夏乐不知道郑家那些事,她非常单纯地觉得疑惑:"让郑老一个人过年吗?接到乌市去不就好了?"

老爷子想说不是一个人,郑子靖已经接了话:"我们想啊,可老老郑怕麻烦我们,就是不同意。"

"麻烦?这不是应该的吗?"夏乐是真的不解,这些年哪怕爸不在,她也不在,妈妈年前都会回奶奶家住几天,年三十则会回娘家,偶尔还会在爷爷那边过年。一家子在一起过年才是应该的,这个观念已经刻在骨子里了,拖家带口的不方便就让方便的动,在她看来郑先生家一大家子,一个人的郑老就成了那个方便动的。

"听到没有老老郑,这是应该的。"

老老郑摸向手杖,郑子靖嘿嘿笑着搬着凳子往夏夏身后移:"一家子在一起过年不是应该的吗?你年年犟,犟什么呀,说什么麻烦,家里什么都准备好了,你只要把人送过去就可以了,什么都不用你带。"

"你个浑小子……"

"骂吧骂吧，反正年年说到这个就要被你骂的，只要你愿意去，怎么骂都没关系。"

老爷子觉得假牙都开始痒了，夏乐不知道怎么回事他还能不知道？不就是仗着夏乐像小儿子，他不想在她面前揭家里的短！

夏乐突然回过头，郑子靖反应快，立刻笑脸变愁眉苦脸。

"郑先生，你说的是真心的吗？"

"当然真心，要不是家里有些原因过不来，哪能让他过个不开心的年。"

夏乐点点头站起身来，在祖孙俩莫名的眼神中走到郑老面前蹲下，连给两人反应的时间都没有就直接把人背了起来："走吧。"

"啊？"

"回去。"

"啊？哦！"郑子靖反应过来忍着爆笑的冲动，也不看爷爷眼珠子都要瞪出来的样子从身后扶着他，免了老爷子不好碰夏夏又怕摔着的担忧，对门口目瞪口呆的喻姐喊道："喻姐，我们先过去机场了，你带好自己的身份证，再把老爷子的身份证药之类的东西给带上，让司机立刻送你到机场来，咱们回乌市过年！对了，手杖不要带！"

喻姐想说离过年还早，可看着老爷子那样子她怕开口就会笑，拼命忍着用点头回应子靖少爷。她就说这些少爷里真正有孝心的还是子靖少爷，看吧，连这法子都想出来了！

一上了车，得了自由身的老爷子又羞又恼，下意识地去摸手杖没摸着，朝着前边小孙子的后脑勺就是一下。夏乐把伸出去的手收回来，只要把人带回去了这都是小事。

"夏夏，给老爷子系上安全带，一会要上高速了。"

夏乐只是憨直，不是傻，她当然知道郑先生这么说的目的，她转开头只当没听到，让郑老出出气好了。

没得着回应的郑子靖回头一瞧，忍着笑也就不说什么了，天哪，这事他能笑到明年过年！边嗷嗷叫着博同情边在家族群里说了句准备接老爷子大驾，郑子靖心里还在后悔，他应该拍下视频的，失策失策！

老郑的电话立刻追了过来："老爷子真同意过来？"

"现在就在车上，嗷，爷您轻点，痛！"郑子靖边躲边笑，老郑隔着听筒都听到那边老爷子中气十足地骂混小子，他也就不多问了，小四儿什么心

45

性他清楚，就算耍了手段也不会伤着老爷子。

"行，回头把航班发过来。"

"知道知道。"

那边老郑挂了电话，笑着和旁边听得分明的夫人道："看到没，浑有浑的好。"

章惠白他一眼，起身亲自去收拾房间。

一路热闹地去到机场，郑子靖笑眯眯地看向爷爷："您是自己走还是夏夏背着走？"

夏乐："……"

老爷子哼了一声，背着手大步往里走去，郑子靖背过身去笑得双肩耸动，夏乐对这笑了一路的人没什么感想，怕老爷子磕着碰着忙追了上去。

好几年没出过远门，深居简出的日子过久了再突然来到这热闹的地儿就像重新入了世一样，身体都仿佛热了起来。

好像是要先值机？左右瞧了瞧，从来没有自己办理过这些的老爷子有些找不着方向。

"您先去那边休息。"

老爷子轻咳一声，顺着她指的方向走过去坐着，看起来竟然有点听话。

随后跟进来的郑子靖又想笑了，忍了忍，他打通了喻姐的电话，听到对方说快到了也就没有催促，走过去卖乖道："爷爷，票订好了，等喻姐拿了身份证来就可以取票，这活你没干过吧，一会我带您去取？"

老爷子瞪着他，郑子靖就扬起脸笑着，一副讨好又讨打的模样，让人恼也不是，笑也不是。最后老爷子还是没忍住拍了他额头一下，骂了声混小子。

郑子靖这会也不装疼了，嘿嘿笑着给老爷子搭台阶："年年在这京城里窝着，您就当出门度个假呗，您说去哪里度假有去儿子那里度假来得理所当然是不是？至于家里其他人，总不能您出门过个年还要向他们请示，说一声就得了，他们要真有心来乌市过年我们全家都欢迎。"

"你当他们有你这么混。"

"有什么不好，一个个端得人模人样的私底下不也就那样，谁还不得吃喝拉撒呀，在自家人面前还来那套也不嫌累得慌。"

这大实话让老爷子无语凝噎，不知道说点什么给几个子女找回点面子。

"爷爷，老郑在家也爱这样，您去了正好治治他，把家里搞得跟公司似的，我都不乐意回家了。"

小郑同志一逮着机会就给老郑穿小鞋，当然，老老郑火眼金睛："有你妈在，就你爸那厮样儿敢在家里摆谱？"

"嘿嘿，章惠女士在他是不敢，背着章惠女士就训我，说我这不是那不是的，我多好啊，是不是，爷。"

老老郑又想抽他了，他们老郑家这点不要脸全集中在这小子身上了。

郑子靖咧嘴一笑，回头看向夏乐："夏夏，你帮我去用纸杯给爷弄点开水来。"

夏乐点点头，言行举止丝毫不拖泥带水，再加上这张脸现在也确实有点辨识度，已经有人在看她了。她不在意，郑子靖看了会也没去护着，夏夏从来都当自己是普通人，他也想看看朝这个方向走会怎么样。

"她最近不是挺有名的？没问题？"

"她从来都觉得这对她来说不是问题。"郑子靖收回视线，"爷，这事夏夏是做得莽撞了点，可实在太合我们心意了，明明每年都是完成任务一样和他们一起吃个饭，还不够你生气的。一顿饭而已，什么时候不能吃，依我看啊您就早些定个遗嘱，京城那边的我们一分不要，随他们折腾，就我们家现在的产业够看了，免得他们总把我们当贼一样防，说不定还能如您所愿地一起吃个饭。"

老爷子何尝不懂这个道理，可他们说不要他却不能真就不给啊！同样是子女，哪有让老大吃亏的道理，但是一旦给就要动到那几个的蛋糕，他们早就防着了。老大当年独自过去乌市发展的时候不过是要了一家分公司，能走到今天全是老大两口子自己打出来的江山。

叹了口气，老爷子脸上有了点笑模样："你小叔当年可是早就说了他那一份全给你，你不要啊？"

"您要给我个京城的公司我还得常驻这边，谁愿意啊，他当然是自己不想要才想着甩给我的，我又不傻，要来干什么。"

那嫌弃得跟什么一样的口气逗笑了老爷子，笑完了又叹气，吸血的都在身边，想得明白的都走远了，一个还是永远都回不来的。是啊，他还能活几天呢，依着自己心意过日子就得了，谁还能来和他说不准不成。

摸了摸小孙子的头，老爷子点点头加重语气："我会记着把那份留给你的。"

郑子靖是半点没有在怕的："我不去你也拿我没办法啊！"

"我拿你没办法，老郑有。"

47

郑子靖简直不敢置信:"老老郑,你这是过河拆桥了啊!"

"你不是会游泳?慢慢游吧。"

看到那边夏乐和喻姐一起过来,老爷子不再说话,并且把浑小子的头扳了过去。

郑子靖一抹脸,起身笑着迎向两人:"喻姐,东西都带齐了吧。"

"带齐了。"喻姐连忙把两张身份证拿出来,"子靖少爷,我也去啊?"

"去啊,当然去,你要不去爷爷吃不惯我家厨子的饭闹着要回来怎么办。"说着话,郑子靖故意瞥了老爷子一眼,哪想到老爷子根本不看他,接了夏乐递过来的水慢慢喝着,在外边他也就不嫌水难喝了。

喻姐看着端起了架子的老爷子不由得又想到了他被背出门的那个画面,怕自己忍不住笑,连忙道:"子靖少爷您的登机手续办了吗?我去吧。"

"一起去,咱们带爷爷体验一下民生。"郑子靖打趣了一句,朝夏乐伸出手去,"身份证。"

夏乐拿出来给他,趁着其他人不注意偷偷观察郑老。行动有用就不用多说是当兵多年遗留下来的习惯,可当真的那么做了她也不是没有意识到自己冲动了的,直至此刻看郑老并没有口里说的那么不愿意后心才落下来。这个习惯要改,她想,毕竟现在她已经不在部队了,在背人之前她应该先打个招呼的。

夏乐现在热度正高,常年在机场拍明星的狗仔拍了不少照片发到网上。两个小时的飞行,网络上热闹得如同过年,真正来过年的一下飞机就觉得……唔,空气的味道好像有点不太一样。老爷子用力深吸一口气,满足,下意识地去捞手杖……当然是捞不到的。

轻咳一声,老爷子背着双手往外走去,郑子靖努力憋住笑跟上去,一眼看到杵在出口等着的老郑,两对父子眼神一对上,心情各自有点微妙。

小郑觉得他可能要挨揍,于是非常明智地往老老郑那边躲,走近了先笑为敬:"老郑,我把爷爷接过来啦。"

"你那不叫接,叫扛。"老爷子在一边凉飕飕地接话。

老郑横小儿子一眼:"你爷都多大年纪了,你还去折腾他。"

"那来了就不走了呗,那就不叫折腾了。"

好有道理,老郑都有点忍不住笑了,瞪他一眼,规规矩矩地上前叫了声爸。

拍了拍长子的肩膀,老爷子长叹口气,笑道:"你说你和章惠那性子是怎么生出来小四儿这皮猴儿来的?"

真是个好问题，老郑看儿子一眼："我也经常怀疑是不是抱错了。"

郑子靖眨眨眼，呵，这是父子俩联手了啊，本来还想做个小棉袄避免他们一路上没话说尴尬的，现在看来是不用了。

他拉着一直当自己不存在的夏乐越过两人往前走去："我的车在停车场停着，就不和你们一起走了，要去趟公司。"

夏乐只来得及回头挥了挥手就被拉着走了，上了车她边系安全带边问："去公司有什么事吗？"

"不去了，送你回家，你养养嗓子，后天我们开始录专辑。"

有一句没一句地聊着，车子开到了楼下，夏乐下了车道了再见就要上楼，郑子靖趴在方向盘上叫住她："出入的时候留意一点，这里只是普通小区，估摸着已经有记者蹲守了，等将来你名气再上升一些可能要换个住处。"

夏乐毫不迟疑地拒绝，"不搬，就住在这里"。

"伯母可以一起搬过去。"

"我妈不会同意，她要在这里等我爸回来。"

郑子靖愣了愣，他从没听夏乐提夏父，还以为夏父已经不在了……

"抱歉，那我想想别的办法。"

"他们爱看就给他们看，看得没意思了自然就不会再看了。"

郑子靖想象了下蹲守的记者天天拍夏夏晨跑锻炼，和普通上班族一样朝九晚五，唔，上班路上很大可能还要被甩掉，大概真的是他们先崩溃。被想象的画面逗笑，郑子靖决定让这事变成现实，挺有意思的不是吗？让你们见识不一样的明星。

"我只能暂时同意，在你越来越有名后你和伯母都不能再继续住在这里，这里没有安保，对你们的安全没有保障。"

夏乐觉得有点可笑，她需要人保护吗？可当她抬头看到后边熟悉的车停下，妈妈从车上下来朝着她笑时她知道郑先生的考虑是对的，她不需要任何保护，但是妈妈需要，利益动人心，她甚至都不敢想这个小区里的老邻居是不是会生出什么心思来。

"回来了。"邱凝笑着走近，那边郑子靖听到声音忙下车走过去问好。

"辛苦郑先生了。"邱凝真是半点都不意外是这位送回来的，"不忙的话留下吃顿便饭？"

"长辈过来了，得回去陪着。"郑子靖弯了弯腰，笑容可掬，"不打扰伯母了，我这就回，夏夏你有事给我电话。"

"好。"

目送车子走远，邱凝挽着女儿的手上楼，不着痕迹地打探："郑先生这是嫌弃我菜做得不好吃？"

"不是，他爷爷从京城和我们一起过来了。"夏乐接过妈妈手里的菜袋子老实回答。

"哦？你也见着了？"

"嗯，去了郑老家里。"

邱凝脚步都顿了顿，她有点想叹气，自家这个就算了，部队里待久了不懂这些人情往来，估摸着上门都是空着手的。可那个看起来就很精明的孩子怎么就会把一个旗下艺人往长辈面前带，还带得理所当然的样子。

"老爷子有没有不高兴？"

"为什么不高兴？"夏乐打开门，先把妈妈的拖鞋拿出来放到妈妈脚边，然后才自己去换了，家里冷，她又把空调打开，"妈，你休息，我来做饭。"

"就你那能吃就好的水平快别浪费我的油了。"嘲笑了女儿一句，邱凝提着菜进了厨房，得，她也不打听了，随他们自己去吧，说不定傻人有傻福呢？

回屋换了衣服出来，见饭已经煮上，菜也在洗了，邱凝笑："没有把莹莹算漏吧。"

"记着的。"夏乐关了水龙头，犹豫了下，和妈妈说起郑先生说的搬家的事。

"该搬的时候就搬，这房子又不是就成了别人的了，你爸如果真能自己回得来他也有钥匙，就算他钥匙丢了也知道备用钥匙藏在哪，还怕他进不了家门？"

邱凝切菜的动作不停："就算真有那个万一，我手机号码没有换过，如果他忘了那他是活该回不了家。"

"妈……"

"嗯？"

夏乐好一会没有说话，邱凝却笑了笑："你是想说如果你爸真不在了我会怎样？还能怎样，接受呗，都过了这么多年什么结果都是有可能的，万一真的死了我也总要知道他的尸骨在哪里，死前是不是被折磨过。生要见人，死要见尸，我也就这点执念了，总不会有人恨他恨得将他挫骨扬灰了，就算真是不还有把灰吗？"

冬天的水有多凉？夏乐感觉不到，因为心里太难受了，她甚至想和妈妈说对不起，就算进入部队她也没能找到爸爸，没能达成她的期盼。

"小乐,不要害怕。"对上女儿的视线,要不是手脏邱凝想拍拍她的头,就像小时候一样,"不要因为看到妈妈在爱情里的苦就觉得爱情多余,爱情它有最美好的样子,能让你付出多少都心甘情愿,它会让你明白心花怒放是什么滋味。而且啊,遇上好的爱情会让你变成更好的人。妈妈的爱情虽然等候的日子多了点,可如果再给我一次选择的机会我还是会嫁给你爸,他真的很好,好到我愿意为他撑起这个家,只要他能回来。"

邱凝眼里隐隐有泪光,可她仍然笑着:"小乐,你会有你的爱情,答应妈妈,遇上了不要排斥它,嗯?"

"……嗯。"

"乖,行了,这里不用你了,去弹琴给妈妈听,有琴声伴着妈妈炒的菜能更好吃。"

夏乐应了一声,把青菜从水里捞出来才离开,不一会琴声传来,邱凝靠着流理台好半晌没有动弹,爱情啊……

那边郑老爷子也到了,没急着进屋先在湖边走了走,就是手里没了手杖总感觉少了点什么。

老郑陪在一边也不催促,平日里总觉得自己老胳膊老腿,可在八十七的老父亲面前他是半个老字不敢提。八十七啊,老郑在心里叹了口气,打定主意回头就和小儿子好好上堂课,该浑的时候还得浑吗是不是,折腾来折腾去做什么。

"浑小子和夏家那姑娘怎么回事儿?"

说起那两个老郑也是哭笑不得:"我们瞧着都是那么回事,可他们两人自己反倒完全没觉得,我都恨不得让人带他们去瞧瞧别家公司老板和艺人是怎么相处的"。

"我就说有点不对劲。"老爷子大笑,"不提醒他,让他折腾,看他瞎到什么时候去。"

"爸,小四儿也是孝顺,想您开开心心过个年。"

"我还能不知道他什么性子。"老爷子瞪了儿子一眼,他总不能告诉大儿子他是怎么被那姑娘扛出门的。哼了一声,老爷子终于不游湖了,抬脚往郑家走去,这会喻姐已经进屋和女主人见过了,一起在门口迎着两人。

章惠笑意盈盈地叫了声爸,老爷子素来挺得意这个大儿媳妇,对她态度极为温和:"听老大说你头又疼了?怎么就根治不了了?"

"就这么个毛病,不然今天就和老郑一道儿去接您了。"章惠亲手奉了

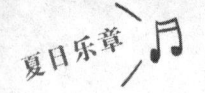

茶后在下首坐了，自然而然的亲近，"也是因着这天气，过了这季节就好多了，倒是您，什么时候见着都一样精神。"

"行了，自家人用不着商业互吹。"老爷子潮得很，网络用语用得溜溜的，打量这宽敞但是很温馨的大厅他在心里感慨，大概也只有老大家里还像个家了，不论多久不来，这种家的氛围没有丝毫变化。

"那几个还在家里住着？"

"一年总有半数在家吧，依着他们自己，想回来就回来，反正房间碗筷都有他们的份。"

"小四儿也没往外边跑？"

章惠笑："他是在家住得最多的，总怕我们有点什么事身边没人。"

老爷子也不意外，那小子猴精猴精的，心里却自有一杆秤，谁是自己人，得护几分称得清清楚楚。家里人自然是分量最重的，就像把自己带到乌市来，看上去就是他不管不顾干了浑事，把这事都背了他自己身上，那几个要是怪到老大身上他一通浑也就完事了，反正他在那几个面前浑也不是一回两回，他们该习惯了。

"行，我也不辜负小四儿的一片孝心，就在这边过年了，小喻，你看看还缺着什么没带的让那边寄过来。"

"不用了。"章惠笑眯眯地对小喻道，"只要爸的药带齐了其他我这边都有备上。"

"带着了带着了，子靖少爷出门的时候就有嘱咐过的，我要忘了他下次该不喊我喻姐了。"

几人都笑开了，那小子嘴甜，但也实打实地招人喜欢。

天才蒙蒙亮，一身黑色运动服的夏乐轻手轻脚地出了家门，她没有戴耳机跑步的习惯，一身轻便，在楼梯口舒展了一下身体戴上帽子慢慢跑起来。

老城区有许多小路，路灯都不是时下城市里用的那些，而是一直延续了老城区这边的风格，非常古旧，但是衬极了这边的屋舍。

这边的路没有宽到能通汽车，平时也就摩托车自行车穿行，是许多晨跑夜跑爱好者最喜欢来的地方。夏乐从小生活在这边，比其他人更熟悉，再加上艺高人胆大，再偏的巷子她也敢去。边跑边回头瞧了一眼，夏乐想到郑先生说的可能有记者蹲守的事也就没把那些脚步声放到心上，呼吸一口冷到骨子里的空气，她抬头看向还黑着的天空，唔，记者也挺辛苦的。

耐力跑对她来说只是基础训练，也养成了跑步的时候一心二用干点别的事的习惯，比如背英语单词，在有课业又有训练的那两年她把一心二用练到了相当不错的水平。边默默地背着一个个英语单词，在心里迅速写出来，就和还在部队时一样，直到……

夏乐停下脚步，身体先脑子一步寻到了隐蔽点，把自己贴着院墙藏在了阴影处，她又抽了抽鼻子，没错，是血腥味，虽然很淡。

她把帽子放下来，看了下手表，五点二十四分，这个时间点……

猫着腰，夏乐循着血腥味无声地追踪过去，门是关着的，她熟悉这种铁门，但是不知道里边的情况她没有贸然去开，找了个地势高的地方翻墙跳了进去，血腥味变重了。静静地等了等，没有动静，她贴着墙根过去发现门没有关，血腥味扑鼻而来，夹杂着一声细细的呻吟。

夏乐不再犹豫，立刻贴着门进去，扶着门不让它发生变化。屋里没有开灯，凭夏乐的视力也看到了有三个身影倒在地上，楼梯上下各趴着一个，她没有动他们，她首先要确认行凶的人还在不在这屋里。

连屋顶都查过，确定人不在后夏乐才按着外公家的格局摸索着开了小灯，看清楚屋子里血淋淋的场景，内心强大如她也觉得心脏紧缩。

顾不得多想多看，夏乐先跑向两个小孩，全是刀伤，深的浅的，探了生命体征都很微弱，可还是有的。她连滚带爬地去找电话，座机的线断了。手机，手机她没带，屋子里也没有，她先找了件衣服过来把两个孩子还在流血的地方绑住，再次探了下确认生命体征还在，然后又飞快探了另外三个大人，都没了。

好狠，夏乐深吸一口气往外跑去，一拉开铁门，就看到了四个气喘吁吁的人坐在对面歇着，听到动静他们抬头，双方视线对上都有点愣，尤其是在看到夏乐直接朝他们奔过来之后更是蒙，什么情况？

"手机，快。"

那人下意识地拿出手机递给她。

夏乐立刻拨了110："报警，老城区清雨巷，等一下，四十二，不是，四十三号发生命案，三人死亡，两个孩子还有生命体征，请立刻派人过来封锁现场，另外，我推测凶手还在老城区没跑远，我会想办法先送孩子去医院，我是夏乐，就是那个明星夏乐，随时找我"。

挂了电话，夏乐看向几人："记者？"

几人反应过来之前已经点头了。

"需要你们帮忙，有没有车？"

53

"车这里进不来……"

"把车开到这个巷子的路口等着,马上。"

"我们刚才就在那里下的车。"

"要两辆车,想办法弄到,你们来三个人帮我。"说完夏乐也不管他们,飞快又跑回屋里,从她发现异常到现在,其实也才不到五分钟。

几人面面相觑,虽然不知道追个明星的新闻怎么追成了这样,可人命关天的事他们也不敢不当回事,立刻把吃饭的家伙往身上一挂就动了起来。

屋内,夏乐已经拆了一张柜子门,这会正麻利地把沙发垫子往上边绑,贸然移动怕二次伤害,只能最大限度地制造缓冲。

站在门口的几人这一辈子都没见过这么多血,也设想过命案现场会有点惨,可没想到会这么惨,这简直是地狱!

"站那里不要乱动,会破坏案发现场。"

"为……为……为什么不打120?"

"太慢,这边巷子多,他们也不一定能及时找到。"

这么点时间夏乐已经弄好了一个,她小心地把七岁左右那个孩子抱上去,又拿了件衣服把他绑在板子上,直接一个人连木板带孩子抱起来走出门:"放到车后座,车子开稳点,护持好别造成二次伤害。"

"你这样动他就不怕二次伤害了吗?"

"我学过,快点,还有个孩子。"

两个记者连忙上前接了,以为她还要交代什么,却见她转身又转回了屋内。想到屋内的情景,几人都是背后一寒,就在之前,是她一个人在里边发现了命案,一个女人,她都不知道怕吗?

剩下那个记者挨着门哆嗦着问:"我、我能做点什么?"

"等着。"夏乐不知道又从哪里掀了块木板,比之前那块短一点,三两下绑好沙发垫子,把那个不过三四岁的小孩抱了上去,腿上一块肉都垂在了垫子旁边,夏乐面不改色地扶了回去,记者直接出去吐了。

夏乐干脆不指望他,把孩子绑好又拿了沙发上的毯子盖上,连木板带人抱起来就往外跑去,记者见到她忙要来帮忙,她避开:"你留下等警察过来,问什么答什么,不要隐瞒。"

记者想哭,他想去医院,横着去竖着去都可以,只要不留在这!

夏乐已经大步走远了,大气不喘地一口气跑到了路口,看到停在那里的车,根本不给人家反应的机会拉开车门坐了进去,孩子就放在了腿上,"快点,医院。"

司机看了眼后视镜中身上脸上都沾了血的夏乐，心情有点微妙。

冬天天亮得迟，六点也才蒙蒙亮，平时就算是急救中心这个点也是安静的，今日却所有值班医生护士都出动了。

夏乐一直跟着送到手术室，在这里她看到了先来一步的另外两个记者，三人都没有说话，这种时候除了感叹生命可贵真的想不到别的。

坐下缓了会，夏乐抬头："我能不能再借用一下手机？"

"可以，可以。"莫名其妙就一起干了件大事，记者这会看夏乐特别顺眼，连忙把手机递过去。

夏乐把电话打给了经纪人，那边半梦半醒的郑子靖听到手机响拿起来一看是陌生号码直接按掉了，蒙头继续睡。

没一会手机又响了起来，好几声都没有挂，这种电话是要接的，他坐起来开了床头灯，接通电话喂了一声，没忍住打起了哈欠。

"郑先生，我是夏乐，我这会在医院。"

"哈？"郑子靖一个哈欠差点没能收得回来，被子一掀就走向衣柜，"在哪家医院？"

"中心医院，晨跑的时候闻到血腥味，跟过去发现有人家里出了事。"

郑子靖心下一松，还以为是她自己怎么了，吓得他："这会还早，没人看到你吧？"

"应该没有……吧。"夏乐看向对面几个，他们应该不算吧。

"我马上过来处理。"

"好。"

看了下时间还早夏乐没有打给妈妈，把手机还了回去，试探着问："这次的事可以不报道出去吗？"

两个记者面面相觑，记者甲耸耸肩道："牵扯到这种大案，上面不给话谁敢报道。"

那就好，夏乐放下心来，看着手术室的灯安静地不说话了。

两位记者莫名就有种被用了就丢的感觉，记者甲不甘心地没话找话，但也是心里想问的话："夏乐，你不怕吗？"

"什么？"

"那种情况啊你不怕吗？那么多血，还死了人，你不怕？"

需要怕吗？早就被磨砺得不知道怕是什么的夏乐就没往怕这个方向想过，

她现在怕还来得及吗?记者哪个不是目光如炬,她这一卡壳他们就懂了,这人是真不怕,真汉子!

"话说夏乐,你是不是去念了什么神秘的古武大学?"

"嗯?"

"我们只查到你小学初中高中念的学校,大学的没查到,可是你这样又分明有点不为人知的本事……"说得起劲的记者甲被一脸无语的同事拽了一下,天已经亮了,还做梦呢?

记者甲轻咳一声:"看你们都受了惊吓,逗你们乐乐。"

我没有,是你们,夏乐默默地瞥了两人一眼,悄悄把这话吞了回去。

"那个夏乐,我们需要一直等在这里吗?"沉默一会,记者甲又忍不住说话了。

"我不是很清楚。"夏乐突然转头看向走廊另一头,两个穿着警察制服的人一起往这边走来。

"谁是夏乐?"

夏乐站了起来:"我是。"

"跟我们去一趟。"

记者皱起了眉:"这位警察先生,夏乐是做了好人好事没错吧?"

"她是第一个到案发现场的人,需要走个流程,你们跟我同事走,也要走个流程。"

这种事没什么可惧的,夏乐提了个小小的要求:"我可以先打个电话回去吗?过了时间不回我妈会担心。"

"先去局里吧。"

夏乐眉头皱了皱,对借手机的那记者道:"如果我经纪人打电话给你,麻烦你说一下我的去向。"

"放心,一定转告。"

Chapter 13
心病暴发

这么个大案子，这一片公安局里所有人都提前上班。

夏乐被带进了一个小房间里，里边已经有两个人在等着了，看到她指了指他们对面那个空着的位置。夏乐精准地看向隐形摄像头的方向，让正看监控的人不由自主地往后倾身。

走到位置上坐下，夏乐主动告知一切："夏乐，汉族，女，九三年十月十日生人，家住绿苑小区，父亲军人，母亲邱凝，任某音乐学院老师。事情经过：今天早上晨跑时闻到血腥味，跟着血腥味过去发现命案，报警后救助，现在两个孩子在中心医院急救。"

警官第一次面对这种表现的嫌犯，其中一个女警敲了敲桌子："我问，你答。"

"我能说的就是上面这些。"

"你是第一个发现案发现场的人，明星没有特权，谁遇到这种事情都要接受我们的调查。"

被当成嫌疑犯了，这个认知让夏乐一股怒气直往上涌，沉默着不说话。

警察也不在意，按着自己的程序来："姓名，籍贯。"

夏乐不说话。

"再说一遍，姓名，籍贯。"

夏乐的依旧不回应让警察有点来火，城区发生这种案子压力本来就大，现在只有夏乐这一条线索，不管是不是能问出点什么来，只要有个三言两语也能暂时缓解一下他们的压力，可这人还不配合。

女警重重地把笔往桌上一搁："夏乐，这里是公安局，请你配合执法。"

夏乐好说话，只要和她打过交道的都知道，可她不说话冷着脸时又会显得特别生人勿近，就算气势收着也给人一种硬茬子的感觉。

两个警察对望一眼，硬茬子他们见得多了，是有底气的硬还是虚张声势的硬他们分得出来，眼前这个……竟然是底气十足的硬？身为一个经不起查的明星，竟然不虚？

"咳，夏乐，我们没有别的意思。"另一个年长一些的男警官慢悠悠地开了口，"你是第一个发现命案的人，我们也有理由问得更清楚不是？你看，我们也没有给你上手铐脚镣，也不算冒犯吧。"

确实是，一切行事都在那根底线内，说过分吧，他们并没有对你怎么样，说不过分吧，一坐上这张椅子就让人哪哪都难受，被当成嫌疑犯审讯的憋屈感夏乐还是第一次体会，她很难受，很暴躁，很……想动手！

睁开眼睛低头看向自己在颤抖的手，她握紧了拳头提出要求："我需要联系我的心理医生，或者经纪人。"

"哦？你需要看心理医生？"男警官眼神亮了，"是因为什么？"

夏乐抬起头来："我需要联系我的心理医生！"

"夏乐，身为公民你有配合警察办案的义务，只要你把问题交待清楚你想见谁都好说。"警官身体前倾，语调中带着让夏乐恶心的诱哄，"告诉我，你因为什么原因在看心理医生？"

不能动手，夏乐提醒自己，她不能对普通人动手，可他们不是普通人，不，对她来说他们是，可他们在冤枉自己，他们在把她当杀人犯，对，他们没错，她杀过人，她杀过人，杀过很多人……

夏乐站了起来，她头有点疼，脑子里闪过一幕幕场景，她杀过的人，她倒下的战友，身上那些分不清是自己的还是敌人的血，鼻端仿佛又闻到了血的味道……

这不对，夏乐仿佛亲眼看到自己的心理防线在一点点崩塌，直到这一刻她才真的相信了宁医生说的她的心有病，那些事全在她的心里，从来没有过去，一点一滴，都在，被血刺激到了才在这一刻突然爆发出来。

她额头有了湿意，看向警官再次提出要求："我需要联系我的心理医生。"

警察也是真正有经验的，看到这样的夏乐就像猫看到了鱼，一个人什么时候最脆弱？情绪崩溃的时候啊，显然这夏乐现在就是，作为办案人员他当然不会错过这个机会，只当没听到她的话："夏乐，你为什么会在那么早出门？

那条路很偏,其他人很少往那走,你为什么会往那里去?"

夏乐直接站起来往门口走去,男警官立刻上来拦她:"夏乐,你现在不可以离开!"

夏乐手紧握成拳也仍旧在抖,情绪紧绷,心里默念不能动手不能动手不能动手,她拉过最近的椅子卡住警察,拉开门走出去。

"夏乐,你不可以离开!"

女警追出来大喊,走廊上刚领了佩枪的刑警立刻摸向腰间,夏乐手比脑子反应更快地一把扣住了他的手,在他反应过来之前男警官已经被她按在了地上,男警官的枪也落到了她手里。听到枪上膛的声音,围过来的刑警惊恐地发现,夏乐会用枪!

"夏乐,立刻把枪放下!"刑警纷纷用枪指着夏乐。

夏乐脑子里已经混成了一片,可被手枪指着,生命遭到威胁的危机感又让她重回到了战时的绝对冷静,她站起来看着一众人。

"放下枪,把手举过头顶。"

夏乐松开手,枪口朝下弯腰放到地上,就在警察以为她听话了时她突然往旁边一倒,就地滚向目标中的树,一拉一扯人已经如箭一般射向离她最近的刑警,不过片刻人全部被放倒,枪全部被拆成零件散落一地。

"夏乐,不要轻举妄动!"仅剩的三个刑警持枪远远指着夏乐,其中一个年长的边慢慢走近边喊话,他要走近点儿,要么一枪毙命,要么不能开枪,不然再把人激出凶性来,不知道她能做出什么事来。

"想想你的家人,你还是个明星,有那么多人喜欢你,想想她们,现在你收手还来得及!"

"我需要见我的心理医生!"夏乐抬起头,"你的枪打不中我。"

老刑警停下脚步:"有要求可以提,何必弄到这个地步。"

夏乐笑得嘲讽,有要求可以提,她一直在提,可是没人理她,没人满足她的要求!

突然外边警笛声大作,夏乐再次提出要求:"我需要见到我的心理医生。"

有了驰援,老刑警心里也有了底气,神经没绷得那么紧,身为老刑警的直觉冒了头,他觉得有点不对,夏乐如果真有心理疾病也发作得太突然了,是什么刺激了她?虽然是把她列为了头号嫌疑人,可那也只是秉持着大胆怀疑小心求证的办案方式,到底是不是她不也还是得看证据?现在冤假错案的代价他们也担不起不是。

59

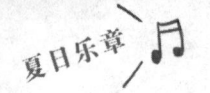

脚步声响起，大门口冲进来六个人，个个枪上膛指着院中唯一站着的夏乐，此时地上躺了一地的人，而她脸上身上还沾着之前救孩子时沾上的血，看起来就像个犯了大案的要犯。

"立刻把手举起来！"

夏乐心里全是战意，全身都因为兴奋而发抖，枪在指着她，他们在威胁她！放倒他们！

她想！

于是她动了，借着院中两辆车子的掩护躲开子弹，在他们的目瞪口呆中再次把一拨人放倒，枪拆卸一地。

太弱了，她想。她是这么想的，神情间也是这么透露的，她甚至回头朝那三个手里还拿着枪的刑警挑衅地笑了笑，然后她朝三人走去。这三把枪也不应该指着她，枪应该对外！

"站住！再靠近我开枪了！"老刑警知道碰上了硬茬子，他硬声警告，双手握紧手枪随时准备按下去。

夏乐笑得轻蔑，突然加速往三人方向冲，当然，战场上活下来的人这种情况下不会跑直线，而她甚至纵容老刑警五发子弹打完才靠近他，站到他面前，神情从容地由着他的枪顶在自己头上。

"没子弹了。"夏乐笑，"多久没用过枪了？我站着不动你都打不中吧！"

"你……"

"不想这个枪眼开在你们自己人身上就把枪拿稳了。"夏乐越过老刑警肩膀看向他身后两个年轻的刑警，这么弱啊，真遇上那个凶手只有送菜的份！

"我说我需要联系心理医生你们不让，那你们联系再多的警察又有什么用。"

"夏乐，杀人要偿命的，这种灭门案你以为只要证明你心理有疾病就能躲过去吗？你就是神经病犯了这种案子也别想脱身！"老刑警激动的唾沫都喷到了夏乐脸上，他还没有来得及去现场，可从传回来的照片上也可以看得出有多惨烈，犯下这样的案子，简直泯灭人性。

杀人偿命，杀人偿命，夏乐脑子里放电影一般各种场景来来去去："我的人被杀了，他们不该偿命吗？踩在我们的国土上作恶，不该偿命吗？试图摧毁我们几代人的心血，不该偿命吗？"

老刑警眼睛越睁越大，这是……这是……

"不该偿命吗？"夏乐固执地坚定地看着老刑警，她想要是他说不该，她要打爆他的头！她死了那么多兄弟，有一个掉下悬崖骨头都没找到一根，回来时她按着老家的习俗喊了他一路的名字，免得他找不到回来的路在外边做了孤魂野鬼，要是投胎投到山那一边的国家去了怎么办。

那些人，怎么能不该死呢？

老刑警被盯着，因为想到一些事大冷的天出了一身的冷汗，他不敢刺激夏乐，点头道："该，那些人该偿命。"

夏乐又看了他一会，仿佛是确认他说得真心才把快蹭到人鼻子上的脸退回去些，她头很疼："你可以……"

"砰！"随着一声枪响，夏乐一把拽着老刑警扑倒在地，倒地的一瞬她立刻松开老刑警滚了几滚避到了花坛后边！

"副队，你没事吧！"

老刑警推开来扶他的人瞪向开枪的愣子："你这是打算连我的命一起要了？"

"对不起副队，我看那是个好机会我就……"

老刑警气得手指都哆嗦，这时原本只是受了皮肉伤的刑警也都抓紧机会重新组装好了自己的枪，齐齐指向夏乐藏身的地方。

这么多人了胆气也足了，有人声音就大了起来："夏乐，你插翅也难飞了，现在给你最后一次机会，趴在地上，双手背到身后，我数三个数……"

"你数三个数要怎样！要她的命吗？"郑子靖铁青着脸大步进来，胸膛急促起伏，刑警下意识地调转枪头对准了他，他看都不看他们，直接越过他们朝那头站起来的人走去。

没有人开枪，不到必要谁也不想开枪，没有谁想沾上人命。

边走郑子靖边将大衣脱下来，二话不说盖到夏乐身上，又强硬地将她的手套进衣袖，贴了下她的额头，一片冰凉。

心疼和愤怒齐齐涌上来，郑子靖把全身都在发抖的人揽进怀里捂着，那张素来笑得如沐春风的脸冷得如这三九寒天："我想请问，夏乐是杀了人还是放了火，值得你们这么大阵仗。"

"这位同志，这里是公安局，非常时刻请你离开！"

"我知道这里是公安局，我也没打算走。"郑子靖冷笑着揽着夏乐上了台阶，随手拉开一张门，看里边没人就走了进去，反手将门关上。

屋子里空调开着，挺暖和，郑子靖扶着人坐下，转身又去接了开水兑了点凉的进去，滴到手上试了下温度有点烫手后就快步过来递到夏夏嘴边："全

61

部喝下去。"

夏乐听话地把一杯烫嘴的水全部喝了，郑子靖又去倒了一杯开水过来给她拿着捂手，可看她拿在手里抖得水都溅了出来他又端走，这时他才发现她的手心是湿的，打开另一只一看，同样湿得滴水。

一时间郑子靖都心疼得不知道怎么办才好。

"郑……先生。"

"在，我在。"郑子靖在她面前蹲下来把她的手握在掌心，"你说，你要什么。"

夏乐声音喑哑："手机。"

"放心，我打过电话给伯母了，说你有急事要去公司处理，她不会知道。"

夏乐的肩膀塌下来些许："我要打个电话。"

郑子靖立刻拿出手机划开："你说号码。"

夏乐想了想，才从混沌的脑子里把那一串号码找出来。

响了两声那边就接了起来："你好，我是宁浩。"

"宁医生，我……犯病了。"

"夏乐？是情绪失控了吗？安不安全？别着急，你现在在哪里？"

"可能……不太好，我在老城区公安局。"

"只要没杀人任何情况都不是问题，别担心，我马上过来。"宁浩此时的声音听起来竟有些温柔，夏乐嗯了一声，那柔弱的语气让电话那头的人心悸，也让面前的人心疼。

郑子靖接过电话："还需要打给谁吗？"

夏乐想不出该打给谁，她头好疼。

"好了好了，不用打给谁了，后边的事我来处理。"郑子靖一看她皱眉连忙叫停，拖了张椅子坐到她身边将人抱到怀里，"休息一会，能睡着最好。"

夏乐闭上眼睛，身体很累，可她睡不着，脑子里那么那么多事，那么那么多人，好像要把她撑爆一样，可那些人她要记着，那些事她不敢忘，她哪一样都舍不得，如果连她都忘了他们，那谁还会记得？

看着闭着眼睛眉头紧皱的夏夏，郑子靖深吸一口气一通一通电话打出去，又在群里和家里交了底，都动枪了这事小不了，需要动用家里的关系。

电话很快追了过来，接到电话时老爷子他有点意外："爷爷，您让我爸接电话。"

"我不比你爸有用？"拍开儿子伸过来的手，老爷子按了免提问他，"你

62

说得含含糊糊的,现在究竟什么情况?动枪了?"

"嗯,夏夏……有战后综合征。"

这个病别人可能不清楚,郑家的人却是知道的,小叔第一次执行任务后反应非常大,当时对小叔的判定是他不适合继续待在作战部队,后来是在进行心理治疗后小叔重新让他的长官相信他已经克服才得以留下,然后一留许多年,直至牺牲……

郑子靖低头看向额头还在冒汗的夏夏,夹住手机用衣袖轻轻给她擦了擦,声音也轻:"现在我们还在老城区公安局,律师马上会到,夏夏的心理医生也在赶过来的路上,爷,我的分量不够,您让我爸去联系几个人,我不能让夏夏在这事上被动吃亏。"

"知道了,你把人看好。"

郑子靖松了口气,虽然知道他提出来家里人就不会拒绝他,可亲耳听到爷爷应下他才真的放下了心里的石头,以前从没觉得自己的实力不够用,这一刻他有了清晰的认知,他太弱了,遇上大事不堪一击,这次就是教训。

而一墙之隔的办公室,老刑警重新调出了夏乐的档案,平平无奇,小学初中高中都是在本市,没有大学院校资料,然后就是几份不起眼的工作,看起来非常正常,就像一个普通的年轻人不安分的工作变迁。可经过刚才的事老刑警不可能再把夏乐当成普通人,他的直觉告诉他,这是一份假档案,夏乐这样的身手短时间内是练不出来的,可她的档案上没有这个时间。当然,他不会知道,再早上一个月这份加过工的档案他都看不到。

是什么情况才需要做一份这样的假档案给人看?联想到夏乐说的那些话,老刑警抓起大茶杯灌下一大口,他们好像怀疑错了方向。

"副队,有人来了,说是律师。"

老刑警站起来来回踱了几个圈:"让他进去。"

"可是副队……"

"给老子去。"老刑警眼睛一瞪,把个小刑警吓得飞快跑了,深呼吸一口气,他拨了通电话出去,"老局长,我是小戴……"

律师敲开门,看到抱在一起的两人考虑了一秒是不是要退出去,那被老板抱着的人就已经坐直了身体。

"老板。"

郑子靖点点头,给夏夏介绍道:"我的律师唐潜。"

夏乐看着他:"我要等宁医生过来。"

"我们现在不走。"大概也走不了,郑子靖蹲到她身前,"但是这事需要律师。"

夏乐这会反应明显比平常慢,额头上的汗顺着脸颊滑下来,她点点头,不用问就自己说出了事情经过:"晨跑时闻到血腥味,发现凶杀案,死了三个,两个孩子还有气,我报了警,孩子送到了医院,警察把我带到了这里,他们怀疑我是凶手。"

夏乐突然站起来把外边的大衣脱了,然后又去脱运动外套,郑子靖连忙抓住她的手:"夏夏,热也不能脱,你流的是虚汗……"

夏乐强行把他的手扯开继续脱外套:"有血。"

郑子靖本来按着她的动作立刻变成了帮她脱,然后远远丢开了,又将大衣给她穿上:"好些了吗?还需要做什么,你说。"

夏乐摇摇头重又坐下,双手交叉在胸前紧紧揪住大衣,心里的焦躁让她不知道要怎么排解才好,明明没人伤到她,可她觉得身上哪哪都疼,血肉里,骨头里,以她的耐疼能力都忍不住的疼。她不知道,她的身体在发抖。

郑子靖觉得自己这辈子的心疼可能都要在这里用完了,他用力给夏夏拉紧衣服:"大衣。"

唐潜会意,连忙把大衣脱了递过去,郑子靖接过来捂到夏夏身上,拖着椅子过去跨坐着,把人拉到怀里抱着,如果可以,他都想剐下自己身上的热量给贴到这人身上去。

老板舍不得再追问,唐潜尽职地行使律师的职责:"夏小姐,你和他们动手了吗?"

夏乐闷闷的声音传来:"我……控制不住自己。"

"动手了?"

"嗯。"

唐潜坐下打开包,拿出纸笔记录:"动手到了怎样的程度?伤人了吗?"

"卸了他们的枪,人……应该没事。"

唐潜不由得看向此时虚弱得连声音都失了力气的夏乐,能在公安局的地盘上卸了警察的枪,她用的还是他们,显然不止一个,牛大发了,不过事情也大发了。

"你有开枪吗?"

"没有。"

那还好,唐潜记了一笔:"有一点很重要,夏小姐为什么会使枪?"

"这些等她的心理医生过来你就清楚了。"

唐潜不再多问，打开电脑研究开了，以目前这些可知的情况来看形势不容乐观，袭警不是那么好糊弄过去的。

有一下没一下轻拍着夏夏的背，郑子靖无师自通地学会了拍孩子一样的拍法，他有点着急，夏夏还在发抖，这可能不是身体上的，而是心理上的，他后悔没有念心理学了。

看了下时间，正想追个电话过去催促一下，门被人用力推开，门外的男人被一身军装衬得更加身材高大，气势十足。他意外于屋里的情况，和有过一面之缘的男人交换了个视线，然后视线下移，看向缓缓抬起头来的夏乐。这是他千防万防的情况，没想到还是发生了。

"宁医生。"夏乐站起身来，大衣滑落，"我……申请封闭治疗。"

宁浩大步进来，从口袋里拿出准备好的药递给她："小病而已，用不上，吃了。"

郑子靖连忙去倒了水来，夏乐拿着药没有动，固执地想要把对社会产生了危害的自己关起来："我伤了人。"

"没死人就是小事，把药吃了。"

夏乐抬头，对上宁医生的视线半会才听话地把药吃下去。

宁浩朝她笑了笑，转过身去看向门外身穿制服的一众人，他看了眼他们的肩章，径直走向中间的人敬了个礼："我是夏乐的心理医生宁浩，隶属于南方军区。"

"老城公安局局长刘建。"对方摘下帽子，"夏乐就算是军区的人，她大闹我局，我想我应该有资格向贵方要个说法。"

"贵局可能需要先给我一个说法，夏乐的病情早就得到了控制，确定不会对社会产生危害，她为什么会在你们局里被刺激得发病？我想知道，你们对她做了什么！"

两人眼光相撞，谁也不落下风，站在他们的立场他们也不能后退。

刘建在看到宁浩那身制服的时候就知道这次踢到了铁板，虽然刚从现场赶回来他还不知道具体发生了什么事，可作为重要嫌疑人会被怎样对待不用问他也知道，这是常规程序，不能说他们错，但前提是夏乐不能是部队的人。如果夏乐在这件大案中扮演的真是一个立了功的角色，他们却把人逼得发了病，那这事就说不过去。但是无论如何他现在都不能认这个错，毕竟从大方向来说他们没有错。

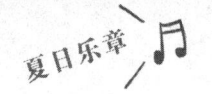

宁浩同样不打算退让，首先夏乐是他的病人，还因为他也是大院子弟，他们这种家庭出身的人比一般人对部队更有感情，更有荣誉感，他要维护的不止是病人，还是一个立了大功的退伍老兵。

手机铃声打破这片僵持，刘建拿出手机看了眼号码立刻走到一边接起来："谢局。"

"小刘啊，发生了这么大的案子知道你压力也大，可压力再大也不能乱了分寸嘛是不是，无凭无据的咱们也不能落人口舌。"

"是。"

而这只是开始。

脚步还没动，另一通电话又进来了。就像是拧开了某个开关，一个接一个的电话紧跟而来，且级别越来越高，刘建手心湿滑得几乎要握不住手机，他回头看去，宁浩已经没站在那里，那扇门也已经关上了。

郑子靖把事情经过和宁浩说了，宁浩推测夏乐的病在发现凶杀案时恐怕就已经诱发了，再被警察的态度一刺激可不就犯病了，情况比预料的要严重。

可神情上他仍然轻松："不用担心，这样对治疗更有利，就和其他普通疾病一样，不也得症状全发出来了才能好，你平时情绪管理得太好我都使不上力，现在我反倒知道要从哪里入手了。"

郑子靖把衣服给夏夏拉得更紧："可她一直在发抖，还一直在流虚汗。"

宁浩看着两人自然而然的亲密眼神闪了闪："知道焦虑症焦躁症那些吗？夏乐现在那些情绪都有，突然爆发出来后她又习惯性地想要控制住它们，身体受不住了。"

看了下手表，宁浩心里暗暗着急，他得尽快把夏乐带回医院，在这个环境下夏乐根本无法放松下来，时间越长她越辛苦。

"夏乐，第一次见面我就建议过你接受催眠治疗……"

"现在我仍然拒绝。"夏乐回得干脆利落，和她此时的状态半点不符，可宁浩半点不意外，第一次她也是拒绝得这样干脆，她不会把自己的思想敞开在别人面前，哪怕他是自己人，她也不愿意自己的思想被侵入。

"你试着放松，什么都不要多想，这事只要没有造成伤亡就不是大事，不要压在心里。"

夏乐靠在郑子靖肩头闭上眼睛试着放松，不知不觉拽着郑子靖的衣襟明显用了劲，她很努力地想让自己放松，可郑子靖和宁浩都看得出来她做不到。

"不用勉强。"宁浩也不走近，声音里带上些笑意安抚她的情绪，"不能放松也没关系,你别把这事当成是你的责任背在身上,首先事情没那么大,真要划分责任也不是你的全责,一件事情的发生有因有果,要掰扯咱们也不是不占理。"

夏乐抿了抿嘴垂下视线,她情绪失控动了枪,这个错就是她的,在哪都说不过去。

这时外边有了动静,当了许久隐形人的唐潜走到窗口看了一眼,一辆军卡直接开进了院子里,军容齐整的一溜人从车上跳下来占据各个重要位置,莫名他有了一种山头被强占的感觉。

听着动静,宁浩上前要去扶夏乐,郑子靖不着痕迹地先一步将夏夏扶着站好,两个男人对望一眼,宁浩率先走过去打开门,院里的人看到他立刻走了过来。

他敬了个礼:"冯亚良,奉命前来。"

"宁浩。"宁浩回了礼,两人又握了个手,"辛苦了。"

"应该的。"冯亚良动了动脖子,一阵咔咔作响后他咧嘴,"需要我们做什么。"

"夏乐有战后创伤综合征,我不知道在这里发生了什么激得她发了病,我需要当时的监控来找出问题对症治疗。另外,夏乐报案时有记者在场,我想知道他们现在在哪里,需要请他们当面做个有效证词。"

都是当兵的,知道战后创伤综合征是怎么回事,冯亚良看向夏乐已经完全是自己人的眼神了,点点头道:"小事一桩,我这就去办。"

可刘建也不能让他们把这儿当军营想干什么就干什么,他手一挡道:"这里是公安局,我们有我们的纪律,这一点请你们理解,有什么事我希望可以坐下来商量。"

两方互不退让,他们各有立场,并且也都非常清楚不能起冲突,一旦起冲突就是大事,双方都承担不起这个后果。

"我有个问题想请问当时审问我的警察同志。"

所有人看向从门口走出来的人,模样看起来有点狼狈,头发半湿地搭在额前更给她增添了几许柔弱,但是在听说了她的光辉事迹后他半点不敢小看,他现在根本无法将这人和明星这个身份连到一起去。

可她的开口等于是给了双方交谈的余地,刘建立刻道:"你说。"

"我说了很多次要联系我的心理医生,为什么不能满足我?"夏乐是真的疑惑,如果她是凶手,一个心理医生并不能帮她逃脱,为什么就不能满足

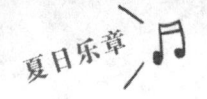

她呢？"

老刑警看向局长，刘建冲他点点头，如果是别人他还要担心担心，可对这位在局里时间比他都要久的人他很信任。

"我当时在监控室，对情况基本清楚。你的情绪在进来时就有点不对，那是作为一个正常人不会有的焦躁和抵触，在我们看来这就是突破点，兄弟们都受过专业训练，察觉到之后对你就有了怀疑。作为一个刑警，当时就算是我在审问你也不会放过这个很可能是对案情有重大突破的机会。"

在一边的宁浩补充："作为嫌疑人，你越虚弱他们越能找到攻破你心防的机会。"

"如果最后证明这个嫌疑犯不是凶手，谁来承担她心理防线崩溃的后果？"

宁浩只是笑了笑，夏乐却懂了，这个后果只能自己承受，可是："我是报案人啊，我，我如果是凶手怎么会报案……"

郑子靖揽住夏夏无声地安抚她，他想告诉她现实和书上学到的不太一样，想告诉她警力有限，他们没有那么和蔼。可他不知道要用什么语言来告诉天真到近乎傻的人这些其他人根本不需要去说明的事。她在十七八岁和社会接轨的年纪进了部队，还来不及变得现实就被部队打磨了，保住了在别人看来不合时宜的天真。

所以二十五岁的她仍旧活得比谁都纯粹，现在却被现实锤得七零八碎，郑子靖想象得到那种痛，一如每个人长大的阵痛。

"在当时的情况下所有和此事有关的人都有嫌疑，你并不是唯一嫌疑人，在审问你的同时几个记者同样是在分开审问。当时我们的态度可能不是很好，可这样一个灭门案子，我们也有很大压力，而且在察觉到你有异常的时候你的嫌疑就重了几分，这些对我来说属于正常办案。"

老刑警低了下头，继续道："虽然现在说这话有狡辩的嫌疑，但当时我们确实并不知道你是退伍兵，不清楚你有战后综合征，在办案的时候任何异常我们都必须重视，站在我们的立场他们做得并不算错。当然，也并不是说你就错了，你发现案子后做了一个百姓能做的最大限度的事，刚才兄弟们打电话回来说现场保护得非常好，在救出伤者的情况下也没有遭到破坏，很专业。"

宁浩意义不明地笑了一声。老刑警也觉得这挺马后炮的，之前将人那么一通折腾现在又说她哪哪做得好，打脸打得真够响的，可该说的他还得继续往下说。

"我做刑警十几年了,当时如果是我在审你结果不会有很大不同,可能我会问得更技巧些,会让人去联系你的心理医生,但在这个让你放松的阶段我会更大程度地来套你的话。他们年轻所以急切了点,也冒进了点,这激化了你心里的抵触,这是他们经验不够,是他们的错,这一点我替他们向你道歉。"

能屈能伸,还把所有问题看似敞敞亮亮地都说出来了,要说哪错了你们看着评,可他也不把错推给你,漂亮地把问题归结到了经验不够,只是宁浩又哪里是这么好对付的人。

他正了正帽子,笑道:"经验丰富的人说出来的话确实不一样,既然你们是按规章制度办事,那把监控给我们一份没问题吧,夏乐在这里犯病,请你们提供帮助应该也不算过分。"

话里的意思很明白,你们要真像你们说的那么清白那就把监控拿出来,刘建朝老刑警递了个眼色。老刑警牙一咬点头,虽然他把事情做了些微的艺术加工,可大体上也没有偏差,最重要的是把眼下这一关过了,后边自然有各方人马来插手大事化小小事化了。

宁浩看两人一眼,又道:"几位记者也都做完记录了吧,既然大家都在,就当面做个证词吧,也算是还我们夏乐一个清白。"

刘建稍一想也同意了,对方防着他们要留这一手,那就满足他们,只要把人送走了就行。

四位记者被带了出来,他们今天可算是长见识了,看到夏乐激动地直挥手,那模样就像粉丝见到偶像,恨不得冲上来前来抱着合个影。当然,他们只能在心里想想,并且还得上道地把这事在心里消化了,不能出去说。来了后什么也没做还看了场大戏的唐潜非常上道,主动把这事接手过来去办。

冯亚良的人全程也就起了个压阵的作用,他并不意外,真让军警起冲突那大家都得吃不了兜着走,等一切都尘埃落定才朝夏乐伸出手:"回头有机会练练。"

夏乐回握住,轻声道谢。冯亚良看了一直护在她身后的郑子靖一眼,带着一脸原来如此的神情挥手让所有人上车离开,离开得和来时一样速度。

郑子靖把夏乐的手塞进衣袖里,大衣扣子扣好,似笑非笑地问:"警官同志,我们可以离开吗?"

仍是老刑警回话:"可以。"

郑子靖把夏乐的大衣领子立起来遮住半边脸,又给她弄了下头发遮在额

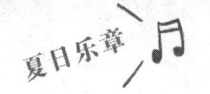

前，再用自己给她遮去一半身体，最大限度地降低了她被人拍到的可能性。

宁浩在一边看着，又跟着把人送到了车上，自己的车也不管了，直接上了副驾驶座："去医院。"

郑子靖点头，回头看了神经已经绷到了极致的夏乐一眼，启动车子油门直接踩到底，长这么大他从来没有觉得自己没用过，也一直都觉得他拥有的一切已经太够用了，现在才知道是他想错了，只有那些远远不够！

心理医生治疗病人能用到的手段不多，多数时候也就是辅以药物，可这次宁浩拿出了针剂，边配药他边解释道："这是能让你的身体放松的药，对你的身体不会有伤害，不用担心。"

夏乐心里没有任何抵触，她对宁浩的信任来自于他那一身军装，还因为这是首长知道她要回到乌市替她选定的认为最好的心理医生。

看着药水推进手臂，不一会她试了很多次都没能放松下来的身体渐渐松弛，药水里大概还有安眠的成分，剂量还不低，她受过这方面训练的身体自动抵抗了一阵后才渐渐失去所有知觉。

郑子靖把被子打开给她盖上，轻声问："没事了吗？"

"才开始。"宁浩净了手，圈住夏乐的手腕片刻才松开，这是他观察病人的方式，在病历上记下夏乐的身体情况。此时他也不知道是松了口气还是把心悬得更高了，夏乐受过太多精密训练，这些训练会让她的身体对外界保持高度警惕，就算她人不清醒也会自动产生一个保护罩，在这种情况下她说的话都不一定是真实的。所以她现在的心理崩溃太难得，作为她的心理医生他必须好好利用这个机会，可私心里他并不想在这种时候窥探她的内心，哪怕他行使的是一个医生的权力也不想。

看着夏乐眼角滑落的眼泪，宁浩滑动椅子过去："出去带上门。"

郑子靖抬头："我是她的经纪人。"

经纪人，几个字在舌尖转了转，宁浩看他理直气壮的样子突然就有点想笑，这算不算是近水楼台先得月？可惜，得了月的人自己不知晓。扯了张纸巾折成四四方方的样子轻轻按了按夏乐的眼角，两人谁都没有再说话，郑子靖却懂了，夏乐目前最需要解决的问题只有眼前这个男人能做到。

走出去带上门，靠着墙发了片刻的呆，郑子靖拿出手机点开家族群，四十几条的未读消息大半是新进人员爷爷发的，一眼看到底，他回了几个字："部队介入了。"

章惠女士：夏乐呢？她情况怎么样？

小四儿：在心理医生这里，她情况有点糟糕。妈。

小儿子难得正正经经叫声妈，章惠叹了口气，自己养大的孩子她太了解了，也不再和他打字，直接打了电话过来。

"打击到了？"

"我什么都做不了，如果不是出生在郑家，我大概也只能陷在里边等夏夏身后的人来救了。"

"有一段时间你爸很着急。"章惠走到阳台上，三女儿正带着孩子在给草皮浇水，"他觉得你拥有的东西太少了，拢总到一起都给别人造成不了什么伤害，我们在的时候还好，要是哪天我们不在了你会吃大亏。我笑他想多了，咱们小四儿只要有机会痛一下就会知道要怎么样做，现在你告诉妈妈，是痛到了吗？"

"嗯。"

"所以我一点也不担心。"章惠笑，"因为现实迟早会教会你一个道理，有能力不用它和你没有能力是两回事。当你明白这个道理了，不用别人推着赶着，你也会知道除了向前走你没有其他选择。小四儿，你应该抬起头去看，你的对手在你的高处，抬起头来你才能看到。"

沉默片刻，郑子靖语带自嘲："突然觉得以前没心没肺的自己像个傻缺。"

"可不，我也这么觉得。"

郑子靖想挂电话，可他不敢，只能闷闷地哼了一声表达自己的不满。

章惠笑着朝看过来的外孙子挥挥手，毫不留情地继续打压小儿子："连自己的人都护不住，可不就是个小傻子吗？夏乐那个心理医生怎么样？男的还是女的？"

"男的，部队安排给她的不会差。"

"多大年纪？"

"不超过三十吧，看着没比我大多少。"郑子靖起了疑，"您想干吗，不会想让三姐老牛吃嫩草吧。"

章惠直接挂了电话，网上有句话怎么说的来着？对，凭实力单身，她家这小子就是典型！

隐约觉得自己遭了章惠女士嫌弃，郑子靖不敢追电话过去，可心里却明显亮堂了不少。所以说在他们老郑家，章惠女士才是金字塔顶尖上的人。

深深吐出一口气，郑子靖走到窗前看着空无一人的楼下，以他的背景来说他的步子确实迈得太小了，小打小闹得像是在玩。

71

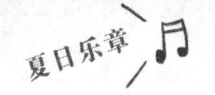

可不就是在玩吗？郑子靖张开手掌，五根手指头动了动，现在他手里只有一个合伙的投行算得上是有点能量，那个经纪公司小得就是个玩具，完全不值一提。

他将五指合拢，分开，又合拢，紧握的拳头挥出去才可以把人揍疼的，可现在他还只有一根小手指有点力气，其他四根手指头都只是摆设，他需要好好规划一下了。

不知过了多久，身后传来动静，他转身对上宁浩的视线："怎么样了？"

"她需要静养一段时间。"

"要办入院吗？我去办。"

"不住在医院，之前她在医院住了将近两个月，心里有抵触，在这种环境也没法完全放松。回家也不行，她要瞒着家里人她的病情，时时刻刻都会保持警惕，精神太过紧绷对她的病情不利，最好是住得离这里近一点，也方便过来。"

郑子靖心里立刻划过几套方案："知道了，我在市里有套房，离这里开车大概二十分钟，让夏夏先住那里去。"

"是郑先生常住的地方吗？"

"住得不多，但是该有的都有，很便利。"

宁浩微微点头，夏乐对这个经纪人很信任，连病发的时候都允许他近身，相对应该也能比较放松。

夏家，邱凝拿着抹布拧开了女儿的房门，她先把窗户打开一条缝隙透气，再一转身就忍不住笑了，还真是整洁，倒衬得她这个人和手里的抹布多余了。

擦了擦书桌，又将一家三口的相框拿起来仔仔细细地擦干净，指腹从丈夫的脸划到女儿的长发，她笑了笑，轻轻放下继续整理。

手机是随着电量即将用尽的声音一并响起的，顺着声音从包里找出手机，看是陌生号码考虑了一下还是接起来，并找出充电器插上。

"夏乐，我是老城公安局戴正。"语气一顿，对方又解释了一句，"就是那个老刑警。"

本来要开腔的邱凝意义不明地嗯了一声，给手机续上电后在床沿坐下，等着对方继续说。

得了回应，那边说话的人像是也松了口气，继续道："这次的事确实是我们处理得不够细致，害你犯病真的非常抱歉。"

"哦?"

对方一顿:"当时我们确实是太着急了,在我们管辖的片区出了这种灭门的大案子,希望你能体谅我们的难处,作为对报案人的奖励,如果你有什么要求也可以提出来,能满足的我们都尽量满足。"

"作为夏乐的母亲,我想我有资格知道发生了什么事。"

那边彻底没了声音,这完全是意料之外的情况。

邱凝握住床单才能让自己的手不抖:"我的孩子只是在家门口跑个步,怎么就会和案子扯上关系。"

"抱歉,我会再打电话联系夏乐。"

嘟嘟的声音传来,邱凝紧紧抓着手机闭上眼睛缓了片刻,直接拿这个手机拨通了郑先生的电话。郑子靖一看到这个电话号码就知道要糟,回头看了眼还在沉睡的夏乐,他拿着手机去了楼梯口。

"伯母。"

"你倒知道是我。"邱凝都要气笑了,"小乐在哪里。"

"伯母,您……删了这通电话就当不知道发生了什么事吧。"

一个外人,几乎用哀求的语调来求她,让她当作不知道发生了什么事,邱凝眼泪瞬间就滚落下来,就像那些年,那孩子累了伤了从来不会告诉她,连语气都要装得若无其事。

"我总要知道我的孩子发生了什么事。"

郑子靖沉默片刻:"您知道她需要定期看心理医生吗?"

"知道。"

"她早上发现命案,报案后公安局怀疑她是凶手审问了她,逼得她犯病了。"郑子靖尽量让语调显得温和,好像一切真就已经尘埃落定,"夏夏不会有任何事,后续部队会出面处理,不会让她有任何事情。"

什么叫无妄之灾?这就是,邱凝用陈述句说出事实:"小乐不想让我知道。"

"是。"

"我知道了,请你照顾好她。"

"您放心,我会的。"

放心?不存在的,邱凝看着这间就算她往里添了几件家具仍然给人家徒四壁感觉的房间心想,如果家里来个客人,看了莹莹住的房间再来看小乐的,大概会觉得莹莹才是她亲生女儿,在条件许可的情况下哪个女孩子会过得这么艰苦朴素,她家的会。

夏日乐章

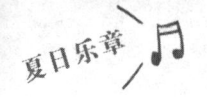

邱凝打算去找自己的手机,她还需要打通电话,可连着两下都没能站得起来,真是老了,她想,这点事都经不起了,索性她也不起来了,直接从女儿的手机里调出手机号码打过去,关机。

咬住手背,邱凝突然就紧张起来,就好像以前许多回一样,一旦失联就是大事,哪怕这个人不是她的丈夫,也不是她的孩子。不一样的,邱凝安慰自己,丈夫的情况反正已经坏得不能再坏了,而小乐就在心理医生那待着……可她没能见着!

邱凝用力撑起身体往外跑去,衣服也忘了换,抓起车钥匙跑下楼,开出她平生最快的速度直奔医院,她不知道他们还在不在,把车停好就又打通了郑先生的电话:"你们还在医院吗?这几天小乐会住在哪里?"

"还在医院,林湖别墅您知道吗?等夏夏醒了我带她过去那里。"

"知道,需要什么你和我说。"

"是,您别担心,宁医生说夏夏的病这样爆发出来比压在她心里好。"

"那就好。"挂断电话,邱凝伏在方向盘上看着医院门口出出进进的人,脑子一片空白,完全凭本能认人。

不知道过了多久,两道熟悉的身影进入视线,郑子靖和戴着帽子的夏乐一前一后从大门走出来,很快上了停到门口的车,车子没有停留立刻开走。邱凝下意识地踩下油门跟了上去,跟了好一段路后她才靠边停下。

车上的夏乐似有所觉地回头看了一眼,郑子靖轻声问:"怎么了?"

夏乐摇摇头,刚才好像有车在跟着她,不过大概是她想多了,这里是市区,车来车往是正常。

"我用一下手机。"

郑子靖很庆幸自己之前就把通话记录删了,手机递过去的时候才会毫无负担。

输入妈妈的手机号码,跳出来的联系人是夏夏妈妈,夏乐点着那几个字觉得有点怪怪的。

"喂,妈妈,我是夏乐。"

笑声从那边传来:"傻不傻呀你,我还能听不出你的声音?在哪里?忙完了吗?"

"还没有,大概这几天都要忙。"夏乐看向窗外,一只手抠着坐椅而不自知,"您要不要去外婆家住几天?"

邱凝像是不知道发生了命案,笑着打趣她:"你怎么知道我打算去你外婆家蹭几天吃喝？你不在家，莹莹又要回学校几天，我一个人懒得做饭，想着干脆回娘家吃你外婆的住你外婆的算了。"

"嗯，这样好。"

"我还打算带上林欣她们母子一起过去，你外婆问好几回了，我瞧着小宝最近气色好多了，正好带去给她看看，让她高兴高兴。"

郑子靖眼见着夏夏不抠坐垫了，而是放松下来在上边画圈圈："住那边吗？林姐会拘束吧？"

"你的干儿子又不是别人，以后的来往还能少了？上回我和她聊天听她的意思是想去学点什么，这事你外公你舅都熟，正好让他们帮着出出主意。她还年轻，有想法去学东西是好事，现在小宝还小离不开她，但是抽点时间出来充实自己也还是可以做到的，等小宝上幼儿园了她学的就可以派上用场了。"

"好。"

"行了，去忙你的吧，我都一个人过了这么多年了能安排好自己的生活。"

"好，妈再见。"

邱凝脸上的笑容渐渐褪去，趴在车上好一会后才掉转车头往家里开去。

把手机还给郑先生，夏乐觉得有点奇怪。

"怎么了？"担心露馅一直在偷偷观察夏夏的郑子靖忙问。

"我妈说带林姐和小宝去外婆家住几天，她是不是知道什么了？"

郑子靖笑得若无其事："发生那么大命案，老城那边估计都传遍了，伯母担心她们母子把人带走也不奇怪。"

也是，夏乐头还疼着，她也就不为难自己，不再多想。开车的唐潜律师看了眼后视镜，忍着没有提醒自己老板这话漏洞挺多。

林湖小区是个别墅区，两层的别墅面积不大，整体看起来非常时尚年轻，再加上地理位置也好，住在这里的多半是小有成就的年轻一代，郑子靖和几个玩得好的哥们就各有一套，住得还都挺近。

就这么巧的，他回来时碰上了正准备出门的贺子良，发量好像又少了些的男人扎着小辫子，晃过来的一路上还在爱惜地摸了又摸。

"哟……"后边的话在看到随后下车的夏乐后全给吞了回去，连着空气一起下咽的感觉难受得很，贺子良差点被噎着，咳了两声才让嗓子舒服点。

"久闻其名，终于见面了。"贺子良挥了挥手，"贺子良。"

"夏乐。"夏乐压根没记着自己现在也算是个小有名气的明星，习惯性

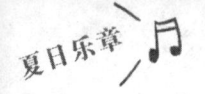

地自报家门，要不是身上穿的衣服不合身，此时的她看不出半点异常。

郑子靖朝好友使了个眼色，贺子良若有所思地点点头，抛了下车钥匙道："我就住旁边那栋，先去办点事，回见。"

夏乐说了声再见，跟着郑先生上了台阶。

郑子靖在电子锁那里鼓捣了会："来录个指纹，食指就可以。"

夏乐本能地有点抵触，她更习惯不留指纹……可看郑先生还在等着，她把那点抵触压下去，乖乖地按着指示把指纹录进去。

"以后进出按一下这里就可以了。"

"好。"

让她先进门，郑子靖又和唐潜交代了几句才跟进去，看到沙发上的几个大袋子他打开看了看递给夏夏："衣服是我姐的，她没穿过，我去给你放水，你好好泡个澡换身衣服。"

夏乐点点头，屋子里很暖和。她把身上的男士大衣脱下来，虽然沾血的外套早就扔了，可萦绕在鼻端的血腥味从没断过，她需要从里到外都好好清理一下。

郑子靖又叫了外卖，等待的间隙他打开手机刷了下微信，工作群已经两百多条了，大概翻了下眉头就皱了起来，被人看到并不意外，毕竟医院那地方人来人往，夏夏现在热度又高，可这内容是什么鬼！

打开微博，最上边挂着的一条就是"夏乐入院"，点开一瞧，脸顿时黑得能挤出墨来，妈的，他们编这种新闻都不怕吗？这就差没明着说夏乐入院打胎了，还说经纪人相陪，这是影射孩子还是他的？就算孩子真是他的，他们亲眼看到了还是怎么的？

老板：联系人撤了热搜。

公关齐兰：老板你终于出现了，夏乐怎么去医院了？她状态看起来不太好，明天还能录碟吗？

运营程江：撤热搜会不会让人以为我们心虚？

宣发汪正军：我这边做了几手准备，随时可以动。

老板：发条微博，承认夏夏去了医院，随便说个小病，你们看着编。

官博是程江在打理，他回了个OK。

老板：夏夏这边出了点事，这几天不会来公司，录音延后。

助理夏莹莹：啊？我姐怎么了？她出什么事了？老板你别吓我！

老板：你当不知道，有机会再说。

不再理他们的疑问,郑子靖刷了下微博,热搜已经没了,官博也已经非常有效率地出了声明。

蜗牛V:人吃五谷杂粮,谁还没个生病的时候?医院又不是只有打胎这么个科室,盼着咱们夏乐点好不行吗?

郑子靖没再关注,看外卖都到了夏夏还没出来就去敲了敲门,听到回应才放下心来。没多会夏乐半干着头发出来,穿着柔软的家居服整个人看起来都柔软了几个度。

"怎么不吹干头发。"郑子靖连忙去拿了吹风机出来,按着人在沙发上坐了帮她吹头发,夏乐泡得整个人都有些钝,也不反抗,让她怎样就怎样,那样子看起来乖得不行,也让人心软得不行。

揉了揉她蓬松的头发,郑子靖没发现自己的声音也软了:"走,先去吃饭。"

夏乐从早上到现在没吃东西,按理早该饿了,可她半点感觉不到,拿起筷子什么都不想吃。

"怎么?不喜欢吃这家的?"郑子靖掀起盖子看了看,是夏夏平时喜欢吃的那家没错。

"总觉得有血腥味。"夏乐放下筷子,抬起手臂小狗一样从左手闻到右手,又从右手闻到左手,分明什么味道都闻不到,可血腥味又像是无处不在,这是心理作用,她知道。

郑子靖不勉强她:"那喝点汤先垫垫。"

夏乐同样不想吃,闻着这味道她有点恶心,可看着郑先生吹汤的样子她又没法拒绝,只好接过来低头勉强自己喝。但是几口下去胃里就开始翻江倒海,她忍了忍,没忍住,捂着嘴往卫生间冲去,不一会呕吐声传来。

郑子靖端了水放到她手边给她漱口,又去拧了湿毛巾过来蹲到她身边一下一下轻顺着她的背。

"我好了。"夏乐冲了水站起来,洗了手脸后又坐回桌边,并且又拿起了勺子。

"夏夏。"郑子靖尽量让自己笑得不难看,"难受咱们就不吃了,等你舒服点了再吃。"

"好。"夏乐用明显比刚才拿勺子更利索的动作放下勺子,还悄悄松了一口气,那样子就好像面前站着的是教导主任,她却忘了她已经是个大人,可以不用像孩子时那样听话了。

老城公安局这会也不好过,各方压力蜂拥而至,还有三条人命的案子在

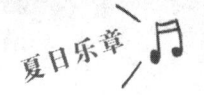

等他们找出凶手，哪一方单拎出来都不好过，更不用说还是几方同时施压。

刘建从市局开了会回来立刻召开会议，浓茶一杯接着一杯，办公室里烟雾缭绕。

办公室的门被人敲了敲，刘建烦得不行，黑着脸呵斥："看看是谁，什么事这么等不了。"

戴正向一个小刑警使了个眼色，小刑警连忙过去拉开门，看到外边的人一身军装心就咯噔了一下，他们局里大概很长一段时间都会对军装过敏。

"是谁？"刘建没好气地问。

穿着军装的人一前一后直接进来了，前边的人礼貌性地敬礼："孤鹰特种大队政委陆春阳。"

刘建连忙站了起来。

"听说我的兵被你们拿下了，我想知道她触犯了哪一条律法。"陆春阳从警卫手里拿了军官证放到会议桌上，笑得如沐春风，"如果她真触犯了法律你们也不用担心我会包庇她，军事法庭的门是开着的。"

"这是误会……"刘建千想万想也没想到夏乐是孤鹰的人，并且人家的顶头上司还直接杀过来了，这是他万万想不到的事。他以为这事就差个台阶了，现在看起来好像对方还想做点别的？

不过这也从另一方面说明那夏乐绝对不是小鱼小虾，不然这位肩上扛着松枝的领导不会特意从北方军区赶过来，这也就能解释为什么夏乐有那么好的身手了。

脑子里瞬间想到这些，刘建以最诚恳的态度解释这件事："满门灭杀案性质恶劣，任何人都可疑，夏乐又是第一个去到现场的人，我们怀疑她也在情理之中……"

"所以你们直接将她当成最大嫌疑人来审？"陆春阳低头笑了笑，"公安局审案什么时候改成这个流程了？"

这就是刘建最理亏的地方，他们当时只要把审问改成做笔录他都能理直气壮，可现在监控带子还在人家手上，他就是想改口都改不了，有些事也就能糊弄糊弄外行人。

"夏乐错就错在当时不该夺你们的枪。"陆春阳戴上帽子，笑面虎语气里终于也带出了些怒意，"我很庆幸她自制力强，没有造成不可逆的后果，不然就算她胸前戴的军功章再多这事她也吃不了兜着走，真要是造成那样的后果，你们又担得起吗？"

刘建想想也是一阵后怕，那场突然的枪战并不是一枪没开，可一枪都没打在人身上，夏乐还帮着把那要命的一枪避开了，不然他们都得完蛋。

陆春阳看他们一眼朝门口走去，来得突然，走得也干脆，并且好像什么都没干，一屋子人面面相觑。

有人就问了："局长，他这是来……"

"当然是来给夏乐撑腰的。"戴正回了话，看向坐下去点烟的局长，"军方看起来像是并不打算息事宁人，夏乐有那个价值？"

"和平时代能拿一块军功章都不容易，夏乐这才多大年纪就拿了几块，能是普通的兵？"知道是特种部队出来的，刘建哪还能不知道是怎么回事，所以那时候才会一直要求心理医生，她是在自救。

刘建拍了额头几下："行了，这也算是最后一只鞋子落下来了，事情既然都摆在了明面上事情也就差不多到此为止了，夏乐那边你继续想办法接触，她有什么要求都满足。"

"无论什么要求？"

"我倒巴不得她提个不合理的要求，可你觉得人家能提什么过分的要求？"刘建自嘲了一句起身离开，他今天还有好几个会要开，陆春阳的到来也得汇报给领导，不过他现在已经安心不少了。整件事看起来夏乐并不是难说话的人，从她到了那个地步都不伤人就可以看出来她很正直，而且老戴说的那些话也基本把他们的难处说出来了，那天她走的时候情绪就已经缓下来许多，所以重点还是在她这里，只要她说事情过了，那这事就过了。

夏乐自然是不会想这么多，她其实是知道自己在这事上不占理的，就算一开始有理在她夺了枪后也成了没理，在那种情况下她被击毙都是白死。

她这会头疼得不愿意去想那些，蜷在沙发里任脑子嗡嗡作响，任那些人那些事在脑子里你来我往地争夺地盘，她谁都想要，以至于只能做一碗水端平的那个，看着反倒像是成了局外人。

郑子靖擦去她额头上的汗，看着她颤动的眼皮轻声道："宁医生说你不能任由你的情绪陷进去，一旦有这种情况就要给你吃药，夏夏，你也不想吃的是不是？"

当然不想，不说药能起到的作用，只要是药就没法往好的方向去想，夏乐睁开眼睛，用湿漉漉的眼神表达自己拒绝的意愿。

郑子靖就在沙发前席地而坐，他把她额头上的头发拨到一边，视线放到同一水平线上，声音带着温度："我和你说过的，我小叔牺牲前也在作战部

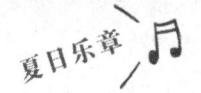

队,在他第一次执行任务后同样得了战后心理综合征,是不是也叫创伤后应激障碍?"

夏乐轻轻点头。

郑子靖笑:"那时候我还小,对这事没什么印象,后来听我妈说那时候小叔是真的挺惨的,他们都要以为他只能从部队出来了,部队甚至都提交了他的调令,打算把他从作战部队调到后方去,谁都没想到他竟然硬生生扛过去了,没人知道他经历了怎样的心路历程,但是从那之后不管再遇上什么事他的心态都没有崩过。"

摸了摸夏乐的头,郑子靖笑得温柔:"心病需要心药,小叔找到了他的药,所以他治好了病,夏夏,你的心药是什么?"

"在今天之前我都没觉得自己有病。"夏乐抱着毯子坐起来,很努力地去把心里的想法剖析出来,从郑先生被枪指着仍然走到她身边的那一刻起,她就把对战友的信任给了他。

"政委让我去向宁医生报到的时候心里都是抵触的,我从来不觉得那是我的病因,如果真的是,那我这病就是好不了的,活下来的人都不记着死去的人……那怎么不换他们活下来呢?如果是他们活着肯定会记得我。"

郑子靖听得心都颤了几颤,可面上他还要一脸附和地表示赞成,"那是当然,活人对死人最好的祭奠就是记得他,就像我们也会记着我们故去的长辈,每一代人不都是这样一辈一辈地传承下来的吗?可我们并没有因为要记得谁而让自己生了病,如果因为这个原因生病,那肯定是哪个环节出了错。"

夏乐下意识地把毯子抱紧,那她是哪里出错了呢?

"夏夏,你太用力了,你太用力地去记人,记事,你怕不用力一点记着就会忘记,所以在你自己都没有意识到的时候这事已经深植在你的心底了,成为了你的潜意识,也就是心病。"

看着茫然又有些无措的人,郑子靖突然就想到了初次见面时的场景,她就那么从容地行走在众人的视线里,短短时间定下行动计划并且果断地付诸行动,将那一车人救下来,那种轻而易举的感觉就好像对她来说就是那么轻松简单一样,可没有日复一日的枯燥训练,她就算知道要怎么救人恐怕也没有那个身手。

那时候他哪里能想到她患有心病,又哪里能想到她会露出此时脆弱的样子来。

"夏夏,咱们给自己一点时间,就像你在部队时接下来一个任务,定一个时限,咱们完成它。"

"可是如果病好了……"

"病好了你就会不记得你牺牲的战友了吗?"

夏乐不知道,她就是怕忘记才会不敢忘。

"我小叔牺牲时我才九岁,可我从来没有忘记过他,他一直在我这里。"指指自己的头,郑子靖又指指自己的心,"在这里,每年他的忌日我都会告诉他,我和他只差几岁了,再过几年我就能告诉他我已经比他大了,我会记得他一辈子,到我再记不住任何人任何事为止。"

夏乐怔怔地看着他:"你没有生病……"

"对,我没有因为要记住我小叔而生病,你却病了,为什么呢?"郑子靖笑,这时门铃响起,他揉了揉她已经乱了的头发,"不要着急,知道问题在哪里其他的就不是问题,慢慢来。"

夏乐抿唇,她当然是着急的,这病就像个不定时炸弹不知道什么时候就会炸,她怕伤着妈妈,也怕伤着其他无辜的人,有些代价她是付不起的,她不能失控。

脚步声从门口传来,满脑子都是自己的病,夏乐漫不经心地看过去一眼,入眼的人让她立刻本能地站起来站姿笔挺地敬礼。

陆春阳回了个礼,脱了帽子递给警卫随意往单人沙发一坐,抬手压了压,示意她也坐。

随后进来的宁浩给领导介绍:"陆政委,这位是郑子靖郑先生。"

已经从各个渠道看过好些照片的陆春阳抬头,个头倒是不错,本人比照片看起来更有精神,一看就是好家庭教出来的,不是那些玩得夜不归宿的小年轻。

宁浩又给郑子靖介绍:"这是夏乐的老领导"。

郑子靖不知道怎么称呼合适,干脆省了,态度恭敬地问了声好。

"坐下说话。"

郑子靖非常自觉地坐到夏夏身边,受夏夏影响,他也坐得前所未有地笔挺,这样子让陆春阳对他更多了几分好感。

"政委,您怎么来了?"夏乐有点坐立不安,"是因为我的事吗?"

"不然呢?我还告诉你,陈飞已经在动车上了。"

"他来干什么?我又用不着他打架!"对自己的兵夏乐说话自然而然地不客气起来,却也透着亲昵,这是部队特性。

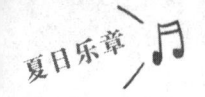

"你自己给他要的假期你忘了?"陆春阳这会心情倒是轻松些了,夏乐的情况比他预料的要好。这孩子自制力是真的非常强,哪怕失控了也能保持清醒,军人因为这个问题出事的不止她,可不是每个人在病发后还能克制住自己,这也是本事的体现,所以就算到现在他们对夏乐的评估仍然非常高。

"对不起,政委……"

"你最不需要说对不起,而且你还让事情完全在可控范围内,你对得起任何人。"陆春阳有着政委该有的好耐心好口才,可他同时也是一名军人,而且还是从一线作战部队退下来的军人,该强硬的时候他比一般人更铁血。在这件事上就是。

这一趟本来不是非他来不可,可他觉得自己应该来。这是他的兵,在战场上吃了亏那是没办法,方方面面要考虑的东西太多,牺牲都在所难免,可要是在大后方还要被人欺负了去,他怕晚上睡着了邹新吴中他们那几个都得来找他告状。

"这事你也别往心里去,警方办案就那么回事,也不能说他们就不对,但是这威风他们逞错了地方,也选错了人,这个场子我肯定要找回来。而且当兵的回了地方吃苦头的不止一个两个,正好趁着你这件事做做文章,让地方对转业这一块多些支持。"

原来这事还能这么用,夏乐本来还觉得有点小题大做,知道牵涉到这种目的性她就不说什么了。

陆春阳看了宁浩一眼,宁浩会意,起身道:"郑先生,我和你说点事。"

郑子靖是人精,立刻站起来跟着他离开,把空间留给两人。

听着门开了又关上,陆春阳把端着的架子放下来,看着夏乐的眼神不像是长官,更多地像个长辈了:"听宁浩的意思你是被血刺激到了,对你来说这不应该。"

死人堆里爬出来的人被血刺激到这确实不应该,夏乐没好说现在都还在被影响,抠着裤子垂下视线道:"当时也没觉得,三个大人都是当场就死了,两个孩子还剩一口气吊着,当时想的就是能不能把孩子救下来,大概……"

夏乐偏头想了想:"大概是作案的手法太专业了,让我有些不好的联想。"

"很专业?"

"是,应该是受过专业训练的人。"

陆春阳眉头皱了起来,他联想到了些不太好的情况:"还有什么异常的地方吗?"

"我当时急着救孩子,没有来得及。"夏乐抿了抿唇,"本来打算把孩子送到医院后再返回去看看。"

陆春阳回头叫自己的警卫:"去打听打听现在案子有什么进展。"

看了夏乐一眼,他又加了句:"再问问孩子救活了没。"

"是。"

警卫员立刻去到一边打电话,陆春阳也不急着知道那边的情况,反倒关心起了其他事:"你妈妈是不是都要气坏了,在部队里挨了欺负看不到,回了家还得挨欺负。"

"她不知道。"

陆春阳真是半点不意外,哪次受伤她都不让告知家人。

"政委,谢谢您。"

"嗯?"

夏乐又抠了抠裤子纹路:"那个禁毒大使,是您帮忙的。"

"这充其量也就是互相行了个方便。"陆春阳笑,"周辉都嘀咕好几次了,说找哪个明星代言都不靠谱,禁毒的变成吸毒的,他们禁毒办都成笑话了,你底子比白纸都干净,现在又正好是个有点名气的明星,找你他们还赚了,你不用太感谢他。"

夏乐知道了,政委和周主任关系是真好。

"政委。"警卫员走过来,微不可察地看了夏乐一眼,"案子移交到市刑警队了,暂时还没有进展,孩子……小的没了。"

夏乐好像又闻到了那股阴魂不散的血腥味,她端起面前的水杯喝了一口,借着凉水让心不那么躁动。

这是陆春阳看着长起来的孩子,还在肚子里的时候就吃过红鸡蛋,因为关注得多自然也就了解,她的冷静一直是他们交口称赞的,也是他们一直挽留她的原因,培养出一个脑子好使的军官太不容易了。可对她本人来说过于冷静却是一柄双刃剑,就比如现在,明明发病,却仍然用她的冷静强行压制,外人根本无法想象那种思想上的拉扯有多痛苦。

"出来之前我收到了林凯的退伍报告。"陆春阳突然转开话题:"和你一样,他申请的复员。"

夏乐并不意外,在医院那些天林凯就确定了这一点。

"我并不赞同你们的决定,从部队重新回到社会这个大熔炉,心态也好,习惯认知也好要适应都不容易,转业怎么说也是一个好的缓冲,可你们坚持,我也只能尊重你们的选择。"

"是,我会看好他。"

"现在谁都不是你的责任。"陆春阳摇摇头,"你这种心态要转换一下,脱下那身军装后你们就不是上下属了,你管不了他一辈子。"

"是。"

这声"是"应快了,夏乐自己都觉得很应付,于是又补充道:"我现在的公司里正好需要人,郑先生也同意了到时候让林凯过来。"

哪里来那么多正好,部队出来的人太单纯,这就是最大的隐患,陆春阳叹气,也幸好憨人老天疼,她遇上的人不差。

夏乐毫不自知又给郑先生刷了波好感,看政委叹气连忙又道:"我这里可以让林凯当一个过渡期,等到他适应好了想去做什么都可以。"

这解释还不如没有,陆春阳失笑:"行了,我管不了那么远,你自己拿捏好度,哪家公司都不是做慈善的,最终还是要他有那个价值,别的不说,做个保镖他肯定合格。"

可问题就在于夏乐哪里用得着保镖,陆春阳自己都被这个循环弄笑了:"我会在这里留两天处理这件事,你要不要跟我去认识几个人?"

夏乐摇头:"我已经退伍了。"

"你啊,就是太看得清自己的位置。"陆春阳站起来身来接过警卫员递来的帽子戴上,"既然决定了走哪条路就好好走吧,就像当兵的要保家卫国,明星也有明星要承担的社会责任,我别的都不担心,就怕你脑子不够用,防不到那些污七八糟的事。有事没事多给我打几通电话,叫了那么多年叔还能被几年的政委给叫生疏了?"

"是,陆叔。"

"这还像点样子。"陆春阳抬头看向眼前让他心疼多年的孩子,"什么苦没吃过,别被这么点小病拖着磨着,死了的回不来,你要记着也没人刨了你的记忆,少和自己较劲。"

"是。"

这时外边两人变成了三人,贺子良不知道什么时候回来了,手里各自夹了根烟氛围好得跟好兄弟一样,听到动静三人也都是同一个反应,立刻把烟头扔地上踩灭了往后踢出去,人则往前迎上去。

这点小伎俩也就能瞒一瞒夏乐,老烟民许多年的陆春阳反倒被勾出了烟瘾,瞟了三人一眼,回头和夏乐道:"希望能尽快从宁浩那里听到好消息。"

"是。"

陆春阳点点头，迈下台阶在郑子靖身边停下脚步："小乐性子直，你多费心"。

郑子靖简直有些受宠若惊，连连应是，这一刻他直观地感受到了夏夏在部队里有多被重视。

贺子良看着远去的车子在心里啧啧啧，夏乐这背景可有点吓人，回头正要和老铁感慨一下……身后哪里还有人，郑子靖已经走远了去夏乐面前卖好去了。

他还就不想让郑子靖好了，扒着门扬声道："晚上聚聚？"

郑子靖张嘴就要拒绝，转念一想他又把话吞回去，回头去问同样停下脚步往后看的夏夏："要不晚上叫几个朋友过来热闹热闹？"

这里又不是她家，夏乐自然不会说不行，郑子靖也料到了这一点，看她点了头就轻拍了下她的背："你先进屋，我来安排一下。"

"好。"

目送她进屋，郑子靖走到贺子良身边："来根烟。"

两人走出小院找了个背风的地方点了烟，用力吸了一口，郑子靖道："你联系一下看谁有空，咱们小聚一下，对了，让他们别带女人。"

"说吧，什么居心。"

"不是有阵儿没聚了？你要有事就去忙你的。"

"好歹也穿一条裤子长大的，能别把我当白痴吗？"贺子良给了他个白眼，"还不许带女人，夏乐不是女人？"

"夏夏不一样，别拿她和别人比。"郑子靖再次用力吸了一口烟，"她今天差点把老城公安局给拆了。"

这么猛？贺子良这下是真有点吃惊了，说夏乐是个兵不奇怪，那气质就像，可把公安局拆了……

"人家惹着她了？"

"和我小叔一样，战后综合征，都亮了枪也没能把她怎么着，反倒全被她放倒了。"郑子靖这会想起来也觉得夏夏太熊了，也就是有背景撑着，不然她怕是真要吃苦头，踩灭烟头拍了拍兄弟的肩膀，"叫上君君他们几个就行了。"

"有晚饭吃没？"

"我让人送些海鲜过来，七里居的厨子不错，我请个过来掌勺。"

贺子良比了个 OK 的手势，直接把几个人拉一起弄了个视频通话，该交代的交代了，大家心里基本都有了数，真朋友就知道什么时候能玩闹，什么时候得认真。

几个电话出去把晚餐安排好，郑子靖进屋就看到夏夏就在饭桌那坐着，乖巧得不得了，让人看着心就先软了。

郑子靖笑着走过去："晚上请几个朋友过来吃饭，一会有人送东西过来，咱们也准备一下？"

夏乐哦了一声站起来，左右看看，也不知道自己要做什么。这边很少开火，郑子靖进厨房翻了下，看东西都挺齐全就不管了，带着人直接上了阁楼。

"装修的时候请设计师设计了一下，把这里弄出来聚会用。"

将近两百平的空间，因着是阁楼边边角角占去了一些位置，空间仍然挺大。最里边吧台连着一个大酒柜，下边空着，上边却还满当，两个长茶几配着椅子各占一方，原木色的地板上有些地方铺了地毯，上边整齐地摆放着一些一看就很舒服的大枕头……

哪怕是第一次来，夏乐也觉得这里很让人放松。郑子靖走到吧台里边，不一会音乐声传出来，感觉更舒服了。

"以前大家都不忙的时候在这里待得挺多，近两年少了。"对上夏夏的视线，郑子靖长叹一口气，"都长大了啊，生活的重担不得扛起来？"

重……担吗？夏乐看着这宽敞的地方，想了想郑先生换来换去的车，对这个词用在他身上表示怀疑。

郑子靖自己说完也笑了："可惜现在是冬天，夏天可以去外边那个大阳台上，更舒服。"

夏乐看向他指的方向，是一个摆放着许多盆栽的露天大阳台，哪怕是在冬天仍然显得很有生命力。

"现在可以出去吗？"

"当然可以。"

郑子靖也不跟出去，就看着夏乐在阳台上寻宝一样这里站一站那里看一看，面无表情，也没什么动作，可就是让他看出了好奇宝宝的感觉。

他的方向可能是对的，郑子靖想，夏乐早早进入部队，她欠缺的不止是对这个社会的认知，那个封闭的环境还让她失去了许多对同龄人来说寻常的乐趣，比如说和朋友一起吃喝玩乐，逛街压马路，大声哭放肆笑……她可能都没有过。她看起来太正常了,以至于让他们都忘了这些。

看她在一个盆栽前待了挺久,郑子靖走出去,这里一溜都是多肉,明明是放养也都长得挺好,肉嘟嘟的,厚厚的,看起来就很想捏,夏乐的手蠢蠢欲动。

"今年挺流行养这个,三姐买了一车,送了一些到我这里来,我瞧着家里养的那些都还没我这没管过的养得好。"

说着话郑子靖拿出手机拍了几张,非常贱地发给了三姐。

三姐回得很快:"旁边那位是夏乐?"

郑子靖连忙点开照片一看,原来是夏夏的脚入镜了,他贱兮兮地提醒三姐:"关注点歪了,三姐,看看我的多肉,再看看你的,你就没什么感想吗?"

"回头我就拿我的来换了。"

"三姐,你这是强盗思维,很危险。"

"我不就是把我的多肉寄放在你那里一段时间吗?换一下有什么不对?行行行,知道了,不换不换,过两天我就去拖回来,不寄放在你那占位置了。"

郑子靖默默地关了手机,回头他就把三姐进屋的权限取消了。

"我能摸摸它们吗?"夏乐眼神希冀,好想捏爆它们!

郑子靖没看出来她潜在的想法,笑道:"怎么还问上了,想怎么摸就怎么摸,摸坏了也不怪你。"

夏乐真就伸手了,并且……捏爆了一片肉肉的肥肥的嫩嫩的叶子。

好满足!

郑子靖:"……"

夏乐愣了一下连忙道歉:"对不起,我没控制好力度。"

"小事小事。"郑子靖为了表示真的是小事也上手捏爆了一片,"谁见着不想捏爆几片,挺爽的。"

原来都是这么想的!她刚才还以为自己是受了病的影响才会有这么大的破坏欲,夏乐顿时没了心理负担,眉眼间好像都没那么压抑了:"我能再捏几片吗?"

"啊,嗯、好。"郑子靖脑子转得飞快,立刻想到了一种可能,并且手脚飞快地把一盆大的放到了她面前:"试试这个,更爽。"

好大一片!夏乐立刻上手,捏爆!

郑子靖重新又拿起一盆,他也叫不出什么名字,看起来小小的,但是很多片垒成一个拳头大手,光是想象一下一手握住然后捏碎的场景他都想上手了。但他还是把这个机会给了夏夏。

夏乐捏上了瘾，不用提醒怎么捏她就张开手掌整个握住，用力，捏爆！好爽！夏乐看向郑先生，向来冷静的表情透着兴奋，就差没有明说还要还要了。

郑先生多贴心，再次搬起一盆送到她面前，一个送一个捏，没多会地上就一地尸首，送得太开心的郑先生再去搬下一盆的时候才发现，一长溜的多肉已全部阵亡。

"没有了。"郑子靖摸了摸鼻子，咳，没注意好度。

夏乐也从痴迷中回过神来，看着一地狼藉脸都红了，她她她刚才都干什么了？

"心里有没有觉得舒服一点？"

夏乐愣了愣，反应过来后感受了一下，那种堵得她呼吸都觉得困难的感觉好像真的没那么厉害了！

"好点了是不是？"

"好像……是。"

郑子靖长出一口气："明天我让人送一车过来，咱们继续捏。"

"不用了郑先生。"夏乐羞愧得不行，"这个钱我赔给你。"

"什么都不要去想，夏夏你只要告诉我，还想捏吗？"

夏乐没有说话，她想的，那种感觉真的很爽，就好像心里那些无处宣泄的情绪随着这些小小的肥肥的叶子在掌心一起爆掉了。

"只要对你有好处其他都不需要去考虑，你也想赶紧把病治好是不是？"

"是。"这一点毋庸置疑，没有谁想在身上扛一个不定时的敌我不分的炸弹。

"那就这么定了。"

夏乐还是有点担心，"这会不会助长我的破坏欲？"

"宁医生说了，破坏欲就是你病情的一种表现特征，能宣泄出来就是最好的。"郑子靖一锤定音，"回头我和宁医生反映一下，如果他觉得不行咱们再想别的办法，他要是说行咱们就买多肉。"

"好。"

楼下有人进了院子，郑子靖扬声打了个招呼，带着夏夏进屋边道："海鲜送过来了，我去接收一下，你去洗洗手。"

洗了手，夏乐跟着音乐走进吧台，那里放着一台很有些岁月感的留声机，侧面是一整柜的黑胶唱片，翻了翻，都是老唱片了，有不少都是她喜欢的，就像突然摸着宝的挖宝人，夏乐嘴角都翘了起来。

Chapter 14
抓到凶手

趴在吧台上听了会歌,就着这个姿势能看到吧台里边收着的各式酒杯,高脚杯则挂在头顶,从各处细节就能看出这地方可能真的利用率不低。

脑子从来没这么闲过,夏乐有些昏昏欲睡,突然她一个激灵坐起来,那个凶手……会不会还藏在老城区?案子一出警方肯定要调那个时间段的监控,他要是有点脑子都不会在那个时间点离开。老城区不像新城规划得整齐,很多小巷子连车都进不去,又是巷子套着巷子的很好藏人,白天查得严,晚上才好脱身。

想到这个可能夏乐就没法再回到之前轻松的心境,起身走出来,抱了个抱枕坐到地毯上,闭上眼睛在心里推演起来。

从下刀的深度和伤口可以判断出对方是个老手,他先要灭口的应该是那几个人里最年富力强的中年妇人,可是两个老人拼了命地拦着,所以是两个老人死在楼梯上,并且有一个还是头朝着楼上的姿势。

妇人则是护着两个孩子跑,在知道跑不了后又舍了命地去拦,让孩子先跑,可他们应该都是受了伤的,所以根本没能跑多远,按那个伤口来看,很可能是在楼上的时候就受了伤,所以血迹是从房间就开始有的。她现在不能确定的一点是凶手是从外边进去的还是之前就在屋里,如果是熟人作案……那这一家人得是什么身份才会有这样的熟人?

而且这一家的男主人不在,但是男主人作案的可能性不高,一个人有可能狠心杀母,狠心杀妻,或者狠心杀子,可狠心到一次性把母亲妻子孩子全杀了的作案动机就太不明确了。

直觉告诉她,这案子不寻常。脚步声响起,她看向门口。

"累了吗?要不要休息一会?"郑子靖人还在门口就问。

"没有。"夏乐坐起来一些,"一会我的一个战友应该会过来。"

"能赶上吃晚饭吗?"

"不用等他。郑先生,晚点我想回去一趟。"

郑子靖不同意:"发生这么大的案子其他地方能瞒住当地也是瞒不住的,你要想回去我们可以明天白天再回。"

"我不怕。"

"夏夏,你老实告诉我你不是想回去,你是想去查案子是不是。"

夏乐抿住唇不说话,这几乎就等于默认了。郑子靖拍了拍额头:"市刑警队接手了案子,他们会上心的,你再等几天,如果到时候他们不作为你再去查行吗?"

"我感觉那人就藏在老城区,最危险的地方就是最安全的地方,这个道理他肯定懂,但他也一定知道今晚必须走。"夏乐眉头拧着,"等不了几天,这人必须抓住,太危险了。"

"不能和公安局反映吗?"

"我信不过他们。"夏乐说得又直又白,半点都不带遮掩的,"在命案现场基本没留下什么痕迹,那人的反侦察能力很强,一旦让他察觉到什么,不要说抓人,我担心会再出命案。"

郑子靖当然不想同意,可他更知道一点,夏夏是因为尊重他才会讲这么多话来说服他:"等你战友来了再说。"

夏乐独立惯了,一旦有了决定很难有人能改变,一如她八年前进入部队,再如她八年后一头扎进娱乐圈。她从来想的都是拼尽全力,而不是结果成功或者失败。用郑先生的手机联系上他,她也不多说什么,给了地址让他直接过来。

郑子靖敲了敲门:"来见见我的朋友。"

夏乐应了声好就跟了出去,两人都忘了夏乐这会穿的是睡衣,落在许君几个人眼里这人和郑小四的关系基本就定下来了。

几人心照不宣地对望一眼,也不用郑子靖介绍,已经和夏乐见过的贺子良笑嘻嘻地上前道:"许君,翁习荣,蒋智,我是贺子良,都是和郑小四穿一条裤子长大的兄弟。"

夏乐点点头:"我是夏乐,你们好,许医生好。"

"你好你好,又见面了。"许君抬手打招呼。

"你唱的歌我们都听过,挺好听的。"蒋智挂到许君身上打趣,"郑小四捡着宝了。"

"这叫命,我能捡着你就不要想了。"郑子靖随口就怼了回去,揽着夏夏的肩膀率先往楼上走,这会阁楼已经布置好了,海鲜摆了一桌子,吧台上也已经醒了酒。

翁习荣直接往吧台走去,闻了闻红酒就放到了一边,边卷袖子边道:"小爷来给你们加点料。"

"调杯不含酒精的。"

"夏乐不能喝?"

"没事。"夏乐抢在郑先生之前应话,她虽然没有过什么朋友,可聚会的时候不要扫兴这种事还是知道的。

郑子靖皱眉:"没事?"

"嗯,没事。"

郑子靖也就不拦着了,如果喝醉了更好,晚上就不用想着再去会凶手了。

贺子良他们都是这里的常客,也不用招呼,拿了酒杯倒了几杯红酒递给已经坐得非常舒服的两人,还不忘吐槽一句:"君君你能把你那眼镜摘了吗?个斯文败类样。"

"我再是个败类好歹也还斯文。"许君摘了眼镜,"你那几根头发再摸下去要掉得更快了。"

贺子良下意识地又摸了一下,不过这回他没有回怼,反而带着点得意地道:"我打听到一个植发技术非常牛逼的地方,他们说能给做得一点也不违和,老子现在秃了也不怕了。"

夏乐抬眼看了下他的头发,虽然扎着小辫儿,可看着发量好像是挺少的。

"喜事啊。"翁习荣边开酒边打趣,"你干脆趁着现在还有点头发去剃了拿去植发得了,那不比到时候剃你那地儿的去拿来当头发强?"

夏乐还在想那地儿是哪里,翁习荣看向贺子良的下三路,贺子良秒懂,恨不得扑过去把他哪儿的都刮干净:"你大爷,你家植发是用那儿的毛啊?一点常识都没有。"

"我是没你懂,毕竟我没有这个烦恼。"

"你这是拿打击我来掩饰你的无知。"

"……"

两人你来我往地扯皮，其他人乐呵呵地看戏，郑子靖装了一碗鱼汤过来："他们闹惯了，别在意，喝点汤，吃得下就吃，吃不下不用勉强，别让自己难受。"

夏乐嗯了一声，低头喝了一口，她还是不太想吃东西，可为了晚上的事她也不能空着肚子。

夏乐不说话，就看着几个人说笑，他们偶尔也会开个车来个荤段子，这些在部队早都见识得够够的，夏乐听得面不改色，有时还会跟着笑一笑，时不时捧起碗喝一口，不知不觉间一碗汤就下去了。

郑子靖大松一口气，也不急着再给她装了，去吧台端了两杯酒，一杯是红的，一杯是分了三层的鸡尾酒。

"这个度数不高，没什么酒味。"翁习荣暂时卸任调酒师的工作，端了杯红酒过来坐到两人不远处。他喜欢调酒，水平也不错，但是他还是喜欢红酒。

"谢谢。"夏乐喝了一口，是真的没什么酒味，就和在喝饮料一样，她一仰脖子喝光了。

翁习荣有点心疼自己那杯酒。郑子靖忍笑，他相信夏夏酒量不错，这动作一看就是喝白酒的劲。

翁习荣决定不表现了，踢了郑小四一脚道："去开瓶来劲点的。"

"喝红的就行了。"郑子靖把自己那杯还没来得及喝的递给夏乐，"你们先吃点东西垫垫，我去楼下看看。"

"说得好像谁会跟你客气似的。"贺子良遥遥举杯，"来，夏乐，咱们走一个呗。"

夏乐举杯，一口喝了。

翁习荣笑得打跌，蒋智离着贺子良近，一脚踩在他脚背上："赶紧，夏乐都喝了你磨蹭个什么劲。"

这又不是喝白的，贺子良在心里嘟囔，还是爽快地一饮而尽。

为什么聚会的时候离不开酒？因为酒能拉近人的距离，老话说酒品见人品，一杯酒后贺子良就觉得夏乐这人挺不错了，主动边拿了分酒器过来给她倒酒，边非常八卦地问："总决赛的时候输给一个莫名其妙的人什么感想？"

夏乐想了想当时自己的状态："大概是因为很多人都在为我生气，我反倒觉得还好，走在路上踢到一个石头脚是要痛一下，可最终石头挡不住我的路。"

"有道理。"翁习荣和她碰了下杯，"多大的石头也挡不住人，力气不够把石头敲碎了就是，你慢点喝。"

差点又一口到底的夏乐默默地任酒从嘴里流出来一些，这动作其他人没看到翁习荣却是看得真真的,顿时憋笑得肚子都有点痛,郑小四从哪淘来这么个宝贝,太走狗屎运了。

"对了,夏乐你是本地人?"

"嗯。"

"哪的?"

"老城区。"

几人对看一眼,老城区发生了什么他们可是清楚得很:"那边出了事你知道吗?"

"知道。"

"糨糊,你去看看郑小四在干什么,怎么还没上来。"蒋智还要说什么被贺子良打断,虽然不知道原因但冲着他们之间的信任蒋智还是二话不说起身下楼。

贺子良把话题扯开了去,家庭决定了他们的眼界高度,就在刚才那一瞬,他将夏乐突然住到这里来并且还有大佬造访的事联想到一起了。

陈飞是在八点半到的,他也没想到自家队长会在这样一个氛围里边,那满身的气势一时间都没能收住,屋子里都寂静了一瞬。

几人很快反应过来,许君扬了扬手:"夏乐的朋友吧?"

夏乐站起来:"你们玩,我去和他说点事。"

陈飞虽然轴了点,但是心里没点东西也是进不了孤鹰的,他咧嘴一笑走到吧台那自个儿倒了满杯的酒,朝几人都举了举,道:"来得急了点,给哥几个赔罪。"

几人都站了起来纷纷举杯:"夏乐的朋友就是我们的朋友,不讲究这些。"

陈飞一饮而尽,那样子就像是和夏乐一个模子里印出来的,他倒悬了下酒杯:"回头再和哥几个好好喝一场。"

"那敢情好,就喜欢这能喝的。"许君扔过来一根烟,陈飞接了,不用真抽上,一杯酒,一根烟,这就是男人表达好感的方式。

夏乐就在一边等着,这会才往门口走去,陈飞连忙跟上。

郑子靖带着两人往楼下走:"去二楼书房吧,帮工已经回了,这会就阁楼有人。"

推开门,郑子靖没有跟进去:"你们聊,东西随便用,我上去了。"

"好。"

陈飞看他的目光带着审视,郑子靖感觉到了,朝他笑着点点头,将门带上离开。

"队长,这就是你的经纪人吧。"陈飞肯定地问,要得到他们的信任不容易,显然,队长很信任这个男人。

"嗯。"夏乐不想说这些小事,看显眼的地方就放着张纸,她取了一张铺开在书桌上,拿了笔勾画起来。

"队长,这是?"

"老城区。"夏乐在那里长大,年少的时候也骑着单车走街串巷过,对那里很熟。

"我还没明白怎么回事,队长你怎么会被一帮警察逼得犯了病?就那些人哪里能动得了你。"

"小事。"

"这怎么可能是小事,队长你什么人我们还能不知道?要不是他们过分了能逼得你发病?还有这病又是怎么回事,不是说好转了吗?"陈飞焦躁地在那转着圈,"队长你别敷衍我,我要没个明白答案给他们,他们都得来你信不信。"

"来干什么,打架?"夏乐头都没抬一下,手上动作不停,"地方有地方的处事方式,不能用我们那一套来要求他们,我会犯病不全是他们的原因。"

"队长!"

"闭嘴。"夏乐终于抬起头来,乌黑的眼珠子锁着他,陈飞不敢说话了,这是战时的队长!

夏乐低下头继续画,没找到铅笔她用圆珠笔画的,不能出错。陈飞悄悄吐了口气,看队长这态度就知道稳了,今晚有大事要干。

大概画得差不多,夏乐看着巷道清晰的图纸皱起了眉,还差些,她不知道老城区大概有多少户人家,一条巷子又大概有多少户。

这事可以问外公,但是……

不用多想夏乐就否决了这个念头,说了声"待着"拉门出屋,上到阁楼去找郑子靖,虽然没有刻意打听过,她也知道郑家不是一般人家,如果郑先生不行,那就只能找陆叔帮忙了。

"怎么了?"郑子靖看到她连忙走过来问。

"我想要老城区那边的详细地形资料。"

这个之前不难,可现在是非常时期……但郑子靖哪里会和夏乐说不,回头喊了声老贺。

贺子良晃过来:"啥事?"

"老城区那边的资料能不能弄到?"

已经喝得耳根发热的贺子良心多跳了一下,看了夏乐一眼笑道:"兄弟要的东西,弄不到想办法也得弄到啊,不过这个点估计需要点时间。"

夏乐道了声谢,她多数时候是安静的,但是这时候的安静让人觉得危险,贺子良在心里啧了一声,感慨郑小四的狗屎运。

大概半个小时后贺子良走过来:"发你微信了。"

郑子靖打开手机看了一下,直接把手机塞到了夏乐手里:"要不要再吃点?"

夏乐摇头。

"那去吧。"

"好。"

夏乐又向贺子良道了谢,转身走得干净利落。

贺子良啧啧出声:"这一看就是做大事的人。"

"今晚是不是有热闹看?"蒋智举了举杯,问。

"喝你们的吧。"郑子靖走向酒柜,从里边挑出两瓶开了倒出来醒酒,"我有点想法,等我想好了再和你们谈。"

多年兄弟,几人都很清楚郑小四之前是什么想法,他就是把自己养废了也不会和自家兄姐去争什么,现在这是不愿意再窝着了?

"因为夏乐?"

"是,也不是。"郑子靖摇了摇酒杯看着红色的液体在杯中晃动,"章惠女士说得对,一个人有能量不用和没有能量可用是两回事。"

兄弟几个碰了碰杯,一切尽在不言中。

资料给得很详细,夏乐根据资料完善了地图,和陈飞一起把地形记在脑中。

"命案地点在这里,他不会走远。"夏乐用红笔在地图上一间重点标出的房子上画了个叉,"你东南,我西北,从这里往外摸排,不用管哪栋房子是空的哪栋住了人,他未必就不敢往住了人的家里去,对他来说那反而是最安全的。"

"明白。"陈飞做了几下扩胸运动,"我去弄两把枪?"

"不动枪,你还在役,不违反纪律。"夏乐合上地图看了下时间,"校对时间,现在是九点四十八分二十七秒,短刀匕首去弄几把,其他该准备的都准备好,十一点出发。"

95

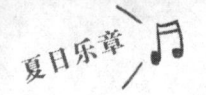

"是。"陈飞校对好时间二话不说拉门离开。

夏乐静坐了片刻,将有可能的危险和凶手最有可能的行进路线推演了几次后回房。衣服还在袋子里,她全部倒出来,毛衣牛仔裤居多,衬衣也有两件,还有一条像是放错了的工装裤,挺厚实,她换上衬衣和工装裤,裤子有点大,找不到皮带,她直接扒拉出一条丝巾系上,外套也有,但是都不适合。

她去到阁楼,推开门迎上几人的视线:"郑先生,有夹克吗?"

"嗯?啊,有,我去拿。"郑子靖暗暗踢了踢几人,示意他们把眼神收一收,自己则马上起身,"还需要别的吗?"

夏乐低头看了看:"皮带,还有饭,我要吃饭。"

郑子靖点点头,把桌子上那一盆基本没动的海鲜炒饭端起来走到她身边:"我去给你热热。"

看着门开了又关,莫名觉得自己有点多余的许君啧啧出声:"好像感觉到了杀气。"

蒋智凑近了怂恿:"要不要跟去瞧瞧?"

都是看热闹不怕事大的人,几人对望一眼,愉快地击掌达成共识。

楼下,郑子靖把饭放微波炉里:"陈飞呢?要不要叫他一起来吃点?"

"他出去了。"夏乐把袖子挽起来,踢了拖鞋直接在地上做起俯卧撑来,半点不浪费时间。

郑子靖第一次直观地感受到夏乐的力量,他也是混健身房的人,也做俯卧撑,可是首先他没有这个速度,然后他没有这么持久,一秒两个了吧这都,可夏夏做起来就像刚喝了口水……

"叮"一声响,饭好了,郑子靖拿出来放到桌上,不知道是不是要打断她。

夏乐没有停,一个接一个机械运动一般,直到汗从下巴滴落她才站起来,去洗了把脸过来拿起那个盆就吃起来。

郑子靖把到了嘴边的那句"我去拿碗"吞下去,怕她噎着,又去厨房找到汤给她热了一盆,是的,一盆,他怕夏夏不够喝。

回房拿了外套皮带出来,饭已经下了一半了,郑子靖觉得他可能不只是体能比不上夏夏,吃饭也差远了。

饭汤一扫而光,夏乐看了下时间,还有三十五分钟,她站起来要去收碗,郑子靖压住她的手,看着光了的两个盆提醒她:"我来,你……要不要走一走消消食?"

夏乐一时没理解,顺着郑先生的视线看过去才明白过来。没有解释她的胃早就在部队锻炼出来了，出任务的时候更是有往肚子里囤食以备不时之需的习惯，顺着他的话在屋里转起了圈，借行走不断调整自己的状态。她清楚地知道身手和在部队的时候不能比了，今晚的对手不是寻常人，不能托大。

郑子靖在厨房里靠着流理台看了会，他没有出去，打开抽油烟机点了根烟，这种无能为力的感觉是真的很不是滋味。烟一根接一根，直到一声"郑先生"响起。

郑子靖连忙按掉烟头走出去，要说的话在看到人后什么都说不出来了。他一直都知道夏夏就算在特种兵里都是拔尖的，可那种知道和亲眼见到是两回事，这样隐含锋芒的夏夏他第一次见到，就让他觉得……剑要出鞘了。

"我需要一辆车。"

"好。"郑子靖下意识地摸了下口袋，钥匙当然是不在的，反应过来他去到鞋柜从几把钥匙里挑了一把递给她。

夏乐说了声谢谢，看了下时间抓起外套往外走去，郑子靖张了张口最后又闭上，跟着送到门口，院子里陈飞已经在了，两人一起上了车。

三楼阳台上，几人目送车子离开，对望一眼立刻往楼下走去，看到了还站在门口吹风的郑子靖。

"跟上去啊，站这干什么。"贺子良抓起沙发上郑小四的外套扔给他，"咱们别的做不了还不能做个后勤了？"

郑子靖有点心动，其他几个人压根不给他犹豫的机会，一把将他推出门，许君熟门熟路地从鞋柜中摸出了车钥匙抛给他们几人里车技最好的蒋智。

"不用跟。"郑子靖坐上了副驾驶座，"夏夏反侦察能力很强，跟着她会发现，直接往老城区开就行，他们肯定直接过去那里。"

"成，咱们换条路。"

"等等。"郑子靖又下车回屋，不一会再出来时手里拿着几根警棍和臂力器，几人虽然无语但也聊胜于无地接了过来比画了几下。

那边车上陈飞也将武器分完了，打量了下这车子赞叹道："好车，还得是悍马开起来带劲，对了队长，凯子说要来投奔你。"

"嗯。"

"要不我也退役算了，队长你一并接收了我呗。"

夏乐看他一眼："好好待着。"

"偏心呐队长，怎么凯子就可以我不可以。"

"他残了你没有。"

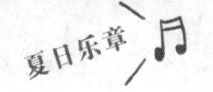

这大实话让陈飞没话反驳，总不好说他也去把自己弄残了，队长能把他收拾得欲仙欲死。

"不要觉得外边好，部队适合你，再过个几年你状态下滑从一线退下来也有你的去处。"

"我知道，队长。"陈飞咧嘴一笑，"政委找我谈过话了，我有好好考虑，这段时间确实是我的问题，我会好好调整的。"

"路遥怎么样？去见心理医生了吗？"

陈飞笑着露出一口白牙："就知道你要问，休假之前特地去打听了下，他去了。"

那就好，夏乐唇角微微上扬，活着的总要好好活着。

老城区本就比新城要安静许多，今晚尤其是。

夏乐在老城区边缘就停了车，将武器放到趁手的地方，强光手电筒往脖子上一挂放到外套里边："发现情况不要轻举妄动，发信号。"

"是。"

两人下车，各自隐入黑暗中，动作无声。

夏乐熟悉这个从小生活的地方，贴着墙根游走在小巷子当中，比陈飞更快一步到达目的地，隐在黑暗中，她看了一眼拉着警戒线的房子，猫着身子凭感觉往北边跑去。

凶手有百分之七十的可能性还在老城区里躲着，白天已经在大规模排查，他必须在今晚离开。如果对方是有意寻仇，那他应该会提前做准备，比如车，可到处都有摄像头，车比人目标更大也就更容易暴露，反之，人要避摄像头反而更容易，至少对他们来说是的。

所以车子未必会有，他要离开乌市需要交通工具，而车站机场都在北边，他现在要做的，就是怎么光明正大地出现在老城区以外的地方而不让人生疑。如果有接应的人，同理，那人也不会来这附近让人起疑，凶手还是得先离开老城区。脚步不停，耳朵竖起，夏乐脑子里也没有停歇，换成她，会从哪里离开？大路有摄像头，肯定会避开，那么……

夏乐突然福至心灵，记起来她外公家的后院里有一棵大树，上次去她就觉得那树太高了点，容易被心生歹念的人利用起来，可现在要先被她这个没有歹念的借用了，只要占据那个地方，半个老城区都在她视线内。

夏乐猛地停下脚步，寒意从心底升起，那棵树那么打眼，有心人怎么会发现不了！

凶手是有心人吗？他是！

摸到强光手电筒她又停下，不行，如果凶手真的占据了高地，手电筒一打出去她就暴露了，她也不能确定对方的来路，部队里那一套联系方式都不能用……

这是一个完全被动的局面，可是，不可能后退。

背靠着墙闭上眼睛在心里默念了十个数，夏乐重新动了起来，她完全把对方当成占据高地的敌人，计算着树的高度在不会暴露自己的巷子里穿行，到了外公家附近为了不暴露更是蹲身贴着墙根一点点挪，可房子和房子之间是有距离的，哪怕那个距离不远，中间仍有一片没有遮掩的空地。

找到房子的死角，夏乐翻墙进了外公的邻居家，避开那棵树的视线来到靠近外公家那一面的墙下，匍匐在地集中注意力，竖起耳朵听对面的动静。

天公作美，今天没有风，因为凶杀案路上也没有行人，夏乐安静地潜伏着，和夜色融为一体，将近半个小时后当听到树枝哗哗响了两下时她就知道自己赌对了，那人在树上！她依旧匍匐着没有动弹，静静地等着凶手的下一步动作，对方绝对是要离开的，就等他觉得什么时候合适。

可事情从来就不是万无一失，一阵亮光后汽车熄火，随着车门关上，脚步声去的方向让夏乐在心里骂了一声，这个点回来的只会是胆大包天的邱梓桐。心里迅速做出预判，夏乐猫着身体往反方向跑去，趁着邱梓桐在前院吸引住了凶手的视线，她从后边穿过了两栋房间之间的空地，来到了外公后院的墙根下。

屋子里灯光一间间亮起，夏乐悄悄看向树顶，借着此时二楼亮起的灯光看到繁盛的枝叶当中坐着一个影影绰绰的身影，她不敢动作，就盼着邱梓桐赶紧关灯睡觉，不要刺激到凶手。

可事与愿违，顶楼的灯光亮了。夏乐暴躁得想捶爆邱梓桐，可想归想，她动作却毫不含糊，猫腰沿着墙根来到靠近树的墙下蹲着，随时准备动手。邱梓桐应该是恋爱了，这会又喝了酒，大冷的天也没有浇灭他的热情，跑顶楼上和人聊起了语音微信，他倒也知道不能大声扰民，可他也不回屋，听那动静还点了根烟。

夏乐在男人堆里待了八年，对男人想尽办法抽到一根烟的德性看得太多，发现邱梓桐抽烟倒是没什么感想，可她敢肯定外婆知道了要收拾他。外公以前也抽烟，被外婆逼着戒掉的，两个舅舅也一直被要求不许抽烟，到了第三代这个例也不可能破。

夏日乐章

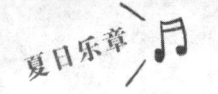

心里多转了个念头,夏乐的注意力还是在树上。偏偏此时邱梓桐抬头了,人的本能提醒他有人在看他,下意识地看过去,手机啪一下摔地上。

夏乐动了,她后退几步助跑爬上墙头,又顺着下水道管飞快爬到三楼将邱梓桐挡在身后,低声喝道:"回屋,让其他人都不要出来。"

"表……表姐?"邱梓桐喝浑了的脑子也没想着表姐怎么这会来了这,抓住她的手臂要拉着她一起下楼,"我看到鬼了,快走。"

夏乐依旧盯着树上的人,用让邱梓桐觉得疼的力气扣住他的手腕:"回屋,让大家不要出来。"

"可……"

"滚。"

夏乐推开他往前跑去,抓住树枝奋力一跃人就上了树,跟着先一步跑了的凶手一起从树上滑下,凶手一落地立刻往屋里跑,幸好屋子的门是锁着的,而且门是那种防盗门,这一耽搁的工夫夏乐就追了上来,扣着匕首正面攻了上去。凶手反手架住,并且飞快回了一刀,夏乐确认了,这人是练过的。夏乐逼着人往院中间去,并且拉扯住他不让他再靠近大树。

动静越来越大,不要说浅眠的老人,其他人也都被惊醒,下意识地就要出门来看,而这时候的邱梓桐终于醒酒了!他不蠢,知道自己坏了什么事,凶杀案才发生一天,用后脑勺也想到了那人恐怕是凶手跑不了,虽然不知道表姐为什么会那么巧地出现在这里,可他只要知道表姐是来救命的就够了。

他的脑子终于在这一刻用了起来,用他平生能跑的最快速度往每间住了人的房间跑,压着嗓子叫屋里的人不要出来,已经出来了的也都给推回去,他已经在想最坏的结果,如果最后表姐没有挡住,也要把人分散在各个地方,哪怕是能跑了一个呢?集中到一起那就一网打尽了!

他又拿起客厅的电话报了警,然后去厨房拿了刀守在连通院子的门那透过窗户往外看,身体发抖,头脑亢奋,握着刀的手都是湿的,家里不是老的就是小的,他本来也住在新城区那边家里,知道这边出了大案子他爸让他回来住几天陪着老人。妈的,去什么同学聚会,邱梓桐恨不得揍自己一顿,拿起电话打给老爸。

而屋子里该起的都起了,住在楼下的两老和住楼上的邱凝以及林欣都挨着窗户看着外边的情景,他们都知道夏乐当过兵,也都知道兵种不一般,可亲眼看到才知道究竟有多不一般,那种力道,那种狠劲,那种凌厉的身手哪能是一般人。

老太太紧了紧身上的外套，嗓音干涩："我都快记不起小乐以前是什么样子了。"

可是邱凝记得，越记得越心疼。眼睛紧盯着女儿迅速在心里盘算可以求救的人，她听到侄子报警了，至于其他人，有用的人离得远，远水救不了近火，离得近的没用，反而要拖小乐后腿，这种事，这种事谁能帮得了？

病急乱投医，邱凝突然想到了小乐的经纪人，那人看着有点能量，说不定……

她立刻拨通了郑子靖的电话，响了一声那边就接了起来："伯母？"

"郑先生，你有没有身手好的朋友，要在乌市，离着老城区近。"

车上郑子靖立刻坐直了："是不是夏夏？她找到凶手了？"

"对，现在两人在交手，就在小乐外公家，我怕她出事。"邱凝扶着墙支撑自己，声音因为隐忍而嘶哑，"郑先生，如果你能找到这种人，出钱也好有什么要求也好我都答应，请您帮帮忙……"

"伯母您别着急，我就在老城区，我马上想办法，您别着急，是夏夏一个人吗？"

"对，只有她。"

"我知道了，您在微信上发个坐标给我，我马上处理。"

"好，谢谢你，谢谢你。"

挂了电话，郑子靖用力一拍车子前边，也不管发麻的手，从通话记录里翻出一个陌生号码拨了出去，幸好夏夏之前拿他的手机和陈飞联系过。那边陈飞接了电话，说了声知道了立刻挂了。

郑子靖咬着手指甲，又从通讯录翻出宁浩的电话，这一刻他万分庆幸为了夏夏的病情他们交换了联系方式。

"郑先生，是夏乐怎么了吗？"

"夏夏找到了凶手，陈飞在赶过去，我想知道这对夏夏会有什么坏的影响吗？"

宁浩知道的情况更多，也就更清楚事情的严重性，问清楚地址后扔下一句"我会立刻赶到"就挂了电话。

郑子靖打开微信点开邱凝发过来的位置："开车，前边往左。"

夏乐身手更高一筹，交手数招一刀划在凶手大腿上后立刻矮身躲开对方的攻击后再次逼近，不给对方喘息的机会，可很快，她以更快的速度往旁边就地一滚，随着"砰"的一声响，就在她刚才站立的地方泥土四溅，然后子弹紧跟而至，夏乐狼狈躲避，顺手抓起一把泥土向凶手扔去。

她也不远走，继续奔走骗对方的子弹，手枪能装的子弹有限，就算他有弹夹也需要替换的时间，而她不会给他这个时间。两人在不算大的院子里缠斗，凶手被彻底激起了凶性，他突然把枪口转向对准了楼上的窗户。

那是妈妈的房间！夏乐大喊一声"蹲下"，同时将手中一直抓着寻找机会的石子朝手枪掷去，可仍然是慢了，随着哐啷一声响子弹击穿了玻璃。夏乐心都骤停了，不要命一般朝凶手扑过去，这时候她什么都不想了，她要杀了这个人！

匕首像是活了，明明前一刻还在朝小腿进攻下一刻就逼到了胸前，枪早就被石头击飞出去，刀也在之前的交锋中掉落，现在轮到凶手狼狈躲避。夏乐很好地执行了趁你病要你命的战斗思想，刀刀致命，在凶手后退倒在地时匕首直奔胸膛。

"小乐！"

夏乐心下一定，刀尖一转直接断了凶手的锁骨，一直表现得悍不畏死的凶手惨叫出声，夏乐还没有停手，匕首在指间一转，手筋断，再往下，脚筋断。

到这时她都没有抬头，一把将凶手掀翻，扯住他的衣领往下一拉，都不见她做什么动作就将凶手的双手绑在了背上，血流满地。

嫌他太吵就地扯了一蔸不知道什么品种的青菜连泥带菜直接塞进了他嘴里，然后像是嫌这样还不够，手一错卸了他下巴，动作之粗暴让屋里看着的人都吞了口口水。

直到这时夏乐才抬头，看着仍是和平时无异的冷静模样，不同的，是那出鞘的刀一样的气势。

邱凝由邱梓桐扶着站在破了个大口子的窗口温软地朝女儿笑："被玻璃碎片炸到了，有点小伤，没有大碍。"

这时地上的人动了下，夏乐看也不看一脚踩上去，那力道让看着的人都觉得疼。

邱凝太了解女儿，刚才如果不是她喊得及时，地上躺着的就不是伤患而是尸体了。不管他有多大的罪过，作为母亲她也不希望由女儿来沾上这条人命，她往窗前探了探头，以示自己真的没有大碍："妈妈下来给你看看，真的没事。"

"不要下来，邱梓桐，带我妈换间房。"

邱梓桐连连点头，不要说带姑姑离开，现在表姐就是让他从这跳下去他也立刻跳，不带二话的。

夏乐加大力气踩住脚底下还在挣扎的人，低头看他的眼神如同看着一个死物。

"队长！"

陈飞从墙外飞奔过来，踩着一地狼藉来到队长身边迅速接管局面，他看得出，队长脱力了。

夏乐退后些许，手背到身后，不让人看到她手抖得有多厉害，脚在离开凶手身上的那一刻也在发抖，没有人比她更清楚，离开部队后她的身手退化得有多严重，放在以前，凶手不可能有开枪的机会。

"队长，人我带走？"

夏乐摇摇头："应该报警了，等着。"

"是。"陈飞扫了一眼院子，视线落在比三层楼还高上许多的大树上，"藏树上了？"

"嗯。"

陈飞并不意外，对他们来说这么一个制高点能做的事情太多了，凶手在这么个地方，也就不奇怪队长为什么没打信号。

"政委在赶过来的路上。"对上队长的视线，陈飞耸耸肩，"我接到了两通电话，你的经纪人告诉我你在这。"

夏乐点点头："看好。"

把手枪和刀踢远一些，又从凶手身上摸出两个弹夹，夏乐往门口走去，不等她敲门就开了，邱梓桐站在那，手里还拿着刀没放。

夏乐二话不说朝着他脑袋就是一下，邱梓桐心虚，受了这重重的一下低着头什么话都不敢有。这时旁边的门开了，两老互相搀扶从屋里走出来。

"外公，外婆。"夏乐喊了一声却并没有靠近，刚刚才沾了血，她不想冲撞了老人，"有没有吓到？需要叫医生过来吗？"

老爷子刚想说什么老太太就掐了他一下，摸着心口道："是有点难受，叫个医生过来吧。"

邱梓桐急了，快步奔过去扶着人："您的药呢？我去拿。"

"一身烟酒味，离我远着点。"老太太瞪他一眼，"去打电话叫个120。"

邱梓桐亏心得不得了，摸摸鼻子乖乖去打电话了。

"我去看看妈妈。"

"快去，我也提着心。"老太太这边催着，楼梯就传来脚步声："我真

103

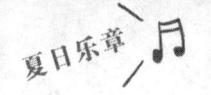

的没事。"

邱凝扶着楼梯下来,身边还跟着抱孩子的林欣,夏乐连忙走到楼梯口接着人,把人从头到尾仔细扫了一遍,脸上和手上都有些划伤,万幸只是些小口子,最严重的地方能看到血往下流。

邱凝拉住女儿的手,眼神也是快速地扫遍女儿全身,脸上全是温婉的笑意:"放心了?"

夏乐点点头,隐隐听到汽车声,她道:"都去外公屋里,后边的事我来处理。"

老爷子想说什么,邱凝快一步拦了话:"好,你放手去处理,我们不给你添乱。"

一行人进屋,邱梓桐走在最后回头看着表姐欲言又止,然后被邱凝一把拉了进去,朝女儿笑笑后合上门。

夏乐走过去拉开门,按亮院子里的灯就看到了郑先生以及他身后的几个人。几人眼神一对上他们愣了愣,郑子靖反应飞快地把臂力器往身后随便谁手里一塞就靠近镂空铁门问:"怎么样了?没事吧?"

"没事。"夏乐走过去打开门。

可看着她身上的血渍,谁也没法信她说的没事,可到底都是见过大风大浪的人,他们也真就能装成没事的样子又笑开了,许君打趣道:"都说了对夏乐来说那都是送菜,郑小四你着什么急。"

郑子靖笑着回击:"你要不要送个菜?"

"你滚,敌友不分。"

夏乐默不作声地听着,紧绷的情绪在他们的插科打诨中放松了些许,但是她并没有把几人带进屋:"你们先回。"

贺子良几人都看向郑小四,却见到郑小四那个厌蛋笑容满面道:"我让他们先回,我留下帮你跑跑腿。"

夏乐想说不需要,可想到他是自己的经纪人她又觉得留下好像也应该,就嗯了一声,朝另外几人道谢,在毫无关系的情况下他们愿意为自己涉险,这情分她承着了。

"谢我们做什么,又没做什么。"几人边在心里给郑小四上酷刑边笑着摇手,"行,我们先走了。"

走到门口目送几人上车离开,夏乐也不进去了,就在那等着下一批人到来,她听到警笛声了。

蒋智奸诈,将车开过拐角就停下,并且开着车灯,他们也听到了警笛声,等警察来了他们就走不了了,这个时间点出现在这里谁都撇不干净,他们这不就理所当然地留下了吗?下边的热闹他们可不想错过。

事实也是如此,三辆警车紧随而至,看到这辆车立刻停下,七八个警察边下车用手枪指着他们边围拢过来,四人非常乖觉地举起双手下车,许君开口道:"你们的目标就在前边,我们是送人过来。"

刑警看他们这么识相态度也好了点:"转过去趴在车上。"

四人照做,很快刑警过来把他们铐住,"现在非常时刻,请配合执法。"

"配合配合,当然配合。"

警察把四人带上警车,解了一边手铐铐到椅子上,这时候警力一点都不能浪费,他们也没打算马上把人带回局里,把门一关就继续往前开,停在邱家门外。

心愿得偿的四人相视一眼,嘿嘿一笑,这不就看到热闹了?并且还是不得不看。

警察持枪冲进邱家,夏乐把郑子靖拉到身后满脸都是忍耐:"不要拿枪指着我。"

"你是……夏乐?"

"是。"

夏乐这个名字如今在公安系统里可是鼎鼎大名,她的那些壮举也早都传遍了,领头的刑警队长当下就示意大家把枪收起来,仔细打量这个让他们有苦说不出的人。像个当兵的,可鬼能想到一个特种兵退伍了为什么会去当明星!这完全是左和右,上和下,东和西,南和北的区别好吗?

"你好,我是市刑警队队长谭青。"谭青朝她伸出手,"现在由我负责这个案子。"

夏乐和他握了握手,看了眼他身后的人道:"家里老人受到了惊吓,可以少些人进来吗?"

谭青回头看了一眼:"我立刻把凶手带走。"

"不行。"夏乐耿直得噎人,"等人。"

被护在身后的郑子靖忍了忍笑,替夏夏把话说完整:"政委在赶过来的路上,请稍等。"

"这是警方的事情,军方就没必要介入了吧。"

郑子靖脸上依旧是笑着的,眼里的笑意却渐渐褪了,说的话不算客气:"谭队长说得没错,破案确实是警方的事。可你们把夏乐当成嫌疑人审问在先,

105

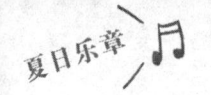

她为了给自己洗刷冤屈亲自出手来抓凶手,现在凶手也抓到了,只需要谭队长稍等片刻,等她的领导过来向他证明她对社会没有危害,不需要被带回去接受再教育,不过分吧。"

谭青实在是不想和军方对上,这事太打脸了,把报警人当成嫌疑人审,然后被嫌疑人掀了摊子,再之后又是嫌疑人把凶手给抓着了。虽然破了案是好事吧,可他们也实在面上无光。不过现在也轮不着他说愿意不愿意了,毕竟凶手还在人家手里抓着,明知道这是鬼话也只能听着。两方就这么沉默地对峙着,夏乐没觉得尴尬,谭青却想出去抽根烟。

"小乐,请大家进来喝杯茶。"堂屋门从里打开,邱凝由邱梓桐陪着走出来,脸上带着淡淡的笑意,从容而镇定,看向郑子靖时笑容才变得真心实意。

夏乐听话地转身上台阶,回头看向站在原地没动的人,用眼神询问怎么不跟上。

谭青轻咳一声:"不打扰了,我们就在这里等。"

邱凝也不勉强,牵住女儿回屋,他们也识趣地留在对方视线内,敞着堂屋的门坐在那,让大家都放心。

倒了热茶放到对面两人面前,邱凝笑了笑:"快喝点暖暖身子。"

郑子靖连忙站起来双手接了道谢,邱凝摇摇头,能这么快赶过来说明他就在老城区,说不定就是跟着小乐过来的,并且在明知道凶手在这里的情况下还过来,已经是非常有心了,该道谢的人是她。

妈妈总是会为自己的孩子多想一些,看了后院一眼,邱凝问:"小乐,院子里那个是你的朋友?就让他一直看着人吗?会不会太怠慢了?"

"不用,他是我的兵。"顿了顿,夏乐又道,"以前是。"

邱凝眼底一涩,之前那声队长她是听到了的,她的女儿啊,是怎么一步步走到让部队里那些只服实力的男人都听命于她的地步。

可她仍然笑着点头:"好,那回头事情了了你好好招待人家。"

"好。"夏乐抬头,"外婆好些了吗?"

"嗯,看着还好。"对上表姐的视线邱梓桐小心翼翼地答话,他这会对表姐崇拜到敬畏,这种敬畏他觉得会跟随他一辈子!

邱凝看了一眼对面坐在一张长沙发上的女儿和郑子靖,对两人理所当然的亲密觉得头疼,小乐理所当然不该是坐在她身边吗?

电话铃声打破了屋里的安静,邱凝离得近顺手接了起来,是旁边的邻居问话来了,她委婉地解释了几句挂断,不等她说什么又响起来,大概是这边好一会没动静了,大家都担心他们是不是还活着。

尖锐的刹车声在寂静的夜里尤其刺耳,夏乐扔下一句不要动独自跑了出去,知道不会有危险,匕首仍然第一时间出现在手里。

领头的吉普车上下来几个人,陆春阳一身军装表露了他的身份,警察收起手枪,陆春阳抬了抬手,他的警卫也将枪收起来。

紧随其后的是宁浩的车,一个心理医生却背上了医药箱。

最后边的车上下来的人穿着警服,谭青看到他立刻迎了上去:"徐局,您怎么……"

徐局长正了正帽子,什么也没说快步往前走去,他能说什么,当他愿意来吗?上边的领导不愿意出面,直接把这当成任务交给他,也不管他是不是级别比人家要差一大截。

院子里,夏乐朝政委敬了个礼,敬完又记起她已经不是兵了。

陆春阳回了礼,直接问:"人呢?"

"陈飞看着,我让他带出来。"

"我过去。"

夏乐带着政委进屋,邱凝这时已经站了起来,看着陆春阳嘴巴动了动,也笑了笑。

陆春阳摘下帽子:"好久不见了。"

"是,挺多年了。"

这种场合两人也没法叙旧,陆春阳道:"我先处理正事。"

"麻烦你了。"

"小乐是我的兵,应该的。"

夏乐打开连通后院的门等着,这会便先一步进了院子,陈飞本来坐在凶手旁边,看到政委立刻站起来行礼。

"人还活着吗?"

陈飞咧着嘴嘿嘿直笑:"队长下手有分寸,命肯定是在的。"

陆春阳走近看了一眼,这奄奄一息的样子是有点儿惨:"小乐,你有什么要求吗?"

夏乐没听懂。

陆春阳回头看她:"这件事该收尾了,你有什么要求都可以提。"

夏乐是真的不蠢,她知道必须提一个要求让这件事有个结束,让双方都体面下台,想了想,她道:"把林姐和小宝的户口落到乌市老城区这边。"

夏日乐章

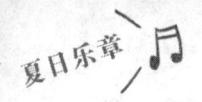

"嗯?"

"我想让小宝以后可以在这里上学,听说现在乌市落户很难。"

陆春阳看着这样的夏乐很想摸摸她的头,就像小时候一样,可最终他也只是笑一笑,拍了拍她的肩膀,看着门那里站着的一群人道:"肯定给你做到。"

"没有问题。"徐局当即表态,这个要求是真的不高,甚至可以说远远出乎他们预料,这个夏乐不贪心,当然,在查清楚那个小宝是烈士的遗腹子后他还有点佩服。

"谢谢。"夏乐退后几步,陈飞抹了把脸退到队长身后,有人问过他为什么服一个女队长,他嘴笨回答不出来,就说了一句心服口服。可现在一想,这个答案简直是最好的,口服容易,可让他们这些人从心底里服气,那绝对不是手底下有本事就能做到的事。

谭青把人提溜走时院子里的其他人都暗暗咂舌,这下手可够狠的,他们甚至不合时宜地有点同情凶手,你说你藏哪不好,要藏到夏乐的亲戚家,这受审之前得先送去急救啊!

那边车里的贺子良几人也掐准时机表露身份,并且指着院子里的郑子靖让他担保,郑子靖这会还不知道几人是故意留下的,只以为他们没走得了,连忙将几人保下来。自然,几人也就看到了凶手的惨样,顿时觉得自己身上好像哪儿也都有点儿疼……

"徐局。"自打提了要求后就没再说话的夏乐突然开口,"我有战后心理综合征。"

徐局点头等着她的下文,却发现她要说的只是这一句,稍一想他就明白过来,顿时心情有点复杂。他们内部至今没觉得这件事他们有什么问题,了不起就是流程上走偏了点,只是那么倒霉碰上一个患了战后综合征的退役特种兵引起这一场风波,可夏乐却愿意拿自己的问题来帮一把老城区公安局。她承认自己的问题,并且不推卸自己的责任。徐局突然就明白了陆春阳为什么千里迢迢赶过来替她出头,这是个好兵。

"希望你能尽快痊愈。"朝夏乐伸出手,徐局真心祝愿。

"谢谢。"

两人握了握手,莫名就有点和解的意味,陆春阳在一边看着也不制止,这就是夏乐,是就是,非就非,和她爸一个样。

警方的人全部撤离,两老的房门终于打开,屋里几人齐齐出来。这是夏涛的岳父岳母,和父母也没有差别,陆春阳向两老敬了个军礼,邱凝悄悄红了眼眶。

客套过后,老太太看向宁浩,确切地说是看向宁浩背的箱子:"医生,你能不能给咱们小乐看看有没有伤着哪里,我瞧着那凶手下手可不轻。"

简单的外科宁浩当然没问题,他带医药箱就是为了夏乐,这会自然无有不从的,走到夏乐身边就要检查。

夏乐退后一步:"没伤着。"

"小乐啊,你给医生看看,啊?医生说没伤着外婆才能放心。"

邱凝飞快扫了郑子靖一眼,拉着女儿起身道:"我去给她检查一下,一会再请医生给她号个脉。"

宁浩想说自己没学中医,只是有一套自己摸脉的方式来确定病人的情绪,可他是学心理学的,哪会看不出来夏乐的妈妈是什么意思,便笑着点点头。

可夏乐仍然拒绝:"瘀青难免,没有受伤。"

邱凝当然有自己的意图,她想借机看看女儿身上哪里有伤,以此来推测之前到底伤得有多重,这都快成她的执念了,但是看女儿坚持她也就顺着她的口气道:"没骗妈妈?"

"没有。"

邱凝笑笑,看向宁浩道:"辛苦医生跑一趟。"

"应该的。"

邱凝再次笑笑,看向陆春阳:"谢谢陆政委。"

"小乐不只是我的兵,还是我战友的孩子。"陆春阳起身走向林欣,"这就是小宝吧,像吴中。"

林欣有点不知所措,听到那个名字又觉得伤怀:"是,是像他。"

"小乐给你们弄到了乌市户口,好好把孩子带大。"

林欣之前没有跟着去后院,并不知道这事,这会听到嘴巴就张大了,乌市户口有多难拿到她是知道的,之前她想都没想过。

陆春阳看着孩子心里也有点难过,每牺牲一个都像挖去他身上一块肉,是真疼,可再疼他也不能阻止战士们奔赴战场。

"是个好孩子。"像是告别,陆春阳握了握小宝的小手,戴上帽子转过身来道,"时间不早了,我先回。"

邱凝上前一步:"我送送。"

陆春阳点点头:"小乐,尽快恢复。"

"是。"

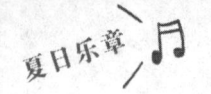

门外,邱凝和陆春阳却并没有多说什么,虽然认识多年却也真的是许多年没见了,更何况没了夏涛这个枢纽他们能说的也有限,临上车时陆春阳转过身来看着她:"明天下午我联系你。"

等到这句话,邱凝目送车子离开,靠着冰冷的铁门一会才回转。原本以为得不到回应的想念在时长日久之后已经消散,现在支撑着她的更多是那股执念,可这一刻她才发现不是的,她只是把想念压在了心底,不过是见到了故人思念就控制不住地倾泻而出。

120终于在晚了许多步后到达,医生护士一路小跑进来:"病人还好吗?这边的路况太复杂了,司机开错了路。"

病人当然是没有问题的,老太太叫120过来打的就是让他们给外孙女检查的主意,没想到检查过后老太太的心脏还真有点问题,最好是入院一段时间,但也没有今晚就得入院这么迫切。

而这时,住在新城区的邱家兄弟俩前后脚地到达,看到人一个没少后脚下一软几乎要跪倒在地,这一路他们都不记得坏了多少交通规则了,不知道十二分够不够扣。之后就是家事了。

郑子靖这次没有赖着留下,识趣地拎上几个朋友起身告辞,陈飞打算挤他们的车一起走。

邱家人对他们印象都极好,老太太找出几袋吃的硬是塞到他们手里,还一再叮嘱有时间了一定要过来玩,就像对自家小辈一般。老人活了大半辈子看得多也看得透,朋友两个字讲出来容易,可有的人穷其一生也不曾拥有。他们家小乐运气好,交到真朋友了。

夏乐把人送出门外,回来就看到邱梓桐被大舅一凳子砸在背上,他也不躲,抱着头蹲地上老老实实挨他爸的揍。二老明显是心疼的,却都忍着不吱声,其他人也没开口帮他,胆子大是好事,可要是大得过头了就是蠢了。

夏乐转身把门关上了,家丑不外扬。

邱柏维指着他的手指尖都在抖,他是个知识分子,不会骂人,也说不出刻薄的话,气得狠了也只憋出来一句:"我怎么会有你这么个熊儿子!"

邱梓桐蹲在那低着头,样子可怜又可恨,可这会没人同情他,今晚也就是有小乐在,如果没有小乐后果不堪设想。夏乐把表弟拉到自己身边坐了,抬头看向气得失态的大舅:"把后院那棵树砍了吧。"

说到正事邱柏维也没空再生气,连连点头道:"砍砍砍,天一亮我就去找人审批,出了这种事一定没人会拦着,还要做什么小乐你说。"

"房子有点损伤，趁着外婆住院这段时间把房子休整一下，外公住到我家去，妈，可以吗？"

"当然可以，天亮我就回去收拾。"

"不了，爸住我那里去。"邱柏志来回踱了个圈，"妈就去我那边住院，医院离着近。"

邱柏维立刻附和："这样也好，我们都在那边，好照应。"

"小乐，你怎么会突然过来这里？"由着儿子们安排的老爷子突然问，"你是为那个凶手来的？"

"是。"

"这应该是警察的事。"

事情到了这一步夏乐也没什么好瞒的，三言两语说出背后的事，当然，非常地避重就轻："我发现了凶杀案，报警后警察把我当成了嫌疑人，我抓凶手洗刷我的嫌疑。"

可大家也都不是傻子，虽然不在同一个系统，可处事方式大体也知道得差不离，邱柏志当场就皱起了眉："审你了？吃苦头了没有？"

"没有。"

邱凝端起茶喝了一口，抬起头给女儿打掩护："也就是这一天一夜的事，她要真吃着苦头还能来帮忙抓凶手？我说了几次那树要砍，你们这个舍不得那个舍不得的，差点出事吧。还有梓桐，知道你胆大，可胆子大过头了也容易招祸，这次也算是有惊无险，你记着点教训，下次未必就还有个表姐能给你兜底。"

"我觉得您应该担心我以后会变成胆小鬼。"邱梓桐笑得比哭还难看，那种见了鬼的感觉把他魂都惊着了，后来发生的一切刷新了他的世界观，什么叫人外有人？他表姐给他上了一堂大课！

"表姐，以后我给你当牛做马。"

"我要牛马做什么，家里又没田。"夏乐也不看他，"二舅，除了学费和基本生活费别给他钱了，不拦着你抽烟喝酒泡妹，但是请用自己赚来的钱去消费。"

"听你的。"邱柏维也是气得狠了，连多思考一秒都没有就一口应下，"你们谁都别给他钱。"

一家子搞教育的人，知道溺爱是什么后果，再有今天这事在眼前，他们也都知道这小子是该往回拉一拉了，没有一个人站到邱梓桐那边。

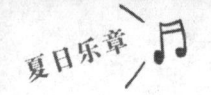

逍遥日子结束了，邱梓桐心里苦可半个不字都不敢讲，他不怕挨老爸的揍，可他怕挨表姐的揍。虽然老爸更舍得下手，可被表姐揍会让他觉得他太差劲了，他并不想那么差劲。表姐也只比他大了几岁而已，可她的厉害程度是他的数倍。

"离天亮还早，都去休息会。"老爷子扶着老伴起身，"梓桐你的房间让给小乐。"

"不用了，小乐跟我睡就可以。"邱凝走向妈妈，"有没有不舒服的感觉？"

老太太笑："都是老毛病了，别被医生的话吓着，你赶紧带小林上楼，小宝贝真乖，都没怎么闹。"

林欣拘谨地笑笑，她一个外人处在这样的氛围里很不自在。

邱凝也知道她会不自在，回头吩咐女儿："小乐你先和林欣上楼，我照顾你外婆睡了就上来。"

夏乐点点头，和舅舅们打了招呼上楼，送到门口她就要回转，林欣叫住她："小乐。"

"嗯？"

"你肯定吃了亏是不是？"

"没有。"

林欣低头看着小宝："他们不会无缘无故给我和小宝乌市户口，我没工作没房子，什么都没有他们也答应了，你肯定是吃大亏了，他们想补偿你，你就要了两个户口是不是？"

"结果是我好好地站在这里，他们也答应了会给你们办好落户，其他的不重要。"

"可是……"

"没有可是，小宝是我干儿子。"夏乐看着林欣，"别人和我说要我注意帮衬的度，让我记着升米恩斗米仇的故事，但我觉得这个度应该由你来掌握，对我来说对吴中的遗孀和儿子怎么好都不为过。"

这话坦白得惊人，让站在楼梯半道上的邱家三个男子汉都不知道说什么好，邱柏志和邱柏维兄弟两人对望一眼，他们想到了夏涛。小妹挑男人的眼光不差，夏涛除了身份所限不能常在身边真的挑不出半点不好，和他打交道非常安心，你想到的想不到的他都想到了，并且办得妥妥帖帖，要身手有身手，要头脑有头脑，对家人从不玩心眼，可惜……

听着两声门响，三人才继续上楼，邱梓桐每一步都走得千斤重，他感觉回了屋还会被他爹多收拾一顿。

邱凝回屋时看到小乐已经洗过澡了，穿着她的睡衣，她明明也没耽误多久就上了楼。

"妈。"夏乐站起身来，"我看看您的伤口。"

"在你外婆屋里的时候就处理过了。"邱凝撩起衣袖给她闻，确实有着酒精味，夏乐也就安了心。

母女俩上了床，夏乐身体绷得很紧，她很久没有和人同睡过一张床了。

邱凝感觉到了，也不靠近她，轻笑道："经历了这么一场，大概没人能睡得着。"

夏乐是能的，可她也嗯了一声，和妈妈一起睡，听妈妈在耳边说话还是好多好多年前的事了，她有点怀念。

"听那个陈飞叫你队长，你在部队里带队了吗？"

"嗯，小队长。"

"执行任务时组的队伍？"

"不是，固定小队。"

别人或许不懂这个小队长的分量，邱凝知道，所以她骄傲。两人一个擦边问，一个擦边回，不知不觉间时间过去，天亮了。

这一晚除了小宝，其他人谁也没睡着。习惯早起的夏乐更是早早就起了床，她没出门跑步，而是上了三楼做训练，身手退化得太厉害，她有点在意。

热身过后她走到屋顶边沿目测了下房子离树的距离，计算出最省力的着力点后后退几步助力冲出楼层抓住枝丫跃身上树，再从树上滑下，然后跑上三楼继续这般动作，周而复始。

昨晚跳过去时虽然是情况紧急了些，可她没控制好力度跳过去时肩膀撞在了树上是事实，如果不是那一下撞实了让她灵活性降低她会更快制服凶手，可能都不会有后边妈妈涉险的情况发生。这次运气好妈妈没有大碍，可侥幸这个词在她的人生中只有一个去处，那就是父亲侥幸还活着，其他侥幸都不应该发生。

这样的动静自然被邱家人发现了，邱梓桐干脆就在楼顶上蹲着，看着表姐一次又一次地跳跃，一次比一次更快地完成从上树到下树的过程，她一点都不嫌枯燥，一次又一次。

"小乐，吃早餐了。"邱凝笑盈盈地在楼下喊，夏乐应了一声，准备助跑的动作也变成了收势。

邱梓桐由衷赞叹："表姐你真厉害。"

"这是基础训练。"

邱梓桐觉得受到了伤害："兵和普通人差距有这么大吗？我还打算大学毕业去部队呢，表姐你别打击我。"

夏乐听了这话才转头看向他："如果是冲动做下的决定，你会后悔的。"

"还有两年，我会想清楚的。"邱梓桐有点想抽烟，他是真的羡表姐太远了，明明以前那么文静的人，都没见她大声笑过，可一转身就剪了长发当兵去了，再见到的时候他都没敢认，人还是那个人，可看起来完全不一样了。

"就算做技术兵基本的训练都是有的。"夏乐转身下楼，每个人都要为自己的人生负责，对别人的人生就不必要指手画脚了。

饭后，邱柏维带着父母去新城区。夏乐将两老送上车，叮嘱什么都应着。后边的事不是一时半刻能办好的，母女俩先将林欣送回去后才回家。夏乐找到自己的手机，看有郑先生的未接来电便回拨了过去。

那边接得很快，夏乐老实交代行程："我回家了。"

"外公那边的事情都处理好了？"

"二舅在处理，郑先生。"

"嗯？"

"我可以再麻烦你几天吗？"

"当然可以。"郑子靖在电话那头浑不自知地笑了，"我还以为你打算回家住了。"

"宁医生说我现在情绪不稳定，有一定的攻击性。"所以她不敢住在家里，怕在自己都不知道的情况下伤着妈妈。

郑子靖听懂了："我这里之前没有招待过女性朋友留宿，也不知道需要准备些什么，你正好收拾一些我没有准备周全的东西带过来。"

"好。"

"什么时候过来？需要我去接你吗？"

"还不确定，我可以自己过来。"

"也行，我下午在外边办事，到了你直接进去就行。"

"好。"

邱凝去新城给父母送东西，顺便把女儿送到林湖小区，得知郑子靖不在她也没有进去，待到看着小乐像回自家一样按了指纹锁进去后她："……"

正觉得好笑又莫名不爽时手机响了，一看来电显示她忙接了起来："陆政委，嗯，好，我就在这边，最多十五分钟能到，好，一会见。"

两人在陆春阳住的招待所会客室见的面。陆春阳和夏涛曾经同在孤鹰，一起执行过任务，互相扛过对方，是过命的交情。后来陆春阳受了伤，迫于家里的压力不得不退下来，也因为家里的背景走得一路顺畅，夏涛受了他不少照拂，那时候两家是真的走动得多。

"我昨天才知道小乐出事的时候试着打了你电话，没打通，后来看到你我就猜你可能当时是在过来的路上。"邱凝笑了笑，"多谢你。"

"小乐不只是我的兵，还是夏涛唯一的孩子，我怎么照顾都是应该的，就和你们一家子现在照顾小宝一样。"

"她决定的事我这个做妈妈的当然要支持，做了这么多年军嫂，这点觉悟我还是有的。"邱凝抬头看向对面的人，"陆政委，我想问，八年前我问过的那个问题现在能给我答案吗？"

陆春阳端着水杯在掌心转了转。她当年问：为什么她的丈夫在将近四十岁的年纪，并且已经退离一线作战部队两年的情况下还会被要求去出危险任务。这种保密程度极高的任务当然不会向她说明，就是现在都是不可说的，因为那个事到现在都没有出结果。可对一个失去丈夫八年多将近九年的女人，他也不忍心再一次拿保密两个字来打发她。

"那是夏涛在一线时跟过的一件事，因为那件事我们牺牲了不少人，其中包括他两个关系非常不错的战友，所以后来发现线索时他申请前去，当时他虽然退出一线，可他是孤鹰的教官，每天训练量不比平时少多少，身手退化有限，首长权衡过后允许他带队执行那次任务。"

所以是他自己要求前去的吗？邱凝交握在一起的双手因为用力而发白。

看着这样的邱凝，陆春阳心里也不落忍，可他忍着没有把前段时间发现的线索说出来，小乐也明显没有说，他知道她怎么想的，因为他也那么想，一个人承受得起等待，承受得起失望，但是未必承受得住给了希望后的绝望。

"小邱，我们并没有放弃。"

"我没事，八年都这么过来了，不差下一个八年，现在小乐又在我身边，没有什么是我面对不了的。"邱凝笑，眼眶微红，云淡风轻的姿态背后吃了多少苦只有她自己知道。

"说到小乐，她那个病很严重吧？"

"说穿了这其实就是心病，需要她自己走出来，借着这次的事爆发出来了说不定是好事。"陆春阳面上露出些骄傲，"来之前我还在想事情严重到了什么地步,可事实说明她自控能力极强,就算是在病发的时候都控制住了自己。你不用担心,这事对小乐不会有任何影响。"

邱凝多少是放下心来:"她啊,以前还好点,几年兵当下来直得都完全不会拐弯了,我是真担心她将来会吃亏。"

陆春阳不以为然地摇摇头:"没有点脑子带不了队,也立不了功。"

"小乐立功了?"

"她没说?"

邱凝苦笑,"半点口风都没透"。

"不说以前那些功劳,退役之前就拿了集体一等功,被破格提升少校,正营级。"

邱凝是懂这些的,她抬头看向陆春阳,确认一般问:"少校?"

"对,少校,她连这个都没和你说?"

"她回来后很少提起部队的事。"邱凝捂着胸口,她太清楚二十五岁的少校意味着什么了,如果一直在部队发展……

算了,用命拼回来的少校不要也罢,还是把人好好地留在身边吧,邱凝端起茶喝了一口平息心里复杂的情绪。

"我家那位总念叨你,找你吧又怕你想起夏涛难过,你有时间多和她联系联系,我和夏涛是铁兄弟,虽然夏涛现在不在家也别生分了。"

"我的错,回头我就和嫂子联系。"

这边在叙旧,那头夏乐也接到了郑先生的电话:"到家了吗?"

"嗯。"

"你去客厅打开电视。"

夏乐不知道发生了什么,照着他的指示在电视连上调出新闻台,看着那一水的公安制服也就明白过来。灭门凶杀案以一场结案新闻发布会的方式出现在世人面前,主持发布会的是市局局长,夏乐原本不过随意听着,可当听到后来她身体都坐直了。

"死者共五人,为六十二岁的许某,六十四岁的谢某某,三十五岁的陈某某,以及八岁的石某某和四岁的石某某兄妹,在昨天之前这是这个家庭的全部人口。这个家庭的男主人,六十四岁的石金荣同志为一名光荣的人民警察,于十九年前缉拿要犯时牺牲,四十一岁的石扬同志为一名光荣的缉毒警察,三年前壮烈牺牲,为了保护警属安全,有关方面将石扬同志的家人安排来乌市安家,没想到仍然没能逃脱毒手,一夜之间被灭门……"

竟然是毒贩寻仇吗？夏乐怔怔地看着屏幕上的人嘴巴一张一合，后面的一个字都没再听进去，等等，不对，不是说救活了一个吗？怎么变成五个都没了？

夏乐立刻从手机里翻出政委的电话打过去，不等她说什么，那边陆春阳就道："活着的那个孩子会改名换姓，安排去好人家生活。"

"他可能需要心理辅导，可以让宁医生给他看看。"

陆春阳是开着免提的，坐他对面的邱凝听得直摇头，她还给安排得明明白白的了，谁不比她更懂。

陆春阳却没笑，并不敷衍地告诉她："会有这个安排，你放心，你救下来的这个孩子会在别的地方好好活着，有关方面会跟进，给他好的环境好的家庭尽可能地让他好好成长。"

"谢谢您。"挂了电话，夏乐看向还在进行的新闻发布会，不同系统，她不能打听更多，但是这样一个已经失去一切的孩子应该会被好好安排吧，其实她知道有几户不错的人家，曾是特种兵退役，工作稳定，也有能力保护他……

抠了抠手指头，最后夏乐还是放下了手机，心理医生应该会根据小孩的情况给出最合理的建议吧。

关了电视，夏乐上了阁楼，推开门她就睁圆了眼，已经恢复原貌的屋子里多出来一架钢琴，钢琴上边还放着一把吉他。

走过去按了按琴键，很涩，音也不准，显然还没来得及调音。围着钢琴转了一圈，夏乐有点手痒，她想弹钢琴了，可惜她不会调音，太复杂了，要的工具也多，还需要经验耳力劲，她都欠缺。

退而求其次，夏乐拿起了吉他，和还包着膜明显是新的钢琴不同，吉他是旧的，拨了下弦，没有问题，她干脆抱了吉他靠着钢琴腿席地而坐，有一下没一下地拨起了弦，很随心所欲，调不成曲，听着却很舒服。

不一会夏乐起身，她也不穿鞋，哒哒哒地跑去书房拿了纸笔上来，然后又哒哒哒地跑回来伏在地上谱起了曲，写写画画间，时间过得飞快。

"夏夏。"

夏乐循着声音走到阳台往下看，郑子靖在院子里朝她挥手："下来。"

"哦。"

往下看了一眼这房子外墙，好多着力点，夏乐有点想抄近路……

看郑先生转身往大门外去了，她抓住这个机会从旁边的下水道管翻身出

夏日乐章

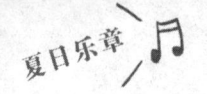

去轻轻松松下了楼,可落了地她才想起来一件事,她没穿鞋。好在这几天乌市没下雨,夏乐踩着干净地方飞快往家门口跑,按指纹开了锁,脱了脏袜子穿上鞋,一气呵成。

再从屋里走出来时正好郑子靖从大门外回头,对上她的视线就笑:"这么快,过来帮忙把东西搬进来。"

夏乐莫名觉得有点心虚,她刚才……干什么了?!

院门外停着一辆大卡车,几个人正把东西往车下搬,这会下边已经放了不少了,是多肉,一盆盆显然都是经过挑选的,厚厚的叶片,看起来就非常多汁好捏。

想到那种感觉,夏乐下意识地搓了搓手指。

一张胖乎乎的脸从车门那露出来:"东西放哪个位置?"

"放到院子里就可以了。"郑子靖把院门完全打开,好方便人进出。

那人又道:"看天气预报今天晚上有雨,这小东西可经不起那么个浇法,放院子里会不会不太好。"

"我一会自己来整理。"

那人也就不再说什么,继续把东西一样样往下递,郑子靖和夏乐都去帮忙往里搬,一通忙活,弄了将近二十分钟院子里都摆满了,连台阶上都没放过才算完。郑子靖结了账进来就看到夏夏双手规规矩矩地抱着一盆多肉呆呆地看着,眼睛都要直了,那小模样看起来有点……可爱。

"想捏就捏,喜欢捏哪盆就捏哪盆,这些都是买来给你捏的。"把院门关上,郑子靖坐到她身边,率先朝着她腿上的那盆多肉伸出魔爪。身体先于脑子,夏乐一巴掌拍在郑子靖手上,腿也往旁边移,将多肉往身侧藏了藏,实力诠释什么叫这是她的!

郑子靖看着通红的手背笑得伏在了腿上,天哪,这也太护食了,不对,护肉。

夏乐本来还觉得自己做得不好,可看郑先生这个样子她就把道歉的话吞回了肚子里,坐过去一点点默默地捏起来,一片片叶子在手心爆炸的感觉,太棒了。一盆又一盆。

郑子靖也慢悠悠地陪她捏着,看到附近的捏完了就把远处一点的移过来放到夏乐脚边,让她捏个够。之前他和宁浩通过电话,宁浩很赞成这种方式,不过他也说了得控制量,默默数着差不多了,郑子靖就起身伸了个懒腰:"不早了,我们把东西搬到车库去,明天继续捏。"

夏乐恋恋不舍地看着那些让她手指头发痒的多肉,但也听话地没有要求

118

继续,见郑先生进了车库移车,她就找来一块木板,将一盆盆多肉放上去,手碰触到那些叶片她实在忍不住的时候就偷偷捏一片。郑子靖只当没看到,趁着弯腰搬多肉的动作偷笑得不行。

终于搬完的时候郑子靖捶了捶老腰:"晚上想吃什么?我订外卖。"

"都行。"

没有点亮厨师这个技能的郑小四觉得自己有点不行,呸呸呸,谁不行了,他行得很,不就是做饭嘛,他学!总不好天天吃外卖,虽然夏夏不挑食好养,可为了她的嗓子也要在吃食上注意点才行。

想着这边有的没的,郑子靖定好饭,看夏乐在院子里收拾他也不制止,甚至觉得她干活的麻利样子还挺赏心悦目,有句话怎么说的来着?女人帅起来就没男人什么事了,这话套用在夏夏身上可太适合了。

"对了,你那个叫陈飞的战友呢?"

"回部队了,昨天就该回的,如果不是政委临时多给了他一天假他都要成逃兵了。"夏乐拍去手上的土,"如果我有战友过来可以来这里找我吗?他们不会留下。"

"当然。"郑子靖走上台阶开了门,示意夏乐进屋,"随时都可以,不用客气什么,留宿也没有问题,家里有客房。"

Chapter 15
郑先生觉醒

晚上果然下雨了，一下就是三天。

三天时间里两人哪里都没去，就窝在阁楼上一人写歌，一人抱着电脑敲敲打打，在吃了一天的外卖后郑子靖受不了了，回家绑了个厨师过来侍候，每到饭点他就去厨房偷师。

于是章惠女士第一时间知道了小儿子有心朝厨房发展，嘴里和丈夫抱怨儿大不由娘，转头就和儿子视频亲自教他怎么煲汤。章惠女士那手煲汤的本事是从名师那学来的，郑子靖从小喝到大自然知道有多好喝，学得欢天喜地。

夏乐则在这三天里写出了一首半歌，一首还欠词，效率高得令人发指，完全没再把警察那边的事放在心上，实际在她这里这事已经翻篇了，直到林欣打电话过来告诉她户口已经迁到了老城区居委会她才从封闭的状态中解除出来。

"没有房子的情况下这是最好的方式，一般居委会是不会接收的。"郑子靖倒了杯水递给她，"以后她有了自己的房子可以迁出来，没有也没关系，不耽误小宝上学，社区医疗那些其他人有的他们都会有，据我所知老城区那边的学校在整个乌市来说都是数一数二的。"

这一点夏乐深有体会，爸爸妈妈为了让她接受好的教育，在她六岁时妈妈就结束了随军生涯，在离外公一家不远的地方买房安居。

"夏夏。"

夏乐抬头。

郑子靖笑："我们要去见一趟宁医生了。"

"嗯？"夏乐摸出手机看了看，宁医生没有给她打电话说要过去啊。

"三天,你没有吃药,情绪也平稳,我觉得这是好现象,应该去宁医生那里确诊一下。"

夏乐回想了下,是的,这几天她都没有情绪失控的时候,也没有吃过药:"是多肉的功劳吗?"

"我猜是。"郑子靖失笑,谁能想到心理问题还能这么解决,抬手看了下手表,他起身,"走吧,换衣服,我们现在过去,中午找个地方吃饭,下午去趟公司。"

说到公司……夏乐走到门口抓着手柄回头:"我现在是被打压了吗?"

"嗯?"

"好像都没有什么人找我,之如说她天天都忙死了,要录好几档节目,连睡觉的时间都不够。"

郑子靖笑得不行:"连她都有的邀约你怎么会没有,我都给拒了,咱们凭真本事吃饭,不用跑那些通告拉人气。"

夏乐心里有点小小的开心,她不怕什么,但是有些节目在她看来真的……太幼稚了。

"你提醒吴之如可以,但是不要多说,她能自主的时候不多。"

"哦。"正这么想的夏乐立刻闪进了门,有个太能干的经纪人太好了,可这个经纪人又太聪明了,她想什么都知道。门外的郑子靖笑弯了腰。

宁浩见到夏乐的时候有点吃惊,他这几天和郑子靖一直有联系,为了确认夏乐确实是在好转他还特意加了对方微信,让他拍了照片传给自己,所以他知道夏乐的状态不错,可真正看到了还是有点意外,这太不错了。

大概是为了避人,她戴了顶渔夫帽,穿着驼色大衣,里边一身黑,靴子衬得她更加挺拔,整个人看起来非常的有精气神,连始终紧绷着的神经好像都放松了些,检查过后宁浩确认了这一点。

"你这都可以写成典型案例了。"宁浩打趣,"捏了不少多肉吧。"

夏乐不好意思地点头,那一车已经一半没了。

"这个方法可以坚持下去,可是得控制着量,并且要逐渐减少,你不能把这种情绪的发泄转移到捏爆多肉上去。"

宁浩放下笔打了个手势:"你试着把你需要发泄出来的东西定个量,也就是说在你那里情绪是一个具象化的东西,捏了多少多肉就减去了多少坏情绪,就像一张桌子,今天砍一个角,明天再砍一个角,总有一天会砍没了。"

还可以这样吗?不要说夏乐,郑子靖都扬起了眉。

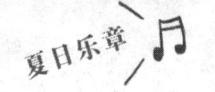

宁浩把笔帽取下来拧好:"其实多数心理疾病最终都是自愈的,其他外力都只是起一个推进这个过程的助力。你的自制力一等一的好,又是行动力强的人,只要找到对的方向去努力就能解决。"

郑子靖不得不承认宁浩说得有道理,夏夏就是这样的人。

"可是我最近做梦少了。"夏乐眉头微皱,"这个梦我愿意一直做下去。"

"那对你来说不止是梦,还是你强加在自己精神上的重担,你一直在心里给自己下暗示,你不能忘了他们,一定要记着他们,他们就以这种方式夜夜出现在你的梦里,逼迫自己时时记着那些情景,记着他们那些人。"

"那我现在没有每天做梦了,是说我在渐渐忘记他们吗?"

"是你精神放松些了,给自己的压力也小了些,他们就出现得没那么频繁了,其实要忘记一个让你记忆深刻的人没那么容易,尤其是这种同生共死过的战友,你要对自己多一点信心。心理疾病从来都是遇强则弱,遇弱则强,你给了它机会它就会无孔不入,你心志强大它根本没有生存空间。"

看夏乐仍然拧着眉,宁浩笑了笑:"不要给自己压力,也不用觉得自己有危险性,你所担心的那些事情都不会发生。"

"知道了,谢谢宁医生。"

从医院出来,郑子靖把人带到了宋家,这几天在吃宁医生的药,中药就停了。小保姆开门出来,看到郑子靖笑眯了眼:"快进来,老爷子老太太在等着呢!"

夏乐规规矩矩地问了好,坐到郑先生身边不多话。

两老还是老样子,眉目柔和,精神又慈祥,笑意从一条条纹路中蔓延开来:"以往过来不都是踩着饭点儿的?今天来得倒是早。"

"嘿嘿,我也可以多待一阵赶饭点呀!"郑子靖接得非常不要脸,可两老听着就是高兴,人老了心里门儿清,小辈愿意耐心地哄着他们就是有心。

老太太的视线在两人身上转了几个来回,看着竟然还和上次一样,顿时就有些哭笑不得了,这小子平时看着挺精明的啊,怎么在这事上这么不开窍?!都恨不得把那脑子给他一榔头敲开咯。

朝夏乐招招手,把个乖乖儿的小孩拉到身边坐了,摸了摸她的脉象就有点讶异地扬起了眉,她之前的脉象是有些郁结于心的,现在瞧着倒是好了许多。

不论是因着什么这都是好事,拍了拍她的肩膀让她去老头子那边坐,老爷子的水平只高不低,心胸却同样豁达:"不错,养得挺好,我给你调整下方子,争取早点把底子养回来。"

"是，谢谢您，谢谢宋奶奶。"

"都是自家孩子，客气什么。"老爷子快人快语，自家孩子都说出来了。老太太轻咳两声接了话："年纪轻轻的心思不用那么重，你们的日子还长着呢，再难的事情啊，过着过着就解决了，再难的坎走着走着也就迈过去了，当下啊，尽力了就好，不要太为难自己。"

"是。"

"都是好孩子。"老太太笑，"那个小宝贝现在情况怎么样？有定期去复诊吗？"

"有的，医生说他恢复得很好。"

"那就好。"两老一起笑着，看起来竟有点像，夏乐突然想起以前听人说，夫妻过得幸不幸福看两人的长相就看得出来，幸福的夫妻会越来越像，两老一定很幸福，夏乐偷偷想。

郑子靖这次没敢蹭饭，他要敢这么做章惠女士会扛着刀过来温柔地问他为何过家门不入，还敢在四百五十米远的地方吃饭。把新药方发给小药房的宋清先熬上药，郑子靖带着夏乐回了家，这会的郑家正热闹得很，不止老赖在娘家的老三郑子莲母子在，郑子萱也带着丈夫回来了。

"哟哟哟，这是谁啊。"看到小弟身边的夏乐，要不是怕把人吓跑要挨老娘的打，郑子莲都想拍桌狂笑，这根木头看着没开窍，可他该做的一点没少做啊，家里就差大哥一家子没见全了吧，而且还自然得好像再理所当然不过，要不是了解他，她都要以为他这是装的了。

"三姐，你这么一说我都想跑了。"

平时两姐弟能掐上好一阵，郑子莲女士一直非常有童心，和八岁的儿子都能掐，可生意场上冲锋陷阵多年的人哪能没点眼色，美丽的章惠女士已经用眼角在看她了，于是她非常识相地怂了，并且带着儿子坐到了妈妈身边，把单人沙发让了出来："你能跑哪去啊，打断你的腿信不信。"

章惠女士不指望这俩了，笑得非常温和可亲地看向夏乐："别理他们，平时闹惯了，快坐。"

两姐弟休了战，夏乐这才有时间向屋里的人问好。郑老爷子这辈子都不可能忘记被她扛起来过，不甚自在又强装自在地应了一声，还问了个好。郑子靖忍得差点没破功。

老郑虽然也端着，可看老爹都和颜悦色他也没敢端得太高，夏乐问好时他点点头，还说了声欢迎。

夏日乐章

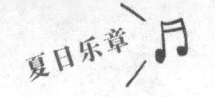

早被小儿子告密的章惠默默地看了场精彩表演,等夏乐坐下后不给一点冷场的时间就从容优雅地问:"怎么突然回来了?"

"夏夏停了几天药,带她去给宋爷爷看了看。"郑子靖拖了张圆凳坐到夏乐身边在沙发扶手上趴着,那自然的样子让郑子莲和郑子萱姐妹俩侧目,看了一眼又一眼,对上郑子靖的视线还被他挑衅地抬了下下巴。

好想揍他,郑子莲手痒痒地想。

不理姐弟几个的眉目传情,章惠更关心夏乐的情况,连忙问:"宋老怎么说?好转了吗?"

"宋爷爷说好多了,不过还是要吃一段时间的药。"

"那就好,中药不像西药见效快,但是固本培元这方面是咱们老祖宗留下来的东西,你们听话点,药要记得吃。"

夏乐乖乖地点头应是。

这姑娘是真的话不多,但也是真的不讨人嫌,郑子莲指了指二姐,又指了指自己:"小四儿,你不打算给小乐拉点资源?过了这村可就没这店了。"

郑子靖半点没在怕的:"你的意思是过了今天你就不是我三姐,二姐不是我二姐了?"

这话郑子莲接不住,她要敢说是老娘能半个月不让她登门,而且爷爷也在呢,郑家当年是真被伤着了,所以老爷子最喜欢看的就是他们兄弟姐妹几个亲亲密密,看着她和二姐打闹他都能看笑,那是真的欢喜。

"去照照镜子看看你那小人得志的样子,旭旭,别看你小舅舅,他今天一点都不帅。"说着话郑子莲真就扳着儿子的头转了个向,还意义不明地哼了一声。

郑子靖嘿嘿直笑,他三姐只要找不到机会上手那就完全是手下败将:"不要那些虚的名气,夏夏明天开始录新专辑,有作品什么都不怕。"

"现在的圈子不像以前了,你要有心理准备。"

"我倒觉得现在有点返古了,受了几年质量参差不齐的音乐荼毒,现在大家都挑剔起来了,尤其是高校,他们要求高得很。当然,容易上口的口水歌还是有一定市场,但是好作品也不会被压着翻不了身。我们不着急,慢慢积攒作品,是珍珠还是鱼目总会被人分辨出来。"

郑子靖往茶几上抓了把山核桃来剥,这个需要点小技巧,一个不小心就碎了,郑子靖就是那个有技巧的人,一掰开肉就出来了,他又倾身拿了个盖儿,把核桃肉放上去推到夏乐手边。夏乐不嘴馋,但也一块一块地往嘴里塞。

这几天在家里两人就这么相处的,都没觉得这有什么不对,可落在郑家人眼里真的太不对了,郑子莲都想说你们俩赶紧扯证去吧,别挣扎了。可想想能多看看郑小四的戏她硬是给忍住了,抓起一把核桃往儿子手里塞,让儿子给她剥。

老老郑轻咳一声:"如果有需要,京城那边的资源也可以拿过来用。"

"爸,那边就不用了吧,我早说了我们不沾光。"老郑隐讳地提醒,那边的东西他是半点不想沾手,如果可以,那边的人除了老父亲他也半个都不想要。

老老郑眼睛一瞪就要发作,就听得小孙子道:"爷爷爷爷,老郑不要我要啊,您是要给我又不是要给他是吧,不用理他。"

郑子靖真灭火假天真地扬起笑脸,那边章惠也不着痕迹地掐了老伴一下,不要就不要呗,你说出来做什么,还非得分得那么清清楚楚的,老爷子能高兴?

这可是小孙子头一回这么明确地表态,以前和他爹一样,嫌弃得就像那是什么脏东西一样,老爷子高兴得不行,倾身问:"真要?不是骗爷爷的?"

"真要,小叔那一份早就说得明明白白要留给我,老郑说不要的您也给我,我不嫌多。"

"你小子……"

"你闭嘴。"

老子吼完儿子又被自家老子吼了,几姐弟忍笑,连郑旭都转身趴妈妈怀里笑得不敢抬头。

老老郑面对小孙子一脸的和颜悦色:"真答应爷爷了?"

"对,保证说话算话。"

老老郑不着痕迹地看了夏乐一眼:"这样的话你可能会要常驻京城了。"

"两头跑吧,这边的产业我也不能扔了,而且家在这,我会想章惠女士的。"

章惠女士笑着点点头,有这个觉悟就好,要敢常驻京城,她就敢天天生病。

有夏乐在,一大家子人就算心里有疑惑也没继续这个话题,一直到吃了晚饭,郑子靖把夏乐排到自己房间玩电脑,他则去了书房,毫不意外,除了老爷子家里其他人都在,连大哥都赶回来了。

"幸亏书房够大。"郑子靖嬉皮笑脸地坐到给他留的位置,俨然是一副公堂会审的模样。

老郑忍了许久,直接问:"说说,怎么回事?"

"我打算接手之前不要的东西,就这么回事。"

老郑不是专制的父亲,他了解自己的孩子,这会也只是点点头,又问:"为

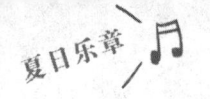

什么会做出这种决定？乌市太小，装不下你了吗？"

郑子靖收起了嬉笑的姿态："夏乐出事至今几天我就想了几天，爸，如果这次我身后没有郑家，我能做些什么？我什么都做不了，只能干着急，那种感觉太无力了，就好像那前边有一座大山，不要说推开，我都觉得只要我往前走一步就会被山上滚下来的石头给砸死。"

对上妈妈理解的视线，郑子靖笑容有点苦："我觉得够用的东西其实远远不够，这还只是乌市我就这么没用了，要是去到别的地方呢？是不是连说话的声音都要小一点免得惹麻烦？我都不敢多想，怕想多了也要去看心理医生。"

"虽然家里之前的产业不会划给你，可这些年我替你打好了底子，你再好好经营，不用你去京城拿那一份也够用了。"

不够的，郑子靖心想，夏乐这件事最直接地告诉了他，他必须足够强大才能自保，也才能保护身边的人。

"继承是一件很爽的事，尤其是这个继承还能让有些人跳脚。"郑子靖说得无赖，"往大了说那些产业是郑家的，本来就有老郑一份，他们当年联手将老郑赶出京城不就是怕他占了大头吗？现在不止老郑那一份，小叔那一份也是我的，我就要，他们谁有资格说不给？我要的就是这个资格，如果之后我没有守住那是我没本事，他们要再想像当年对付老郑一样来对付我……"

郑子靖冷笑，接着道，"我现在可不是当年顾忌这个顾忌那个吃尽了亏的老郑，他们敢朝我动手我绝对双倍还回去。我舍得下轻易得来的产业他们可未必，就像当年他们不怕伤了爷爷的心老郑却在意一样，掐弱点谁不会。"

小四儿这是要去给他找回场子，老郑再多的反对都说不出口了，不气吗？气的。不恨吗？也是恨。当年他都恨不得去把自己名下的所有财产全换成现金，用这些去把那几个埋了，如他们所愿地和钱一起去死。

离开这么多年，可这些事在他心里从来没有过去，就像一根细小的看不见的刺，平日里不影响什么，有时候却喝口水都能感受到疼。

"那就这么做吧。"章惠笑着，好像只是说了句"今天天气很好"的话，"阿俊当年说过很多次，他那一份绝对不便宜了京城那几个，就当是完成他的遗愿了。"

郑家长子郑子聪眉头微皱："可是如果他们再联手，小四儿哪里是对手。"

"也就是二比三的事，大哥你别担心，我不怵。"

"这不是怵不怵的事，我也是爸那个意思，乌市这么大还不够你折腾吗？你要想增强实力，我手底下的公司划一家给你，二妹三妹再给你一份，也够你扑腾了。"

郑子莲举手:"我没意见。"

"我也没意见。"郑子萱看向小弟,"不过我也支持小四儿的决定,老爸吃下的那个亏我想起来也会觉得难受,有机会还回去的时候肯定加倍还回去。"

郑子聪推了推眼镜:"人家经营了几十年,能让小四占着便宜?对,小四是有本事,玩闹着也玩闹出几家公司来了,可这事不能横向对比,更何况对方还有三个人。"

"了不起就我们都上京呗。"郑子萱耸了耸肩,"反正我不会看着小四儿吃亏,咱家吃的亏已经够多了。"

这主意真不错,郑子聪顺着一想就有了别的问题:"乌市这边的产业怎么处理?"

"老爸不是老当益壮吗?老爸管啊。"扛住老爸的白眼郑子萱笑得温婉极了,"突然觉得这主意很赞哎,我们都多久没有并肩作战过了。"

郑子靖:"……"

这话题是不是有点偏了?他们说的难道不是他上京城接手产业的事吗?怎么就变成兄弟姐妹几个一起去了?郑子靖看向家里做主的章惠女士:"妈,那我就开始部署了。"

"把你三姐带上。"

"啊?"郑子莲低头看了儿子一眼,"我儿子……"

"带上一起去,既然没打算复合就拉远点,牵牵扯扯的对谁都不好。"章惠一锤定音,"老宅那边对应的学校不错,开学了直接就转过去了。"

"可是……"

章惠抬头,明明神情一如之前,可就是能让人看出她此时的不高兴:"没有可是,趁着这段时间你好好想清楚,不用拿孩子当借口,他不是你的借口。养到这么大你们俩带他的时间加起来都不到我一半,没有你们我也能把旭旭带好了。"

郑子莲不敢说话了,真是,说什么大实话嘛,她在旭旭面前都没面子了,可她更清楚妈妈这么说的用意。旭旭是元家的独苗,之前忽悠着把姓改了,现在他们已经反应过来她是真的要离婚了,对她的纠缠明显多了起来,时不时还会打亲情牌要把旭旭带走,离开这个环境对她对旭旭都好。

章惠定下的事没有人反对,郑子靖又道:"丑话说在前头,家里的产业我还和之前一样不会沾手,京城那边的产业我拿到多少都是我的,这一点希

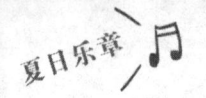

望哥哥姐姐们到时候不要有意见,说实话,现在我也不知道能拿到多少。"

郑子聪又推了推眼镜:"我很小的时候爸就说过京城的产业没我的份,所以我从来不惦记。你去试试看,拿到多少都是你的,我们不要,需要什么支援只管开口,我们能帮得上的绝无二话,至于家里的产业,爸怎么给就怎么是,我没有意见。"

同是郑家,可结果如此不同,老郑心中唏嘘,如果吃的亏是用来让孩子们占便宜的,他愿意把自个送回去再被算计一回。

"行,那就这么定了。"郑子靖看了下手表站起身来,"时间不早了,我们先回了。"

一句我们先回让屋里几人哭笑不得,刚才谈夺家产时那股杀伐果断的劲哪去了,脑子匀一点过去不行?

虽然是自己房间,郑子靖还是敲了敲门才推门进去,回头看过来的夏乐还是坐在电脑前,像是半步都没有离开过。

走近了伏到椅背上瞧了一眼,郑子靖笑了,夏乐这人啊,其实从心底里还是把自己当个军人,所以明明现在大小也是个明星,她对娱乐新闻也从不上心,却会在有点时间的时候去看军事新闻。

夏乐退了网页站起身来:"要走了吗?"

"等下。"郑子靖走到衣帽间拿了个大箱子出来,将几套西装和大衣折好放进去,那边他住得不多,寻常衣服也够,就是正装少了点。

"走吧。"

两人一前一后走出房门,正好郑子莲半点没个长辈样地搭着儿子肩膀走过来,看到两人这夫妻双双把家离的架势拒绝了这碗狗粮,并且毫不客气地把盆踹翻:"这是打算不要我们,跟着夏乐私奔去了啊。"

"对啊对啊,我要和夏夏私奔去了,等找到了世外桃源我会记得给三姐你写信的。"

"不是我打击你,小四儿,就你那一手狗爬字你写的信我都不会看。"郑子莲终于找着打击小弟的方向了,得意地瞥他一眼就和夏乐撕他的老底,"夏乐我和你讲,以后你不要让我们家郑小四写字,他都还比不上我儿子……"

郑子靖乐了,非常没皮没脸:"三姐,咱们比比?旭旭来做裁判怎么样?"

正在五十步笑百步还笑得非常开心的郑子莲像是被人掐住了喉咙,虽然吧,她是很想给小四儿挖个坑不错,可她也没想把自己坑进去,毕竟在儿子面前她还是要点形象的。

"你们姐弟俩是在那表演二人转吗？"

章惠的声音从楼下传来，郑子莲借机揽着儿子下楼，边和老母亲卖乖："妈，咱们家只有唱歌的，没有演戏的。"

章惠警告地瞪她一眼，抬头看向这样都没有反应过来的俩傻子，又无奈又觉得实在好笑，这大概是小四儿一辈子反应最慢的时候。

"我给你们打包了些吃的，你们带过去。"看着般配得仿佛天生一对的两人下楼来，章惠眉眼间满是笑意。经历过纷争，也吃过亏伤过心，所以她是真的喜欢夏乐这孩子，她一直不说破当然不全是为着看儿子的好戏，而是知道两人顺其自然地发展下去才是最好的。对夏乐这种性情的人来说什么一见钟情都比不得常在身边的陪伴，当她习惯小四儿在身边更久一点，到时候再点破这儿媳妇跑不了。

"你们都各有各的事情要忙，小王就留在你们那帮你们做饭，我再让小周过去帮你们收拾，你们就不用在家事上费心了。"

夏乐嘴巴张了张却没有说话，只是转头看向郑子靖。

郑子靖想了想，点头："也好，年底我应酬多，夏夏也要忙新专辑的事，确实没有时间来做家事。"

说完他又看向夏乐解释道："不止新专辑，你要专心写新歌了，咱们不上综艺，不跑那些没用的通告，所以更加需要好作品，说到底好作品才是你在娱乐圈立足的根本。"

这一点夏乐是知道的，她点点头，应了声好。

章惠在一边看得分明，夏乐是觉得没有必要的，她不习惯被人这么照顾，可她非常有分寸，同意不同意决定权都给了小四儿，这姑娘其实该懂的都懂。

这么不咋呼的性子让章惠更喜欢了，这喜欢一增加啊就觉得自己给拿的东西少了。她转身就往库房走去，边道："你们等等，之前有人送了几盒燕窝，我瞧着不错，你们带过去，叫小周天天给夏乐做上一份。"

郑子靖本来想拒绝的，嘴巴都张开了，一听说是给夏乐吃的他赶紧闭上，将夏乐按到单人沙发上坐了，自己则追着他妈跑过去："章惠女士，你多拿点，那边没这玩意儿。"

冷眼旁观的郑三姐觉得自己失宠了，妈昨天还说那燕窝好，让厨房每天给她做了吃呢，现在，呵呵，可能连个包装袋都剩不下。

还是赶紧进了门吧，郑三姐抱着儿子心想，进了门就不会这么稀罕了，最好是天天住家里，在身边久了妈就要挑毛病了，不过夏乐能挑出毛病来吗？

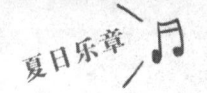

看着对面乖乖坐着等待的人郑子莲叹了口气,算了,还是赶紧进门吧,连她都喜欢的人真不多。

最后当然不只是拿了燕窝,凡是视线内的吃的用的想着那边没有的都给拿上了一份,后备箱都没有放得下,不得不放了些在后座,就像独居的小夫妻回了趟家,吃了还要拿……郑子靖动作一顿,下意识地看向夏夏。

夏乐正和郑家人说再见,回头对上他的视线偏了偏头,仿佛在问他怎么了。

郑子靖不着痕迹地摇摇头,朝大门那挥了挥手道:"我们回了。"

"常带夏乐回来吃饭。"

郑子靖一如往常般应了,心里却已经是风起云涌,什么时候开始他和夏夏这么近了?近到带家的地步……

可是,心跳得这么快是怎么回事?这么开心……是为什么?

"郑先生?"

"嗯?嗯,好,我们回家。"

回家,就这么自然地说出口了,郑子靖看向右边的反光镜,趁机看了夏夏一眼,她就这么平常地接受了回家这个说词,就好像她也觉得是回家……

"怦,怦,怦……"

心跳声震耳欲聋,抓着方向盘的手心在冒汗。郑子靖从来不知道自己竟然这么纯情,他得有多傻才会把这种照顾当成理所当然,得有多蠢才会觉得在被枪指着的情况下走到夏夏身边是因为她是自己的艺人,得有多心盲才会看不到那种心疼是对自己喜欢的人的,得有多上心才会把人带到身边养着,为了解决她的心理问题想尽办法。

他早就越了界,自己却丝毫不知。

再联想到刚才去库房他把几箱燕窝都搬走时他妈似笑非笑的表情,章惠女士分明早就看出来了!

再一细想,不止,家里人都看出来了!

就他不知道!

一念生,那些细节,那些两人相处的点点滴滴,那些他们都习以为常却是恋人才会做的事才会有的互相维护,每一幕在心里都美如画。

郑子靖想抖腿,他开了音乐,正好有个台在放一首节奏感很强的歌,他光明正大地抖起腿来。

夏乐转过头来,看看那抖起的腿,摇摆的身体,脸上神秘的笑容有点疑惑,郑先生好像突然很开心?刚才……发生了什么吗?

回想了下，没想起来什么的夏乐又低下头去按手机，林凯退伍手续已经办妥，明天就正式离开部队了，她知道那是什么滋味。

夏乐：先回家陪陪家人。

林凯：老娘知道我要退伍已经把房间收拾好了，有时候想想我们这些人都挺不孝的。

夏乐：嗯。

林凯：快过年了，年前我就待家里了，明年去找你。

夏乐：好。

林凯：陈飞说队长你吃亏了，咱们兄弟一起，以后他娘的谁敢动手试试，打得他爹都不认识。

夏乐眉头皱了皱，她突然有点明白为什么老兵退伍打架的事屡见不鲜了。在部队，如果出了什么矛盾直接干一架事情就过去了八成，剩下的再有人调节一下基本不会有问题，可这种方式只适用于部队，社会上用的是另一套规则。他们都需要一个适应的过程，可这个适应的过程不会好受。

摩挲着手机，夏乐回话：把这想法收一收，回家后就先忘了自己是个军人，遇事不要动手。

末了夏乐又回了一句。

夏乐：这是命令。

林凯：是。

"怎么了？"红灯时郑子靖终于能明目张胆转头了，这一看夏乐皱眉忙问。

夏乐抬头对上他的视线："林凯退伍了。"

"这不是早就定下来的事吗？有波折？"

"没有。"夏乐想解释一下军人退伍到适应的过程，可稍作犹豫她就放弃了，她说不清。

郑子靖伏在方向盘上笑她："说着没有，眉心都要皱出褶了。"

夏乐按掉手机想了想，总结出一句："当兵的喜欢用拳头解决问题，战友之间有什么事约地方偷偷打一架也就好了，离了部队不行。"

"你好像并没有。"

"有过这种时候，我妈在，我忍住了。"

原来如此，郑子靖点头表示了解，正好绿灯，他踩下油门边道："你和他说一声，随时过来这里，有你看着他就没那些事了。"

"他说年前会在家里待着。"说是这样说，行动上夏乐还是赶紧划开手

131

机给林凯留了话，对方立刻回了句收到。

"他过来挺好，年后我会京城乌市两头跑，不能时时跟在你身边，有他跟着你我就不怕你吃亏了。"

"京城？"夏乐想到了那个她扛来的老爷子，对了，郑家是从那边过来的。

郑子靖看她一眼，有点开心她首先问的是这个，他以为夏夏会说她不会吃亏："对，郑家在京城也有点产业，我爸之前一直不愿意接手，还有我小叔那份，他留下的遗嘱里交代了给我，现在都由我爷爷在掌着。他老人家都这么大岁数了，虽然自己不常出面吧总还是劳神的，我接手了他就没理由再在京城待着了。你看到了的，在京城的时候他身上只能感觉到暮气，这才过来多久，看起来人有活力多了。"

是这样的，今天才见着的时候夏乐就感觉到了，人的生活状态好不好一眼就能看出来。

"我可以照顾好自己的。"

"我当然相信你能照顾自己。"郑子靖笑，在部队这么多年怎么会照顾不了自己，"只是你身边总要有人。"

好像又被照顾了，夏乐看向车窗上郑先生的影像，妈妈说得对，她运气好，碰上了郑先生这么好的经纪人。

"咦？"翻了下微博，夏乐难得有些惊奇。

"怎么？"

"谢老师发歌了，就是我写的那首。"

郑子靖来了兴趣："放出来听听。"

谢老师的声音非常温和，人也是真的温柔，不论你是成名已久还是才入行，在他的节目上都会给你留余地，如果对舞台有陌生感的他就会带着你发挥你的长处，让你有表现自己的机会。为了写这首歌夏乐翻看了许多他的视频，访谈节目看得更多。

一个人是装的还是天性如此她分辨得出来，要真是装的能装几十年也成真的了，因为确实有许多人因他的提携而星途坦荡，有的人因为他连人生观都改变了，如果真是装的，世界上也需要更多这样能装的人。

听完一遍郑子靖干脆把车靠边停了，认认真真地又听了一遍，他听的不是唱歌人的温柔，而是赋予这首歌温柔这种情绪的写歌人，一个人内心得有多温柔，才能把歌写得这么美好。

"写的时候怎么想的？"

夏乐托腮想了想:"就是觉得谢老师应该就是这种人吧,看起来很圆滑,什么舞台都可以驾驭,什么人都不得罪,在哪里都吃得开。可我觉得他内里是个很正直的人,所以在我和他没有任何私交的情况下仍然会因为结果的不公平而愤怒。"

夏乐唇角上扬:"每个人都是多面人,在牵扯到自己利益的时候最容易表现出难看的那一面,可是那种时候他都可以不计得失去维护一个新人,这样的人才是真的温柔。"

"评价真高。"尤其是那个人是真的优秀,并且还单身,郑子靖全身的雷达都竖了起来,"很喜欢他?"

夏乐点点头:"喜欢。"

郑子靖本来还想再敲敲边鼓问问是哪种喜欢,可一想到有可能自己的提醒让夏夏确定是对男人的喜欢,那不是给自己挖了个巨坑吗?

这时夏乐又道:"大概是因为我当过兵吧,所以会更加喜欢这种正直的可以信任的人。"

是这种啊,郑子靖顿时放心了,划开手机找到谢浩的微博,看到他最新的动态笑着把手机递到夏夏面前。

谢浩:新交的小朋友送了我一首歌,录完之后我大醉了一场,真好。原来在你们心里我这么好,只有做得更好才能表达对你们的感谢吧,《心如繁花》我们一起多听几遍。

到家时已经快十点,两人双手不空地进了屋,夏乐还要去车库拿时郑子靖叫住他:"新鲜的都拿进来了,剩下的不着急,到你睡觉的点了,先休息吧。"

夏乐也不犟着,点点头就往楼上走去,半道儿上想起来什么又居高临下地问:"明天几点去公司?"

"公司九点上班,不用太赶。"

"好。"走了两步夏乐感受到楼下的视线又回头,"晚安。"

郑子靖往楼梯走了两步,笑着回应:"晚安。"

目送人上楼进屋,郑子靖去了厨房把门关上,点烟按抽油烟机,动作熟练。

他把这段时间和夏夏的相处都好好地想了想,边想就边忍不住骂了自己一声傻逼,都不想承认那人真是他自己,在这个小学生都已经会失恋的时代,他竟然还会干出这种傻事?虽然不说常年在女人堆里打滚,但那些该知道的事他什么不知道,就蒋智那个谈了四年的女友都还是在他的指点下才追上手的……

拍了下额头,郑子靖都不忍回想,这简直是他一辈子的黑历史!

吸了口烟，郑子靖拿出手机拨通章惠女士的电话，接电话的是老郑："都这个点了打什么电话，不知道你妈妈睡得早？"

"老郑，把章惠女士借我一会，我想和她谈谈人生。"

"就你？你的人生不就是吃喝玩乐混吃等死……嘶！"

"小四儿，怎么了？"

郑子靖龇牙，毫不意外电话那头换了人，可这得意劲维持不到五秒就被打破了："把烟给我掐了。"

郑子靖吓得四处看："章惠女士，你这是在我家装摄像头了吧？"

"这个点你开着抽油烟机，不是抽烟还是炒菜？掐了。"

"遵命。"郑子靖本来也没什么烟瘾，掐了烟拖了张椅子过来反坐着，趴在椅背上意味深长，"章惠女士，这事你不地道啊。"

章惠女士冰雪聪明，一听他这话就笑了："这是反应过来了？"

"怎么也不给我提个醒？有个傻儿子你也不觉得丢份吗？"

"丢份什么，有个为了爱情变成傻子的儿子我挺开心，毕竟不是谁都有这本事。"

"我觉得我被嘲讽了。"

"不用觉得，你就是被嘲讽了。"

郑子靖懒洋洋地趴着，突然就笑得不行："妈，你一定要长命百岁，争取做世界上最长寿的人。"

"拒绝。"电话那头的章惠女士由着老公把一个小枕头塞到她脖子空当处，抓住老伴的手笑，"活那么久干什么，就剩一把老骨头一张皮撑着，身边的人也没了，一秒一秒数着过日子，多难熬，在有限的人生里好好绽放过就够了。"

"章惠女士你已经绽放得很好了，小的时候是小美人，长大了是大美人，现在虽然迟暮了点吧，但也能打败同年龄段的所有女人，以后就算成了没牙的老太太，也一定是个没牙的老美人。"

"争取美上一辈子，完成你小时候的梦想。"

"我的梦想？这不应该是你的梦想吗？"

章惠笑出声来："因为你小时候的梦想是：我想要学会魔术，让我的妈妈美一辈子，需要证据吗？我还收着的。"

正想要矢口否认的郑子靖蔫了，这么羞耻的话他是怎么写上去的？梦想难道不应该是做个伟大的人，做个科学家，做医生这样的吗？

章惠女士心情不错，重新说起之前的话题："终于知道自己的心意了，有什么打算吗？"

"还没来得及想，反正人都在我身边了我还能让她跑了？"

"有自信是好事，但是有自信没行动那就是自负了。"

"是是是，章惠女士，你应该相信你儿子还有救。"

章惠毫不留情地打击他："晚期了，争取再抢救一下吧，多带回家来吃饭，你是指望不上了，妈妈努力用自己的厨艺来征服她的胃。"

郑子靖笑得不行，一个没注意牙齿磕在了椅背上，疼得他嘶了一声，一摸，好在没流血。

"咬着舌头了吧？该。"

郑子靖也不解释，揉着上嘴皮边道："娘哎，您这真是新时代的好妈妈。"

"能打多少分？"

"一百零一分，多给您一分不怕您骄傲。"

"算你有眼光。"看了眼送到面前的手表，章惠无情推开，"真要去京城？"

"您其实一直也没有说不许我去呀。"

"你的人生我来指手画脚做什么，只要你不坑蒙拐骗长歪了我就懒得管。"

郑子靖摸了摸烟，还是忍住了："妈，这会哥哥姐姐们都不在，我想听听你的意见。"

"真心疼孩子的妈妈不会希望自己的孩子搅和进一团乱麻里去，就算最后你找到线头把这团线扯清了，在这个过程中也会绑住你或者绊倒你，让你难受让你疼，当妈的舍不得。可男人也需要有一点斗志，去努力实现自己的价值，没有妈妈不希望孩子成长为一个顶天立地的男子汉。"

交握的手被另一只大手覆盖，章惠把手握得更紧："我的小四儿终于决定了以后要走的路，并且仍然是在顾及了哥哥姐姐心情的情况下做出的决定，我和你爸都很高兴。去京城你就不用像在这里一样缩手缩脚的施展不开了，刚刚我和老郑说好了，京城的产业尽数归你会添加到遗嘱里去。不用担心，小四儿，就算你真能把老郑家在京城的产业全部吃下，你的哥哥姐姐也不会伸手，他们都是我教出来的，我对他们有信心。"

"到时候乌市这边的产业我一分不要。"

"妈记着了。"章惠心里是有这个想法，老祖宗说人不患寡而患不均，他们这些年虽然在乌市也算是有了气候，可和京城的家底比却还是薄了些。既然其他三个不染指京城的产业，那得了京城那一块的当然也最好不要染指乌市，人心平衡了家里也就安稳。

夏日乐章

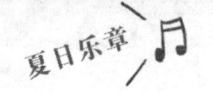

天还没亮，夏乐就收拾妥当从屋里出来，下一刻隔壁的门开了，同样一身运动服的郑子靖从里走出，对上夏乐意外的眼神笑道："一起晨跑。"

郑先生有晨跑的习惯吗？夏乐不是特别清楚这一点，她点点头率先下楼，打开鞋柜就发现里边多了两双外观一模一样大小不同的运动鞋。

"我看你没带运动鞋过来就买了一双，顺便也给自己买了，我之前在这边住得不多，东西不齐全。"郑子靖边解释边把鞋子拿出来，小的那双放到夏夏面前。

"谢谢。"夏乐其实对这个并不挑，在部队穿军靴一样要跑，习惯了穿那种鞋子，离了部队她买的鞋子也多数和那种款式差不多，跑步没有问题。

郑子靖偷看了一眼，发现夏夏乖乖穿鞋他咧开了嘴，装作非常顺手地把她帽子戴上："外边冷，别感冒。"

夏乐穿好鞋站起来要拉门的时候郑子靖叫住她，将她外套上的拉链拉到最高，把嘴唇都捂住了，还不忘给自己找一个特别光明正大的理由："今天要录音，保护好嗓子。"

夏乐本来就打算出门后把拉链拉上来，这会提前拉上了她也没意见，在部队互相正帽理衫是常事，自然也没觉得这有什么奇怪的，她只是觉得郑先生今天笑得有点儿多。

大冬天出来跑步的人不多，在小区里一圈跑下来也没见到什么人，两人就这样并肩跑着，不用说话，也说不了话，一开口就要被灌一嘴的风，听着另一道不属于自己的脚步声夏乐嘴角扬起，离开部队后她花了些时间才适应一个人跑步，可也只是适应而已。

健身房锻炼出的体魄到底是没法和部队锻炼出来的人相比，一个小时后郑子靖的气息明显重了起来，夏乐放慢了速度，感受到夏夏的迁就，郑子靖又跟着跑了两圈，到了自家门前他就停下了脚步，对同时停下的人道："你继续，我差不多了。"

夏乐点点头，重又跑了起来，速度明显快了许多，郑子靖这才知道从一开始夏夏就是在迁就他的，对普通人来说慢跑才能跑得久，可夏夏从来也不是普通人。

果然还是差远了，看夏夏拐了弯，郑子靖伸了个懒腰转身进门，得，做早餐去吧。

夏乐又跑了一个小时才回，郑子靖从厨房探出头来笑："快去洗澡，早餐快好了。"

晕黄的灯光，淡淡的饭香，柔软的笑脸……平安喜乐四个字突然就出现在夏乐脑子里。对她来说，对军人来说，平安喜乐就是最美好的词，因为这是他们不惜一切要维护的，大概没有一个国家的人像中国人一样对家有这样的执念，也只有中国人会执著于落叶归根。

"怎么了？哪里不舒服了？"看她不动，郑子靖连忙走过来问。

夏乐摇摇头，心里莫名有些局促。

"头发都汗湿了，快去洗洗，别感冒。"

这时小王从厨房探出头来："菜洗好可以拌了"。

"来了。"郑子靖立刻又往厨房走去，还不忘回头催促，"快点啊！"

今天的早餐全是郑子靖做的，小王指挥，卖相竟然非常不错，切得碎碎的香葱洒在晶莹的白粥上看着就让人食欲大增，他还拌了两个菜，煎了从家里带过来的饺子，除了垃圾桶里三个煎黑了的，装在盘里的都是焦黄焦黄的，非常合格。

夹了一个放到夏夏碗里，郑子靖装作不在意道："吃吃看味道怎么样。"

夏乐一口吃进去，嚼吧嚼吧后吞了，非常给面子地肯定："好吃。"

郑子靖顿时笑眯了眼，又夹了几个放她碟子里，把旁边凉得差不多了的粥也往她面前推了推："多吃点。"

在厨房里偷看的小王捂嘴偷笑，决定回头就给夫人报告这一幕。

任强和夏乐都是有强迫症的人，又都精益求精，专辑自然不是一天两天能弄出来的，郑子靖也就不天天在公司里陪着，把人送到公司后就去忙他的事，到了下班时间再准时来接，让习惯开夜车工作的任强都不好意思留人。夏乐则以为这是正常状态，人一来就跟着走了，过得真跟朝九晚五的上班族一样，就差打卡了。

没有新歌，没有花边新闻，不做妖，没综艺……夏乐就这么理所当然地消失在大众面前，是真的消失，连偶遇照片都没有一张，知道她动向的只有圈子里几个老牌音乐人，比如郑秋燕和陈军。

嫌八首歌太少，从录制开始夏乐就在写新歌，她想凑够十首，新歌出来发给郑老师听的时候她直接把人拎到了京城，就好像兑现比赛时说的话一样，将她带去陈军家里让陈军当面指点。

陈军也是真喜欢这个扎扎实实在做音乐的后辈，把好兄弟左治叫了来，不说倾囊相授吧，两人也是连着几天认认真真地挤干了自己，音乐知识连着经验一起，问什么答什么，不问也答，举一反三都少了，反十。

因为这是一首摇滚,让他们心心念念半辈子,不甘心却只能眼睁睁看着一颓到底的摇滚,不商业味,不吃相难看地奔着钱去,不挂羊头卖狗肉,而是充满希望积极向上的摇滚,现在的歌坛太需要了。

有这半师之情,郑子靖来接人时陈军本来打算好好利诱一番,给他画张大饼好让他能一直这么放任夏乐慢点走,可一看到他看向夏乐的眼神就什么都不用说了。得,是爱情啊,那就好办了,至少在这爱情的保鲜期内不用担心这些事。

"有没有打算把公司搬到京城来?"

"没有。"郑子靖回答得利索,显然是思考过的,"夏夏家人都在乌市,她不想离远了,再说乌市地理位置挺好,去哪都方便,京城这边多跑几趟就行了。"

这还真不像是生意人能说出来的话,陈军喷了一声,抬手在鼻子前扇了扇,像是要把这爱情的酸臭味扇走一样。

赶在年底的最后一天夏乐录好了最后一首歌,新专辑整十首歌,三首新歌,在短短时间内称得上极有诚意。

晚上,郑子靖把几个好友都叫了来,在阁楼开了个小派对庆贺,看到阁楼上多出来的大家伙,几人啧啧出声,看看这文艺范,以后这地方还能用来浪吗?

夏乐用事实告诉他们,能!

她喝了酒,气氛正好的时候主动坐到了钢琴前,一个个音符从指尖流泻而出,她也不弹那些非常高大上的世界名曲,就随手弹弹自己喜欢的老歌,反倒衬极了这气氛。

各自喝着红酒洋酒白酒的几人懒洋洋地靠着,时不时碰一下喝一口,贺子良还当起了侍应生,看到夏乐杯子空了就给倒上,夏乐一首歌一杯酒,面不改色。

酒桌上大家喜欢喝酒痛快的人,更何况这人为人处世还非常合他们眼缘,那就是朋友了,这个身份高于郑小四的女友,郑小四喜欢的人。郑小四的朋友,就是平等相交的朋友,甚至夏乐其实都没有做什么。

"完了,我都要成夏乐的粉丝了。"蒋智踢了踢一脸傻样的郑小四,"他们那个粉丝团叫什么名?介绍介绍,把我加入组织啊。"

郑小四想也不想就踢了回去:"滚,别以为我不知道你打的什么主意。"

"我能打什么主意,虽然粉丝团肯定是妹子多,但你也不能说我就是冲着妹子去的啊,就不能是夏乐魅力无边?"

"夏夏当然魅力无边,但是你进粉丝团就是因为妹子多。"

蒋智嘿嘿直笑,哥们之间太了解就这点不好,想干点啥都不成,不过:"夏乐是真可以，使得了枪抓得了犯人，也弹得了琴写得了歌，能文能武啊。"

"那是。"郑小四被这话哄得挺高兴，端起酒杯和他碰了碰，死忍着没有告诉他们夏夏才不止这么点本事。

许君突然凑过来："小四儿这是终于开窍了？"

"哎？"翁习荣靠过来，确认了后仰天大笑，"郑小四你也有今天啊！今天多少号来着？对，三十一号，蒋智同学，记得欠我一次会所啊。"

说着话翁习荣和贺子良击了个掌，显然，这俩一伙的。

蒋智一脸嫌弃地看向郑小四："你说你就不能争点气？"

郑子靖毫不意外他们看出来了，瞥了看热闹的几人一眼话都懒得回。

"咦？这不对啊，平时这种情况郑小四不是该说别忘了带上他吗？这是洗手上岸了？"

"滚。"郑子靖飞快看了夏乐那边一眼，也不知道那耳尖的听到没有，"我什么时候又下过水了？"

几人乐得不行，翁习荣丢了个抱枕过去："瞧这吓的，我已经预感到以后吃喝玩乐郑小四要常年缺席了。"

"本来就是，以后大概是没什么玩乐的时间了。"

他们也没当回事，蒋智吊儿郎当道："说得好像要去干什么大事一样，捎带上我们啊。"

"京城，你们去？"

钢琴的背景音中，几人的笑容渐渐收敛，玩笑也全都褪去，许君拿起桌上的眼镜戴上，重又恢复了他的精英样："认真的？郑叔同意？"

"我爷八十多的人了，可到现在郑家这点产业也没有真正分下来，不是他不想，是因为老郑。他知道老郑是真的不想要，可作为父亲他却不能真就把老郑剔除出去分给那几个，我去接手是最合适的。"

郑子靖低头笑了笑："早在好几年前老郑其实打的就是这个主意，他在那装呢！他再恨几个兄弟也不忍心因为他让我爷天天为那些破事费心，这不，把我壮烈了。"

许君皱起眉："你那几个叔伯姑姑不得联手把你吃了？"

"我小叔那一份也是我的，他遗嘱里写得明明白白，他们联手是三家，我一个人手里攒着两家，了不起就是二挑三，我还能怕了他们？多带劲不是。"

贺子良晃着酒杯："我爸要进京了。"

这是好事啊，郑子靖连忙问："确定了？"

夏日乐章

"没有意外的话稳了。"

几家都是一条船上坐着的，这真是个利好的大消息，碰杯走了一个，许君问："老贺你家的底子毕竟还是在这，你确定不从这里起步？"

"我和我爸商量过了，从京城起步，之后再到地方，这几年我不是一直在为这个做准备吗？"贺子良爱惜地摸摸自己头发，"我这两年都掉了多少头发，那论文写死老子了。"

几人在贺子良念研究生的那两年里听这抱怨听了百八十遍，半点不为所动，自顾自地喝起了酒，郑子靖则起身，给夏夏倒了酒靠着钢琴就不走了。

"弹这么久不累？"

夏乐摇摇头，这算什么，以前练琴一天两小时是基础，一天四小时也是常事。

郑子靖笑了笑，示意几人不要说话，拿出手机对着夏乐："来一首送给粉丝的歌当元旦礼物。"

夏乐想了想，弹了新歌。

郑子靖也不阻止，录了半首后登录公司官博传了上去，并附言：新年快乐。

视频里，夏乐穿着家居服没有做任何造型，头发软软地搭在耳后，坐在钢琴前弹奏的样子满身柔软，看着就忍不住心一笑，就连钢琴上那杯酒都让人觉得就应该是有这么一杯酒。

更让人关注的是这是一首新歌，听到旋律就已经让人充满期待，后援团欢呼鼓舞，转发评论点赞一个都不能少。但是到底是热度下去了，又正是几台元旦晚会混战的时候，几个流量担当你来我往地占据热搜榜单，这个视频溅起的水花并不大，不尴不尬地在二十左右的位置来回移动。

郑子靖刷新了几次就没再理会，看夏夏没弹琴了端起酒杯递给她："我现在相信你说酒量好是真的了，练过？"

"嗯。"夏乐比画了一下，"这么大的碗，喝水一样。"

"醉过吗？"

"当然，醉着醉着酒量就大了。"

郑子靖都不敢想经历了多少训练才能有现在说起来的轻而易举，这还只是一桩小事，可夏夏会那么多那么多，他以后得少去打听这些，免得心疼死。

那边贺子良拍着桌子使坏："赶紧过来喝酒，别在那说悄悄话，我听不着。"

郑小四白眼都要翻到天上去了，反倒是夏乐起身走了过去，她虽然话不多，但不论在哪里都是合群的。

元旦这日夏乐一早就准备回家,吴之如说了今天来找她。

已经知晓自己心意,郑子靖自然是万般殷勤,他也是真的上心,知晓邱凝喜欢吃海鲜,早就想办法弄来各种各样新鲜的海鲜。量都不大,但是品种多,并且还另外分开备了三份,陪着送去林欣和吴老那里各一份,给邱家的则让夏夏带回家,方便了再送过去,毕竟新鲜,能放一放。

邱凝看着一趟一趟搬东西还不让小乐上手的人挑起了眉,这是……反应过来了?

等到东西全部搬完了,她指使着女儿去拧热毛巾给郑子靖擦手,并打趣道:"你们这公司福利这么好?我怎么瞧着小乐好像也没替你挣什么钱呀。"

"高投入才有高回报,而且夏夏还是没有风险的那种。"郑子靖笑得乖巧,回得更乖巧,那样子看起来简直就是长辈眼里最听话的小辈模样。

邱凝虽然满心挑剔,听他这么说脸上却也绷不住,不自觉地就嘴角上扬了:"不耽误的话留下吃顿便饭。"

"不了,我也得回家陪家人过节去。"郑子靖再次说出了让长辈最爱听的话,并且非常知道见好就收地告辞离开。

邱凝让夏乐去送送,自己则站在窗户那推开了半边窗户看下边两人,就和莹莹曾经做过的一样,不过也有不同,那时是两人都没动,现在却是有一方动了。

郑子靖打开车门又转过身来看向站姿挺拔的夏夏:"在家待几天?"

"三天,我妈有三天假。"

"好,到时我来接你。"

"我可以自己过去的。"

知道这人还会回去的郑子靖悄悄松了口气,这会他也不争,笑了笑弯腰上车,放下车窗道:"有事立刻找我。"

"好。"

这时那边过来一辆车,从车上跳下来个戴帽子的人朝夏乐身上扑来,郑子靖车门打开了看清楚是吴之如又悄摸摸地关上。

"之如。"车上又下来一人,朝夏乐扬了扬手打了个招呼后继续道,"三个小时后我来接你。"

"知道了。"吴之如乖乖地应允,夏乐清楚地感觉到好友全身都是紧绷的,那车一走很明显地松了口气,她害怕那个人,夏乐确认了这一点。

"她对你不好吗?"

141

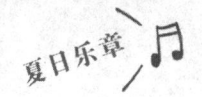

"嗯？啊，没有，挺好的，就是……嗯，有一点点凶。"吴之如嘻嘻哈哈地笑着，眼神收回来才发现郑先生也在，忙又敛起笑打招呼。这种情绪的切换郑子靖感觉到了，并且猜到了吴之如这段时间恐怕接受了不少和音乐无关的学习。

礼貌地点点头，郑子靖又和夏夏道了别便开车离开，来见个朋友也只有三小时，他无法想象这种事情发生在夏夏身上，如果是夏夏想见的朋友，不要说三小时，就是三天他也没有二话。

"郑先生对你真好。"吴之如打心底里的羡慕，从还在比赛的时候到现在郑先生对小乐都是这样，不要说到处跑通告了，是根本完全没有。这段时间她才知道曾经的自己有多单纯，什么梦想，不存在的，进了这个圈子根本就没了自己，连自己都没有了还谈何梦想。

夏乐带着她上楼："等你合同到期了我让郑先生签你。"

吴之如失笑，那么多年，谁知道到时是个什么情况，说不定她早被淘汰到不知道什么地方去了。

好不容易争取到三个小时，吴之如不想说这些丧气事，挽住她的手开心地一梯一梯往上跳，收起学会的假笑，那些克制，笑逐颜开地道："昨天晚上看元旦晚会了吗？有没有看到我？"

"没有看电视，后来在网上看到了。"

"怎么样？"

夏乐看她一眼："没有进步。"

吴之如的笑容差点没挂住，低声抱怨："你就不能夸夸我吗。"

"跳舞比之前好了。"

吴之如笑容还没扬起来就又听到那人毫不留情地挥鞭子："可你不要忘了我们是做原创音乐的，你跳舞再好也比不上专业跳舞的。"

到门口来迎的邱凝听到这句几乎要捂脸，这孩子，瞎说的什么真话，但凡对方小心眼一点都得和她绝交。难得女儿有个好友，她也不想就这么没了，不等吴之如说什么她就快一步拉开半掩的门拍了她额头一下："乱讲。"

说完她笑着看向吴之如："一些日子不见之如更漂亮了。"

"阿姨您好，打扰了。"吴之如连忙松开挽着夏乐的手摘了帽子问好，举手投足间和当初那个掩饰不住小心机的女生有了天壤之别，经过几个月的打磨，她已经有了明星的样子。

这是吴之如第一次来夏乐家里，不着痕迹地扫了一圈，眼神在那架钢琴上多停留了片刻，是了，小乐会钢琴，她却只会廉价的笛子。

"小乐，你招呼之如，妈妈去做饭。"邱凝笑笑，"之如你随意，家里没有其他人。"

"是，我不会客气的。"

邱凝再次笑笑，进了厨房就忍不住叹了口气，娱乐圈的纸醉金迷太吸引人了，希望之如这孩子能扛住了才好。

说是三个小时，吴之如却在吃饭的时候就接到了电话，她脸上写满了不愿，可语气却温驯，半点反抗的意思都没有就应了好，挂断电话放下筷子，抬头对上两人的眼神她勉强笑了笑："要赶去录个访谈。"

夏乐看了下时间："才两个小时。"

"没办法啊，我的前程都抓在她手里。"

"可你这才吃了几口！"

"明星有几个吃饱的，你没发现我瘦了吗？饿瘦的。"吴之如笑，抽了张纸巾擦嘴就要起身，夏乐按住她："再吃点。"

说完话，夏乐抓了一把虾子到碗里，手指飞快地剥好一个放到好友碗里，然后继续剥下一只。

吴之如张开的嘴巴又闭上，拿起筷子夹起虾子往嘴里塞，连着"不用"两个字一起吞进肚子里。

邱凝起身拿出来个盒子，将还没吃的蛏子鲜贝等几样各装了一半进去，边道："这些拿给你的经纪人，拿人嘴软，慢个几分钟她也不好说你什么了。"

吴之如不敢低头，不敢眨眼，她怕眼泪会掉。

夏乐送吴之如下楼，经纪人从车上下来，脸色不是很好看。

吴之如笑眯眯地把吃的递过去："杨姐，你还没来得及吃饭吧，给你带了海鲜，小乐妈妈做的，超级鲜。"

经纪人脸色显见地好看了些，没有提她慢了五分钟的事，接过去朝夏乐道谢。

"是之如惦记你。"

经纪人终于有了点笑脸，回头瞪那笑得讨喜的人一眼，笑着赶人："赶紧的，不能迟到。"

"是。"吴之如松了口气，上了车放下一半的窗户无声朝小乐道谢。

夏乐挥了挥手："有事给我电话。"

"好。"

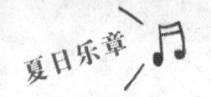

一阵风呼啸而来，目送车子走远，夏乐拉紧衣服环抱住自己转身上楼。有过比较才知道郑先生是真好，合作这么久，不要说疾言厉色，就是下脸子的时候都没有过，还事事替她着想，给她解决各种问题，她运气真好。

巧了，邱凝在楼上看到这一幕也这么想，如果小乐碰上的也是这种经纪人她会心疼死，哪家的子女不是小宝贝一样养大，被人这样对待父母知道了不知道会有多难过，幸好小乐碰上的是郑先生。这么一想邱凝心里顿时敞亮得不行，自家白菜虽好，可来拱的猪也不差不是，还挺肥挺壮实，挺好，皮粗肉厚的经得起摔打。

于是看到女儿进来她就道："要不晚上把郑先生叫过来吃顿饭？"

夏乐看了妈妈一眼，反手将门关上："今天元旦，他也要陪家人吧。"

"那就明天？"

"我问问。"

"行，好好问，多赖他照顾你才能这么安安稳稳的，妈妈要好好谢谢他。"

夏乐点头应下，拿起筷子从盘子里将看相好的夹到妈妈碗里。

"行了，你自己吃，妈吃不了多少，晚饭我们早点吃。"

"嗯。"

手机响起时夏乐正爬在梯子上帮妈妈把窗帘取下来清洗，邱凝拿起来看了一眼抬手递给她："是个陌生号码。"

夏乐加快速度把窗帘取下来，跳下梯子拿过电话接通："我是夏乐。"

"我是，我是林凯的妈妈。"

夏乐一听眉头就皱了起来："您好，他怎么了？"

"他被抓起来了，说是伤了人。"林妈妈语气哽咽，"我之前打听过了，说是交了罚款就可以把人带回家，我带着钱去了，结果警察不让，说这事儿闹得挺大，不能放。"

"您见着人了吗？"

"托了个熟人见着了，这号码就是林凯给我的。那个夏乐啊，你能不能帮帮他，我，我们两老的都不知道要怎么做……"

老人的哀求声让夏乐听得难受，在心里狠骂了林凯一顿，她回房拿包："您给我一个具体点的地址，我立刻过来，对，好的，我记下了，您不要着急，这是您的号码吗？好，到时我联系您。"

打开背包看了下该带的东西都在，夏乐大步出屋，可看到妈妈她脚步就迈不动了，今天是元旦……

"知道了,去吧,妈妈一会就去林欣那,和他们一家三代人一起过节去,不用担心我。"

"妈……"

邱凝从沙发上拿了大衣过来披到女儿肩上,像小时候给她穿衣服一样给她穿上,上下打量过后满意地笑:"妈妈啊,现在不知道多高兴,想你就能打电话,想见你随时能见着,总不能还要求你天天围着我转,让你只看得到我,那我就不是你妈,是你仇人了。"

邱凝笑意更深:"听着就挺急的,快去吧。"

夏乐不甚熟练地张开双臂抱了抱妈妈:"我不是去涉险,就是一个刚退伍不久的战友打架被抓了,我得去把他弄出来,您不用担心。"

"好。"邱凝身体比脑子更快地回抱住。她多少是看得出来的,小乐当兵回来后有点接触性障碍,所以她也克制着,现在这样算是在好转了吧,这就太好了。

"要去哪里?开车吗?"

"在庆市。"

邱凝立刻去拿手机:"你先走,我给你订票,一会我把信息发给你。"

"不用,我会在手机上订票了。"夏乐走过去换了鞋,"妈我走了。"

"注意安全。"

"嗯。"

边往楼下跑夏乐边拨通了郑子靖的电话,不等那边说话就道:"郑先生,我想借用上次那个律师。"

"唐潜?怎么了?发生什么事了?"

"林凯打架被抓了,他妈妈去交罚款没能把人接出来,估计事情不小,我想带上唐律师过去。"

"你在哪里?"拿上大衣郑子靖下楼,捂住话筒和家里人交代,"我和夏夏去办点事,晚上不回来了。"

章惠嫌弃地挥手赶人,有本事赶紧挑明了把人带回来。

郑子靖咧嘴讨好地笑笑,脚下却诚实地跑得飞快:"知道了,高铁站和机场在同一个方向,你先往那个方向开,我看看机票和高铁哪个合适。"

先通知了唐潜,郑子靖打开携程查票,回来的票紧张,出去的票倒是还好,比较了下时间,郑子靖订了机票,立刻通知了两人,他也直奔机场。

最先到的反倒是唐潜,夏乐和郑子靖前后脚,从紧急通道过了安检。离登机还有十分钟，夏乐把有限的信息说了下。

唐潜推了推眼镜："得详细了解过后才能下定论，如果没有用凶器会更好解决。"

"他不会用。"夏乐说得肯定，"在部队训练那么多年，和人打个架还要动用凶器的话就不用捞他了，里边蹲着吧。"

唐潜想到夏乐在公安局发威的那事忍不住赞同地点头，确实，哪里还用得着凶器，他们本身就已经是凶器了。

"那就看伤着的是什么人了，放心，小事情。"郑子靖拉着人起身过去排队，开始登机了。

林凯家在庆市下边的县城，三人到时天已经黑了，先在酒店安顿了，夏乐联系了林凯妈妈，对方一听说酒店名字就说离着不远，直接过来了。

和林凯妈妈一起过来的是个三十多岁的女人，一进屋她就自我介绍道："我是林凯的姐姐林霞，当时只见了几分钟，他除了给个电话号码也没有说其他，没想到……"

没想到来的是个明星，虽然出名也没多久，巧的是她爱看综艺节目，那档原创节目后来挺有热度，她也有看，所以也就认得夏乐。

夏乐向林凯妈妈问了好后道："我和林凯是战友……"

"所以你真是当过兵的？"抢了话林霞又挺不好意思地捂住嘴，眼露歉意。

郑子靖在一边笑着接了话："林姐猜到过？"

"看到过有人这么说，我家有个当兵的嘛，当时就觉得有可能是，没想到真是。"

"说这个干什么。"林凯妈妈拍了女儿一下，眼巴巴地看向夏乐，"夏乐啊，林凯这个要怎么办啊，我还让人在给他相看对象，来这么一出可真是。"

老太太按了下眼角，好不容易盼回来的儿子都还没看够呢，这就进了局子里了，坏了名声以后哪里还有好姑娘愿意嫁进来。

夏乐回头看了一眼，给老人做介绍："这位是唐律师，由专业的人出面尽量不让林凯吃亏。"

唐潜朝老人笑笑，精英范儿十足，那模样特别让人信服："不知道您知道些什么情况？比如对方什么来头，伤成了什么样，有没有人出过面或者放过什么话，您知道的都说说。"

"我来说吧。"林霞接过话，"昨天下午两点多我妈接到公安局的电话，说小凯犯了故意伤人罪被拘留了，我妈我爸怕得不行就找了我。我以为只要交点罚款就能把人接出来，结果面都没见着，后来我老公找了朋友我才见着小凯一面，他当时没时间说什么。"

说到这个林霞也没了见到明星的兴奋，眉头紧皱："听说对方被开瓢了，伤得挺重，还住进了重症病房。我请那朋友做中间人说和，只要对方同意私了不告小凯多赔钱都行，可对方都不同意见面，那态度就好像一定要让小凯坐牢一样。"

"不可能。"夏乐当下就摇头，"要收拾一个人林凯有的是办法，看不出痕迹的法子多的是，用不着这样留人把柄的，他知道自己的力气，真要动手也不会朝着头去，对方是什么人为着什么事林姐知道吗？"

"那朋友也是拐了弯找的，交情没到那份上没说太多，那话里的意思我听着大概也是让我们找找靠谱的人，不然小凯怕是很难出来。"

林霞叹了口气："咱们这小县城别看地方不大，可环境好，近些年庆市一些有钱有势的都爱往这边房置业的，说出来你都不信，还有专门包了人家田地菜园子的，平日里出点钱让人帮忙看着，节假日就拖家带口地过来，跟度假一样。弄得一到周末街上就堵车，听说有的车好几百万一辆，补点漆都要十几万，有人就倒霉了，赔了一大笔钱。现在周末我们宁愿走路都不骑车了，真要一不小心蹭了人家一下我们都得脱层皮，现在不是元旦假吗？你明天可以看看路上是不是很少看到摩托车，死贵的车倒是挺多。"

林妈妈看了夏乐一眼，赶紧推了女儿一下："说这些做什么，说你弟的事。"

"这不是要交代一下咱们这的情况嘛。"林霞立刻又道，"虽然今天才开始放假，可昨天就有挺多人往这边跑了。后来我问着他们打架地方去打听了下，说是有个开车的冲上了人行道，当时十几二十个人在那道上。他们说小凯厉害得不得了，也不知道他怎么办到的就砸了人家的车窗抢了方向盘把车改了向撞在了路灯那柱子上，行人没事，那开车的据说是头上流血了，下车后那人就动了手。当时是打了架没错，但是我问了几个人都说小凯没有怎么动手，并且没多会警察就来把人带走了，我知道的就这么些。"

唐潜已经基本猜到了是什么情况，他回头看向郑子靖："老板，你在这边有朋友吗？"

"需要的时候就有。"

"现在天网时代，如果能拿到监控林凯就是英雄。"

郑子靖比了个OK的手势，拍拍夏夏的肩膀起身回自己房间。

唐潜拿着手机挥了挥："我去联系朋友问问情况。"

147

"麻烦了。"夏乐把人送到门口，回头就看到母女俩也站起来了，林霞道："时间不早了，我们先回去，小凯的事还要请你多帮忙。"

"放心。"

林霞看了妈妈一眼，笑道："之前还真是挺担心的，可看到你我心里就稳多了，我现在就是去请律师都不知道哪家律师行靠谱，而且小县城的律师水平我也不敢想，真是挺谢谢你的。"

"我们是战友。"

一句话包含了所有，已经奔走一天碰了不少壁的林霞听着心底就热了起来，她用力握了握夏乐的手心，感谢尽在这一握当中。

将人送上电梯，回来就看到郑先生在门口等着，她快步过去："怎么样？"

"在等回音，她们走了？"

"嗯。"

进了屋，郑子靖拿出手机点开一个视频给她看："禁毒广告在各大台同时上线，这是网络上放的完整版。"

这是夏乐第一次看到成品，三分五十二秒的视频她认认真真地看了两遍："都用上了。"

"我也很意外，还以为有些片段不会播。"毒瘾发作时五官都错位的样子实在有点吓人，可是这一次上面尺度很大，一帧没切。

"这样才能让那些想试试的人把手缩回去。"

郑子靖笑，划开微博给她看："热搜第一。"

夏乐看了一眼，"穿制服的夏乐"刺得她眼睛疼，过去八年她一年穿三百五十天军装，有什么好稀罕的。

郑子靖看她这样故意使坏，点进去把那些截下来的各种角度的图片给她看，"都有人叫你老公了。"

"大家高兴就好。"夏乐推开他的手拿起自己的手机划开，打开微信果然看到不少人发了信息过来，并且附带截图。

郑子靖倾身看了一眼，笑得肩膀耸动，他算是发现了，夏乐并不是真嫌弃，她就是不好意思了。

"评价挺好的。"郑子靖到底舍不得她太窘迫，把话题拉开了说，"别小看这个广告，它很拉路人好感，而且你也不像有的人撑不起制服，你穿那身非常好看，不对，应该说非常合衬，就好像你就应该穿那身一样。禁毒办能让这广告过审也是下功夫了，估计是因为知道在你这里绝对不会翻船。"

说着说着郑子靖又骄傲起来,那嘴角那眼角那口气,就好像被表扬的是他一样。

手机铃声响起,郑子靖接通,不一会说了声谢谢挂了电话:"没找到监控,说当时那里的监控是坏的。"

"并不意外。"

"嗯,有点脑子又有门路的都知道要毁了监控以防万一。"郑子靖把玩着手机笑得嘲讽,"可惜现在是全民狂欢的年代,之前我就让左右去网上找了,这么大的事,又是在大街上,被人录下来上传的概率非常大。"

"嗯。"

"如果对方愿意私了那最好,这里毕竟是林凯家门口,他可以走,他家人在这。"

私了就代表要吃亏,可如果只是吃个钱亏夏乐也愿意,就像郑先生说的家人在这,为了家人的安全着想也不宜把事情闹大了,息事宁人的道理她懂,可是:"如果对方不愿意,就想要让林凯坐牢呢?"

"那就看他家里有没有聪明人了。"郑子靖笑,"林凯救的不止是人行道上的人,还有开车的那个,要不是林凯介入他要付出多大的代价?不是什么大事,别担心,荤的素的我都接得住。"

"郑先生。"

"嗯?"

夏乐面露疑惑:"你做我的经纪人很明显投入和收获不成正比,并且还要帮我处理一些经纪人职责之外的事情,为什么?"

当然是因为我喜欢你啊,郑子靖在心里欢快地给出答案,嘴里却道:"我不是说过嘛,高投入才有高回报,我相信自己的眼光,夏夏你绝对会成为一个现象级的歌手,到时还怕我沾不到光?你不是生意人,不知道并不是非要从你身上剐下一层才是得着好处,有些好处是隐性的。"

"就像蜗牛?"

"对,就像蜗牛,你是我手底下的艺人,你成就越高我公司就越出名,能从中得到的好处是你想象不到的。"

公司出名了就会有更多资源,有了资源就会有更多人愿意签给公司,这是一种良性循环,所以她要做的就是做出更大的成就。夏乐点点头,她懂了。

郑子靖笑弯了眉眼,他才不会告诉夏乐自己压根没打算再签其他艺人呢!

"对了,夏夏,你不会去夜探林凯吧?"

"……我是守法公民。"

可你有时候明明就更信自己，郑子靖起身："我回房了，如果有什么行动记得通知我，我好善后。"

夏乐无语地看着郑先生，她比一般人更知法守法好不好！

回了房，郑子靖往床上一躺就又点开了那个视频一看再看，后来实在是嫌弃那些吸毒的脸，他找到夏乐后援会的微博，果然看到了连着两条的九宫格，全部转存下来，各个角度的图片看得他一本满足。

再没有人比夏乐更适合穿制服了，肩平背直，腰线贴合得就好像那衣服是为她量身定做一样，还有那清正的眉眼，自带正气的气质，光看照片就能吸引粉丝，用现在网络上的话来说就是颜值能打，太能打了，三百六十度无死角的能打。

刷新了下，热度依旧保持在第一，往下拉，果然许多人和他一样的想法，不追捧颜值的也基本都表达了好感，毕竟这种公益广告是不会有钱给的，可能车马费都得自己来。在其他明星都在各种综艺打滚圈钱的时候她平时不露面，一有新闻就是公益广告，非常拉路人好感，原本下降的人气飞速上升。

这就是郑子靖要的，他不打算经营粉丝团体，而是拉路人缘，比起广大路人来粉丝圈的数量不值一提，得到广大路人的认同，他们就是隐形的粉丝了，而这需要时间，需要作品，需要一个过硬的经得起放大镜去挑错的人品，巧了，夏夏最不缺的就是这个。哎呀，真是让人骄傲，他的眼光怎么就那么好呢？郑子靖沾沾自喜地把又一张自己没有的照片保存下来，描了描她的脸，又点点她的唇到底是没敢亲上去，莫名就有一种亲上去要挨打的感觉……

再次刷新了下，夏乐依旧占据第一，第七却看到了新上榜的吴之如，好奇之下郑子靖点开，最上边就是一个九宫格，九张图全是古装的吴之如，看内容这是她在刚刚播出的一档节目中的造型。

有的人就是这样，现代装可能并不出彩，可古装无人能及，吴之如就是这种。头发全部盘起，额中贴了花黄，富贵中又显得灵气十足，非常意外地出彩。

郑子靖几乎能确定吴之如之后要走的路了，他截图发给夏夏，见她没回话猜着是去洗澡了，他也放下手机往浴室走去。

夏乐确实是去洗澡了，头发吹得半干出来，边走边把头发往后推露出大脑门，拿起手机看到图片她连忙打开微博，看到吴之如上了热搜高兴得嘴角都翘了起来，好像没看到还在第一挂着的自己一样，直接从吴之如那点了进去。

看了照片，又看了剪辑的一些节目片段，夏乐的高兴打了些折扣。她不傻，之如的经纪人她的公司更不傻，这么适合古装她多半会去拍戏，而写歌是需要打磨的。不过如果能多赚钱之如也会开心吧，她一直就想让她妈妈不要去上班了，还想买大房子给妈妈住，这样的话她的愿望就能快点实现了。贴了张照片发给之如，夏乐说了声恭喜。

吴之如回话也快：美吧美吧，我也觉得自己美翻了！

夏乐笑：嗯，美。

之如：我要去录节目了，忙完了聊。

夏乐：好。

Chapter 16
是男女朋友了

　　一早，夏乐在房间里完成了一些基础锻炼，直到郑子靖和唐潜一起过来敲门才停下。三人去二楼吃早餐，边吃唐潜边说起自己打听到的情况。

　　"林凯的姐姐没说假话，前天是发生了那么一件事，对方在庆市有背景，要说位置坐得多高倒也不是，不过就是手里有点实权。开车那个是个老年得来的孩子，宝贝得不行，平日里也没少闯祸，不过都大事化小小事化了没有闹大过，这次估计也是因为林凯表现得太刚了，对方才咬死了要收拾他。"

　　林凯什么性格夏乐再清楚不过，不会主动欺负人，但是也绝对不会受欺负，把一嘴的饺子皮吞下去，她抬头问："我们接下来要怎么做？"

　　"我先去见他一面问问情况，然后办理取保候审，不过如果对方一定要收拾他，取保候审未必办得下来。"

　　郑子靖把自己那碗没动的饺子推到夏乐面前，接了话道："双管齐下，我让人联系他们，对方分得清好歹就知道真闹开了他们占不着什么便宜，如果咬死了不松口那我也不介意恶心恶心他们。"

　　夏乐抬头看他，郑子靖笑："没事，咱们是文明人，最多就是让他们付出点代价而已。"

　　唐潜是跟着这位老板办过事的人，听个音就知道老板是要收拾人了，嘿嘿笑了两声嫌弃地放下了筷子，这地儿口味怎么这么重，盐虽然不贵却也是要钱的。

　　"我通过朋友约了个这边的律师，先过去了。"

　　看人离开，夏乐转头问："我要做什么？"

他们能做的其实不多,毕竟法治社会,还是要依法办事,哪怕林凯是被冤枉的这时候也不能去把人抢出来,可郑子靖也清楚,如果什么都不做夏乐心里估计不踏实,于是他道:"一会叫上林霞,我们一起去出事的地方看看,说不定附近有人拍了视频呢?也就用不着左右去大海捞针了。"

　　正说着林霞打了电话来邀请他们去吃早餐,夏乐拒绝了,和她约了在酒店门口见。

　　林霞是一个人过来的,见着了还忙解释:"我爸妈都有风湿,腿脚不好,我就让他们在家准备中饭,你们别嫌弃,大老远的过来请去家里吃顿便饭。"

　　夏乐一口应下,爽快的态度让林霞松了口气,记起正事,她领着两人往前边走,边道:"离这里就两个路口,不远。"

　　这边是县城最繁华的地带,就像林霞昨天说的,一路过去夏乐确实看到许多小车,在县镇最常见的摩托车却极少见。

　　"就这里了。"过了红绿灯不远林霞指着人行道低声介绍,"这边临近商业步行街,停车位不多,往这边来的要么把车停远点,要么就走路过来,所以行人非常多。"

　　这会才八点多,还不算人多的时候,可人行道上来来往往的人已经不少,可以想见下午人流量大的时候这里的情况。

　　林霞指着前方又道:"就是撞在那根路灯杆上。"

　　路灯杆靠下的地方能看得出明显的凹陷,顺着这个方向往回看,基本已经看不到什么痕迹了。郑子靖在心里嗤笑了一声,聊胜于无地拍了张照片,回头问:"林姐,这边你熟吗?"

　　"熟,地方就这么点大,不熟找着共同的熟人就熟了,要做什么?"

　　"这种热闹肯定有人拍视频了,路人没办法去找,看能不能从附近的住户商户那问出点什么来,而且店里现在一般都有监控,拍到点影子都有用。"

　　林霞眼前一亮,她常上网,知道有些事情就是靠着舆论解决的,激动得一拍手,拿出手机就忙活起来。

　　夏乐顺着不太明显的车胎痕迹往回走,按这个过来的方向不是右转车辆,应该是从对面路口过来的,可按正常的行驶路线,对面过来的车是直行的,没道理从这里进辅道,更冲不上这里来,那不正常行驶……

　　"有酒驾的可能。"看到旁边有两个十二三岁的小孩,夏乐让开些,走回路灯杆那回头看向郑子靖。

　　郑子靖意会过来连忙走到她身边听她说:"你看这个车胎印记。"

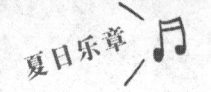

两人顺着车胎印子走下人行道，按这个走向肯定不是右转车，如果是对面的车冲到了这上边，两种可能，郑子靖伸出两个手指头："要么新手，要么酒驾。"

当然，还有一种，车上发生了些不可言说之事，兴奋过头分不清油门刹车了，不过这个就不用说了。

夏乐又在周围转了转，这一段路两边都是住户，在红绿灯的那边才有一排店面，要说最好用的当然是马路上的监控，可对方已经先下手为强了，如果能从那边店铺拿到监控也有用。

"我找了朋友帮忙。"林霞挂了电话走过来，"你们先回酒店休息，我去打听。"

郑子靖拉住要说话的夏乐抢先道："行，我们先回酒店，有什么消息了你立刻告诉我们。"

"当然。"林霞感激地朝郑子靖笑笑，又握了下夏乐的手飞快离开。

郑子靖拉着夏夏往回走，像忘了一样也没收回手，一直将人牵着过了马路才若无其事地放下，解释道："本地人多少都有点排外，而且也都怕麻烦，我们一起去他们反倒不好说话。"

夏乐理解了，摘了帽子顺了下头发重又戴上。

"林凯的档案和你一样做了改动吗？"

这个话题有点敏感，郑子靖说话时离着夏乐很近，热气都喷在了她脸上，她下意识地后退了些，摸了摸有点痒的脸道："正常就是多个退伍军人身份，普通军人。"

"那你的怎么不是？"

"我当时就有进娱乐圈的打算，不想给部队惹麻烦，就请求把这些遮掩了。"

郑子靖看她一眼，因为太想知道有关于夏乐的一切了，他顺嘴就问："那你爸爸……"

夏乐摇摇头，郑子靖以为她是不想说也就不再追问。

回了酒店房间，夏乐突然道："军人，失踪了。"

郑子靖反应过来，这些事是不能在外边说的，并不是夏乐不愿意告诉他。

不知不觉郑子靖心里就笑开了花，可这事本身显然并不值得高兴，他绷紧了脸道："失踪多久了？部队那边怎么说？"

"九年，找不到他。"大概真的是太久了，说起这件事的时候夏乐并没有觉得特别难过，也可能是因为感觉到了一点微末的希望，子弹壳上的五芒星已经让她心底亮了起来。

九年，而夏夏当了八年兵，也就是说夏乐是在知道爸爸失踪后进的部队，冲着什么去的很明显，那时候夏夏十七岁，她读书早，小学又跳过级，十七岁就高中毕业，然后去当了兵。

要说行动力恐怕少有人能比得上夏乐，郑子靖无法想象当时伯母有多难过，又有多心疼，丈夫失踪，夏乐又进了部队，得有多坚强才能撑下来。

挂好外套回头看到郑先生的神情夏乐愣了愣，这是……替她难过吗？心里有点热，她推了下头发，走过去拿了瓶水过来拧开了递给郑先生。

郑子靖被这样的对待弄蒙了，夏乐是不是反过来了，不都是女生拧不开瓶盖需要男人帮忙吗？怎么到她这就反过来了？就算她不需要帮忙那也不至于来帮他拧吧？！

"没什么，都习惯了，有盼头总比没有好。"

不，他还没习惯，郑子靖在心里吐槽，手却诚实地伸出去把水接过来，并且还喝了一口，甜的。

"郑先生，等这事了我想把林凯带去乌市，可以让他现在就上班吗？"

"当然可以，这个行业有另一套行事规则，你们都太正直了，虽然敏锐但有些事也未必懂，还有一个多月过年，正好趁着这个时间教会他。"

"好。"顿了顿，夏乐又补充道，"郑先生放心，我不会让他惹事的。"

"我放心得很。"郑子靖笑，从上次那个陈飞他就看出来了，对他们来说夏乐大概是属于魔王那一挂的。

翻了下手机，郑子靖笑："广告的效用出来了，和公司洽谈工作的比之前多了不少，这个圈子是最现实的，你有名气了找你的就多，也怪不得那么多人花钱买都要上热搜。"

"可以接。"对上郑先生的视线，夏乐道，"郑先生觉得可以接的就接。"

"我筛选筛选，有好的访谈节目或者音乐节目可以考虑上一个，不过上访谈节目的可能性会更大些，现在没有什么好的音乐节目，要么就炒冷饭，要么就是透支老本，没意义，咱们宁缺毋滥。"

"嗯。"

两人说说工作，说说家人，郑子靖连八岁的外甥都卖了，唐潜的电话终于打了过来。

"行，知道了。"郑子靖抬头，"取保候审的希望很小。"

"我刚才查过,取保候审需要三天。"

"申请递上去了,可也只是走个流程,唐潜说和他一起去的这个律师用了自己的关系网,确定了对方就是要弄林凯,病危通知都下了两次了,取保候审多半通不过。"

"信息靠谱?"

"靠谱。"郑子靖给她解释,"唐潜他们这种职业有特殊性,师兄师弟遍布在各个城市,平时会互相行方便,这种人际关系比所谓的朋友更靠得住。"

夏乐点点头:"打算怎么做?"

"看看林霞能不能拿到监控,拿不到就等左右,如果这些都行不通那就直接从源头上解决问题。"郑子靖笑,如非必要他也不希望动到源头上去,毕竟那样要动用的人脉关系有点多。

林霞是直接过来的,一看神情两人就知道事情不乐观。

"店铺有摄像头,我找的朋友就是那附近的,有一家还是租的他的店面,可他们就像统一过口径一样都说那天线路出了问题,摄像头没开。"林霞苦笑,哪里有这么巧的事,分明是被人提前处理过了。

"说明对方也是有脑子的。"郑子靖拿出手机给左右发了消息过去,那边一时没有回话,他抬头看两人神情都不太好看,不由得笑道,"小事情,不用担心,我能解决。"

夏乐相信郑先生说的每一句话,可已经慌了神的林霞却没有被安抚住:"哪里有那么容易解决,没有监控就不能证明小凯是救人不是伤人,那附近的人也不会出来做证的,谁都怕事后被报复,不是自家人没人会去为别人冒那个险。"

这是人之常情,甚至都没法怨怪,林霞抹了下眼睛:"实在不行我就去给纪委写信,之前我看新闻有人这么做过,我也去试试。"

郑子靖失笑:"用不上,还没到那个地步,先交给我来处理,如果最后我没能解决你再去试。"

"我不是,不是不信你,你们非常有心,真的,那么远跑过来,可是眼下什么证据都没有……"林霞低头擦了下泪,强笑着起身道,"中午了,人是铁饭是钢,咱们先吃饭。"

三人下了楼,林霞道:"不远,我们走过去吧,这会车多,打车估计都没有我们走路快。"

客随主便,两人都没有意见,没走出几步郑子靖的电话就响了,是程江打过来的:"老板,刚才处理微博后台的信息看到一条找夏乐的,他说他是庆市陈县的,上午在凉亭路看到了夏乐,如果你们是来查前天那个事的他有线索,他留了电话,我让左右查了,他的IP地址确实是在陈县。"

"把电话号码发给我。"郑子靖拉住夏乐返回酒店,林霞不知道发生了什么赶紧跟了上去。

电梯里,郑子靖向林霞确认了一遍:"这里是陈县没错吧。"

"对对,是陈县,是不是查到了什么?"

"一会说。"

回了屋,郑子靖边把事情说了,边将程江发过来的手机号码亮给夏夏看。

夏乐立刻拿出自己的手机拨了过去,那边的声音有点公鸭嗓,应该是处于变声期。

本能地做出判断,夏乐道:"你好,我是夏乐,是你在找我吗?"

电话那头沉默了一瞬才有声音传来,"你真是夏乐?"

夏乐点了免提,"我是"。

"你怎么证明?"

"你想让我怎么证明我是我?"

"你唱歌,唱那首《在那边》。"

不论是不是真粉丝,可点名唱这首歌足可见这小孩聪明,因为改编的歌除了改编的人其他人很难唱得一样,毕竟原唱也不是那样的。

在床上坐下,夏乐真就将改动最大的一段唱了出来,因为开了外放,屋里其他人分明听到那边有另一道声音小声在说话:"是她是她是她,她唱歌的声音和说话不太一样。"

"对。"

"你们不要说话。"公鸭嗓低声呵斥了一句,然后转回正常语调道,"夏乐,你来陈县是处理什么事的吗?"

"是,我一个朋友被抓了。"

"在你今天去的那条路?"

"确切地说是在那个人行道上,我这边得到的信息是他救了人,可有人给他安了故意伤人的罪名。"

"他是救人,我就是他救的。"小孩的声音急了起来,还带着几分暴躁,"如果不是他把那车改了个向撞到路灯杆子上弄停了都不知道会撞死几个。"

夏乐起身走到窗户边,推开窗户让冷风灌进来:"他的人品我信得过,打打架有可能，故意伤人不可能，你找我，是有什么线索能提供吗？"

"你们没有找到监控是不是？"

"你知道？"

"电视里都这么演的，一出什么事监控就坏了，我又不蠢。"小孩语气里透出点得意来，"可我手里有视频。"

林霞高兴得差点跳起来，郑子靖走到夏夏身边听得更仔细些。

夏乐问："你拍的？"

"对，当时几辆特好的车在等红绿灯，我就拍了个视频发到群里，那车冲过来的时候正好拍到了。你们没找着证据吧，咱们这的人这两年被收拾惨了，胆儿小得老鼠一样，我就不尿他们！"

还真是不尿，夏乐喜欢这种没被磨平棱角的少年气，他们懂一点世情却又不全懂，还有着非黑即白的是非观，所以他们冲动，他们张扬，他们胆大包天，可这才是意气风发的少年人。

"但也要会自保。"

"我会啊，我都没去那地儿，就让我两个小弟在那附近晃，那英雄一看就是练过的，不会没有山头，我早都想好了，只要有人来帮他我就把这视频给出去，怎么说也救了我一命我得报答是吧。"

夏乐这么个喜怒不形于色的人都被这话逗得扬起了嘴角，连山头都出来了，满嘴江湖话，性格也江湖，讲究个恩怨分明。

"我的微信就是我这个手机号码，你把视频发给我，后边的事我会处理好，一定救出你的救命恩人。"

"一言为定！"

"一言为定！"

郑子靖在一边笑得不行，这要是当面怕是还要击个掌吧。

夏乐垂着头等对方加微信，脸上也带了一抹笑，有机会她倒是挺想见见这个"大哥"的。

加上微信，小孩把视频发了过来，五秒的视频，该有的都有。郑子靖直接拿过手机发到自己微信，然后发给了唐潜。

唐潜立刻追了电话过来，一张嘴就笑："老板，这是哪弄来的？"

"够用吧。"

"这就是铁证，太够用了。据说下了病危通知的人还能下地走路，我完全可以合理要求换家医院验伤。"

郑子靖一抬头就看到夏夏像是在笑,走过去一看,屏幕上显示着那小孩的一条信息:如果需要我做证,我随时都可以,绝无二话!

再低头凑近了一看他的头像,很有个性的花体字,离得再近点一看,是"阿弥陀佛"四个字,怪不得夏夏都要笑了,她大概极少见到这么自我张扬的小孩。

"老板,明刀明枪还是怎么着?"

"你去趟医院,看看对方怎么说。"

"行,我这就去。"

挂了电话,郑子靖对抬起头的夏乐道:"如果能息事宁人这事就揭过了。"

夏乐没有接话,她心里有点不舒服,可她又知道这事就是这样,没有那么多一二三的道理可以讲,这个亏林凯只能吃下。那些人再横冲直撞,再无视法规,她也不能去揪着人领子好好练一顿,那不是她的兵。

"也可以让对方付出代价……"

"不用,息事宁人吧。"夏乐摇头打断郑先生的话,她已经不再是少年,所以这方面她也厌,大人总是想得太多,顾忌太多。当然,说好听点是懂事了,懂得了如何生存。

郑子靖拍了拍夏乐的肩,拉着人走开一点,从她面前过去将窗户关上,风挺大,凉。

林霞双手一击:"对,只要小凯能出来吃点小亏不算什么,往大了闹那不是两败俱伤吗?有了这个视频他们应该也不会再死咬着要弄小凯了。"

"等唐律师的消息吧。"郑子靖起身,"过去吃午饭?"

"对对对,先吃饭。"

林凯家是宅基地自建的两层楼,一栋挨着一栋,还都自带一个小院子,非常宽敞,里边也都装饰得不错。饭厅里已经摆了一桌子菜,厨房里还在嗞嗞作响,掌勺的是林爸爸,老人表达感激的方式就是不停地夹菜,幸好夏乐饭量大,夹多少都没剩。

饭后郑子靖接过了公关工作:"林凯不用多久就能出来,您二老不用担心。"

"有你们在我放心多了,心里都有了主心骨一样。"林妈妈看了眼沉默的夏乐,大概因为自己儿子是个兵,她看着夏乐也觉得亲切。

"我想问问您,林凯回来这段时间有发生什么事吗?"夏乐突然开口问。

"啊?没有啊?就这回。"

夏乐摇摇头:"不单指这一类事,他最近睡眠怎么样,有没有特别暴躁?"

林妈妈欲言又止,夏乐看出来了,有!她并不意外,林凯是死人堆里爬出来的,情况不会比她好,她都有战后综合征林凯不可能没有,在部队肯定治疗过了,可要完全摆脱影响还需要时间。

"他锻炼得太狠了,早上五点就起床跑步,院子里那铁门他天天用来练,这才多久,我瞧着那地儿就光滑了不少。"林霞叹了口气,"你们在部队就这么练的?"

这么练的吗?当然不是,这只是常规训练而已,且强度还完全跟不上,可夏乐只是点点头,应是。

"真辛苦,我也劝过他退伍了就不用再练了,他说习惯了,不练练不舒服。"林霞心疼得直按眼角,他们就两姐弟,自小感情好,她结婚的时候小凯没赶得回来,直接让老娘将他寄回来的钱全给了她当嫁妆,小地方看的就是这个,就因为小凯这么撑她这个姐姐,她在婆家才过得舒坦。

"等他出来我把他带走。"

林家几人面面相觑,林妈妈道:"可这都年底了,他好不容易能在家里过个年……"

"过年的时候我让他回来。"夏乐语气强硬,没有半点商量的余地,"这个阶段他不能留在家里。"

"那林凯就麻烦你了。"林妈妈还要说什么,林爸爸拦住了她,一辈子没出过远门的男人或许不够有本事,可他心里透亮,一个电话就立刻千里迢迢赶过来的夏乐和儿子的交情值得信任。

得了这句话夏乐就不在这事情上多说,看了下时间起身道:"林姐,你不用跟着我们跑了,就在家里陪着两老,如果可以最好不要出门,防着点认识的人,随时给我电话。"

林霞连连应允。

离开林家不远就下起了雨,好在离酒店也近,郑子靖把大衣脱下来盖到两人头顶一起跑了回去。两人身上都淋湿了点,各自回屋去洗了个热水澡,夏乐又给妈妈和吴老都打了电话,唐潜那边才有了消息。

"说是对方家属拒绝见面,放话一定让林凯坐牢。"郑子靖笑,"行,那就走着瞧。"

夏乐心里憋得有点难受,无论是谁,无论他以前立了多大的功劳,离了部队一切就得从头开始,傻的蠢的没头没脑的都能骑到他头上去,幸好现在也不是什么都做不了。

"林凯在里边会挨收拾吗？"

郑子靖摇头："现在不允许，而且大家谁也都不傻，当时的情况怎么样谁不清楚公安局都是清楚的，如果不是有林凯这么个人在后果不堪设想，真到那时候多少人得倒霉，他们心里都有数。不说怎么帮忙，为难是不会的，说不定还会给他根烟抽，放心。"

"我当时犯病就差点拆了公安局，我担心他也受刺激，退伍兵不能总和公安局过不去，会给部队添麻烦。"

"他的情况没有你那么严重，不然不会让他就这么回来。"

这是事实，当时她也是调节到一定地步了才允许离开，后边发病是意外。看她眉宇间不拧着了郑子靖就笑了笑，低头点开工作群发了几个字。

这种事情当然要找专业的人来做，从发视频带话题推热度到上热搜用了两个小时，再到热搜排行榜上一名一名往上蹿，不紧不慢的就好像这件事情真是由吃瓜群众自己推起来的一样，蜗牛公司在这件事里择得干干净净，当然，更加半点都和夏乐扯不上关系。

全公司上下现在都知道，他们家夏乐上热搜只需要和音乐有关就可以了，其他的就算上了也得想办法给撤下来，蹭热度那种事和他们夏乐没有关系。而夏乐这会难得也抓着手机关注进展，吃晚饭的速度都比平时更快了，郑子靖只好默默地放下了碗。热度蹿上第九名时夏乐手机响了，一看号码她唇角就翘了起来，"小大哥"来了。

"我看到了！和我想的法子一样！"

"想到过？"

"当然，可我得自保呀，如果他们查到我身上来了不得来找我麻烦啊？"

夏乐唇角翘得更高了些："嗯，我也自保了，他们查不到我"。

郑子靖在一边听着不发表意见，有些事能瞒住看热闹的，可不一定能瞒过对方，不过他也不怕就是。

"英雄是不是马上就能出来了？你帮我问问他，我能拜他为师吗？"

"你要和他学什么？"

"学功夫啊，一看他就是有真功夫的。"

郑子靖凑过来贴在手机这头听，夏乐手动了动想开免提，想着这里还是在公共场合就算了，又问："怎么学？他不能留在这了。"

"也对，他留下了肯定会有麻烦，那就只能等我大一点了，就怕我大一点骨头硬了就不能学了。"

小孩一腔忧愁无处诉，夏乐听得眉头都往上扬了，这小孩怕是天天在看武侠小说吧，真要说起来现在爱看这个的不多了，打游戏看动画片更吸引他们。

"放心，这个不需要童子功，可以等你念大学了放假了来和他学。"

小孩态度利落干脆："不用念大学，我现在就跟你们走。"

"学校还没放假吧？"

"不就是认几个字吗？我带本新华字典就行了，不耽误。"

这下郑子靖没忍住笑出了声，带本新华字典闯江湖这也是够新鲜的，关键时刻扔出去砸人吗？那可得把准头练好了才行！

笑声带着气流喷在耳朵上，夏乐心都麻了一下，虽然忍着没动，耳根却悄悄红了："你的英雄不会带个未成年去闯江湖。"

小孩顿时急了："我十五了，不小了，照顾自己没问题。"

"十八才成人，他要带着你走了就是犯罪。"

这个问题……"小大哥"没想过，他以为只要是自己愿意的就可以了。

郑子靖突然开口："你家里人呢？他们能同意？"

"我没人管……"小孩口气一顿，"哎，你谁啊？"

"夏乐的经纪人。"

"就今天和夏乐在一起的那个？"

"对。"

小孩哦了一声，也不知道是对他不感兴趣还是怎么，叫了声夏乐又和她说话去了："看在我立了犬马之劳的分上记得帮我说说好话，让英雄收我为徒，挂了。"

电话挂得那叫一个爽快，夏乐想提醒他一下立了犬马之劳这话语句不通都没找着机会，十五岁，怎么会没人管？

"今天星期三，白天他打电话过来的时候是在十一点多。"

心里正想着的事就被人说了出来，夏乐有点开心："话都说不通，还是该多读书。"

郑子靖多了解她，一听就知道那小孩怕是要被夏乐惦记上了，只要那小孩心里的武侠梦不碎多半还是要被她赶到学校里去。

唐潜八点多才回："我去了趟庆市，师兄带我见了几个人打听到了一点情况。开车的那小子叫徐麒麟，光听名字就知道家里有多宝贝他，他爹是国土局的二把手，家里底子不错，省里关系挺硬，不过有关系的也不止他，盯着那个位置的本来就多，这事一出来已经有人开始动作了。"

郑子靖点点头:"你怎么想?"

"火已经烧起来了,我建议先看看能烧到哪里再说,如果有人要把人拉下那个位置他就必须要坐实那个视频,然后让林凯做救了人还被冤枉的英雄。"

"这样的话我们基本不用出手了,只需要防着点别被人用完就丢。"

唐潜推了推眼镜:"差不多是这样。"

"热搜掉到十三了。"夏乐抬头报告。

"动作挺快。"郑子靖拨通汪正军的电话,"通知那边先停下来,对,让左右关注一下大数据,看会不会有另一方下场。"

后边的推手一撤,热搜一路下跌,不到二十分钟就掉出了榜单,夏乐每隔几分钟刷新一下,看着新出现的"吴之如瞳瞳"这条热搜立刻点了进去,翻了几条才知道瞳瞳是一本书中的经典人物,出场不多,但贯穿始终,被称之为天下第一绝色。

"不错啊吴之如,这个瞳瞳我没看过书都听说过。"郑子靖挨到夏乐身边看到这条讶异地挑起了眉,一个唱歌出道的新人能拿下这个分量十足的角色,背后的角力不用想都知道有多激烈,而得到这个大蛋糕的吴之如也不可能什么代价都不付。进了这个圈子从来都是被人推着拖着拽着走的,时间越久越是如此,因为牵涉在她身上的利益会越来越多,要想独善其身,难,除非一开始就不接受远高于自己能承受的好处。当然,这些他不会和夏夏去说,更不会让她承受这些。

夏乐没有说话,往下拉刷新了下:"上来了。"

恰好郑子靖的电话也响了,他接通听了一耳朵就笑了:"盯紧了。"

把电话往床上一扔,郑子靖靠到后边墙上:"神仙打架,静观其变吧。"

唐潜早就在这满是酸臭味的屋里待不下去了,一听这话立刻起身道:"我还没吃晚饭,先去吃点垫垫肚子。"

"还没吃?赶紧去吧。"

唐潜一走夏乐也把外套拿在了手里:"我去林家,今晚应该就在那边睡了。"

知道夏乐是不放心,郑子靖也不拦着,只是道:"我和你一起去。"

夏乐点点头。郑子靖本来还准备了一大段说辞的,没想到夏夏这么轻易就同意了,简直喜出望外,拿起外套道:"我回房拿点东西。"

夏乐在外边等他,看到郑先生出来时手里多了条围巾,到楼下大堂后围巾到了她脖子上。

郑子靖边给她系好边道:"变天了,这边一下雨就结冻,冷得很。"

163

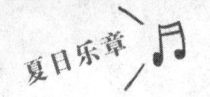

夏乐知道变天了，不用看天气预报，身上动过刀的地方每到这种时候就会提醒她。

头上一重，外套上的帽子也戴上了，郑子靖又把她的拉链拉到最高："等我下。"

夏乐半张脸都埋进围巾里，看着他去前台，不一会拿了把伞过来："走吧。"

小雨还在下，风一吹那风好像顺着曾经切开的那些伤口吹进骨头缝里，冷气从骨子里透出来，在今年之前她都感觉不到这种冷，说明上次确实是伤得狠了。

林霞接到夏乐电话跑出来打开门就忙不迭地问："怎么了怎么了？是小凯怎么了吗？"

关上门严严实实锁上，夏乐指了指屋里示意进去。林霞被吓得不行，捂着心口跟进屋。

"林凯没事，我替他守一晚家。"

林霞捂住嘴："你是说……"

"是小凯怎么了吗？"林父林母从楼上下来，还在楼梯上就问，衣服都只是披着没来得及穿好。

"他没事，我在这里安心些。"

老两口对望一眼，还是林霞反应快，连忙道："爸妈你们回屋去，我去收拾房间。"

夏乐二话不说帮着收拾，利落得和林霞这个家庭妇女比也不差。林霞看得直笑："林凯才回来探亲那会我和我爸妈都目瞪口呆，就想着啊，这部队真是个磨炼人的好地方，那么个混世小魔王那被子折得，那家务做得，好像就没有他不会的，我妈常说，做得最对的事就是送他去当兵。"

林霞笑着笑着又叹了口气："以前没想到吃不吃苦头这上边去，部队嘛，就是练呗，可是他这次回来看到他头上的伤就知道不是那么一回事，再看到那个视频我就知道，那小魔王这些年吃着苦头了。"

"我们不觉得苦。"夏乐把套好的被子甩了甩铺平在床上，看向林霞道，"林凯不会有事。"

林霞点点头，她现在是真的相信弟弟不会有事了。

雨淅淅沥沥下了一整夜。谁都没想到夏乐会发烧，包括郑子靖。见识过她的厉害，潜意识里就觉得她强大到无坚不摧，生病这种事和她没关系。夏乐自己也这么觉得，所以脸上发烫的时候她根本没多想，打了盆冷水扑了些水在脸上，舒服得她又拧了毛巾捂在脸上好几次。

郑子靖打了电话过来看她这样就笑，一个平日里稳重的人露出不那么稳重的模样时总是显得特别可爱。

"有影响了。"

夏乐连忙取了毛巾："怎么说的？"

"庆市发布声明会成立调查组详查。"

把毛巾挂回去，水倒入池子里，夏乐转过身来："所以还是舆论战有用。"

"可以这么说。"郑子靖偏头看她，"觉得不能接受？"

"中国这些年跑得太快，硬件上来了，软件还没有跟上，这话我爸说过，陆叔也说过，那应该就是这样的吧，他们还说会好的，那就肯定会好的。"

情绪来得又急又快，郑子靖觉得自己实在太没出息了，不然怎么会听到这么一句话都鼻子发酸呢？他就想啊，小的时候听话是因为没有足够的见识，以为大人说什么都是对的，可长大了还这么听话，因为什么呢？

"那会你还小吧，怎么会和你说这些？"

"这话是他说的时候我听到的，他很少和我说大道理，每次回来就忙进忙出，恨不得一次给家里屯上几个月的粮，好让妈妈在他不在的这段时间里轻松点。再算着时间留出一天来带我出去玩，去所有我想去的地方，如果正好是我上学的时间他就找理由给我请假，我妈反对都没用，他怕我和他不亲。"

因怀念夏乐脸上露出浅浅笑意，"每次他一走我就开始计算日子，到他快回来的时候就和妈妈一起准备各种经得起放的菜好让他带走，哪怕他回来的日子经常会因为任务而延误也从没改变过。"

夏乐太少说起这些了，郑子靖都不敢想象这些年夏乐母女俩是怎么熬过来的。

拍了拍她的手臂无声安慰，看她衣领压住了顺手去整理，手背蹭到她脸上时他动作一顿，立刻双手都捂了上去："怎么这么烫？"

烫吗？夏乐摸了摸自己额头完全没觉得。

情急之下郑子靖拉开她的手直接贴了上去，额头相抵，气息相融。夏乐下意识地就往后退却被人一把搂住了腰，近在咫尺的脸看起来和平时有点不一样，没那么笑着了，有点严肃，还有点着急。

夏乐突然就想起来有一次爸爸带她出去玩完回来妈妈不在家，手机打不通，到处打电话也找不着人也是这么着急，后来背着她跑出去找人，在楼下看到妈妈时冲过去都忘了背上还有她，要不是她反应快立刻抱住了爸爸的脖

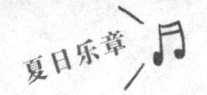

子她就被甩出去了。后边背一个前边抱一个，母女俩差点都磕到牙，她一辈子都记得妈妈那时候的笑，也记得妈妈说手机没电了时爸爸说"吓死我了"时后怕的语气，那时她不懂，现在却莫名就将爸爸和郑先生联想到了一块。

"发烧了。"郑子靖简直有些气急败坏，拉着人就往外走，发现拉不动时他回头，"得去医院看看。"

夏乐低声道："别让林家人知道。"

郑子靖还有什么不明白的，这个自己的事从来不在意，自己人的一点点事都记在心里的人是怕林家人有心理负担。他深呼出一口气，松开牵着的手往洗手间外走去。

"林姐，律师在酒店等我，我们先过去。"

夏乐转身看向镜子里的自己，脑子里爸爸着急的神情和郑先生刚才着急的样子不停地切换，那么像，那么像，爸爸着急的是联系不上的妈妈，郑先生着急的……是她。

"夏夏，我打了个车，走了。"郑子靖很快又进来，再自然不过地把她外套上的帽子戴上，"今天风挺大，别再加重了。"

夏乐定定地看着郑先生，不放过他脸上一丝一毫的神情。

郑子靖注意到了，连忙问："怎么了？放心，我没让他们知道。"

"……嗯。"

郑子靖也不多问，拉着人往外走，和林家人告别后正好车也到了，直奔医院。

一点小事就上医院，放在往常夏乐会觉得完全没必要，她什么伤没受过，和那比起来不值一提。可今天她什么都没说，郑先生说什么就是什么，手腕被医生扣住也控制住自己不反抗，让验血就验血，让等着就等着，让喝水就喝水，听话得让郑子靖心里都有点慌，一再问她有没有哪里不舒服。夏乐只是摇头，这却更加剧了郑子靖的担心，一分钟能看三次手表，就盼着时间快点过去，验血结果快点出来。

郑先生更着急了，夏乐在心里悄悄想，越这样想她越沉默，到下一次郑先生再问时她更闭紧了嘴，然后看到他的着急比之前更甚，她想证明不是她想多了。

额头再次被覆住，郑子靖另一只手摸上自己额头，对比之下自言自语道："好像更烫了。"

把自己的大衣脱下来盖到夏乐身上，郑子靖起身："我去看看结果出来没有,你在这里等我。"

夏乐轻轻点头,手在里边偷偷拉住了大衣看着男人大步走远。

这里是一处公共休息处,坐她旁边的一个大妈笑着打趣:"你瞧着跟没事人一样,倒是你对象比你急多了。"

对象吗?夏乐脸往大衣里藏了藏,感觉脸上热度好像更上升了许多,她想,如果郑先生在估计要更着急了。

"哎呦!这还不好意思了。"大妈笑容爽朗,看着平时就是非常好打交道的人,笑着笑着她又叹了口气,"我有个年纪和你差不多大的闺女,之前带回家个对象看着就不是个能踏实过日子的,说她吧她还听不进去,你眼光比她好,这小年轻看着就对你上心。"

"谢谢。"

"谢啥,你那对象又不是我介绍的。"大妈又笑了,"要是我认识这么好的年轻人哪里能介绍给你,怎么都得给我家闺女留着不是哈哈。"

夏乐不知道怎么回,于是她笑了笑。

大妈也不在意,非常自来熟地问:"不是本地的吧?"

"嗯。"

"那是听说咱们陈县好来玩的?"

"嗯。"

"嘿,咱们陈县真出名了。"大妈一脸与有荣焉,"不过你这来的时节不对,你要有时间啊夏天再来,那时候是真好看,随便拍张照都跟画一样,哪哪都好看,可惜我忘带手机了,不然还能给你看看。"

"嗯。"

"自己开车没有?"

"没有。"

大妈点点头:"那好,如今打车就挺方便,本地人知道要避着点什么。"

夏乐抬头:"要避着什么?"

"咱们这不是离着省城近嘛,那边挺多人往这跑的,开的那车哦听说都几百万一辆,贵得吓人,他们还……"大妈左右看了看,凑近了低声道,"他们还不那么守规矩,擦那么一下赔起来都够呛。"

夏乐没想到随便碰个人的说法都和林霞一样,这说明什么?说明这在陈县是常态。

大妈一看她不说话连忙又道:"我可不是在说咱们陈县坏话啊,就是看

167

你小姑娘面善怕你吃亏,除了这点其他都好,保证让你来了还想来。"

"嗯,下次还来。"

"对对,多来多来。"大妈又笑开了,头一偏看到那头跑过来的人笑得眼睛都眯了,"看看跑得多快,这大冷的天怕是都出一身汗了。"

夏乐看过去,眼神落在那人身上满是她不自知的柔软。她知道的爱情多是军人和军嫂那样等候和被等候的模样,看到的是辛苦,是无奈,是愧疚的百般补偿。郑先生表现出来的和那些完全不一样,所以她才那么迟钝,没看出来郑先生对她的不同。

"病毒感冒。"郑子靖扶着人站起来,拎着大衣披到了夏夏肩膀上,"走,咱们去找医生开药。"

夏乐没觉得冷,她甚至觉得有点热,身上热,心里也热,可她没有拒绝,甚至还拽住大衣往中间拉了拉,回头向热情的大妈道别:"祝您身体健康。"

大妈朝她挥手:"大妈就喜欢听这好话,你也要少往医院来。"

郑子靖见状也朝大妈笑笑,手下却暗暗用力扶着人去找医生,半点都不想再在这里耽搁。

看诊,开药,取药,夏乐一路跟着,什么也不说,什么也不做,和往常不一样的样子让郑子靖看一眼又看一眼,时不时往身边拉一把,最后干脆去哪都牵着她,生怕把人丢了。

一人满心满眼都是生病的心上人,一人全陷在自己的心思里,只顾得上去观察照顾自己的男人,至于是不是会被人认出来,是不是会上新闻……两人压根就忘了这回事,尤其是禁毒宣传片出来后,在广告还在全渠道覆盖的时候她已经被更多的人记住了,网络上出现了两人的行踪。

民众就是如此,你三天两头的被偶遇人家不愿意多看一眼,可如果是个平时拍不到的人被偶遇了那不得了,关注的不关注的人都会点开看一看。

那接地气的大妈羽绒服,清汤挂面的形象,没有助理化妆师的层层拱卫,就和普通人一样该排队排队,该等待等待,哪怕是假装的这番做派也引来一片叫好声。

接到电话的时候郑子靖正在等拿药,他一只手拉着夏夏没有松开,另一只手拿着手机和那头的人说话:"对,我们在陈县这边,你让左右注意数据,如果有异常就控住了,别被人拿枪使,数据正常就不用管,嗯,没事,淋了雨感冒了,有点发烧,嗯,看好了。"

药剂师把药递过来,他连忙挂了电话接过药,对照了下单子没错后抬起头来再一次确认:"真没有其他地方不舒服?"

夏乐摇摇头。

"有不舒服的一定要说,我们先回酒店。"

夏乐又点点头。

头一次见到夏乐生病,郑子靖也不知道这人生病的常态是什么,所以就更不知道现在夏乐的状态对不对。他只能想着现在还在医院里,刚刚才见过医生,应该没有什么大问题才是来安慰自己。

打车回到酒店,让人坐下歇着,郑子靖先接了壶水烧着,然后挽起袖子去了浴室,担心浴缸不干净,他把浴缸仔细冲洗了一遍,又用毛巾沾了烧开的开水擦了,之后再放满一缸水,顾不得自己湿了的袖子,就像照顾易碎娃娃一样去把乖乖坐在原位没动的夏乐扶到浴室:"泡个澡缓缓,说不定就退烧了。"

"好。"夏乐觉得有点晕,直到这时她才有点自己可能真发烧了的感觉,把外套脱了,脱毛衣时她就听到脚步声离开,并且将门带上了。

可是这房间浴室和房间之间是装的玻璃,脱干净后反应比平时要慢了许多的夏乐才发现这一点,抬头看到有窗帘,她正找按钮时看完药方说明的郑子靖转过身来,他愣住了。

夏乐本可以在郑先生转身的那一刻就进入浴缸中,可她没有这么做,在两人视线对上后才像没事人一样跨进浴缸里。这是第一次,她让医生之外的人看到了她伤痕遍布的身体,只用眼角余光,她看到了郑先生震惊的表情,然后……是心疼吗?

夏乐闭上眼睛不再看,感情上的事她不需要臆测。想一想爸爸,想一想妈妈,想一想死去的活着的战友,想一想身不由己的好友,想一想郑先生……真的是喜欢吗?可是,为什么呢?除了还算能打的身手,她不知道自己还有什么优点,就能打也算不上优点吧,为什么郑先生会看上她呢?

"夏夏,不能泡久了。"

看,明明刚刚还那么尴尬,可他还是记得关心自己,夏乐睁开眼睛看着头顶,乏善可陈的酒店房间死板得看不出什么来。

"夏夏?"

"嗯。"夏乐带着一身水花站起身来,也不管帘子仍旧没放下来,从容地擦干身体穿上浴袍,随便擦了擦头发走出去,证明自己没有晕在浴缸里。

"怎么不吹干头发,本来就在发烧,别又加重了。"本来还有些尴尬的

169

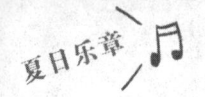

郑子靖一看她这样就忘了那些,又拉着人进去插上电吹风给她吹头发。

"呜呜呜"的声音充斥在不大的空间里,带着温度的手指在头顶穿梭,好像将头皮的每一个角落都照顾了个遍。那温温软软的情绪也像是随着这动作从头顶传到心里,不管不顾地就在心里扎了根,双手叉腰地看着她,挑衅却又底气不足地虚张声势。

夏乐突然就明白了什么叫心疼,就像这一刻,她也舍不得初见时笑得眉眼间全是阳光的男人因为她而失了底气,他就该那么笑着,和初见时一样。

呜呜声停了下来,郑子靖佯装镇定地看着镜子里的人道:"药泡好了,去吃了好好睡一觉。"

夏乐嗯了一声,推了下头发转身离开这个让郑先生不自在的小屋子。一口气把药喝干净,夏乐自觉地爬上了床。

郑子靖又忙活着把杯子洗干净,窗帘也给拉上,光线暗下来,他的挥洒自如似乎也回来了:"试试看能不能睡着,大人抵抗力强,说不定睡一觉就好了。"

刚起来,没什么睡意,夏乐靠在床头打开手机,这才发现微信收到了好几个人的信息,点开看了几条都是问她怎么去了陈县,又怎么在医院。她现在多少也有点歌手的自觉了,知道估计是被人拍着了也就不多问,直接回自己是来办事,着凉了去医院拿点药。

"身上的伤……是上次留下来的吗?"

手上的动作一顿,夏乐简单回了几个字就按掉了手机,抬起头来回话:"是。"

郑子靖却反常地低着头:"当时很险吧。"

"还有另一个战友,他死了,我活着。"夏乐撑着头,她想起了邹新死前说的那番话,那是第一次有人说喜欢她,"我被冲击得闭过气去了,敌人大概是以为我死了吧,战友是从土中把我刨出来的,最后他扑我身上护住我了。"

所以她的伤都在身上,脸上脖子上胸膛上却看不出什么来,也所以战友的孩子她出钱出力地治,林凯出事二话不说就一口应下,她承下了多少,也愿意为之付出多少,这大概是没有过那种经历的人一辈子也理解不了的。

郑子靖其实还想问,在部队里是不是根本不分男女,所以就算被看光她也没有什么反应,可转念一想好像无论是什么答案都不是自己想听的,夏乐总不会说因为是他看了所以无所谓,他不敢想得这么美。

"不困？"

"嗯。"

郑子靖倾身摸向她额头，另一只手摸着自己的，比较之后道："好像比之前还烫了些。"

说着话他又起身，在袋子里没找到体温计忙打电话去前台让客房服务员送过来，然后倒了水放到夏乐手里："不想睡就多喝水，感冒不能加重了，要不要看电视？"

夏乐摇头，低头喝了口水。

看着比平时话更少了的夏乐，郑子靖以为她是不舒服，语气就更温柔了些："那听听歌？"

夏乐还是摇头。处于单恋中的郑先生特别没有自信，突然就想到难道是因为他在这里打扰了夏乐吗？还是说夏乐其实在意被自己看光了，所以不想理他？

正想着有人敲门，他过去从服务员那接了体温计："来，量一下看看是不是又升高了。"

夏乐接过去甩了甩后放腋下夹着，郑子靖在一边看着时间："五分钟。"

一时间两人都没了话，突如其来的沉默让气氛莫名变得尴尬起来。郑子靖偷偷看向夏乐，却没想到夏乐正看着他，顿时被抓了个正着。他轻咳一声站起身来去了趟洗手间，再出来时就恢复了一脸笑的样子："林凯下午估计就可以出来了，最晚明天也一定能出来。"

"这么快？"

终于说话了，郑子靖悄悄松了口气："舆论发酵得厉害，不论现在掰腕子的两方最后谁赢了，那个视频都足以证明林凯救了人，不给英雄颁奖就算了，还把人关着在哪里都说不过去。"

"他可以离开当地吗？"

"当然可以。"

夏乐点头："他出来了我们就回去。"

"好。"

一个话题结束房间里又沉默了，郑子靖绞尽脑汁地又起了一个："你之前说过要休一段时间的假，现在新专辑也录好了，如果可以的话我建议你在这段时间去办好要办的事，明年估计不会这么闲了。"

夏乐没有多想就应下，年底这个时间正合适，可以提前去拜个早年。

"你也不要有负担,所有行程你都有决定权,如果说公司替你接下的活你不想去都可以说,没人能勉强你。"低头看了下时间,郑子靖笑,"时间到了。"

夏乐看他一眼,拿出体温计看了看:"三十九度三。"

"在医院量的时候是三十八度八,多喝水,对了,还有两种西药要吃。"郑子靖赶紧又拽了袋子过来找出药各取了两片递过去。

夏乐来者不拒,让干什么就干什么,明明她平时也是这么听话的,可郑子靖就是觉得今天的夏乐有点不同,但又说不出哪里不同。

"温度有点高了,你睡一会,我在这里看着。"

夏乐真就放下手机躺了下去,被子规矩地被拉到脖子,眼角余光瞥到郑先生束手束脚的样子她这一路始终不敢亮的心思突然就敞亮了。

"郑先生喜欢我吗?"

起身准备去给自己倒杯水的郑子靖惊得一屁股又跌坐了回去,尾椎都钝钝的疼,顾不上这个,他赶紧抬头看向说话的人,强自镇定地笑道:"当然,你是最好带的艺人。"

"我说的是男人对女人的喜欢,你喜欢我吗?"

郑子靖被这一记直拳打得都有点晕头转向,瞬间他就明白了夏乐今天的反常不是因为生病,而是察觉到了他的心思,是了,夏乐只是迟钝,不是蠢笨。

否认?当然不!

郑子靖定了定神,也回了一记直拳:"对,我喜欢你。"

"有多喜欢?"

"说不出来,但是只要是你想的我都想替你达成,你护着的人我也愿意护着,你在意的人我也会留意。你的小事是我的大事,你在跟前的时候我想的是你,你不在跟前就想把自己送到你面前让你多看看,好让你记着我的好,心里不要有别人,我天天都在担心这件事。"

已经捅破了窗户纸郑子靖干脆就不要脸了,继续道:"你看啊,我打架打不过你,跑步跑不过你,吃饭还吃不过你,样样都不如你,女孩子哪个不想找个比自己厉害的,要是什么时候出现一个强过你的把我比成渣渣的那怎么办?所以我只能看紧些,你去哪里都跟着了。"

夏乐也不知道是烧的还是被这话冲击的,脑子里糊成了一片,迷迷糊糊就听到自己道:"部队有很多能打过我,还比我能跑比我能吃的。"

"我猜部队里肯定有很多人喜欢你,只是你不知道。"郑子靖蹲到床前看着因为发烧而比以往更多了几分柔软的人,"我无比庆幸你感情迟钝,不然我们就是恨不相逢未嫁时了。"

夏乐想到了邹新，在他牺牲前不久，在那个最不该有儿女情长的时候他也说过喜欢她，拉响手雷之前她想过，如果在部队时邹新说喜欢她，她一定说好。那样邹新就不会有遗憾了，而这种遗憾，她并不想再带给另一个人。

"好。"

"嗯？"郑子靖慢了半拍后反应过来，身体猛地绷直了，声音也高了八度，"好？你同意了？"

夏乐抿抿干巴巴的唇："我没经验，可能会做得不太好。"

幸福来得太突然，郑子靖嘴巴都咧到了耳后，两人脸离得太近了，情绪一上头他俯身抱住人吧唧就是一口，唾沫横飞道："你哪里都做得好，如果什么时候你觉得不对了肯定是我没做好，你就做你自己，不用改变，更不用迁就任何人，其他事情交给我就行了。"

这个人是真的开心，头一次被人这么亲近的夏乐在心里想，她有点不适，却又因为这个亲近的人是郑先生而适应良好。她甚至有点雀跃，迫切地想知道她的爱情会是什么模样，比得上爸爸妈妈吗？会不会吵架？她这么闷，郑先生会不会受不了？

爱情新手郑小四在吧唧那一口后反倒矜持了，他又将脸皮拾了回去，像是还被剥掉了一层薄了不少，和夏乐对个眼神都觉得老脸发热，转开后适应一下才羞答答地又转了回来，话还没说呢，看一眼后又转开了。反倒是夏乐适应更好，在心里给郑先生重新定位后她就把人当男朋友看了，从经纪人到朋友，再从朋友到家人，越来越亲近。

没错，在夏乐这里男朋友已经是家人了，而在家人面前，她从多年前开始就是保护者的角色，男朋友自然也是要护着的，看郑先生不好意思她便主动了："要和家里人说吗？"

"当然要说，我家里人都已经知道了。"

"回去后我就和妈妈说。"夏乐又问，"还要做什么吗？"

郑子靖一个激灵，心思顿时活络起来，做什么？能做的多了！

"找个时间让家长见个面吧，我要表现出我的诚心是吧，不能让伯母以为我是玩玩的。"

夏乐觉得很有道理，得让妈妈放心，于是她点头。

"然后按照乌市的习俗走一下礼？"

夏乐乌黑的眼珠子巴巴地看着郑先生，盼他能给个解释让她知道什么叫走礼。

"就是两家走动一下。"郑子靖轻捂过她的眼睛,感受到睫毛扫过掌心,笑得有点儿得意,嘿,这人他的了!怎么能让人跑了呢?

视线受阻的夏乐也没多想,看郑先生不再觉得不好意思了就不再挑话说。

"要不要向外公布?"郑子靖移开手问。

夏乐眨眨眼:"为什么要公布?"

"怎么说你现在也是公众人物了。"

"我的私事和公众没有关系。"

很有道理,郑子靖一击掌:"行,那就不说也不瞒,随他们去。"

一想到这些后续郑子靖恨不得现在就回去,见家长走礼结婚,能多快就多快地把这事给办实了。

对,得快!

短短时间内心思已经转了十七八个弯的郑子靖坐不住了,起身走了几步,觉得骨头都轻了几分,不行,他得问问唐潜事情办得怎么样了。

拨通电话过去,不等他说什么唐潜就道:"老板,我正要找你,我得到消息林凯应该是能出来了,舆论压力大,上边要求放人。"

"确定了?"

"八九不离十。"

"今天能出来吗?"看夏乐坐了起来,郑子靖按了免提,走过去把被子往她身上拉了拉。

"应该没有问题,我打个电话问问林霞看她有没有接到局里的电话。"

正说着夏乐手机响了,拿起来一看,她道:"是林姐。"

"唐潜你别挂,夏夏你接电话。"

电话一接通,林霞尖得都破了音的声音传过来:"夏乐,我刚才接到公安局的电话说是小凯能出来了,让我去接人。"

"我和你一起去,公安局门口碰头。"

郑子靖嘴巴动了动最后还是忍着没有拦,夏乐有多看重战友他是知道的。

让唐潜也过去公安局,郑子靖拿了外套给下了床的人穿上,又拿围巾捂住她半张脸,顺手摸了摸额头,还是烫的。

"小事。"夏乐根本不当回事,但她也不拒绝男朋友的好意,要摸就让他摸。

虽然离着不远,郑子靖还是打了个车,出租车里开着空调,夏乐觉得后背都冒汗了,她也不解围巾,转开头不动声色地将额头的细汗擦去,对没有转道的司机道:"左拐。"

嘿,熟路的啊,司机方向盘一打,不敢再耍心眼。郑子靖看他一眼也不说话,暗戳戳地摸到手牵住,低头刷起了机票,算着时间看哪一班合适。看着两人交握的手,夏乐轻轻回握住,郑子靖看过来,她转头看向窗外。

林霞已经先到了,看到夏乐从车上下来连忙跑过来:"接到电话我都吓一跳,怎么这么快的?"

"放了无辜的人是应该的。"夏乐把手插进衣兜不让林霞看到,"唐律师还要多久到?"

郑子靖推着她往里走:"县城就这么大,快了,进里边等,别在外边吹风。"

这种事律师才是内行,等了不到十分钟唐潜就到了。流程前边都走得挺顺,可在担保人这一项上卡住了,如果不是关系好到了一定地步现在没人愿意再为别人担保,唐潜一说夏乐想也不想就要自己上,郑子靖把人拉住了:"我来。"

核实郑子靖的身份没花多少时间,在警员惊奇的眼神下填了表格签了名,几人终于接到了在里边住了三个晚上的林凯。明明面有郁色,可见着夏乐的那一刻他就咧开了嘴:"就知道队长你来捞我了。"

这里不是说话的地儿,走出公安局,林凯看向队长:"后边还有麻烦吧?我要做什么?"

夏乐拿出手机点开小孩发过来的视频点开给他看,林凯点点头,是这么回事没错,不过他更想知道:"这阿弥陀佛是谁?"

"你的崇拜者,有勇有谋,有机会见着了好好谢谢他吧,他这个视频帮大忙了。"

"不错嘛,本地的?"

"嗯。"

林凯嘿嘿笑了声,心里那点阴霾全被这阿弥陀佛给赶走了。

"把身份证号给郑先生订票,先去你家道个别,你跟我去乌市。"

"这就走?"林霞忍不住插话,"小凯这还才出来,住一晚也不行?"

林凯边直接应了是,边把身份证掏给郑子靖边和他姐道:"队长说走肯定是走了比留下好,相信她的判断。"

夏乐解释了一句:"林凯性子急,对方如果再来招惹他,他不一定按捺得住,先跟我离开一段时间。对方现在也一身麻烦,只要林凯不在家应该也不会来招惹二老。"

林霞也不是什么都不懂的人,小凯能出来承了人家多大的情她是知道的,

175

夏日乐章

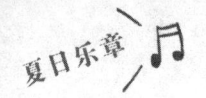

而且小凯多刺儿头一人,小的时候这一片打遍无敌手,邻居排着队地来家里告状,可现在夏乐说什么他就听什么,还有那声队长,叫得多服气。

她就是有点难受,一出去就是那么多年,才回家这么点时间又出了这事,现在还要被迫离家,她不止难受,还觉得憋屈。

"走吧,先回去让爸妈见见让他们安心。"

夏乐和郑子靖把房卡给唐潜让他去收拾退房,随着一起去了林家。

两老见着儿子高兴得直抹泪,听说马上要走反应倒比林霞还要好些,林妈妈当即道:"妈去给你收拾东西,老林你去把冷了的菜热热,你们先吃饭,不差这顿饭的时间。"

已经一点了,正是饭点,几人也不拒绝这份心意,围着桌子坐下,接过林霞装来的饭就埋头吃了起来。

知道儿子要出来了,老两口做了一大桌子菜,夏乐没什么胃口也吃下去一大碗,无论什么情况都要保证肚子里有货,这是多年积攒下来的经验,她养成习惯了。

陈县出产一种很软糯的米,在外边名声挺响,本地的人喜欢用这种米做一种米饼,林爸爸知道儿子喜欢吃那个,把剩下的全给装了进去,连同所有的关心不舍一起。

林凯离家太久了,也早就习惯离家,可看着父母头上的白发他也觉得自己挺不孝,生了个儿子跟丢了似的,长年累月的不在家,好不容易等回来了吧没待几天又要走。背上包,他朝他姐咧嘴:"姐,家里又要靠你了。"

"你这话都讲了多少年了,也不嫌烦。"林霞红了眼眶,"你就不能不逞能啊!好好儿在家过个年都不行。"

林凯苦笑,那是本能啊!车子都上人行道了,多少条人命在眼前,不要说处理那种情况对他来说不算难,就算真难那创造条件也是要上的,他还全须全尾的就偷笑了吧。

当然,这话是不能说的,他抱了抱长姐,从包里掏出两张银行卡,一张塞给长姐,一张给了妈妈:"本来是打算等年后再给的,姐,家里就请你多费心了。"

林霞眼泪都掉了下来,把银行卡往他身上一扔,用力打了他手臂几下:"谁要你的钱,我不是爸妈生的啊?"

"你是啊,可我要把这当成理所当然那就不是人了。"林凯弯腰把银行卡捡起来插到林霞外套口袋里,"没多少,拿着,我可是要跟着明星混的人,还能饿着啊？队长你会给我开工资的对吧？"

"开。"

郑子靖笑着补充："不止工资，五险一金都有，年底还有奖金。"

"看吧，没骗你们。"

林霞没把郑子靖的话当真，但是记起了夏乐的明星身份，都说明星赚得多，小凯跟着她应该是差不了，再说了，这钱用不用不也在自己吗？小凯什么时候需要就给他呗，就当是替他保管了。

这么一想林霞就不推来推去了："现在联系也方便，你多打电话回来，回头我就给爸妈弄个微信，你多和他们视频。如果过年的时候你还是不方便回来也没什么，了不起我就拖家带口的去找你过年。"

林凯用力抱了抱姐姐，心底软成一片，从小就是这样，他闯祸，他姐收拾烂摊子，没想到他都三十了还是这样。

夏乐去了院子里，把空间留给那一家子道别，郑子靖跟出来低声问："还好吗？"

夏乐摇头，发烧是有点儿难受，可除了晕眩感让她脑子没法像平时那么清醒外也没有觉得有其他问题。

郑子靖摸了摸她额头，还是烫手，三十九度以上。

"票订好了吗？"

"订好了，六点五十的，陈县到机场两个小时，就算在这里耽搁一下也怎么都来得及。"

夏乐点点头，因为这动作晕眩加重，她闭了闭眼不动声色地挨过去。

"老板。"一辆车停在门口，唐潜在上边挥手，和司机说了句话走过来道，"车订好了，什么时候走？"

郑子靖回头看向门口，看时间还充裕就没去催促："让他等会。"

"没问题。"

又等了一会林凯终于从屋里出来了，背上背着手上提着，再加上他黝黑的皮肤朴实的样貌，这形象看着就像个出门卖苦力的。

"夏乐啊，真是不知道怎么谢你好。"林妈妈握住她的手，眼里满是感激，"咱们家林凯又要麻烦你了。"

"应该的，您别说这些。"夏乐改为握住她的手，又去和林爸爸还有林霞都握了握，一触即分，"你们放心，我不会让林凯惹事。"

"哎哎，好。"林妈妈应着，抹了下眼睛转头又去嘱咐儿子，"你要听夏乐的话,别让人难做知道吗?"

林凯也不去解释交情那些,只是一连声地应着让爹妈放心。

郑子靖看了下时间:"要走了。"

"快走吧,别耽误了。"林妈妈推着儿子往外走,可再怎么推,手却始终是紧抓着的,不用说有多舍不得,一眼就明。

车子动起来,林凯回头看着爸妈一边挥手一边跟着车子走,越走越快,最后小跑起来,他拉开窗户喊:"别送了,回去。"

看他们听话地停下不再追,林凯挥了挥手,坐回去用力搓了把脸:"师傅,麻烦您开快点。"

夏乐闭着眼睛养神,只当不知,郑子靖也不看他,只一心一意照顾生了病显得有点疲惫的女朋友。

女朋友,嘿嘿,郑子靖唇角使劲往上翘,抿紧了都拉不直,这身份不保险,得争取赶紧再进一步,未婚妻多好听,当然,去掉未婚两个字是他的目标,必须尽快达成。

坐在副驾驶的唐潜则在翻卷宗,各有各忙,感觉到车子停下来也只以为又是个红绿灯路口,头都没抬,直到司机拔了钥匙,车子熄了火他才看过去一眼,然后就看到司机开门下车了。

再一看路,哪里有什么红绿灯,分明是一片荒地,看不远处高速路口的标志,这路线也是对的,他们就是要从那里上高速去庆市。

"老板老板老板⋯⋯"

急促的语调不止让郑子靖看了过去,夏乐和林凯也都坐了起来。

林凯把指关节按得噼里啪啦响,笑着露出一口白牙:"这些人是知道我心情不好吗?"

夏乐眉头微皱:"下车。"

"我一个人就够了,队长你是不是病了?精神头不对。"

林凯后知后觉地发现了队长的不对劲,再一想到队长亏损得厉害的身体,这几天又是风又是雨的折腾怕是没少受罪,他心里难受得慌,更加不想让队长下车,自己下去后直接把车门给拉上了。

夏乐拉下拉链就要脱外套,郑子靖一把按住她的手:"干什么?"

"林凯下手没轻没重,这几天又窝着火,得看着他。"

"那也不能脱外套,外边冷。"

这事不值得争辩,夏乐也就不脱了,任人重新又把拉链拉上。

唐潜觉得这两人气氛变了,眼神在两人之间溜来溜去,夏乐看见了就道:"你别下车。"

"哎,好。"律师就喜欢看证据,也不管有用没用,唐潜打开手机就着这好视野拍起了视频,轻松的样子看不出半点担心,以夏乐把一局子警察都放倒的记录来看眼前这点都不叫事,虽然人数也不少,怕是得有二三十吧。

林凯已经直接上手了,郑子靖看着那些人手里的棍子低声道:"你让林凯停下,我和他们谈谈。"

"打服了再谈,凯子,留点手。"

发现有不少人冲自己奔过来,夏乐把人推到身后护着,边接住人边观察,很快确认了一点,这些人的目标是她,所以他们只是拦着林凯,也不去攻击郑先生,所有攻击都是往她身上来的。

这就好办了,夏乐夺了根木棍扔给郑先生防身,自己空手白刃就冲进了人堆里。她学的全是实打实的东西,不花哨也不好看,但是每一招都能让人疼,再加上身体上的不舒服让她想速战速决,她就更加不耽误工夫了,拳拳到肉,踢在腿上的力道让人跪下就站不起来。

林凯料理了围住自己的人看过来就笑,"队长,你还说让我留手,你倒是留手啊!"

"问问谁的人,说不说都无所谓,大概能猜到。"夏乐转身就要上车,想到什么又转了个向,来到那个司机面前,司机下意识地就做出防卫的动作。

夏乐往他头顶拍去,司机本能地闭上眼睛抬手去挡,可头上没疼,睁开眼睛就看到腰上的车钥匙被取走了。

"借用了,回头自己去机场找车。"

什么忙也没帮上的郑子靖丢了棍子跟着上车,他心态好到爆炸,半点不觉得自己丢人。得有多傻才去和练了多年的特种兵比身手,要比他也是和人比赚钱的本事啊,更何况这人还不是外人,这可是他女朋友!

狗腿子小四儿人还没坐下就围着女朋友献起了殷勤:"有没有晕?来,喝水。"

一气儿喝下半瓶,夏乐回他:"不晕,动一下舒服。"

一听她说动一下舒服,郑小四恨不得去和外边那堆人谈个生意,钱好说,只要他们愿意再送给夏乐打一顿,不过以夏乐的为人大概是不喜欢的,他把这想法压了下去。

"队长。"林凯拉开车门,"他们说是有人出钱让他们在这儿等着揍个人。"

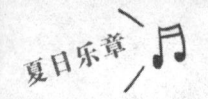

唐潜推了推眼镜："所以是在酒店订车的时候就被安排上了。"

"是搞我那人？"

"除了他也想不到别人，不过这话我只信一半，里面有他的人。"夏乐把钥匙抛给他，"开车。"

林凯娴熟地把车开上高速："队长，你说他们想干什么？除了挨顿揍也没得着什么好处啊。"

"冲我来的。"

林凯看向后视镜："冲你？没理由啊，冲我才对吧。"

夏乐脑子不如平时好使，她这会也不想费脑子，只想睡会，往后一躺道："回头再说。"

这是个七座的商务车，郑子靖往后看了一眼："夏夏，去后边睡，这样睡不舒服。"

"没事。"想到什么夏乐又张开了眼睛，看了郑先生一眼起身去了后座。

郑子靖不用多想几乎就猜到了她的心路历程，一开始是真的觉得这么睡没什么，急行军的时候逮哪睡哪，哪那么娇气，可她又想起了说这话的是男朋友，她得顾着点男朋友的面儿，于是她听话地去了后座……

怎么就这么好呢？郑子靖喜滋滋地随之起身跟了过去，边道："我坐边上，你头搁我腿上能舒服点。"

正准备躺下的夏乐往边上挪了挪，等人坐下后头躺到了他大腿上，扭捏害羞那是完全没有的。

郑子靖就喜欢她这坦坦荡荡的样子，从上往下看更觉得这张脸怎么看怎么喜欢，怎么看怎么让人心里欢喜，虽然有点对不起林凯，可他还是觉得林凯这事真的出得太好了！要没有这一茬，夏乐还不知道要多久才能发现他喜欢她呢！

Chapter 17 见家长了

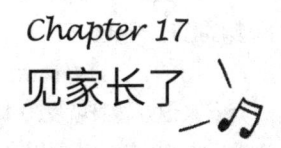

　　车开了多远夏乐就睡了多久，在停车场停下后郑子靖刚准备把人叫醒就见她睁开了眼睛，清醒得就好像之前根本没有睡着。
　　手脚有点软，夏乐感觉不太好，本就话不多的人更不说话了，紧随出来的郑子靖摸了摸她的额头，温度降了，估摸着也就三十八度的样子，再看到她额前的头发都湿了就问："身上出了很多汗？"
　　夏乐点头。
　　"走，赶紧进去买身衣服换上。"
　　机场人来人往，郑子靖不想夏乐精神不好的时候被认出来，连同另二人一起将她围在中间挡着，夏乐戴上帽子低着头走，头发垂下来遮住了大半张脸，虽然仍有人因为这三个高个男人多看几眼，总算没被人认出来。
　　值机过了安检，打发两人先去贵宾室候机，郑子靖领着夏乐进了一个运动品牌的店里，从里到外挑了两身让她自个儿选，他审美不错，夏乐却是舒服就好的类型，闭着眼睛拿了一套换上就走了出去。
　　夏乐绝对属于头身比完美的人，再加上练出来的好身材，宽松的运动服在她身上也穿出了时尚感，显腰细又显腿长，往镜子前一站比模特还有范儿。
　　这时营业员也认出了她，捂着嘴过来给她整理，边道："您看看裤腰那合不合适，如果觉得紧了可以换大一码，不过裤长我觉得是刚刚好，您觉着呢？"
　　夏乐感受了一下："可以。"
　　"另一套您还要不要试试？"

"不试了。"郑子靖抢先道,"按照这套的码子把那个款再拿一套,再麻烦你把旧衣服包一下。"

"好的。"真好说话,营业员心里欢喜,动作更麻利了几分,等她把另一套衣服包好转身就发现人家已经把换下来的衣服折得好好的放沙发上了,比她们吃这行饭的还要折得好,这下营业员更觉得夏乐顺眼了。

郑子靖看了夏乐一眼又一眼,没忍住也去拿了一身进试衣间,并且暗戳戳地挑了个差不多样式的款,运动服嘛,款式都差不多一个样,也不能说这是情侣装不是?!

等他换好出来往夏乐身边一站,模特一样的身高,男帅女俊的长相半点不比模特逊色,几个营业员真心诚意地赞美,好听话不要钱一样往外撒。

郑子靖也觉得挺好看,眼神扫了一圈又去鞋区那边挑了两双一样款式不同码的鞋过来,他也不让夏夏动弹,蹲下身去帮她换鞋,夏乐没有拒绝,垂下视线看着他的动作。

蹲下准备帮忙的营业员发现根本用不上自己,于是又讪讪地站了起来,保持着克制的微笑心里却笑出了猪叫声,太甜了有木有!要说这两人不是恋人关系,她明天一天开不到单!

"大小怎么样?"

夏乐动了动脚,点头。

"款式喜欢吗?"

"喜欢。"

"那就这双了。"郑子靖自己也换上,从他这个方向正好对着镜子,看着里边的两人怎么看怎么觉得好,打定主意回去就给添上一柜子运动服,反正夏夏每天运动,有的是机会穿。

结了账,营业员偷偷递过来两个本子:"夏乐,能签个名吗?我们都挺喜欢你的。"

夏乐还是不太适应这种被人追崇的感觉,她觉得一个签名其实什么用都没有,找个会模仿笔迹的去写一个也没差,可她尊重这种表达喜欢的方式,一笔一画地写下自己的名字。

"谢谢。"

"加油啊,现在电视上都好少看到你,年前还会有新歌出来吗?"

"新专辑录好了……"

"夏夏。"郑子靖打断她,对两个营业员做了个嘘声的手势,"这个事麻烦先不要往外说。"

营业员秒懂，一直跟着的那位还在嘴唇处做了个拉拉链的手势。

郑子靖笑："那行，走了。"

夏乐朝两人点点头，伸手去提东西被郑子靖塞了外套拿着，她直接穿上了，机场暖气足，可她这会有点畏冷。

"还有时间，我们去喝点热的。"大包小包地提着，郑子靖半点没有要带上另外两个小伙伴的意思，领着女朋友去了二楼的奶茶铺子。热热的柚子茶是夏乐的，他自己则点了杯咖啡，又去旁边给两人各要了碗面，飞机餐不好吃，正好在这解决了。

这会楼上没什么人，夏乐没被认出来，为了方便说话郑子靖光明正大地搬着椅子往夏乐那边移，"你还病着，回去先过我那边吧，养好了再回家，免得伯母担心。"

"好。"

"中药又断了，这样不行，效果要大打折扣，以后去哪里都得带上。"郑子靖挺自责，再去煎药得让宋叔多煎两服放他包里备用。

"还难受吗？"

"还好。"

郑子靖多了解她，说还好就是不太好，刚强惯了的人说不出自己不好这个词，他当然也舍不得说破，翻出药袋子放到一边，道："一会吃了药再走，上去你就睡，说不定等到了乌市差不多就好了。"

"嗯。"觉得自己好像有点冷淡了，夏乐巴巴地又挤出句话来，"等不烧了我就带着林凯去几家走一圈。"

本来就在想着要怎么套出夏乐去向的郑子靖懂了，夏乐要假期是为了去战友家，如果是健在的战友也用不着她去，她去的多半是牺牲了的战友家，这种时候他再想跟着也把心思按了回去。

"需要准备什么东西吗？"

夏乐想了想："钱。"

郑子靖失笑，也对，钱这东西最实在："我给你准备。"

"我有。"怕他不信，夏乐又道，"我是因伤复员，国家补偿了不少钱，平时用钱的地方少，基本没动用。"

闻言郑子靖也就不勉强，反正夏乐的银行账户他清楚得很，有的是法子贴补。

"十天够吗?"

"够的。"

"那就十天,回来后就得在唱歌上下功夫了。"

服务员送面过来,等人走了郑子靖继续道:"年前我不会给你接工作,年后的第一个工作应该是元宵晚会,等确定了再告诉你是哪个台,这种晚会一般都是录播,不会影响你在家过节。"

"好。"

一个磨磨唧唧说,一个安安静静听,自成小天地,两人离得又近,就好像在说什么悄悄话一样,让本来打算过来添水的服务员都顿足了,打扰人谈恋爱要被驴踢的。

氛围太好,郑子靖都忘了登机时间,直到唐潜打来电话提醒他才记起这回事,忙去倒了热水来给夏夏喝药。

夏乐垂着视线让干什么就干什么,这一刻她突然发现不知道从什么时候开始她已经很习惯被郑先生照顾了,以至于时间观念精确到秒的她都忘了有赶飞机这回事。是……好事吧?!

约好在登机口会合,远远看着两人过来唐潜就被他们那一身闪瞎了眼,随便拉个人问这两人什么关系不得说这是一对儿?

"队长,慢了点啊。"

一声队长引来不少人注目,夏乐扯了扯帽子,郑子靖则上前一步朝林凯挥了挥手,好像叫的是他一样。

"以后在外边叫名字吧。"走近了夏乐低声道。

林凯张了张嘴:"不行,叫不出来,总觉得一叫出来就会挨揍。"

郑子靖没忍住笑,这得多高的威望让人连名字都不敢叫,眼珠子一转他就提议:"叫老板吧。"

唐潜转过身去优雅地翻了个白眼,叫什么老板,干脆叫老板娘得了,一步到位。

反面教材林凯神经有电线杆子粗,一听这称呼就来了劲,试着叫了几声后双手握拳一击:"这个好,以后可不就是我老板,形象。"

夏乐不在意地点点头,只要别再叫队长就行:"走吧,上机了。"

郑子靖享受惯了,都买的商务舱的票,提前上了飞机把夏乐让到里边坐下,婉拒了空姐送来的吃食,要了毯子盖到夏乐身上,又将她外套上的套子给戴上遮住半边脸,照顾得得心应手:"睡会,睡醒就到了。"

夏乐点点头,闭上眼睛很快睡去。郑子靖笑了笑,手伸进毯子里悄悄握住了夏乐的手,对他毫无防备就是这人对他感情最好的回应,不是非得说我爱你才能证明对方心里有你,以后的日子还长着,总有一天夏夏会对他说出那句话来,他等得起。

　　空姐都很有职业素养,认出来人也没有上前打扰,又有郑子靖护在外边,夏乐直接睡到了乌市。

　　她身体素质好,这一觉睡下来感觉病就好了一半,再一晚上过去,第二天起来就和没事人一样了,照常早起跑步,人数也由两人变成了三人,最后又变成两人,郑子靖跑不过,非常有自知之明地跑上一个小时就回去做早餐了。

　　再次和战友在一起锻炼,夏乐心里难以言喻地开心,恍然有种还在部队的错觉。跑得差不多时夏乐改跑为走,林凯步调一致。

　　"明天去几家走走。"夏乐踢了踢腿,"你问问他们谁有时间,能请假出来的就一起过去。"

　　"其他人出不来,只有老施可以。"林凯对上队长的视线咧嘴一笑,"昨晚才和他们联系过。"

　　"他已经调动了?"

　　"嗯,就前几天的事。"

　　两人搭档好几年,夏乐最清楚那人有多大本事,执行任务的时候通常都是他在后边支撑她才能没有后顾之忧地在前边冲锋,退出一线有点可惜了。

　　"问问他吧。"

　　"是。"

　　早饭过后,郑子靖说起对林凯的安排:"等你和夏夏从外边回来后你就去公司上班,先熟悉熟悉这个圈子。"

　　"我没问题。"

　　"今后只要在外边你一定要寸步不离地跟着夏夏,需要防备什么警惕什么齐兰都会教你,和你之前所处的环境不一样,这个圈子里没有人会真刀真枪地动手,都是杀人不见血的。"

　　林凯黑脸上露出八颗白牙:"他们怕是不知道咱们队长的厉害。"

　　夏乐看他一眼,他嘿嘿一笑不敢说话了,开玩笑,连着三年大比他们小队就没从第一跌下来过,凭的可不只是他们过硬的身手,还要脑子的。

　　暗暗想着以后要多从林凯那套套内情,郑子靖又道:"我不会再另外给夏夏派经纪人,你要尽量多学点,大方向我来掌,虽然还有个助理,但是莹莹年纪小,近几年我只会让她照顾好夏夏,做她的生活助理。"

"明白。"

夏乐回了趟家,邱凝今天没课,知道她要回来,做了一桌子品种多但量少的菜等着。

看她身后没人,邱凝就问:"郑先生没送你?"

夏乐抬头看了妈妈一眼,低头跋上拖鞋道:"他有工作,先走了。"

"这个点儿了,怎么也不请人上来吃个饭。"邱凝走到窗口看了一眼,楼下没有车,"洗洗手过来吃饭。"

知道女儿的去向,邱凝边吃饭边问:"你那个战友没事了吧。"

"没事了。"顿了顿,夏乐又加了句,"他会跟着我,以后您应该能见着。"

邱凝是城里生城里长起来的女人,见得最多的是你来我往的人际关系,这种关系是最安全的。可做了多年军嫂,又随军过几年,战友间的情深义重她也是见识了的。就好像夏涛失踪的这些年,年节时候她总能收到来自他战友的问候,要不是她从一开始就拒绝,大概还能收到不少他们打过来的钱。听公婆说起过,有夏涛的战友去看过他们,这都是情义,所以女儿的做派并不让她意外。很多东西,在同一个环境下是一脉相承的。

于是她也就笑笑,道:"方便的时候带回家来吃顿便饭,提前和妈妈说,妈妈来准备。"

"好。"

默默地添了碗饭,夏乐吃了一口又抬头看向妈妈,邱凝笑着给她夹了一筷子菜:"有什么话就说,这都欲言又止几次了。"

她在欲言又止吗?夏乐挺不喜欢这不痛快的样子,直截了当地掀了牌:"妈,我谈对象了。"

邱凝捂住嘴,起身去拿了水杯喝了一口把嘴里的饭送下去,她咬到舌头了。

夏乐跟着站了起来,心里多想了想,妈妈这是吓着了吗?

"这次出去发生的事?"缓了缓,邱凝端着水杯走过来重又坐下,拉着女儿的衣袖示意她也坐。

"嗯。"

"是郑先生?"

夏乐看向妈妈,眼睛连着眨了几眨。

邱凝一手托腮,一手转着水杯看着她笑:"还能有别人?"

"没有,是郑先生。"夏乐突然有一点点紧张,舔了舔干涩的嘴唇道,"他很照顾我。"

邱凝了解女儿，一见钟情是不可能发生在她身上的，首先要得到她的信任才能谈其他，郑子靖用对了方式，走到这一步她并不意外，不过："看得出来他对你确实上心，小乐，感情是相互的，不能让人一头热知道吗？消磨得多了感情就没有了。"

"嗯。"

"打算什么时候带他上家来？"

夏乐低头扒了一口饭，说得有点含糊："一会我问问他。"

"行。"

吃完饭夏乐真就问了，那边没回信息，直接追了个电话过来："和伯母说了？"

"嗯。"

"怎么说的？"

"我谈对象了。"

"伯母什么反应？"

"我没说就知道是你。"

两人快问快答似的来了几轮，夏乐听着那边来来回回走动的皮鞋声，想起郑先生出门的时候穿的西装皮鞋。

"伯母就没有再说其他的？"

"问你什么时候上门来。"

"下午我就来……会不会不太好？可你明天就要出门一段时间，下午上门伯母介意吗？"

那迫不及待的劲顺着信号传到了夏乐心里，一句等她回来再说的话愣是说不出来了，说了句等等，她去房间找到妈妈捂住手机问："郑先生问下午可以过来吗？"

邱凝挑眉，这么着急？怕小乐跑了？

"来吧，吃顿便饭。"

夏乐松开手："我妈说来吃顿便饭。"

"好，我马上过来，在家等着我。"

第一次夏乐被郑子靖挂了电话，她有点不适应地看了眼手机。

"他怎么说？下午过来吗？"邱凝问。

"嗯，说马上来。"

187

邱凝点点头，得，这才知道女儿谈了对象，马上就是丈母娘见女婿了，好在这毛脚女婿也经得起看。

"家里菜都有，你去买点水果回来，郑先生喜欢吃什么就买什么。"

草莓！夏乐脑子里立刻闪过郑先生吃草莓的样子，一口一个，要咬着个酸的五官都能挤到一起去，除了这个就想不起其他的了，于是夏乐买了一大筐子草莓回来。

郑子靖是真的来得快，依旧一身西装革履，头发还精心抓过了，显得特别精神抖擞，一声"伯母"脆生生的，让邱凝未应声就先露了笑。

用再挑剔的眼光看邱凝也不得不承认这孩子外形不错，放到演艺圈里也是拔尖儿的，更难得的是他清清正正的眼神。一个人的心思全在眼里写着，只是有人藏得深有人藏得浅，这孩子则不用藏，就那么自信地摆出来给你看，不怕你说不好。

"怎么买了这么多东西。"

"头一次以夏夏男朋友的身份过来，哪里能空手，来得急了点没挑着好的，您别介意。"郑子靖紧张得脸都僵了，话都是生生从牙缝里给挤出来的，半点没有他郑小四平时的气魄。

邱凝是过来人，看他这样也不为难，笑着接过了大大小小几个袋子："有心，这次我就收下，下次可别买了。"

"哎，是。"

"来坐。"

郑子靖听话地到沙发那坐了，笔直笔直的，一副时刻接受检阅的模样。

夏乐将洗好的草莓放到他面前，然后坐到了他身边，郑子靖偏头看了她一眼。暗中观察着的邱凝发现他肉眼可见地松懈下来，而小乐却还是跟个没事人一样，她不由得叹了口气，这是一份不对等的感情，最起码现在是，小乐接受了这份感情，可也仅止于此而已，和爱情无关。

"我托大叫你声小郑。"

郑子靖忙道："小郑或者小四儿都行，我家里人都这么叫我。"

邱凝笑着点点头："小乐就是个闷葫芦，压根不会去猜别人的心思，以后相处的时候有什么话你就挑明了和她说，要等她自己发现恐怕难得很。"

郑子靖放慢了说话速度，免得说快了说错话，这种时候可错不得："夏夏从来都是做的比说的多，您放心，我话多，正好互补。"

邱凝是个普通的母亲，她没想过要攀高门，甚至隐隐还是拒绝的。郑家什么门庭她听老师说过，后来她又托父亲去打探过，心里多少有数，那样的人家小乐应付不来，她从来就不是长袖善舞的人，更不用说哄人开心，没事她连话都不爱说。

因为这种种，所以哪怕看出了郑子靖的心思她也从不说破，如果在小乐察觉之前郑先生就断了心思那说明他果真不是良配，要是两人看对了眼互表了心意她也不拦着。感情不是买卖，用不上她一个外人去称斤算两，成了幸福，不成就当是应个情劫。

不过该问的她还是要问："郑……小郑家里知道吗？"

"知道。"郑子靖不好意思地摸摸鼻子，"我还不知道的时候家里人就看出来了，他们都很喜欢夏夏。"

邱凝想到他们之前的状态也忍不住笑，有多喜欢小乐有待商榷，可郑子靖这敞亮的态度她挺喜欢，至少说明他对小乐是认真的。

"你们现在既是男女朋友又是工作搭档，需要好好平衡好这其中的关系，太过公私分明伤感情，可有时候公私不分更伤感情，我也不对你们的相处方式来指手画脚，就是希望你们能找到一个合适的舒服的相处方式，不要让感情在这些事情里磨没了。"

郑子靖听得认真："明年开始我会京城乌市两头跑，经纪公司这边完全就由夏夏自己做主了，我们俩的三观相合，其他方面我也相信夏夏，您不用担心，一定不会发生冲突。"

"你这话的意思是以后小乐管理公司？不唱歌了？"

"她的身份主要还是歌手，公司各个部门的经理能力都不错，一般事情处理得了，不会来烦到她。"

邱凝其实在问出口后就知道自己想岔了，小乐进娱乐圈唱歌为的就是找到她爸，现在才起步，会放弃就不是她了。

郑子靖误会了邱凝的沉默，连忙又解释得更清楚些："夏夏的经纪人还是我，工作也是由我来接洽，我不会让别人来管她的事。"

邱凝点点头："你有心了。"

"应该的。"郑子靖看向全程没有说话，但是一直在认真倾听的夏乐，真是怎么看怎么乖，他怎么会让这么个干净的人处于被动的境遇下，哪怕是想象的也不行。

"你们先说说话，小乐，你招呼好小郑，妈妈去做饭。"

"我来帮您……"

"不用你。"邱凝无奈地看她一眼,她们都走开了,让小郑自己坐那自言自语?

"我先去把菜洗了。"不等妈妈说什么,夏乐直接站起来,好在她还记得要和郑子靖打个招呼,"你先陪我妈说话,我马上好。"

郑子靖软绵绵地应好。邱凝在一边看笑了,如果说小乐情商是十,小郑就是一百零一,一个刚强惯了,一个却会示弱,也放得下姿态,如果能一直这样,她担心的那些问题就不是问题了。

"伯母。"郑子靖视线从关上的厨房门那收回来,"您最近有没有时间?"

"我课不多,怎么?"

"我妈想请您见面吃个饭,当然,可以就您的时间来。"

邱凝喝了口水冷静冷静:"会不会太快了些?你们才在一起,应该再多熟悉熟悉才知道是不是合适,有些事一旦做了就只能一路走到底了。"

"如果合适一开始就是合适的,如果不合适磨合再久都只是迁就,到最后充其量也就是互相忍让。"

为了争取早日达成目标郑子靖紧张都没了,面带微笑地侃侃而谈:"我们家您可能从别处知道了一些,可经别人之口说出来的都变了样,而且别人眼中的郑家也不是郑家,他们能看到的只是郑家表现给他们看的而已。我爸妈很开明,从来不会干涉子女的事,包括婚事,我上边一个哥哥两个姐姐,他们的结婚对象都是自己选的,我妈说另一半适不适合自己只有自己最清楚,我知道夏夏就是最适合我的。"

"只是合适吗?"

郑子靖笑:"说句挺没脸的话,我都还没反应过来自己喜欢夏夏的时候就什么都围着她转了。就想把好的都给她,让她顺心顺意的,让她不为那些事忧心,想给她做最好的打算,想把那些算计她的都给收拾了,恨不得每天都围着她转,她去哪里都想跟着……如果这都不是爱情,那我这辈子大概都不可能拥有爱情了。"

邱凝搓了搓手臂,直接跳过这个话题接回了前边说的见面的事:"周六我要带学生,除了这一天平时都好说。"

"好,回头再和您联系。"

邱凝突然想起什么:"小乐说是要去战友家,那见面就不着急了,等她回来再说。"

"没关系的,她对这些事都没有意见,主要是您和我妈见见面,看看最近有没有好日子,先把婚订了。"

和夏乐同款的大眼睛连着眨了几眨,邱凝回想了下前边说的话,没错啊,是说的见面,怎么就成订婚了?

"我爷爷正好也在乌市,他都多少年没来了,说到这个还多亏了夏夏,我爸一直说要好好谢谢她。"郑子靖不动声色地转开话题,"我爷犟,我们劝了好些年都劝不动。之前去京城拍那个禁毒宣传片的时候我带夏夏去见爷爷,这不是年底了就又说起了这事,怎么劝我爷都不应。结果碰上了夏夏这个行动派,直接把人给扛上了车,我爷半推半就的就来了,我才知道我爷也不是真不愿意来,就是拉不下那个脸,就该有个夏夏这样的治他。"

邱凝捂脸,这种事小乐做得出来!

"我爷可喜欢夏夏了,我回家必要问夏夏怎么没来,还被我逮着偷偷学夏夏的歌,生生把一流行歌唱成京剧,还甩腔。"

邱凝笑出了声,厨房里夏乐悄悄把门关严实,把青菜放进盆里装水,唇角不自知地扬起。

一顿饭吃得和谐极了,郑子靖一个劲地夸伯母手艺好,就跟没吃过好东西一样,邱凝笑盈盈地接受夸赞,饭都比平时多吃了半碗。冬天天黑得早,饭后又坐了坐郑子靖就起身告辞,邱凝准备不足,只找着一条新围巾出来回礼,那本是同事出国带回来的,很经典的棕色格子,本来打算带去给家里兄弟用,这会倒也正好用上。

郑子靖当即就戴上了,不停地说好看,非常讨人喜欢。

夏乐自觉去送人,两人下到二楼时郑子靖转身抱住夏乐不走了,嘴里念念有词:"脸酸,腿软,走不了了。"

"背你。"

郑子靖想象了下那个画面笑得直抽抽:"给你男人留点面子。"

感应灯灭了,夏乐手动了动,慢慢地抬起来回抱住了他,她不知道要怎么告诉这个人她的开心,听他哄妈妈时开心,看他不停地找话说时开心,偷听到他说订婚时开心,现在他在自己面前示弱,也开心。

像是怕惊动感应灯,男人轻声的语调和着温热的气息吹在耳边:"我今天的话有点多,伯母应该没有讨厌我吧,你得帮我多说说好话。"

"嗯。"

男人轻轻笑了笑,转而又叹气:"还是觉得自己话说得太多了,可不说不行呀,我得好好表现表现,不然她不同意我们怎么办。你那么听话,伯母反对的话肯定要妈妈不要我。"

"妈妈不会。"

"怎么这么好骗。"郑子靖松开她站直了,顺着她的手臂往后握住她的手来到身前,"这么好骗,嗯?"

"你在担心。"所以才会一直说话一直表现自己。

郑子靖把她的双手用一只手扣住,另一只手刮了下她的鼻子:"观察入微,没奖。"

夏乐似是笑了笑,等郑子靖跺脚亮灯时她脸上又看不到什么了。

有点儿冷,郑子靖牵着人下楼上车,打开空调,他转头看向自带岁月静好气度的夏夏:"想带着你跑了,跟不跟我跑?"

"好。"

郑子靖笑,这个答案可有点儿意外,仔细观察过后他灵光一闪,夏夏……在哄他开心吗?

于是他又道:"跑很远哦,谁都不带,就我们俩。"

"嗯。"

郑子靖顿时笑眯了眼,他确认了,夏夏真是在哄他,他家夏夏啊,内里软得就是一海绵精,得一点点好都恨不得挤干了自己还回去,以后他得对她更好才行,加倍加倍的好,让她还不完。

"我想带你回家,回我爸妈那。"

夏乐不知道怎么回,老施已经请了假,这个点应该都已经在机场附近住着了,明天一早的飞机。

"怪我,没把你的行动力算进去,事情进展超出预计了。"郑子靖是真的觉得有点遗憾,要知道进展会有这么快他就不让夏乐这么快走了。明天带回家一趟,后天两家家长碰个面,年前算个日子就可以定下来了,夏乐完全可以在等订婚的这个时间段内出去,可惜没算好,时间要延后。

不行,郑子靖不甘地转动脑子,就把夏乐见公婆这个延后,家长碰头走礼这些完全可以先走着嘛,订婚也要几天筹备期,有这几天夏乐也差不多回了,耽误不了事。

棒,就这么做!

心里做下决定,郑子靖脸上笑开了花:"早点回来,有什么事一定记得给我打电话。"

"好。"

"要抱抱。"

这突如其来的撒娇让夏乐慢了一拍才抱了上去,还生硬地拍了拍他的背,保证道:"我会早点回来的。"

隔着挡位两人抱了半会,谁都不嫌扭着腰难受,郑子靖还非常不要脸地亲了夏夏脸颊一口,有心亲嘴,临到头又犯怂改了向。

"还有难受吗?应该是没烧了。"

"没有了。"

"回去也得再吃回药。"

"好。"

"还有宁医生那。"都见过家长了郑子靖大方了些,"觉得有什么不对的时候一定不要忍着,立刻和宁医生联系,那个药也要带上以防万一。"

夏乐点头应下。

这样那样的嘱咐一堆,郑子靖才不舍地把人放开:"伯母肯定在等你,回去吧,一定要帮我多说好话。"

打开车门,夏乐回头:"妈妈很喜欢你,不会觉得你不好。"

郑子靖歪头:"真的?"

"妈妈很久没笑得这么开心了。"

"那以后我多来逗咱妈开心。"

"好。"

郑子靖想忍笑来着,没忍笑,整个脸部线条都是往上去的。夏乐怎么可能听不到那个"咱妈",她这是认了呀,揉了揉笑疼的脸,郑小四狗腿道:"多给我发信息,说什么都可以,不能出门就忘了我听到没有?"

"听到了。"下了车,夏乐又弯腰看向郑子靖,"到家了告诉我。"

"是。"郑子靖倾身和外边还没走的人挥了挥,志得意满地踩下油门。夏乐在生活中有多被动他太知道了,可刚才夏乐分明在努力给他回应,她有意识到这一点以后这样的回应肯定就会越来越多,真是想想都美。打开音乐,调到夏乐那首《在那边》,郑子靖随着音乐的节奏摇摆起来,脸上是怎么都收不起来的笑,哎呀这半天太值了!再来这么几次他就可以摆脱他的未婚身份了!革命尚未成功,努力努力努力!

回屋的夏乐收到了来自妈妈的打趣:"这送得可久了些。"

"说了会话。"坐到妈妈身边,夏乐道,"您今天很开心。"

"那可不,皱纹都多了一条。"

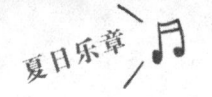

"给您买眼霜。"

"你买？"邱凝怀疑地上下打量她，"你说说看都知道什么牌子的眼霜。"

"美宝莲，还有……屈臣氏？"

"就这俩？"邱凝拍拍额头，"回头我得和小郑说说，让他找个熟悉这些的教教你，保不定就会有需要自己上手应急的时候，你连牌子都没弄清，更不用说自己动手了，真要是化妆师赶不上你总不能素着一张脸上场。"

"您很喜欢他。"

"他对你好我就喜欢。"

夏乐扬了扬唇："他让我替他说好话，说他话太多了怕您不喜欢他。"

"他在向我证明，他话多和你话少正好互补。"

"嗯。"

邱凝看着女儿眼角眉梢隐约可见的笑意也跟着笑，看起来快开窍了。

人生大事也阻挡不了夏乐的步伐，次日八点三人就在莲市机场接上了头。

偌大的机场大厅里，施浩然身体先于脑子往上抬了抬，想起地方不对手摸向脑后。

夏乐朝他点点头："还好？"

"不用勉强自己去和别人搭档，爽得不得了。"和林凯碰了下拳，施浩然笑容舒展，"政委问我有没有商量的余地，我说有，像我们当时成队一样扔一起打上大半年就行了。"

林凯搭着他肩膀跟着队长往外走："政委怎么说？"

"罚我跑了二十圈。"

"哈哈哈，你这和直接拒绝有什么区别，不罚你罚谁。"

"我这是委婉的拒绝懂吗？你以为个个像你一样，莽夫。"施浩然把他的手从肩膀上甩开了去，不屑与之为伍。

"你不莽？不莽能被政委收拾？"

听着身后打打闹闹的声音夏乐脸上透出些许怀念的神色，如果没有任何外因，她一辈子都愿意穿着那身制服，柜子里全是那个颜色的衣服没有关系，身上有伤痛没有关系，见识不到那些新鲜的事物也没关系，她喝得下大碗的酒，听得了荤段子，冬练三九夏练三伏也甘愿，她喜欢那身绿。

"对了队长，陈飞他们几个转了钱给我，说多少都平摊，如果少了到时候再补给我。"

夏乐点头，这个钱是大家该出的。

"夏乐？！是夏乐！！"

随着这声喊，三个二十岁左右的姑娘朝她冲过来，施浩然和林凯已经下意识地把队长护在身后，并一脚在前一脚在后，手上暗暗蓄力，随时准备出手。

夏乐拍拍两人的背，将他们从中间推开自己从后边走了出来，她戴了帽子，没想到会被认出来，还是当着战友的面，有点臊得慌。

"夏乐，你怎么到莲市来了啊？是来录制什么节目的吗？会有新歌吗？对了对了，可以给我们签个名吗？还要合影，天哪天哪，这是我第一次见着明星，激动死我了！"

完全插不进话的夏乐接过纸笔签名，又当了背景板先一个个照再来个合照，三人互相说着话，根本也用不上夏乐说什么。

这边的动静引来了其他人的注意，看这架势不用多想就知道是遇着明星了，这事在机场常见，遇着了自然是要来凑个热闹的。

夏乐现在要说多有名倒也未必，而且她还不怎么露面，普普通通一身运动服穿着碰上了真不一定能认出来，可元旦放出来的禁毒宣传片尺度前所未有地大，宣传力度同样前所未有，更巧的是机场屏幕上这会还滚动播放着呢，忘了的这会也记起来了，年纪大一点的隔着距离拍照，年轻的已经围了过来。

林凯和施浩然也都反应过来，连忙将队长护在中间，他们是知道队长现在是个歌手没错，可他们不知道竟然已经出名到被人堵着签名的地步了啊！地勤和特警也都立刻过来维持秩序，夏乐抬头扫了一圈眼下的情况，还有七八个，她加快了签名的速度，在下一拨人赶过来之前她得撤，这种地方出了岔子不是开玩笑的。

"走。"

把帽子往下压了些，夏乐向特警和地勤道了声谢，在两人的护卫下飞快地离开机场大厅冲上了外边的大巴。他们要去莲市下边的一个镇，要倒好几趟车才能到，来之前夏乐就查好路线了，怎么坐车也查得清清楚楚。

"凯子，以后你就给队长做保镖了吧，这太可怕了。"一比较，施浩然突然觉得被他们收拾的敌人都挺可爱了。

"我得先好好适应适应。"

三人坐在最后一排，这会车上也只有他们三人，夏乐低声转开话题："这次咱们主要是先把路走熟，他们家里什么情况也做到心里有数，留下一个我们的应急联系方式，他们的也要有，我记得陶亮和赵建都成家有孩子了。"

"对，是有了。"施浩然皱眉，"陶亮家挺安稳的，他还有一个兄弟在，今后会怎么样现在不好说，目前来说问题不大，赵建家情况可能会差一点。"

林凯点头："他和媳妇都离两年多快三年了，家里又只有他一个儿子，现在就剩两老带着个孩子了，怕是不好过。"

这边郑子靖也忙活起了他的人生大事。

章惠女士听完他的打算眉毛都飞了起来："你这会不会太着急了点？这才确定关系就直接订婚了？"

"订下来我安心，明年得忙成什么样我有心理准备，说是两头跑估计在京城的时间会要多些，我就想安安心心地去冲锋。"

章惠戳了戳他的额头，在亲妈面前还耍起了心眼，说得这么可怜，不就是怕人跑了吗？还安安心心地去冲锋，就夏乐那性格，不订婚还能跟别人跑了让他头顶一片草原？不就是想把人扒拉到自己地盘再来个标记吗？

郑子靖嘿嘿直笑："明天怎么样？我去和伯母说。"

"也不怕把人吓着。"章惠一脸嫌弃地推开小儿子凑过来的头，"去，把我床头柜里那老黄历拿过来。"

"妈，见个面不用挑日子吧。"

"见面为的什么？都要谈订婚了我不得查个差不多的日期直接就定下来？不然还要来个下次再见谈哪天是个好日子？"

"妈，亲妈，我最爱的亲妈，您说什么都对,您天下第一等的聪明……哎哟，爷，你轻点。"

散步回来的老爷子又一杖敲在他小腿上："还订什么婚，直接嫁出去得了。"

"可以啊，您把嫁妆备厚一点我马上嫁。"

"不要脸，夏乐被你看上可就倒大霉了。"老爷子又抬起了手，郑小四精乖地躲开了去，离着妈妈太近没预料又挨了来自章惠女士不那么温柔的爱抚。

摸着被敲疼的后脑勺，哪一尊大佛都惹不起的郑子靖往楼上跑去，当然，嘴里必须不厌："到时候媳妇茶、孙媳妇茶你们别喝。"

"我们又不喝你的，嘚瑟什么。"

"你们喝的我媳妇的。"

"你媳妇还没到手。"

老爷子功力高深，一语中的，郑子靖倒不是没有话驳回去，可眼角瞄到妈妈的神情他把话都吞了回去，吃下这个"亏"。他不能在夏乐都不在场的情况下就败坏了好感,妈妈虽然人美心慈,可身份上来说仍然是婆婆,儿子老帮着媳妇,眼里只看得到媳妇婆婆是会吃醋的,这是大哥亲授的肺腑之言,他得把人哄好咯。

找到黄历拿下来,章惠戴上眼镜一个个日期看过去,知道儿子心里怎么想的,她故意指着年前几天的一个日子道:"我瞧着这日子不错,不然就这天?"

"还要这么久啊。"郑子靖抓了抓脖子,"前边没有吗?"

章惠装作又看了,往前推了三天:"这天也行。"

郑子靖一算:"那还一个月多呢,不行,前边就没好日子了吗?"

说着话,郑子靖把黄历扒拉过来自己看,章惠好整以暇地端起了茶杯。

看着看着郑子靖就发现不对劲了,在那之前好几个日子都非常好,他回头,对上妈妈的眼神还有什么不明白的,这是在逗他呢!

章惠给了他个眉眼弯弯的笑:"看中哪天了?"

记起来这是家里金字塔顶尖的人,郑子靖老实了:"您瞧着哪天合适就哪天。"

"那就最早说的那个日子?"

"妈……"

章惠被他那一脸委屈可怜的样子逗笑了,扭头看向看热闹的老爷子:"您说得对,我真是生了个女儿。"

"赶紧嫁出去得了,留在家里做什么。"老爷子边补刀边不忘接上之前的话,"我备嫁妆。"

"爷,您想让我描述一下当时被夏夏扛上车时的表情吗?"

老爷子眼睛一瞪:"你敢。"

"您再拦着我娶媳妇我就敢!"

老爷子用食指点点他,转头对儿媳妇道:"赶紧的,给他定个最近的日子让夏乐收拾他去。"

"嘿嘿,爷,您放心,夏夏会孝顺您的。"

"那肯定比你强。"

得了逞,郑子靖也不在乎被爷损一顿,转而一脸讨好地看向章惠女士。

明知道他在卖乖,章惠仍然被这宝崽儿逗得不行,推开他的大脸道:"十二太赶了,十六吧,真订婚走礼我也需要点时间来准备,而且家里办喜事也不能不声不响,又不是不能见人。你也要考虑到夏乐那边的亲戚怎么想,结两姓之好不是指的你们两个人。"

郑子靖被点醒了，是这样没错。夏乐肯定不在乎这些，只和她妈妈一起吃顿饭就算订婚她也不会多说半句不好，可他忘了夏乐的外家是邱家，还有和她感情深厚的吴敬之吴老在乌市都是有头有脸的人物。说得粗俗些，郑家摆出的是怎样的席面表明的就是他们对夏夏的态度。

"知道了，妈，就十六。"

"见面的话要过几天，这两天我有事脱不开身，今天初五，初九初十比较合适，地址的话就紫竹居吧，安静好说话，放心，不耽误你订婚，我明天就着手做准备。"

郑子靖熊抱住妈妈："章惠女士，您是天底下最好的母亲。"

"虽然你只是说出了事实，妈妈还是很高兴你看到了这个事实。"拍了拍儿子的背，章惠在心里叹气，她从不追着赶着让小四儿跑快点，也拦着老郑不许去催促。她希望小儿子能走慢点儿，可当他想明白了就谁都拦不住了，撞到南墙也不会喊疼，只会自己开了挖机把那墙给凿穿了再大步迈过去。

郑子靖走了后，喻姐过来给沉默的两人添了茶又悄没声息地退了下去，老爷子率先打开话题："你还是不想他去接手那些产业。"

"做妈妈的总是会心疼孩子，怕他磕着碰着，怕他吃亏受苦，怕他伤着累着，可我也不会去拦着他，那是他自己的决定，从头至尾没人逼他，甚至很久之前我就告诉了他老郑这几年的产业都是给他打拼的，但他仍然要去走另一条不那么平坦的路，儿子知道要上进了，我有什么理由拦着？"

章惠端起茶杯暖手，笑容温婉，没有半点攻击性。可是对面的老爷子却知道大儿子一家能走到今天章惠有百分之七十的功劳，那些不显山不露水的手段从他们还在京城的时候就见识过。如果当年他们不离开京城，最后胜利的是谁还真是不好说，而当年做下离开决定的，据他所知是章惠。

不说别的，看她教出来的四个孩子就知道她的本事。老大锋芒不显，看着温吞老好人，实际内里就是一条眼镜蛇，真要惹着他能咬死你；老二最像章惠，温声细语的样子，做事却雷厉风行，事业版图一扩再扩。

上边两个这么优秀，可她同样也养出了混世魔王一样的老三，气性不比本事小，然而就算是这么一个三天两头闹离婚的混账，管着的产业却也稳如泰山。

后来人到中年得了个幺儿，这是最容易打破平衡的，可在章惠这没这么回事。她做主早早把家里的产业分给了前面三个，小的半点不沾，明确表明从哪一年开始的各项投资和产业归小的，如果最后小的产业超过了兄姐再剔出来均分,真正做到了一碗水端平。所以兄弟和睦,家庭安稳,来这边也待了些日子了,他活到现在才尝到了亲情的滋味。

"我给他留了几个人,不会让他被欺负了。"

"我当然知道您肯定会帮他,可您也知道我是真不爱掺和那些事,不然当年也不会甩手离开。"章惠摇头,"兜兜转转,最后还是避不开,要早知道当年我就不走了。"

老爷子叹了口气,是啊,要早知道大儿子的离开并不能让那几个兄友弟恭,他也不会放任他们一家就这么离开。

连着几天,夏乐一行先去了陶亮家,然后是邹新家,吴中家也去了一趟,小问题难免,却也没有过不下去或者被人欺负不被善待的情况。他们给每家都留下了一些钱,有孩子的多给了一些,夏乐想留自己的电话时被施浩然拦住了,他让留了林凯的,知道他是为自己着想,夏乐也不拦着。有意无意地,赵建家成了几人的最后一站。

转了几趟车后终于来到凉市下边的一个村里,打听过后又走了一段路,到的时候天已经快黑了,昏暗的光线中能看到二层红砖小楼正面贴着白色的瓷砖,院子也是红砖围起来的,铁门关得严严实实。从缝隙看过去,已经这个点了里边还是黑漆漆一片,可三人耳朵好使,听到了里边有动静。

夏乐扬声问:"请问有人在家吗?"

很快屋里有人出来按亮了院子里的灯,有人用家乡话问:"你们找谁?"

"我们是赵建的战友,快过年了,代表我们战友来看望您二老。"

夏乐从缝隙看着老大爷往前走了两步又停下:"你们有什么证明吗?"

三人对望一眼,这么警惕,发生了什么?!

"赵叔您别出来,我先来问。"

从旁边屋里走出来个男人,手里还端着饭碗,他把碗往窗台上一搁走过来打量三人,最后眼光落在夏乐身上,他记得刚才是个女人喊话:"你们是赵建的战友?"

"对。"夏乐看向施浩然,"带证没有?"

这必然是随身携带的,施浩然掏出自己的军官证递过去,那人接过来仔仔细细地翻来覆去地看,确认似的点头:"是真的,赵建回来的时候拿我看过,一样。"

递回证件,他再次看了三人一眼,这身板直的像个当兵的:"赵叔您开门,确实是赵建的战友,不是那些人。"

夏日乐章

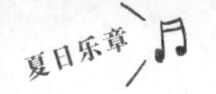

老人这才快步过来打开门,嘴里一个劲地用不标准的普通话说着抱歉的话。夏乐看了林凯一眼,林凯会意,没有急着跟进去,和刚才那男人勾肩搭背去了旁边说话。屋里的灯亮起,一个剪着短发的大娘抱着个四五岁的孩子迎在门口,看他们看起来就腼腆地笑了笑。

"你们先进屋坐,对了,还一个呢?"老人回头见少了一个忙问。

施浩然笑着接话:"回头拿行李去了,一会就进来,您不用管他。"

"行,我先锁门,一会来了我再开。"

夏乐和施浩然对了个眼色,跟着大娘进屋。屋里灯光亮堂多了,两人这才发现小孩不是抱着,而是用绳子绑在大娘身上,这会进了屋她也没把人放下,胸前兜了个孩子仍然熟练地泡茶,然后去看灶上焖着的锅。

施浩然起身:"大娘,我来抱孩子吧。"

大娘摇头,并且非常明显地退后一步,大爷进来看到忙道:"没事,这么习惯了,你们没吃饭吧,坐着先喝口茶,大爷来做,快得很。"

说着话大爷又出了屋,不一会手里提着一条干鱼和一大块肉进来,又出去一趟,手里又是满手的东西。两人也不拦着,地方不同,风俗也不尽相同,可拿出家里最好的东西待客这一点哪里都一样,这份心意他们接受就行。

"这是从部队过来的?"老大爷边收拾手边的肉边问。

"对,从部队过来,我叫施浩然,您叫我小施就行,这是夏乐。"停顿了下,施浩然又道,"是我们队长,也是赵建的队长。"

老大爷动作一顿,抬起头来看向夏乐:"您,您是领导啊?领导好,领导好,我有个问题想问很久了,咱们娃儿当时是,是怎么个情况啊?咱们这当兵的也不少,听他们讲每天就是训练训练,这练着还能把人练没了啊?"

"赵建是英雄。"

是英雄啊,老大爷点点头,又问:"他做好人救人了?"

夏乐很想告诉这个老人他的儿子有多了不起,立下了多大的功劳,想告诉他他们用命护住的那个芯片有多重要……

可她不能说,她只能不痛不痒道:"比这个要厉害多了。"

"真的啊?他当的不是普通的兵吧?"

"是。"夏乐低了下头,马上又抬起来问,"当时相关部门的领导是不是给了您一个盒子之类的东西?"

"有的,有的。"老大爷连忙起身去洗了手,从里屋拿了个四四方方的

200

东西出来，打开层层包裹，老大爷闻了闻手，有味儿，他没去拿，直接把箱子送到两人面前，"这个。"

夏乐看着里边安安静静躺着的三枚军功章轻声道："赵建的一切，都在这里。"

老人下意识就收回手抱住盒子，低头看着这能代表儿子一切的东西。

"好男人报效祖国，赵建是好男儿。"

不用解释太多，老大爷已经懂了，他也看新闻联播，也看过谁谁立了大功，只是没注意过军功章，不知道是长成这样，还以为是部队里都有的东西，这么说来他的儿子真是英雄！

老人笑了，他为儿子骄傲，可笑着笑着他又红了眼眶，如果人能好好儿的，其实不当英雄也没什么。另一边大娘抱着孩子哭得肩膀耸动，孩子也听话，不但不哭，还会懂事地拍拍奶奶的后背，动作娴熟得让人心疼。

"赵叔，您外边还关着一个呢！"

打趣声打破凝滞的气氛，老大爷忙抹了下眼睛合上盖子重又重重绑好了放回里屋才去开门。

林凯嗓门大，一身自来熟的本事在哪都使得上，不一会就和大爷熟了，还哄得大娘让出了掌勺的位置，再有个施浩然搭腔，哪怕有个沉默的夏乐，一时间却也显得其乐融融起来。

小孩缩在奶奶怀里看看这个看看那个，因着夏乐离得近他就看得多了点，夏乐和大人说话都费劲，和小孩更不知道说什么了。三人又都直得不行，谁也没想着要给小孩买点吃的玩的来，连个哄人开心的东西都没有，这会除了对眼神啥也做不了。

几次后小孩突然在奶奶怀里挣扎着向夏乐张开双手，意思很明显，要抱。

大娘抱紧孩子哄着，一直显得特别听话的孩子这会却闹了起来，指着夏夏就嚎："爸爸……"

林凯锅铲都掉锅里了，手忙脚乱地捞起来忍着笑看向队长，这……队长和男人还是有区别的吧。

大娘也觉得挺不好意思，抱着孙子用挺好懂的本地话不停哄着："不是爸爸，这不是爸爸，平伢子听话不哭，回头奶奶就带你去买好吃的，听话。"

"爸爸，爸爸，爸爸！"

"平伢子，这不是……"大娘边哄边抹泪，她不知道要怎么和小孙子解释死了的意思。

"我抱。"夏乐伸出手,用巧劲从不愿意松手的大娘手里抱过了孩子,大爷下意识地站起来往前走了一步,施浩然往旁边跨了一步去给林凯递菜碗,恰好堵住了大爷。

孩子立刻止了哭,搂住夏乐的脖子乖乖靠在她怀里,时不时抽噎一声,那小模样让人看着就想多疼一疼。夏乐有过抱小宝的经验,托着孩子的后脑勺,把赵平当成大几号的小宝抱着,这个姿势太给小孩安全感了,孩子更加往她怀里靠。

看她这样大爷放松了些,强笑着道:"这孩子三岁才会说话,到现在也说不了完整的句子,你受累抱抱他。"

施浩然问:"没去医院检查过吗?"

"检查过,医生说他本身没什么问题,要我们在家的时候多和他说说话,可他平时在家就不乐意说话,这不就一直这样了。"

夏乐拍了拍孩子的背,低头指正:"我不是爸爸。"

意料之外地,小孩点头。林凯干脆把锅端开免得菜糊了,等着队长继续往下问。

"那为什么叫我爸爸。"

"手机,爸爸。"

夏乐瞬间就联想到了,抬头问:"赵建上次回来是什么时候?"

大娘这次说话比任何人都快:"四月份,四月十二号。"

对,那次出任务前赵建申请了探亲假,夏乐把孩子抱紧了些:"小孩多大?"

"五岁差两月。"

也就是说赵建回来的时候孩子四岁多,已经记事了,夏乐让孩子在腿上坐好,拿出手机打开隐藏相册点开其中一张照片放到小孩面前。

小孩高兴地指着其中一个人:"爸爸,是爸爸。"

几人都围了过来,大娘看着就哭了,大爷抬了抬湿漉漉的手想拿手机,最后又放了下去,眼也不眨地盯着。

这是一张他们小队的合照,穿着迷彩服,九个人干干净净的,笑容满面。施浩然记得这是他们第一次执行任务前拍的,就在镜头外的地方放着他们的装备,说起来他们小队的折损率其实挺低的,之前的任务有伤,却没有亡,直到最后一次直接折了四个废了一个,小队土崩瓦解再不成队。

夏乐把手机给开心的小孩拿着,边和他说话:"是不是在爸爸的手机里见过我?"

小孩用力点头,又指着照片上的夏乐让她看。

九个人里一个女人,可不就更好记吗?夏乐摸摸他的头,翻出赵建的其他照片给他看,基本都是多人合照,有训练的,有搞怪的,有对练的……这些照片并不在保密范围内,他们人手一份。

"赵建的遗物里没有手机吗?"

"有的,不过当天就被摔坏了。"老大爷叹气,神情黯淡。

"您用微信吗?我把照片发给您。"

"用的用的。"老大爷大喜,菜也不洗了,在衣服上擦了擦手就去柜子上拿了自己的手机打开,"那时赵建说打电话不方便,用这个好,我就让人给我弄了。"

说着话老人把手机递了过来,夏乐拿着给两人加上好友,选了几张不影响什么的照片发了过去:"到时候我再问其他人有没有他的单人照。"

"好,好,好!"大爷喜不自禁,接过手机宝贝一样紧紧抓着,大娘也不一个劲地盯着孙子了,挨着老伴慢慢儿地看儿子在部队时的样子,平时瞧着半点儿不出挑的人在部队里却这么精神这么好看,那样儿哟,没几个比得上。

两老一边看一边抹泪,夏乐怀里的小孩也在翻,锅里的菜还在嗞嗞作响,施浩然把菜洗干净了,又把屋里该归整的归整了一遍,都是内务标兵,做这点事手到擒来,默契地都不去打扰这一家三口。

好一会后大爷才把那照片翻完了,抹了抹眼睛抬头笑道:"还是头一回见着赵建穿军装的样子,好看。"

"这是训练服,遗像上的才是军装。"

老大爷有点吃惊,又往回翻了翻,儿子总穿着这一身,他还以为这才是他们的军装。

"部队有他穿正式军装的照片,回头我去问问能不能弄来给您瞧瞧,但是这个有规定,恐怕不能传给您,只能看看。"

老大爷当然想看,这训练服都这么好看了,穿军装得有多威武,可他也知道有规定就肯定是不方便的,便违心地摇头:"不用了不用了,看看这个就挺好,这个不违反规定吧?"

"不会。"

"那就好那就好,我就留着这个了。"

"您手机上那些照片也自己看看就好,不要发给别人。"

"好，好，记着了，记着了。"

林凯适时插话："菜做好了，先吃饭吧。"

"你看我，净让你们忙活了。"大爷忙把手机放到柜子上边，还一个劲地往里推，生怕掉下来，"来来来，吃饭。"

大娘想把孙子抱回去，倒不是还提防着，这些照片已经足以证明他们真的是战友了，她是想让客人腾出手来好吃饭。可小孩不愿意，一个劲地往夏乐怀里躲，手搂着她的脖子搂得紧紧的，嘴里嘎嘣脆地喊着"不"。

"没事。"夏乐抱着人起身到桌边坐下，然后把孩子放到旁边的凳子上，小孩还是不放，她摸了摸他的脖子，顺毛一样，"先吃饭，吃完了抱。"

小孩不甘不愿地松开手坐下，身体还是往夏乐那边靠，凳子都只占了小半张。

林凯麻利地装好饭，大娘习惯性地要去端饭喂孙子，就看到夏乐夹了菜到小碗里，又拿起勺子放到小孩手里，"吃"。

施浩然忍着笑想去救场，可他话还没说出来那小孩就舀了满满一勺饭送嘴里，完了还向夏乐，一脸的求表扬，夏乐的回应是又给他夹了一筷子菜。大娘默默将手转了个向端起自己的碗，眼神时不时往那边溜，快五岁了，还是头一次看他这么大口地吃饭。

大爷也多看了几眼，拿起筷子又放下："喝点酒不坏你们的规定吧？"

"没事，您家有酒吗？我们陪您喝几杯。"

"有有有，等着，我去拿。"

大爷拿了个白色的塑料壶出来，里边看起来半满，估摸着还有个六七斤的样子，转身又去洗了三个茶碗，林凯和施浩然面前各放了一个，最后一个放到自己面前，临了又想起来问了一句，"这位领导……能喝吗？"

林凯笑得不行，把自己那个给队长，起身又去拿了个，"您放心吧，您绝对喝不过我们队长。"

大爷也笑，坐他旁边的大娘低头抹了下眼角，自打儿子没了后，这还是头一回看到老伴这么高兴。

几口酒下肚，大爷话多了起来，"咱们这地儿不好找吧，难为你们能顺利找着。"

"好找，也就是进了村后问了下您家在哪。"

"那是厉害，咱们这偏，以前是真穷啊，饭都吃不上，还是政策好，修通了公路就好多了，要不说要想富先修路呢，咱们这是要想吃饱饭先修路。"

"是，这一路走过来家家户户都是二层小楼了。"

"你是没见着十多年前是什么样，家家户户土砖屋，雨下得大点儿都生怕倒了，外边大雨里边小雨那是常事，有一回漏我床上，大半夜的也不能去屋顶上捡拾啊，只好弄了个桶在床上接着水，自个就蜷在不漏的那头接着睡，哪里像现在，雨多大都睡得踏实。"

听着那些过往，当年的苦难现在说出来都像个段子，老大爷笑眯眯地说，几人就笑眯眯地听，时不时碰一杯，夏乐还没忘给小孩儿夹菜，和乐融融。

"砰！"

这是铁门被砸的声音，才有动静时施浩然就闪身奔了出去，林凯则守在门口。

夏乐发现赵建的父母却半点吃惊的表情都没有，大娘的第一反应是抱起孩子用一直缠在身上的绳子重又绑到胸前，将那立案头上的剪刀藏到了棉衣袋子里，小孩也不哭闹，被绑住的时候就抱住奶奶的脖子好让奶奶使力。他在配合。发现这一点夏乐心疼得手都在颤抖，得遇到过多少次这样的情况小孩才会有这样的熟练。

这时大爷起身去洗了把冷水脸，然后从案板下边抽出一把杀猪刀来，对上夏乐的视线他苦涩一笑："家丑，要让领导见笑了。"

从一开始夏乐就认下了这句领导，有的时候领导更能让人安心，也更让人信服。白酒的后劲上来了，夏乐全身都热了起来，她走到水缸边舀起一瓢水，双手浸进去打湿了，抬起来落到头上从额头推到发尾，反复几次，头发已经半湿，一丝不苟地全贴在头皮上。

转过身来，她看向需要用刀来防身的老人："赵建的事，我会管到底。"

"可是对方人多……"

夏乐不屑地掀唇，点点林凯，又点点自己："赵建和我们是一个队伍的，实力相当，您有许多疑问我无法告诉您答案，那么我就让您看看赵建有怎样一身本事，也让他们知道赵家不是没了儿子就能任人欺负。"

大爷嘴巴动了动，却什么都说不出来，他想信，却不敢信，毕竟这事连警察出面都没能解决得了，因为这是家事。

夏乐也不需要他来说什么，朝看过来的小孩安抚地笑笑后往门外走去："您出来看看，看看我是不是能护得住你们。"

林凯跟着队长走出门，施浩然快步过来："十四个人，我一个人都能收拾了。"

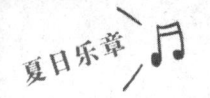

"你不要想,掏出你那证件看看你现在什么身份。"

施浩然笑:"受个处分而已,我怕什么,了不起就不干了和凯子一起投奔你去。"

夏乐一脚踢在他小腿上,施浩然也不躲,笑嘻嘻地受了,他们都知道这话不是玩笑。

这种时候夏乐也懒得收拾他,回头道:"您钥匙给一下。"

老大爷犹豫了下,一咬牙还是把钥匙递了过来,林凯接了去开门,施浩然立刻要跟上。

"站住。"

依旧是不让他坏了规定,施浩然又暖心又不甘,妈的,赵建的爹娘和儿子都被欺负到这份上了,他忍不了!夏乐走到院子里看着铁门大开,目光冷冷地看着外边那些人,外边的人也没想到赵家有外人在,都愣了愣。

打头的人挺壮,直接就嚷嚷开了:"哪儿来的,和赵家什么关系?"

林凯都气笑了:"你又是哪儿来的?和赵家什么关系?"

"嗬,挺有种啊,兄弟,我劝你赶紧走人,就赵家一摊子破事你一外人别掺和。"

"什么事不能坐下来谈啊,兄弟,就这老的小的小,值得你们来这么多人?"

男人嘿嘿一笑:"我就是来谈的啊,你问问老头儿我们都谈多少次了,人家不诚心啊,有什么办法。"

老人本来还没出屋,一听这话就忍不住了,跑出来大骂:"放你的狗屁,不要脸的货色,你们那叫谈?你们那叫抢!"

"老头儿你话别说得那么难听,什么抢不抢的,文明社会了是吧,咱们也要讲究点。"

"做梦!吴拐子你告诉陈秋芳和她男人,能给的我都给了,剩下的这点我要留给赵平,他们要再逼我我就老的小的死他们屋门口去。"

"哟,挺横呀。"吴拐子半点不为所动,笑得一脸无赖,"你说你死抓着那钱干什么,虽然芳姐和赵建离了几年了,可不管怎么说赵平都是芳姐的儿子,将来成家立业的不也要靠芳姐主持吗?真到了那时候你们两老可不一定还在。"

"少来糊弄我,眼下都不是东西,将来还能变成好人?"

夏乐听明白了,这些人过来为的是钱,而且不是第一次来了,这也就解释了为什么赵平会那么习惯,老两口也不觉得吃惊。

"林凯。"

"有。"林凯回头笑着露出一口大白牙,"队长你压阵。"

"留点手。"

"好嘞。"应着声林凯上手了,不过是一帮平日里靠着人多吓唬普通人的地痞流氓,林凯什么技巧都不用,就是使拳头,拳拳到肉,不伤着骨头内脏,但让人疼。他太清楚怎么让人疼还看不出伤来了,不一会就躺了一地,哎哟哎哟叫着疼。

林凯最后走向吴拐子,这是个为头的,可得好好招待。

吴拐子边退边拿出手机威胁:"你别过来,再过来我报警了!"

地痞流氓报警?林凯笑得直不起腰来,飞起一脚把他手机踹飞了,把人踩脚底下加重力气碾了碾:"还知道挨欺负了找警察,不错啊,这么多年法制宣传没白费功夫。"

吴拐子疼得面目扭曲,非常能屈能伸地说起了软话:"兄弟,兄弟,我就是个跑腿的,冤有头债有主是吧,你找该找的人去。"

"别,兄弟,我要有你这兄弟能把你圆的揍成扁的,扁的给搓圆了。"林凯脚下更用力,回头看向队长,"这人怎么处理?"

夏乐走过去把手机捡起来看了看,屏碎了个角,其他都还好,长按开机竟然亮了,摔这么一下瞧着竟然还能用,国产机质量挺好。

蹲下身,夏乐看向脸挨地的吴拐子,手机挨着他的脸放着:"给你后边的人告状,说赵家找了人帮忙,你们挨打了,让他们多带些人来。"

吴拐子眼珠子直转:"这,这不好吧。"

背上一重,觉得胃都贴着地的吴拐子立刻告饶:"我打,我打。"

"哭得响亮点。"夏乐起身,朝旁边院子里拿着棍子站门后的男人点了下头,就是之前见过一面的那个,他未必真敢冲出来,可在面对这么多人的情况下还能有这个表现就是有心,看他的年纪,和赵建应该差不多从小一起长大吧。

回到赵家院子里,夏乐看向施浩然:"我进两次局子了。"

施浩然忍笑做了个 OK 的手势,拿出手机去旁边联系该出面的人,这才出来多久,队长都已经二进宫了,第三次还是再等等。

"爸爸,爸爸!"一直安静的赵平突然拍着手叫唤,看到夏乐望过来就张手。

夏乐走过去摸了摸他的头不抱他:"叫姑。"

"姑,姑。"小孩不懂这个字的意义,清清脆脆就叫了出来,老两口却红了眼眶,爸爸的姐妹是姑姑,这人是按着这辈分来的。

"不怕,姑打跑坏人。"

"打跑坏人,打跑!"

这孩子说话慢,可智力并没受影响,该安静的时候他会安静,他也知道谁是保护他的人,谁是坏人,甚至有可能他比同龄的孩子还要早熟些。

手机响起,她看了眼接起来:"郑先生。"

"夏夏……"郑先生欢快的语调突然停顿了下,"你那边什么声音?"

"嗯,发生了点事。"

"怎么了?"郑子靖立刻问,"被当地人欺负了?"

"我战友的家人被欺负了。"

郑子靖脑子里飞快闪过几种可能:"需要我做什么吗?"

"应该可以处理得了。"后知后觉地反应过来两人现在是什么关系,夏乐满身的刺也柔软了些,"和我一起来的一个战友擅长处理这类事情,如果他处理不了我再找你。"

"好,记着找我,一定不要逞强,你要再进局子都要被公安系统拉黑名单了。"郑子靖开着玩笑脸上却没有丝毫笑意,他在后悔,不要管适合不适合他应该跟着一起去的。虽然他拳头没有那么硬,可只要自己在总不会让她在其他方面吃了亏去。

"我尽量。"

"那我不打扰你,等事情处理好了你给我来个电话。"

"好。"

郑子靖最终也没有告诉夏乐双方家长将在明天见面,瞒了几天,本来想在今天给夏夏一个惊喜,结果是自己先受到了惊吓。摇了摇头,郑子靖突然觉得他去京城可能并不是什么好事,以后分开的日子不会少,总不能把夏夏绑在身边……

能找到理由的话好像可以?

夏乐这会却没有那些缠缠绵绵的心思,电话一挂那点柔软也就收了起来,看向走过来的施浩然。

"报备过了,会有人去打招呼。"

夏乐点点头,只要别再进去就行,她对那身制服都快有心理阴影了:"叔,这事从什么时候开始的?"

"抚恤金下来没多久他们就来了。"

老大爷也不再瞒着,说得咬牙切齿:"陈秋芳不是东西,离婚后没多久就和我们镇上出了名的大混子谭良搭伙了,一年难得来看陈平一次。她心狠舍得下我们也不能多说什么,赵建没了后她多来了几回,我以为她是心疼赵平没了爹,之后说要带他过去住一段时间我也没拦着,想着他们母子多亲近亲近对赵平也好,哪里能想到她根本不是良心发现,她就是冲着那笔抚恤金来的。"

老大爷抹了把脸,此时想起仍然气愤得眼眶发红,"赵建四十九天的时候我想把赵平接回来去坟上拜一拜,结果我们根本见不着人。陈秋芳说她是赵平的第一监护人,赵平那一份抚恤金我们应该给她,不给的话就和我打官司,还要让赵平变成谭平,让我们再也见不着人。"

后边的事夏乐基本已经能想到了。

"我赵家就这么一根独苗了,哪里能姓了谭,而且我也问过,孩子小,要是打官司陈秋芳确实赢面大。我们都老了,将来赵平免不了总有需要她的地方,冲着这一点也不想把事情做绝了,就给了一半的钱将赵平换回来。没想到后来她又想来这招,要不是赵平大喊大叫被人发现了就又被带走了,所以从那之后我们俩就轮流把孩子绑身上,去哪都带着。"

"后来她就像今天这样叫人来闹?"施浩然问。

"对,隔三岔五的就来,亲戚之前还经常来帮忙,可时间长了也都熬不住啊,哪家没点自己的事。"

夏乐皱眉:"没有报警吗?"

"怎么没有,警察同志来抓过人,可他们也没办法,陈秋芳是赵平他妈,她说来看儿子能不让她来?说她绑架儿子也没这说法啊,他们狡猾得很,来了也不动手,就闹,要么就找机会抢人,警察也没招儿。"

这样耍赖皮警察确实没办法,总不能长驻在这里专门守着这两老一小,亲戚也不可能长时间在这里帮忙,于是就成了两老随身拿着杀猪刀剪刀守着孙子。

无奈,又让人心酸。

车灯远远地照过来,夏乐眯了眯眼,来了。

走出去两步她又退回来,轻声问眼睛圆溜溜的小孩:"妈妈对你好吗?"

赵平搂紧了奶奶的脖子,一会后摇头。

"那如果以后再也见不到她呢?你会不开心吗?"

小孩靠进奶奶颈侧，瓮声道："不要她。"

夏乐摸了摸他的头，说好。

"赵平从生下来基本就是我带着的，她没带过几天，离了这几年偶尔才会接过去住两天。"寡言的大娘慈爱地看着孙子低声开口，"明明她现在就这么一个孩子，也不知道怎么那么狠心，有一回被带走带回来身上都是青青紫紫的印子，从那以后赵平见着她就躲，我活到几十岁就没见过那么狠心的妈。"

是够狠心的，夏乐点点头，再次摸摸小孩的头往门外走去，车到了。

一辆越野车嚣张地向林凯冲过来，林凯全身蓄力不避不让，车子在他面前急刹车。后边陆续还有车灯闪烁，显然来的人不少。

梳着油头留着小胡子的男人探出头来："哟，胆儿不错呀。"

一个女人从副驾驶那边打开车门跳下来，她里边穿一身裙子，外边穿着大衣，头发烫成波浪卷，衬着秀气的脸庞看起来挺漂亮。

"我在赵建手机里见过你。"女人走过来看着夏乐下巴微微抬起。

"陈秋芳？"

"是我。"陈秋芳上下打量她一眼，"你和男人的区别也就是他们有的那玩意儿你没有吧。"

林凯上前一步就要动手，夏乐伸手一挡："觉得我不会打人？"

"你一臭当兵的，敢动手吗？"

夏乐笑了，抬手就给了她一耳光："真不巧，我如今不是兵了。"

做作的表情没有了，陈秋芳摸向刺疼刺疼的脸不敢置信地看向夏乐："你敢打我？"

夏乐一般情况下不打没有反抗能力的人，可陈秋芳这样的不在此列，哪怕她是女人："这一巴掌，是赵平的。"

"啪！"

迅雷不及掩耳的又是一巴掌，两边脸非常对称地肿了起来："这一巴掌才是我的。"

"他娘的到了我的地界打我的人，当老子纸糊的？"谭良慢了一拍从车上下来，不笑的脸上的纹理全是横着的，一脸凶相。

这时后边的车也都到了，三辆面包车，一辆小车，下来的人手里都拿着铁棍。

夏乐把外套脱了缠在手上："仗着有几个人就想做螃蟹，也要看看螃蟹那个族群收不收你。"

不等那些人围严实，夏乐朝他们冲过去，林凯立刻就懂了她的意思，默契地不动谭良和陈秋芳，往另一方冲去。

夏乐现在力量不如以前，手臂也不如以前灵活，所以她用了外套做护盾，一只手攻击一只手护持，避不开的铁棍敲在上头已经卸了大半力道，那点疼痛也就不算什么了。

这么大的动静将附近的住户引了过来，两人让他们见识了一回什么叫摧枯拉朽，如果不是了解这些都是什么人，他们都要以为这些人就是这么脆了。可事实上这些人在这个镇子已经横行了好些年，镇上做生意的哪个不得交个平安钱，不交？呵，你开了门他就能让一个顾客都进不来。

可他们也不犯大事，谁要报警他们了不起就进去关几天，轮流进去，照样天天闹得你更不得安生，所以多数都是交钱省麻烦，也就更助长了这些人的气焰，没有利益关系的也会远远避着他们。现在看他们被收拾了有人已经偷偷拍起了照，抿直了嘴唇让自己看起来不那么幸灾乐祸。

这样的结果自然也是谭良没想到的，装出来的潇洒劲也没了，可作为一个合格的地头蛇他也没有怂到底，说话依旧语带威胁："朋友，别太过分了，你今儿能管得上今后还能天天管着？没错，你们是厉害，可赵家那几个可是这儿的人，你们今天有多得意今后他们就有多倒霉你们信不信？"

夏乐把缠在手上的外套一拉一扯，唇角上扬："我不信。"

Chapter 18
战友情

　　动作比说话更快，打了结的外套套住了谭良的脖子用力一拉，谭良被拉得踉跄，露出在他身后的陈秋芳，夏乐沉沉地看她一眼，一转身一沉腰将谭良狠狠来了个过肩摔。

　　陈秋芳先是被夏乐的眼神吓着，紧接着又被谭良的惨叫声吓到，看着走过来的人她连连后退，却没注意身后是车，很快无路可退，她软了腿，身体靠着车头往下滑去。

　　夏乐将她提拎了起来："做个人不好吗？"

　　陈秋芳直接哭了："你，你不能打我，我是，我是赵平他妈，你不能打我，呜……"

　　"你打赵平的时候有没有想过你是他妈？吸着他血的时候有没有想过你是他妈？"

　　"我、我、我不敢了……我不敢了，我以后再也不敢了……"陈秋芳像是想到了什么突然开了窍，声音都转了调，"我是赵平他妈，以后赵平还是得靠我是不是？你也不希望他以后过得不好吧。"

　　一个人可以有多面目可憎？就是陈秋芳这样的，夏乐松开手，像是沾上了不干净的东西一样在外套上擦了擦。

　　陈秋芳以为拿捏到夏乐的死穴了，又嚣张起来："对他好不好还不是看我乐意不乐意，你们战友感情再好又怎么样，还能替他养儿子？"

　　夏乐轻飘飘地看她一眼，转身走向林凯，谭良已经被他收拾得挺好了，但到底是做大哥的，姿态不算太难看，一声声兄弟朋友地喊着，恨不得和林凯来个促膝夜谈。

警笛声大作,警察到了。

陈秋芳像是看到了亲人,用百米冲刺的速度往警车跑去,冲下车的警察就是一通哭诉,她没发现今天派出所阵仗挺大,公安局里的人基本来全了。

没人理她,十来个警察向夏乐走去,施浩然及时出来上前接洽,出示了自己的证件,双方友好握手后含糊着给他们介绍:"那是我队长和我战友。"

派出所所长刘然和两人也都握了手。

回头看着这一地的人刘然也觉得痛快,别看他是官这些是混子,可经常是他们被掣肘得束手束脚。都是本地人,谁也不能真把这些人惹毛了,他们自己不怕,可他们也都不是光棍一个,上有老下有小的,惹急了谁都不知道会发生什么。

"我把他们带回局子里去?"

"不急。"施浩然笑了笑,"兄弟们先进屋里喝杯热茶暖暖身子。"

刘然也就知道了事情不会这么简单解决,点点头就要跟着往里走。

可谭良哪里受得了,就这么趴地上,北方这大冷的天能把他那玩意儿都冻硬了,见刘然真不管他们了连忙喊道:"刘所,刘所,你看我们这算聚众闹事了吧,兄弟们的车都在这里,我们自个儿去所里报到成不。"

刘然看向三个军方的人,摆明了不做主。

夏乐把外套的结解了抖了抖穿上身:"你们不是聚众闹事,是被我们揍了。林凯,扒了他们的外套让他们吹吹风清醒清醒,爬起来的都给我揍趴下,叫唤的、不老实的多给两拳,打疼了就知道什么时候该憋着了,我向警察同志解释一下他们为什么会挨打。"

"是。"林凯笑得坏透了,他们为什么服队长,因为队长从来都不会让他们失望啊!

夏乐考虑得也向来周全,指着那边远远站着慌了神的陈秋芳道:"坐下。"

陈秋芳脑子里不愿意,可身体非常诚实,一屁股跌坐在地,像训练有素的狗一样听话。

"动了就揍。"

林凯嘿嘿笑着应是,那地儿是个风口子,那女人的头发都被吹起来了。

派出所的人面色各异,他们没想到做主的会是女人,并且这手段使得非常高明。一行人进了院子,两老看到夏乐又激动又担心,应该是之前施浩然就有过交代,他们并不主动开口说什么。

213

赵平却没那个顾忌,一见着夏乐就朝她张开双手,可夏乐仍然没有抱他,揉揉他的头温声道:"和爷奶去屋里等姑好不好?"

赵平小脸上有点失望,却听话地搂住了奶奶的脖子奶声应好。

夏乐表扬地再次摸摸他的头,转头道:"叔,婶,你们先进去。"

大爷点点头,拉着老伴和孙子先行回屋,如果说之前他还担心,现在看派出所的同志也对他们客客气气他心里也就多了点底气。

"屋里小,就不请各位进去了。"施浩然适时开口,笑意盈盈的不像个当兵的,倒像个外交官。

刘然笑笑:"挺好,外边宽敞。"

夏乐转过身来看向几人:"麻烦你们跑一趟。"

刘然原本以为她会问为什么警察不管,为什么会让赵家人挨欺负,没想到对像是什么都知道,也都理解,反倒让他心里非常不是滋味,掏出烟递过去,施浩然接了。

"这事我们也不是没处理过,来了好多回,人抓了好些个,也教育了,可他们这顶多也就是拘留个几天,进去了就换一批人来闹,这批抓了再换。他们人多,我们警力却有限,到后边也只能要求他们不过分,不能伤着人,他们倒是不动手了,就三天两头地来闹,让人不得安生。"

刘然摇头苦笑:"那陈秋芳干的确实不是人事,看不惯的都背地里骂她,当面也没给过好脸色,可她还是赵平的妈,赵德报警说赵平被陈秋芳绑了,可说破天他们也是母子关系,而且从法律上来说她也确实是赵平的第一监护人,称不上犯罪,我们除了教育能怎么办?"

确实是这样,所以陈秋芳才这么有恃无恐,夏乐点点头表示了解:"我想请几位帮个忙。"

"什么忙不忙的,你就说我们能做什么吧,不过……"刘然看向夏乐在昏暗的灯光中仍看得出年轻的脸庞,"那些人就像甩不掉的鼻涕虫一样,大错不犯,可恶心人的办法千百种,赵家到底是要在这里生活的,能和平解决还是和平解决的好,毕竟你们也不能长期留在这里护着这一家子。"

"我会注意。"夏乐想到什么突然道,"我去和叔说几句话,浩然,你先陪着。"

"是,队长。"

进了屋,夏乐看向惴惴不安的两老,反手关上门走近:"叔,有想过离开这儿吗?"

214

想过,怎么没想过,大爷苦笑:"离开也要有地儿去啊,我们就赵建一个儿子,其他亲戚全在这方圆百里之内,去哪里都躲不开他们,别人也不敢让我们去。"

"我带你们走。"

老两口对望一眼,又惊又不敢置信:"这,这也不是那么简单的事,领导,领导你这……"

"只要你们舍得下这里其他都不是问题。"夏乐终于把一直朝她伸手的赵平抱了过来,"孩子已经有点心理问题了,不治好对他将来会有很大影响。"

"可是,可是我们这拖家带口的,我们年纪大了也没地儿要我们做事了,我……"

"您不用想这些。"夏乐打断老人慌不择言的话,"赵建是没了,可他还有五个活着的战友,不会养不活他的父母儿子。"

把小孩搂住自己脖子的手拉下来,夏乐对上他的眼睛:"离开这里,好不好?"

"好。"

毫不犹豫的回复逗笑了夏乐:"真的好?"

小孩却不笑,左手指指爷爷奶奶:"一起。"

夏乐点头:"一起。"

小孩右手指向门外:"不要。"

五岁不到的孩子已经开始记事了,可赵平记的都不是好事,他知道谁要带着,谁要丢弃。

夏乐看向垂泪的两老:"好,不要。"

"走,走,走了咱们赵平才能好。"话不多的大娘几乎是咬牙切齿地拿了主意,背井离乡算什么,只要孙子能好好的,让她一天只吃一顿她都挨得住。

"行,走,领导,我们跟你走。"赵德用力搓了把脸,到了外边他就去找个看门的地儿,没人要就去工地上搬砖,再不济他就去大街上给人磕头,总能找到口饭吃。

北方的冬天晚上是真冷,风能吹进骨头缝里,从内而外地让人冷得直哆嗦。半个小时谭良被揍了四回已经不敢动了,什么潇洒什么面子都被冻没了,脸挨着地屁股翘起来,哆哆嗦嗦地喊:"兄弟,朋友,都是男人你饶我一命,这是陈秋芳和他赵家的事,我们没领证的,和我没什么关系。"

"谭良,你没良心!"连件厚实毛衣都没穿的陈秋芳双手环抱住自己缩

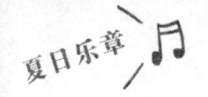

成一团，一句话六个字说出来都快被她抖散了，牙齿磕磕撞撞的声音让人听着就觉得冷。

"没良心好过没了命。"谭良没好气地堵回去，"兄弟，你看这交易怎么样，只要让我翻个身，以后我保证再也不和陈秋芳有什么牵扯了。"

林凯把他屁股踩下去："别吧，别去祸害别人了，互相祸害去。"

谭良都快哭了，为了显得腿细点儿他今天没穿秋裤啊！这地上是结冻了吧，怎么这么冰！

见好话没用也不管是不是挨揍了，听着林凯的脚步声走开"腾"地爬了起来，边揉着裤裆边指着林凯骂："他娘的老子告诉你，如果我这地儿伤着了，老子让赵家没一天好日子过你信不信。"

林凯扬眉，事情都到这份上了，队长会不管这一家子才怪，所以他走近了三两下又把人放倒在地："我不信。"

"行，行，你等着，看他妈是你们耗得起还是老子耗得起。"谭良到底是混了多年的人，找赵家麻烦说白了就为了钱，都一个地方的人他从来没想伤人。可现在栽了这么大跟头，他哪里能吃得下这个亏，发了狠等这些人走了就从赵家人身上找回来，钱要，气他也要出。

这么想着他反倒硬气了，不再说一句话，但小弟弟还是要顾的，屁股悄悄拱起来一点。

林凯嗤笑了一声，为什么有远见的家长会尽力让自己的孩子走得远一些，看得多一些，因为这样才不会做那井底之蛙。赵家院子里有了动静，林凯望过去，一行人出来了，队长走在最前面。

夏乐始终有意无意地背着光，这会也戴上了帽子，尽量不让自己露脸留下隐患，一行人直接来到了陈秋芳面前，夏乐拿出一张纸递给她："拿手机给她打个灯。"

林凯点开手机上的手电筒，一起去看那上边的内容。

"不可能，我不会签，我为什么要签这莫名其妙的东西。"陈秋芳一口拒绝，开玩笑，都安安稳稳落袋的钱怎么可能再还回去！

"你是赵平的母亲，是他的第一监护人这一点是法律赋予你的，我不和你掰扯，我也不会替他决定将来是不是要认你。但是你绑了赵平威胁两老要走了二十万，后来再次想绑架赵平没有成功，所以你每天让人来闹，目的就是要两老为了能安生过日子让你得偿所愿。"

夏乐声音又脆又亮，让周围越来越多看热闹的人听得分明，他们还是头一次清楚地知道内情。虽然早知道陈秋芳不是人，可没想到她这么不是人，为了钱绑自己的儿子，畜生都干不出这事。

被揭了遮羞布陈秋芳面上烧得厉害，她干脆破罐子破摔，脖子一梗，道："那又怎么样，我这么做合法，你也说了我是赵平的第一监护人，我用我儿子的钱怎么了，有本事你告我去啊。"

"敲诈勒索已经构成犯罪，这事牵涉到军属，我会报告上去，后边会由部队出面解决。"夏乐看向谭良，"包括你。"

"我和陈秋芳没扯证，怎么就还有我了？"

"自然有人去查。"

谭良脸色变了，什么时候和陈秋芳睡到一起的别人不知道他自己清楚，经不起查，破坏军婚什么后果他听说过。他在当地再横，再敢和派出所杠，那也是因为他知道自己拿得住，可和部队杠？那是寿星公上吊，嫌命长了？

这么一想还得了，谭良转头就吼："陈秋芳，那什么东西你快给老子签了！"

陈秋芳吼了回去："她要我还二十万，我哪里还有二十万，你打牌输掉的不是钱？我输掉的不是钱？"

"那也还有。"谭良指着陈秋芳向她走过去，林凯在队长的暗示下并不拦着。

"陈秋芳老子警告你，你要害老子坐了牢，老子卖了你，信不信。"

"你敢！"

"你看老子敢不敢！"

陈秋芳惊惧地后退，她知道谭良是真敢，她看上的不就是这混蛋的胆气吗？可那是她多年攒下来傍身的钱，退回去二十万就没剩什么了！

谭良这会看着这张肿得猪蹄一样还花了妆的脸厌恶得很，态度更暴戾了，上去就是几个耳光："给老子签了！"

"我还了就没钱了！"陈秋芳边躲边嚎，那样子要多惨有多惨，可没人同情她，人是她自己招惹的，怪不得别人。

谭良更不用说，一想到自己可能要坐牢他就想打死她，平日里情意绵绵的假象揭去，嘴一张说出让陈秋芳从心底里发冷的话："没钱就去卖，没人要就卖肾卖肝，哪个来钱快。"

"谭良你混蛋！我跟你几年你这么对我！"

"少废话，给老子签了。"谭良捡起地上那张纸看了一眼，没错，就是让还钱,他娘的,等这些人走了的都给老子吐出来。

施浩然非常贴心地将笔递过去,谭良接了往陈秋芳面前一送:"别磨叽,赶紧的。"

陈秋芳狼狈地被拖过来,哆哆嗦嗦地接过笔却怎么都写不出自己写了几十年的名字,她就想啊,赵建一肩扛得起几袋水泥,却从来没碰过她一个指头。

"给老子签!"

眼睛一闭,陈秋芳写上自己的名字,眼泪流了满脸。

这边名字一签下谭良就嚷嚷开了:"钱也还了,没我什么事了吧。"

"还钱理所应当,和你敲诈勒索有什么关系。"

"你玩我?"谭良气急败坏地向夏乐冲过来,林凯一脚就将人踢飞了出去,显然,他没记住教训。

夏乐眼神都没多给他一个,接过协议来瞧了瞧就递给了刘然,刘然也痛快,在见证人那里写上自己的名字。

"今晚你就不用走了,明儿一早银行开门就去办事,顺道把你的东西都拿走,以后赵家不欢迎你。"夏乐把纸对折了一下收进口袋。

"赵平是我儿子……"

夏乐嘲讽地看着她,陈秋芳讪讪地停下了话头。

刘然忍不住多看了夏乐几眼,都是女人,还真是天上地下的区别,不过他怎么看着这人有点眼熟?好像之前在哪里见过一样。

"刘所长,这些人就麻烦你们带回去了,像这种聚众闹事的拘留个十天半个月的没有问题吧。"

"没问题。"刘然回头打了个眼色,看了场大戏的警察分别从各个方向围上去,赶羊一样把人赶上了车,幸好这些人自己是开车来的,不然光警车还得多跑几趟。

车子一走,没有车灯照着外边一下黑了许多,夏乐扫了眼不远处看热闹的人,转过身对留下来的刘然和另一个警察道:"今晚麻烦兄弟们了,明天早上还要麻烦刘所长一起去趟银行。"

"这都是小事。"刘然摇摇手,他更担心的是后面的事,毕竟这已经是往死里得罪了。这几人看着也是真为赵家着想,应该是想好了后招了,只是他想不到对方打算怎么做。

施浩然看队长一眼,上前道:"刘所,还有这位兄弟,吹一晚上风了,进去喝杯热茶吧。"

刘然没有拒绝，一行人进了赵家院子，两老听到动静出来，一看到陈秋芳，赵大娘下意识地就抱紧了孩子，一脸警惕地看着她，赵平也用力搂住了奶奶，小身板看着都是紧绷的。

夏乐走过去隔开他们的视线："她今晚会在这里住一晚，明天一起去银行转钱，该吐出来的一分都不能少。"

陈秋芳看向儿子，赵平扭开头伏到奶奶肩膀上，她突然发现自己已经记不起孩子上次叫她妈妈是什么时候了。她嫌弃他话都说不好，嫌弃他不够聪明，连长相都随了赵建又黑又土，可才这么点大就分得出好赖的孩子哪里会蠢，她以前怎么就没发现呢？

"林凯，请她上楼。"

林凯边走边动了动脖子，骨头的脆响声就像无声的威胁，让全身都在疼的陈秋芳不敢再拖拉。

刘然笑了笑："今晚小亮留下来，别落人口舌。"

是个聪明人，施浩然道了声谢，知道他们是军方的人干脆好人做到底卖个好。

看到两老脚边的蛇皮袋，刘然问："这是？"

"去我那儿，叔，婶儿，不早了，先去睡吧。"

赵德苦笑："哪里能睡得着，明天一早就走吗？"

"对，去银行办完了事就走，您只需要把证件还有重要的物品带上就可以了，其他东西到了那边再买。"

"家里都有，带上不费劲。"

夏乐也就不拦着，她理解这个年纪背井离乡的不安："那边有现成的地方住，战友留下的遗腹子早产，有先天性心脏病，为了方便就医在我家附近租了房住，平时就娘俩住在那，你们去了正好也有个照应。"

老人心肠软，一听是个遗腹子就先同情了两分，再一听说心脏还不好心里的不安都少了些，这可是大病，以后是得互相帮衬着才行。

这就已经是夏乐能安慰的极限，她看了施浩然一眼，施浩然多了解他队长啊，麻利儿地把活儿接了过去："那边家里不供暖，您和婶儿可以多带几件厚衣服，小孩儿长得快带上换洗的就行了，其他的您就看着带。我瞧着这些都不是重要的，最重要的还是得赶紧带赵平去看看医生，他都没去上学吧，这可不行，六岁就该念一年级了，教育也得跟上去……"

两老人听得连连点头，一个劲地附和"对对对，是是是"。

夏乐和刘然去了堂屋，想到什么夏乐又说了声稍等，进厨房泡了两杯茶端出来，大冷的天，喝口热茶心窝里都暖和了。

喝完一杯茶，把茶底儿泼地上，刘然笑："我有个十三岁的女儿，今儿喜欢这个明星明儿喜欢那个明星，前阵儿又换人了，手机屏保都是用的那个明星的，刚才进屋光线亮堂了我才认出来那人和你有点像，巧了，名字也像。"

夏乐抬头："是我。"

虽然已经猜到了，可真听到她一口承认刘然还是觉得这事儿玄乎，想想之前她收拾那些人的狠劲，就是现在眉眼间都是冷的，他怎么都没法把她和名声不好的明星联想到一块去，打电话告诉女儿她都不会信吧。

想到进入青春期的女儿，刘然也是叹气又摇头，摸了摸身上，笔放哪了？

"能麻烦你签个名写个寄语吗？就说让她好好学习之类的，她最近成绩下降得厉害，我瞧着多半是偷偷谈恋爱了……"说完话刘然还是没有从身上找到笔，他有点尴尬。

夏乐拿出手机："我加您个微信吧，叔婶的根在这，说不定还会有麻烦到您的时候。"

"没问题。"

互相加上微信，夏乐又道："我的新专辑快做好了，到时候你给我地址，我给签名寄过来。"

刘然笑着连连应好。

说完私事，刘然又说回了赵家的事："这两老一小的你带着走，负担不小。"

"赵平留在这里就毁了。"

这是事实，有个那样的妈在，又生活在这样不安稳的环境当中，将来说不好会走一条什么样的路，在他年纪还小的时候就离开这个泥潭是最好的。只是一个成长中的孩子，两个年迈的老人，不说要花的钱，夏乐要操的心就不会小，别的不说，刘然挺佩服夏乐的魄力。

"谭良那里真要告他？"

"告他陈秋芳就要牵扯进来，谭良要真因为这个吃了大亏肯定不会放过她，我不想对赵平的将来造成影响。"

刘然点点头："是这个理，就今天谭良和她闹成这样，将来要再想亲亲热热地过怕是不能了。"

夏乐唇角微扬，这就是她要的结果。

没让夏乐撑多久，施浩然就安抚好了两老过来替她，理由找得正当极了：

"赵平不睡，闹着要找你。"

夏乐起身向刘然伸出手："今天麻烦了。"

"应该的。"刘然回握住，"你们这事做得，敞亮。"

夏乐摇摇头，如果可以，她宁可不需要他们这么敞亮。赵平乖乖地坐在床上，看到夏乐眼睛一亮，双手一伸就要抱。

"平时这个点早睡了，今天大概是太高兴了，就不愿意睡。"看夏乐抱起了孩子，大娘腼腆地解释道。

夏乐没带孩子睡过，也知道两老怕是也都还不是那么放心，抱了抱就把人放回床上，自己坐到床沿拍着他的小胸脯道："睡，明天我们去很远的地方。"

赵平指着奶奶："一起。"

"对，还有爷爷。"

赵平笑了，笑着笑着又扁了嘴，泪珠子直掉。

夏乐给他擦了擦泪，也不问他为什么哭，环境造就人，赵平已经在不该懂事的年纪懂事了。

她回头："婶儿，警察会留下一个，您去楼上收拾一间房出来。"

"哎哎，好，我这就去。"

已经将近十二点，小孩没撑多久就睡了过去，睡着了都还在抽噎。夏乐想到赵建心里很不是滋味，为什么渣子就不能和渣子配一对呢？就像那陈秋芳和谭良一样，多配。

车子启动的声音响起，应该是刘然走了，夏乐出屋来到院子里，天气预报说这两天有雪，下雪前的天干冷干冷的。拨通郑先生的电话，感觉一声都还没响对方就接起来了，发现这一点夏乐心情好了些。

"忙完了？"

"暂时是。"

听出来夏乐情绪不高，郑子靖温声打趣："这是还有后续？"

"战友的爸妈被欺负了，孩子心理出了问题。"

"嗯，然后呢？"

"我把欺负他们的人揍了。"

郑子靖脸色顿时变了："现在是怎么处理的？对方报警了吗？你在局里还是哪里？"

"都处理好了。"夏乐不想说话，也不多解释。

知道没进局子郑子靖就放心了："是有什么想法吗？"

"我要带他们回来。"

真是半点不意外,郑子靖自觉地把事情接了过去:"我来安排好,几个人?房子租你家附近吗?"

片刻沉默后,夏乐道:"我以为你会反对。"

"为什么要反对,如果有更好的处理办法你都不会说要把人带回来。"郑子靖笑,"夏夏你责任心强,但是你从来不会替别人做决定,除非事情坏到了一定的地步,这次就是坏到一定地步了吧,他们再留下来不会有好日子过是不是?"

"是。"

"那不就是了,因为这件事情不开心了?"

"现在开心了。"

这是隐讳地表示是他把人哄好了?郑子靖笑:"那我也开心了。"

夏乐在院子里随意走着,心里那些冰像是被对方暖化了,那些不平,那些难过也都一一被抚平,夏乐就想啊,她得是多好的命才能碰上郑先生这个人。

"什么时候回来?"

"明天就回来了,估计会到得挺晚。"

"行程定下来发给我。"

"好。"

郑子靖又问:"是几个人?"

"三个人,不用去租房子了,林姐那边有两间房,正好住。"

"会不会太挤了点?"

夏乐摇头,想到对方看不到连忙道:"不会,这样他们会更安心些,都是很本分的人,怕我多花钱,让他们一起住着互相照应也挺好。"

"好,听你的,明天我先让人过去收拾,生活用品那些也都准备好,两个老人一个孩子是吗?"

"嗯。"

郑子靖想象着夏夏在那边乖乖的样子唇角就忍不住上扬,边不停地引着她说话:"孩子多大?"

"五岁。"

"行,孩子的衣服少带些,我从家里带过去。"

"好。"

一通电话磨磨蹭蹭着打了半小时,到最后郑子靖还是没有告诉她明天家长见面的事,反正都要回来了,回来就知道了。

这一夜格外漫长,对赵家人是,对陈秋芳是,对夏乐是,对郑子靖来说也是。

五点外边还黑着,夏乐走出门时施浩然已经在锻炼了,对他们来说哪里都可以当成锻炼的场合,什么都能当成锻炼的器具。前后脚的林凯也下来了,三人安静地或深蹲蛙跳,或俯卧撑,搬起一块差不多的石头也能锻炼臂力。

六点左右,赵家两老起来了,灶点起来,很快就看到大娘进进出出忙碌的身影,偶尔她会停下看一看三人,或者是想到了赵建,她会笑一笑,又或者会抹一下眼泪。

看都起了林凯也不修闭口禅了,打趣道:"队长,我们两个伤残人士来练练?"

夏乐也不废话,直接拉开了架势,都是在实战中磨炼过的,他们的招式早已经看不出套路了,一招一式全是奔着制敌去的。

最后还是夏乐把林凯扣住了,观战的施浩然问:"凯子你伤没好利索?"

"没那么快。"林凯活动着手臂,"本来也恢复不到以前了,不然能给我办个伤残?"

施浩然给了他一脚:"从力量上来说队长你退步很多了,凯子不是我说你,队长都弱成这样了你还打不过,丢不丢人!"

"输给队长丢什么人,赢了才意外好吧,说得好像以前你能打过队长一样。"林凯怼回去,看向队长的时候眉头也皱了起来,"队长你那次受伤是不是隐瞒了什么?"

"我一直都是技巧比你们强,力量比你们弱。"夏乐不想多说,她好久没有这么痛快过了,以后可以多和林凯练练,硬件上差了点,多练练还是能多保住点。

林凯和施浩然对望一眼,不用问更多他们也可以确认了,队长当时伤得肯定比他们知道的严重多了。

"可以吃饭了。"大娘抱着赵平站在门口,也不知道是不是因为麻烦解决了,大娘看起来精神头都好了许多。

早餐摆了一桌子,有胡辣汤、煎饼、比手掌还大的馒头,还有一大盆的面,量足足的。

"不知道你们吃不吃得惯。"大娘放下赵平,看他挨着夏乐不动了也不去拉着,这孩子喜欢夏乐。

"我们什么都吃,不挑,您和叔也来吃。"施浩然给自己装了碗胡辣汤,

"以前就听赵建说您做的一手好吃的，我们今天有福了。"

"你们吃得惯就好。"

夏乐把小孩抱到腿上坐着，小声地问他吃什么。

赵平指着馒头，她就拿来一个掰了一小半给他自己拿着咬，自己慢慢地吃剩下的那一大半。

林凯和小亮睡了一晚，自然而然地就比其他人要熟一点，这会见他盯着队长就笑："怎么，看上我们队长啦？"

小亮吓得双手连摇，那被吓到的样子逗得林凯哈哈大笑。夏乐懒得理他们，她现在可是有男朋友的人。

"我就是觉得她有点像个明星……"

"哦，那肯定是你看错了。"

"不可能！"小亮去翻手机，林凯一把夺了手机屏幕朝下地放桌上，"吃饭。"

小亮愣了，心里也透亮，林凯的做派其实就是证实了这一点，只是不想亲口承认而已，也对，夏乐这明星确实有点……另类！但是特种兵明星啊，想想就带感啊！！小亮控制不住地又偷偷看向夏乐，林凯把他的头压下去，鼻尖都碰到胡辣汤了，他这才老实了。

夏乐道："请你不要往外说，还有拍到的东西要删掉，我们这里有个现役军官。"

小亮自己是警察，懂这些，忙把手机递过去，让她自己删。

施浩然接了过去："我来吧。"

一桌子吃的一扫而光，大爷感慨道，"赵建回来也这样，多少都不够吃，我就猜着你们也得差不多"。

"我有个主意。"施浩然双手一击，"婶儿，您去那边支个煎饼摊子吧，保证生意好。"

大娘擦桌子的动作停下来，她看向夏乐，对她来说夏乐就是那个能替他们拿主意的人。

"不着急，先过去安顿好，熟悉了地方再想其他。"夏乐把赵平放下地，"但是这个可以作为一个方向，我没吃过比您做得更好吃的煎饼。"

"哎，哎，好，听你的，你说能成我就去支个摊，这样我也不用担心坐吃山空了。"

大爷眼神跟着亮了："她肉夹馍做得也比别人的好吃。"

"好，我记着了。"夏乐态度诚恳，让人听着就觉得她是真记在心里了，老两口顿时觉得生活都有了奔头,人只要有了立身之本心里就安稳了。

看了下时间,夏乐问:"银行几点上班?"

小亮抢着回道:"八点半。"

现在七点半,夏乐安排道:"银行我就不去了,浩然,这事你出面,必要的时候出示你的证件,凯子你一起去,尽快办好。"

"是。"

"顺便在镇上租个车,不在县城耽搁了,直接去市里,我来订票。"

"我有车我有车。"小亮举起手,"我的吉普车很能装,正好用。"

林凯拍着他的肩膀笑:"小伙子,你知道这样容易被谭良记恨上吗?"

小亮不屑地"切"了一声:"我怕什么,你知道刘所为什么把我留下吗?因为我不是本地人啊,我在这里再待上几个月就调县城去了,谁鸟他们啊!"

"就你了,去开车过来。"

"得嘞!"

算着时间,夏乐往楼上走去。陈秋芳裹着被子在床上坐着,看起来状态不大好。也是,又是惊又是怕的,吹了一晚上的风还挨了打,能好才怪了,没倒下算她身体好,夏乐半点不为所动:"走吧,去银行。"

"赵建死的时候有说什么吗?"

"你想听什么。"

"我和他从认识到结婚三年时间里真正在一起不到三个月,要不是那几年我没有跟过别人,赵平和他长得又是一个模子印出来的,我都要怀疑儿子是不是他的。"陈秋芳更加裹紧了被子。

选择大国还是小家,这是个无解的题,就和忠和孝不能两全一样。夏乐曾经是小家中的一员,后来也成了让家人等待的那个,所以她更清楚两边的无奈,这会也就更加无话可说。有些话太大了,太空了,说出来安慰的是自己,安慰不到别人。

陈秋芳冷笑:"无话可说了?你不是挺能的吗?事不关己的时候谁站着说话都不腰疼,你说一百句理解同情也分担不了那个人的痛苦。"

"你有想过给赵平留条生路吗?"

"有饭吃有衣穿,两老的把他当眼珠子一样护着,日子能差到哪里去。"陈秋芳冷笑,"我知道别人都在背后骂我自私冷血,可那又怎么样,我照样穿得比她们好,比她们有钱,比她们过得潇洒,她们看着是骂我,心底里不知道怎么羡慕我呢!你以为换成她们就不会和我做同样的选择?"

夏日乐章

陈秋芳毫无感情波动的话把夏乐刚生出的那点同情击溃，她自认不是暴力的人，接触的也是不可对普通百姓动手的教育，可这个人让她有点控制不住，半句不想多说。

"走吧。"

陈秋芳这会却倔上了："赵建真的什么话都没有留吗？让我好好照顾赵平这样的话都没说？"

"他来不及说。"夏乐猛地转过身来面对她，"你看不上的那个男人为了国家死在边境，我不评价你的对错，但也请你给逝去的人一点尊重，他当得起。"

陈秋芳从来都不知道她的丈夫是那么厉害的兵，她没给赵建机会说过，后来赵建也不愿意再告诉她。她以为，她一直都以为赵建只是个普通的兵，所以她才觉得那人没出息。

"收拾好下楼吧。"夏乐打量了这屋子一眼，转身下楼，这里，应该曾经是他们的婚房吧。

没让他们等多久，楼上就有了动静，赵平像是认得这个脚步声，一听到下楼的声音就往夏乐怀里扑，夏乐抱起他，让他的脸贴着自己。陈秋芳收拾的东西不多，就两个旅行袋，屋里几双视线，没有一双是友善的，也对，她做的事也不友善。

这个时间小亮已经开了自己的车过来，并且带来了刘然的话："刘所说在银行门口等。"

"行，直接过去。"

陈秋芳真就再也没回头，夏乐分明感觉到孩子悄悄地看过一眼，看对方没有看过来他又立刻把头埋了回去，就跟失了庇护的要自己保护自己的小兽一样要强，且骄傲。

摸摸他的头，夏乐也不安慰，在这里失去了安全感，那就想办法在别的地方建起来："叔，婶儿，你们把身份证给我，我来订票。"

"哎哎，好。"

大娘去屋里把老两口的身份都拿了过来，夏乐记下来后又递了回去，给有些慌神的两老建议道："短时间内估计回不来了，还有点时间，打电话和亲戚朋友道个别吧。"

"对，对，是要说一声，不然人家还要以为我们怎么了。"

等他们拿起平时并不常用的手机才发现好多通未接电话，回过去都是问他家里什么个情况的，典型的好事不出门坏事传千里，两人干脆就势简单说两句道了别，嘴巴却也紧，不该说的半个字都不说，夏乐全程听下来发现他们连去哪里都没有说。

这时铁门被人拍响了，他们被磨了这么些日子也警醒，赵德先过去从门缝里看了是谁才打开门，村上的人组着队地来了，想着那些人肯定不敢再来，他干脆把关了许多日子的大门打开了。

"真走啊，这些人靠得住吗？别不是冲你手里那笔钱来的吧？"

赵德眼睛一瞪："瞎说的什么，我把这钱给你，你养我们两个老的一个小的一辈子怎么样？"

这么一算还真是亏本生意，老人生病是笔大开支，小孩要养大成人，全是钱呐！

"行了，你们来就当是送行了。"赵德也不和那说话不过脑子的人计较，但他也没有把人往屋里请，他现在已经知道夏乐是个明星了，保不齐这些人里就有认识的呢？

赵德发了一轮烟，抽不抽的都接了："现在联系起来也方便，村上有什么事大家伙给我打个电话报个信。"

"这还用你说，放心好了，肯定给你报信。"

有人打听夏乐几人的事，赵德半句不透，又叙了会话就客气地送客，只让隔壁的林小子留了下来。

林伟给他打火："叔，真走啊？"

赵德就着他的手点了，苦笑道："留下来也没活路啊。"

林伟点头，确实，昨晚那一顿胖揍是揍爽了，可也把人得罪狠了，赵家这老的老，小的小，留下来只有吃死亏的份。

"叔你就跟着去，我看他们挺信得过的，您不知道，昨天他们来的时候不是有个人没有一起进来吗？他们一来就发现不对劲，跟我套话来了，我当时还没说全那林凯的样子就吓死人了，我当时就觉得这些人和赵建是真朋友。"

那会说是去拿行李了，赵德因为这话心里就更安稳了些："放心，这些人真是赵建的战友，赵平在他爸的手机上看到过，他认得。"

"那就好。"

"等银行那边办好我就走了，你别出门，回头我把钥匙放你那，你注意给我看着点屋子，没什么贵重东西，天气好的时候打开门晾晾，下雨了看看有没有漏就行。"

"您放心，我一定给您看好了。"

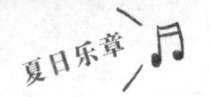

赵德拍拍他的手臂,"你也是赵建的真朋友,叔记在心里了。"

林伟咧嘴一笑,却比哭还难看。

夏乐还是小看了乡下的人情往来,没多会陆续就有摩托车停在了赵家门前,得了消息的各路亲戚应该是事先通过气了,前后脚地都赶了过来。

太阳正好,也没有风,赵德两口子直接搬了桌椅放院子里,茶水瓜子摆了一桌子,邻里可以应付,亲戚却是要好好交代一番的。

"那人真信得过啊?"

这是大家最关心的问题,赵德回得郑重:"信得过,他们都是赵建的战友。"

有人就道:"电视里看过这种新闻,说是哪个部队的兵牺牲了,他们那个班的都去给人当儿子,过年过节的轮流去,赵建的战友比他们还做得好。"

如果要评一评国内哪个体系最受百姓好评,毫无疑虑是部队,天灾人祸哪里需要哪里就有他们,尤其是遇上大的天灾,总能看到和逃生的人流逆向而行的军人,再危急的时候看到那身军装心里也就踏实了,就像现在,确定了真是战友这些亲戚就满脸都是放心的神情。

"他们人呢?在的吧,能不能见见啊。"还是之前说话的那人做代表说话,"我们也要好好和人家道个谢,怎么说他们帮的也是我们老赵家的人。"

"之前那陈秋芳不是在我这弄走一笔钱吗?他们帮着给要回来了,有两个现在去了银行。"赵德有点为难,他不想给夏乐惹麻烦,可是这些亲戚也确实是真心实意的,就冲着之前他们轮流守在这里防着赵平再被抢走的情分,他也不好拒绝。

"叔。"夏乐抱着赵平出来,头发挡住了半张脸,赵德人老心却不盲,连忙走过去挡住一众人的视线,边给亲戚介绍道:"这位是赵建的领导,姓夏。"

一众亲戚连忙站起身来,昨晚拍的视频在本地已经传开了,不过因为是晚上光线不好,夏乐又有意避开车灯,没人拍到她的正脸,可人一站出来,大家看着那身段那衣裳就认出来了,这是昨晚动手打人的那个女人没错,这气势别人装不了。

一直做代表说话的那人上前一步:"真是太感谢你了,说起来惭愧,这么个事我们什么忙都帮不上"。

夏乐摇摇头:"都已经帮过忙了,理解。"

赵德连忙道:"怎么没帮上,要不是大家齐心帮我守着,赵平早被绑走不知道多少回了。"

"到底也还是让你们受了欺负。"

"这种事没有办法。"赵德叹气,都在这地儿生活,谁也豁不出去,"不说这些,领导您先进去坐,我和大家叙叙话。"

夏乐朝大家点点头,重又进去了。

没多久,办事的人回来了。施浩然和林凯从车上下来一眼就看明白了眼前的状况,朝打量他们的人点点头,施浩然将一张单子递给赵德:"回头您自己再去查查账。"

"你们说办好了肯定就办好了。"赵德接过单子看了一眼折了一折塞兜里,给一众亲戚介绍,"这两个也是赵建的战友。"

互相打了招呼,施浩然提醒道:"准备出发了。"

年轻的进去帮着搬东西,赵德收拾得也多,大大小小八个包,连被子都装了一床,施浩然发挥他的好口才劝着放下了,又放下了一袋子小孩的衣裳,六个袋子都由赵家人搬进了后备箱。

把钥匙交给了林伟,上车前赵德和几个老兄弟互相拍了拍肩膀,一切尽在不言中。此去一别经年。

紫竹居门口,郑子靖已经等了有一会了,看到熟悉的车牌号立刻带着泊车小哥小跑着迎上去殷勤地拉开车门。

邱凝打趣:"要不是确定我的手表没坏,我都要以为是我迟到了。"

郑子靖摸了摸鼻子,没好意思说自己在这等了怕是十分钟都不止了。

"你妈妈到很久了?"

"到了一会,不久。"郑子靖引着人上楼。

紫竹居一共也就三层,这边都是低层建筑,光线没有被遮住,三楼是顶级贵宾室,每一间包房都自成一方小天地,房间套着房间的设计但又不故弄玄虚地做得复杂,看起来特别通透敞亮。紫竹居在乌市出了名地贵,口碑也出了名地好,明明身在闹市却硬是有股幽静的意味,里边的物件摆设也很讲究,没有半点违和感,让人非常舒服。

门拉开的那刻章惠就站了起来,笑意盈盈地往前迎了几步,带着点恰到好处的亲近寒暄:"路上还顺利吧?"

"小堵了会,还算好。"邱凝走近主动伸出手,"我是邱凝,夏乐的妈妈。"

"章惠。"

两人握了握手,互相礼让着坐下,章惠笑:"小四儿确实是太着急了点,不过也不能怪他,小乐哪哪都好,换成我也要早早地定下来才能安心。"

"她哦,部队里打磨出来的人,要说差自然是不会,可也远没有您说的

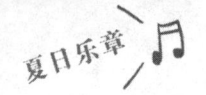

这么好。"邱凝看着不远处屏风后影影绰绰弹琴的人影，琴声悠扬中转回头来笑道，"她性子太耿直了，不会拐弯，眼里非黑即白，才回来那会我都担心她是不是能适应，我也看得出来她确实很吃力。当时她一意要去娱乐圈的时候我就想她大概一进去就得被人赶出来，可现在看着还能走得更远一点。"

"她很出色，无论在哪个行业有本事都能吃上饭。"

邱凝摇头："是因为她遇上了小郑"。

"事实上我有四个孩子，秉性都还不错。"章惠笑得眉眼弯弯，明明已经上了年纪，却依旧让人觉得这样的她很美，"郑家虽然也有点家业，可规矩是早就立下的，您也不用担心小乐到了我们家要经历那些个事，我经历过，所以我绝对不会让我的孩子再经历那些。"

喜欢一个人还是讨厌一个人不是嘴里说说而已，而是从语气，从说起那个人时的神情，从眼中的温度就能看出来。邱凝注意到章惠每次说起小乐时语气都是软的，这说明她至少不讨厌小乐，甚至还有几分喜欢。

不用想也知道不会是小乐做了什么讨人喜欢的事，多半还是郑子靖在后边使力了，知道有人这么在乎着女儿，笑意从邱凝眼中从眼尾的每一条纹路里蔓延开来。

"如果两人真能成我也相信小乐不会有这样的烦恼，她本身不贪，小郑您教导得好，比起钱财来恐怕父母在他心里要重要多了。说句实话，私心里我甚至不希望他们俩掌太多钱财，人生变数太多，少给点理由变数总能少一点。"

说到这邱凝又摇摇头："现在说这些还早了些，您有心，有些事我也不能瞒着您。"

章惠点头："您说。"

"不知道小郑有没有告诉过您，小乐现在还需要看心理医生，您不要误会，不是她心理不健康或者其他原因，是因为她当兵的一些经历所以会有一个这样的过程，能治好。"

邱凝努力让自己看起来气定神闲，可神经依然绷紧了，在知道要和章惠见面的时候她体会到了爸妈当年的心情。对年轻人来说爱情大过天，可光凭着爱过不了一辈子，其中要经历多少，承担多少做家长的都会考虑进去，他们希望自己的孩子能过得轻松一些，少吃些苦头，所以那时候他们千方百计地拦。

现在她不是拦，却不比拦轻松，因为她要把孩子的问题说得清清楚楚，婚前不隐瞒是一种道德，总好过婚后因为这个来争吵。

"我知道的。"

章惠的笑容里多了许多其他东西，哪怕她今天来的目的就是将订婚的日子定下，反对不同意那些都不存在。可看到邱凝的做法她就知道这门亲结对了，结两姓之好，虽然父母不够满意也能忍，毕竟不在一起生活，可如果家长同样优秀那实在是再好不过。真要说起来，四个子女里的另一半里夏乐家庭背景最弱，可现在看来，论父母的优秀却数一数二。

　　"不止我知道，家里人都知道。"

　　邱凝有点意外，她以为最多就是章惠知道……

　　"不知道小四儿有没有和您说过，他有个当了十一年兵牺牲了的叔叔，当时他也在特殊部队，在执行任务后战后综合征严重到了差点被部队劝退的地步。小乐这看起来比他还要好点，我知道是怎么回事，所以并不担心，甚至还有些佩服她，能因为战友的父母孩子被人欺负了直接把人接来养着，不说这样做对不对是不是冲动了，道义上来说她做得非常好，说句自大的话，这样的就算再多来几个我们也养得起。"

　　"父母孩子接过来？"邱凝看向郑子靖，"什么时候的事？"

　　郑子靖没想到夏乐压根没给家里说，就连章惠都不知道什么表情好了："您不知道？"

　　吃惊过后邱凝也只能苦笑："她十七岁就进了部队，独立自主惯了，大概都没想着要和我说。"

　　"这是好事，也不用怪她。"

　　"不怪她，她要不管我才要怀疑她是不是我女儿了。"

　　邱凝虽然摇着头，神情却是骄傲的，钱花了没关系，再赚就是了，她这些年攒了一些。就是小乐手里那笔钱全花出去家里也不会断了粮，只要小乐能心中安稳，对于活着的人来说，死了的人分量太重了。

　　"夏夏一回来估计就要让我给她接活了。"郑子靖瞄着邱凝的脸色插科打诨，试图给夏夏减减罪。

　　"该，自己扛下的事就要负责到底。"说完邱凝又问，"她怎么安排的？房子找好了吗？是不是还往我们那边找的？"

　　"没有另外找房子，夏夏说先和小宝他们住一起，先适应适应，也可以互相照应。"

　　"这样倒是不错，那里该收拾的都收拾好了，我再从家里拿两床被子床单过去就差不多能住人。"

　　邱凝划开手机点开备忘录准备记上，就听得郑子靖又道："我已经让人

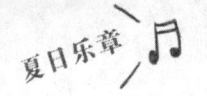

去收拾了,夏夏肯定也是不想让您跟着操心才不和您说的。"

"你不用替她说好话,我还不了解她,多半是忘了。"

章惠低头喝了口茶,唇角上扬,这样的家庭教出来的孩子底子就差不了。

虽然出了这么个岔子,可意外地没有半分尴尬,反而将初见的那种客套客气都给冲散了,看着对方都觉得亲切起来。

相视一笑,章惠道:"小乐是个好孩子,可我喜欢她不仅仅是因为她是好孩子,说得夸张点,她往那一站就让我觉着好,就想啊,这怎么就不是我女儿呢?"

旁边做乖巧状的郑子靖无声地咧了咧嘴,生生把西装革履的精英范给冲得点滴不剩。

两位妈妈齐齐看向他,要不是在邱凝面前,章惠都想给他一下:"又没夸你,你得意什么。"

郑子靖回得特别不要脸:"夸夏夏就是夸我,妈你多夸夸。"

章惠都被他这厚脸皮的样逗笑了,和同样笑得不行的邱凝道:"我特别怀念之前他喜欢小乐而不自知犯傻犯蠢的时候,哪像现在,看着就碍眼,怪不得网上有句话说:知道自己长得帅的人耍帅和不自知的耍帅是两回事,这不自知的犯蠢和有意识的犯蠢那也是两码事。"

"章……妈,不能这么比吧。"

"在我这没差。"不给儿子反驳的机会,章惠看向邱凝,"我们家小四儿吧,傻是傻了点儿,可对小乐也是真有心,夏乐妈妈您也别嫌弃,看在他对小乐一腔真心的分上就给他个名正言顺的身份算了,以后他要哪里做得不好了让小乐往狠里收拾他,反正他也打不过小乐。"

邱凝看向有点紧张的郑子靖,有点明白为什么郑家少有负面新闻,为什么小郑出生于那样的家庭却阳光开朗,因为郑家有章惠这样一个智慧女性。她太优秀了,就连眼下这点事上都不动声色就掌控全局还半点不让自己反感,要做到不容易,毕竟她也不是好骗的人。

"才见到小郑的时候我就觉着这孩子好,眼神清正,满身都是那种幸福家庭才能养出来的平和,现在这个社会,在小郑这个年纪就能心境平和的人太少了,这么一个优秀的人喜欢我女儿,说真的,我替小乐高兴。"

邱凝笑:"这种重要的日子她本人还不在,也就您大度能容忍,小郑也不生气,想来平时小郑也没少替小乐说好话,这么好的孩子喜欢都来不及我哪里还会嫌弃。"

真心实意地互相吹捧一番，两位妈妈再次相视一笑，气氛正好，章惠也就不再拐弯地直奔主题："小四儿是恨不得明天订婚，后天就结婚，咱们还是按着老祖宗的规矩来，礼节都走全了才能显出我们郑家对小乐的重视。"

邱凝原本以为今天就是双方家长见个面确定两人的关系，也是没想到直接就商谈订婚了，可都说到了这份上，她只能顺着往下接："您有心了。"

"以后就是一家人了，不说这两家话。"章惠从包里拿出老黄历，"我查了下日子，年前十六号这个日子不错，夏妈妈觉得呢？"

"……"邱凝喝了口水，看着眼前的老黄历骑虎难下，可看着郑子靖眼巴巴的样子她又狠不下心，暗暗叹了口气，凑近了去看："十六号会不会太赶了点？马上就过年了，怕大家都忙不过来，再者说小乐今天不在勉强还能说得过去，订婚可不能再缺席了，所以是不是等小乐回来看看她的时间再定？"

"夏夏年前不忙，我没给她接工作。"郑子靖立刻道，作为经纪人这事上他最有发言权，"这次休假过后她的私事就处理完了，明年她的工作量肯定会大大增加，到时可能时间更加不好调摆……我的意思是十六号挺好。"

邱凝这才想起小郑不止正在试图做她女婿，还有另一个身份是小乐的经纪人，要论对小乐行程的了解，不要说她，就是小乐本人恐怕都没有小郑了解。这可真是……失策了。

不好再找其他理由的邱凝不得不认真考虑起这个日期的可行性，订婚只是走个形式，不像结婚要筹备那么多东西，只要郑家那边能准备好她这边当然也是没有问题的。

"夏乐妈妈要是觉得时间不合适我们可以再商量。"

章惠笑盈盈地开口，以退为进的方式让邱凝更不好反对了，只得点头道："十六挺好的，我没有意见。"

"那我就开始做准备了，到时随时和您沟通联系，您也不用顾忌什么觉得不满意的就说，咱们不需要勉强，两家成一家，也不能只听一家之言不是。"

这话让邱凝心里舒坦，不说人家是不是真会做到，态度是摆出来了的，这也说明郑家并没有因为门第问题而轻看小乐，这曾经是她最担心的，古往今来门第问题都是婚姻关系里最大的问题，小家想要安稳，大家必须和谐。

喝了口茶，邱凝道："既然说到这个我也确实有一点小小的建议。"

"您说。"

"订婚毕竟不是什么大事，是不是咱们小范围地张罗一下就可以了？我知道郑家朋友广亲戚多，结婚的时候要怎么办我没说的，可订婚就不大张旗鼓了吧。"

"这点您放心，除了我那大儿子结婚的时候因为大儿媳妇家里也是生意场上的人不得不大办了，后边两个女儿我都只同意小办。"章惠的温声软语安抚了邱凝的心，同样是母亲，她能理解邱凝心里的担忧，这位让人尊敬的军嫂是真的半点想要攀附的心思都没有，还恨不得别人都不知道她结了这么一门亲。

"小四儿结婚我就没打算办成生意场上的聚会，他们要想聚我多筹备几次满足他们，那天不行，家事和生意不能混为一谈，家事当然只需要有家人就够了。这一点您完全可以放心，除非您主动要求，不然这只会是一场平常的婚礼，就像其他人家的新人结婚一样，有祝福有欢笑就够了。"

"您是个好母亲。"

"您也是。"

互相认可的两位母亲第三次相视而笑，对这个商谈结果都觉得满意。

夏乐订的高铁票，虽然飞机更快，可临时订票票价贵，行李也多，还要把两老的身体情况和情绪都计算在内，相比起来自然是高铁更合适，唯一的弊端就是时间久了点，要七个半小时。

到乌市时已经将近十点了，下了车，湿冷的风吹过来，再多的瞌睡虫都赶跑了。

手机响，怕被人认出来吓着孩子，戴了帽子和口罩的夏乐单手抱着赵平掏出手机看了一眼，扯下口罩道："郑先生。"

"到了吧？"

"刚下车。"施浩然把赵平抱走好让队长接电话，可夏乐看到赵姊儿自己提了个袋子，她过去不顾阻拦一手提了过来。

"我来得晚了点，就不上来找你了，你带大家直接到地下一层的停车场，我们在那里会合，知道怎么走吗？"

"知道。"夏乐辨了下方向，"人多行李也多。"

"特意开的大商务，放心，装得下。"郑子靖说话有点儿喘，夏乐一听就知道他在跑，乌市是省会，车站很大，要是停得远点儿走过来要挺久。

"不着急。"

"嗯？"

"你不用跑没关系。"

郑子靖心里一甜，脚步真就缓了下来："好，我不跑。"

"一会见。"

"嗯,一会见。"挂了电话,郑子靖双手插进大衣口袋里抬头笑了笑,不得了,有些人说情话都未必能哄得人开心,可他家这个说什么都像情话。

那边夏乐空出来了一只手,又把赵叔手里的蛇皮袋接了,知道前边有人在等着,她的脚步不自觉地就快了几分。

施浩然用肩膀撞向林凯,朝队长抬了抬下巴,无声地问:"那位?"

林凯点头,除了那位他也想不到还有谁。施浩然若有所思地看着队长的背影,眼神微不可见地暗了暗,已经上心了啊。扶梯渐渐往下,夏乐看到了在下边等着的郑先生,几天不见她莫名就觉得有点别扭,对上郑先生的视线后感觉心跳都快了,她低了下头掩下这点不自在。

"回来了。"等更近了些,郑子靖看过来的人挥了挥手。

不是问累不累,好不好,一句回来了让这几天始终冷静地处理问题,没有太多情绪波动的夏乐柔软下来,她是战友依赖的队长,是要保护战友家人的领导,是必须庇护弱小的军人。可现在,在郑先生面前她只是一个他在等待的人,没有必需的责任,只是平等的亲近的普通人。

这么想着夏乐就觉得——原来这世界上真有岁月静好这回事,于是她唇角上扬,回道:"嗯,回来了。"

再自然不过地把手里的行李交给他,郑子靖也立刻就接了转移到一边,和夏夏一左一右地把紧紧抓着扶手的老人扶到一边避开人流。

两老都有些紧张,他们都多少年没出过远门了,这一出还跑了这么远,哪哪都陌生,心飘着都没个着落。

"赵叔,赵婶,这位是郑子靖,是……我男朋友。"

郑子靖又惊又喜地看向夏乐,嘴巴都要咧到耳后根去了,这还是夏乐第一次在外人面前承认两人的关系。

"赵叔赵婶是我战友的爸妈,小孩叫赵平,是他的孩子。"夏乐从施浩然手里接过赵平,"叫郑叔叔。"

赵平搂着夏乐的脖子乖乖地喊:"郑叔叔。"

吐词含糊,音却是这个音没错,郑子靖心里门儿清,夏乐说多少他就听多少,半句不多问,扬着笑脸应了小朋友,又向两老问好。

两老连连点头"哎哎"地应着,心里那点不自在都少了,虽然这年轻人眼生,可他是夏乐的男朋友啊,这也就是自己人了。

郑子靖抬头看向最后一个陌生人,不用猜也知道这是跟着夏夏去探望战友的另一个兵了,还是现役的。

不等夏乐介绍，施浩然伸出手来："施浩然。"

"郑子靖。"

两人态度都有所保留，郑子靖第一时间感觉到了这个男人对他的打量，他不好给这种打量定性，毕竟他是夏夏的战友，可仍然不耽误他护食。

到了车上安顿好，夏乐因为抱孩子没坐前边，等着过收费岗的时候郑子靖把头拧成了九十度："房间都收拾好了，我让王姐捡拾的东西，后来林欣姐又帮着看过，应该是不缺什么了，被子床单什么的都备了双份，换洗的也够。我家这些东西多，放那都放旧了，缺什么就说，不用再去买。"

"……"

"不许说谢谢，你的事不就是我的事吗？"郑子靖转回头去，眼角余光瞟过副驾驶座的施浩然，那股子宣告主权的意味是条狗都闻出来了，更何况施浩然这么敏锐的人。

转开头看向窗外，施浩然心里虽然有些波澜却也掀不起大浪。他是喜欢队长不错，可喜欢是在心里的，在一起却要看适合不适合，他和队长就是不适合的，他本身性情就冷，队长又是个把自己逼成了冷静占据主导情绪的人，两盆冰水放到一起谁也化不了谁。所以他也只是喜欢，不让自己往前，也不逼着自己退后，一直就停留在这个位置。

别人是朋友以上恋人未满，他这则是兄弟以上恋人未满，他也不遗憾，有些感情的分量不比爱情轻，就算以后哪天他另外喜欢上了别人，只要队长需要他一定会站在她身后支持她。他也相信如果是自己出了什么事，队长一定会为他想尽办法，就算要付出代价也会帮他。

这一点郑子靖都是比不上的，或者以后可以，但现在绝对不行。

"浩然。"

是浩然，而不是施浩然，两人私底下的称呼让他脸上带了笑，回头道："知道了，明天我就回去销假。"

"订晚上的高铁票，我去买一腿肉辛苦我妈做了你带回去，快过年了，提前给你们加餐。"

是了，今年过年少了好几个兄弟，施浩然脸上的笑意褪了下去，他嗯了一声，声音很轻，可心很重。

林欣还没睡，一直竖起耳朵听楼下的动静，从私心里来说她是担心的，她怕合不来。

如果是年纪相当还好，总归观念这些都差不多，可对方都上了年纪，还有个几岁的孩子,要再把南方北方生活上的差异算进去,她真是半点睡意都没有了。

可她并没有说不的权利,说得难听点,她们母子现在也是寄人篱下,小乐对他们好是道义,不是必须的,她不愿意也只能在心里盼着对方好打交道,哪怕是看在他们都失去了最重要的人的分上呢?

东想西想,忐忑不安中林欣听到有车在楼下停了,她心跳加快,连忙到阳台上一看,第一眼就看到了下车的郑先生。犹豫了下,林欣穿上棉衣往楼下走去,如果……她先表现出善意,对方应该也不好打笑脸人吧,怎么说也是她先来的,更往偏里说小乐还是小宝的干妈呢!

这么想着林欣底气就足了点,做了个深呼吸,抬头挺胸,扬起笑脸迈下最后几层台阶:"小乐。"

"林姐。"夏乐抱着孩子带着两老一起过来,赵平睡着了,身上捂了毯子。

"路上挺顺利的吧。"林欣看了眼小孩,又朝两老笑了笑,"快进屋,别冻着孩子。"

两老也都挺紧张,他们也担心林欣不好相处,这会看她和和气气的也就偷偷松了口气,腼腆地笑着应好。

夏乐确实不通人情世故,处事的时候也就想不到那些,可她智商在这,也做过几年掌控全局的队长,只一见面她就看出了一方的真紧张和一方的故作不紧张。稍一想她就知道是自己想得太简单了,她只想到两个都失去顶梁柱的家庭在一起可以互相照应,却忘了两个家庭从陌生到熟悉再到融洽相处有多不易,矛盾积深了成仇都有可能,只是现在这样只能先暂时在这里安顿了。

进了屋,林欣热情地走在前边领着他们来到房间前推开门笑道:"那位姐姐能干得不得了,想得又周全,什么都带上了,我什么忙都没帮上。"

房间干净整洁,却又不是酒店那种冰冷冷的,从颜色到每一样小东西的存在都在给这个空间增加温馨感,让这房间看起来有个家的样子。两老都是糙惯了的人,只在电视上看到过这种房间,站在门口都不敢迈步了,可被这样上心对待着心里又热得不行,嘴巴哆嗦着,眼眶红着,想说点感谢的话又嘴拙得半个字都说不出来。

林欣在一边看着心里就松快了点,看着好像挺记好的,应该不是难打交道的人吧。夏乐率先进屋,把捂在赵平身上的毯子拿了,脱了鞋子掀起被子一角就要把孩子放进去。

"慢点慢点,没脱衣服。"赵婶儿连忙跟进去帮着脱衣服,赵德也赶紧从已经拿上来的行李袋里找出隔尿的垫子铺上,这么好的床单不能弄脏了。

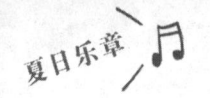

这一通忙活,之前那些想法、顾忌也就不知不觉都没了。

夏乐不知道要给孩子脱衣服吗?她当然知道,只是催着人进房间和主动进来不一样的。把孩子安置好了,她看向一脸慈爱地给赵平盖被子的赵婶,这两天她看出来了,虽然赵家出面的通常是赵叔,可遇事拿主意的是赵婶。

"房间三个人住是小了点,你们先在这里将就着住,回头我再去找房子。"

"不用找了不用找了。"赵婶双手连摇,"我瞧着哪里都好,比我们老家的房子好多了,大小那是没得比,可城里的房子我知道,都是这样的,不用再费心去找了,这里已经好得我都不知道要怎么形容。"

一直在悄悄观察的林欣也走进来帮着说话:"我也觉得不用再找了,我们会好好相处的,你就不要再花钱了。"

说到钱老两口更是连连点头,这一路过来就已经花了夏乐挺多钱了,现在住的也安排得妥妥当当,还挑剔就真的不是人了。

"好,那就先住着。"至于好不好的,她看得到。

"叔,婶儿,这位就是林欣,她丈夫叫吴中,和赵建是战友。"顿了顿,夏乐又加了句,"他们是在同一个任务中牺牲的。"

一句话立刻将两个家庭的关系拉近了,片刻的沉默过后林欣笑道:"他们兄弟感情那么好,我们就更应该好好相处了。叔,婶儿,你们只管放心,我也是从下边的小地方来的,孩子有先天心脏病,每天愁他就够了,不会再给自己找事儿的,您两位看着也是好说话的,以后咱们就好好儿地相处,不给小乐再添麻烦。"

"哎哎哎,闺女说得对,咱们好好处,都是为着孩子是吧,只要孩子好其他怎样都好。"

"对对,就是这个……"

客厅里,三个男人靠门的靠门靠墙的靠墙,安静地听着里边的对话。他们不是没有过担心的,夏乐只知道死命地对人好,却不知道人会有野心,会不记好,会忘了情分忘了本分,可再担心他们也从来没想过要去提醒她,而是想着自己要怎么来防备这个问题。他们都不想改变这样的夏乐,这样也才是夏乐,她想不到的他们去想了就是了。林欣又领着两老熟悉了每间屋子,还带去看了睡着的小宝,夏乐一直陪着,几个男人也不催。

"不早了,小乐你们就先回吧,不用担心叔和婶儿,我会留心照看的。"林欣主动把这事担了下来,她突然就想通了,小乐肯定是非常信任她才没去想那些有的没的,那她就要做得像个样儿,以后的日子还长着,就是为了小宝她也要对得起这份信任。

赵德连忙也道:"对对,为了我们家的事儿你们这两天就没歇过,快去好好歇着。"

夏乐在两家人脸上扫了一圈,点点头拿起了自己的包:"有事随时给我打电话。"

"你安安心心地回家,不会有什么事儿。"林欣拉开门开始赶人,"明天不用急着过来,你在家好好休息两天,叔和婶儿跑了这么远也要歇歇缓一缓。"

夏乐看向林欣,林欣向她点头,这是承诺。夏乐笑了笑,应好。

对夏乐的两个战友郑子靖也做好了安排,把两人送到好打车的路口放下,道:"我今天不住那边,客房也收拾好了,林凯你熟路,我送夏乐回家。"

这真的是非常自己人的操作了,施浩然玩味地笑了笑,也不反对,他哪里都能住,可不得不说郑子靖这个做法并不让人讨厌,能让队长上心的人果然不能小看。

之前没有商量过这事,夏乐听着也觉得挺好,在旁边补充道:"林凯你明天中午带浩然到家里来吃饭。"

林凯搭着老施的肩膀满口应下,朝两人挥了挥手,夏乐关上车窗,车子往绿苑小区方向开去,这里离着近,现在路况又好,五分钟就能到,所以郑子靖开得很慢。

从见面到现在才总算有了单独相处的空间,夏乐觉得有点局促,不知道该说什么。

当然,郑子靖不可能放任这样的情况,语带笑意道:"这俩要是普通人肯定是让人头疼的刺儿头,你是怎么让他们这么听话的。"

"多打几架就好了。"

郑子靖看她一眼,这还真是挺夏乐的方式,"部队里允许?"

夏乐靠着车窗想着那些过往,霓虹灯影影绰绰地照在她脸上,明明暗暗中也能看出其中的怀念,这样的时间,这样的氛围,身边又是这样一个人,夏乐突然就有了倾吐的欲望。

"我们小队从成队到散了也就三年时间,一开始就把我们九个人编到一个队里,然后让我们自己定下谁是队长,谁是副队,谁侦察谁狙击……每个人该在哪个位置都是打过好几架才定下的。后来我问过政委为什么我们小队成队和别的队伍不一样,政委说我们这九个人放到哪个队伍去都会破坏平衡,让队伍很不好带,那就干脆让我们来组一个队,看看效果会怎样。"

郑子靖看着她嘴角的笑,这个人平时高兴的时候也就是嘴角往上,这会却是真的笑了。

"我们打了大半年,如果不是他们看不起女人,一意要把我从这个队伍里赶出去我也不会手段用尽,结果把自己推到了队长的位置。"

说起来三言两语,可要做到这个份上郑子靖能想象出来有多难,哪里都是强者为尊,这一点在部队那种地方体现得更加淋漓尽致,女人比起男人来体力上是先天的劣势,要想让人承认就只能比那些人更强,所以他们服从夏乐,哪怕她已经不在部队了,在他们心里她永远都是他们的队长。

"他们都是刺儿头,你可不是,为什么把你也放进去了?中和一下他们?"

"我问政委,他说从一开始他就知道队长是我。"

郑子靖立刻就明白了政委的意思,夏乐只能做头儿,这是对她实力最大的认可,这种实力不只是力量上的,还有头脑上的,如果把她放到别的队伍里去,队伍才真的是不好带了。

"郑先生。"

"嗯?"

"你知道赵家的事我安排得并不好。"

这是反应过来了,郑子靖笑,他也不否认,点点头道:"对,我知道。"

"为什么不提醒我?"夏乐单纯的疑问,口气中听不出半点不满和责备,从相识至今,她太知道郑先生所做的任何决定都是为她好了。

"任何事情都有两面性,这件事也是,你往好了想,认为他们可以互相照应,我往坏了想,人性的自私可能会让他们以后成为仇人,各占百分之五十是吧?"郑子靖转过头来,眼神里的光比外边的灯还亮,"谁又能说准了他们真就一定会相处不好呢?你总是习惯性地把人往好里想,那我也愿意把他们往好里想。"

"如果他们最后是你说的那百分之五十呢?"

"那我也能让他们认清自己的位置,可以不记恩,但是他们不能还怪别人恩情给少了。"

郑子靖唇角微勾,仍然笑着,神情看起来却是冷的,这样的郑先生和平时不同,却让夏乐觉得这才是郑子靖。她从来都没觉得这个人就只会天天笑而已,能让他身边的人都喜欢他不会毫无缘由。

"是我想得太简单了,把赵建和吴中的兄弟情分套在了他们家人身上,回头我就在附近再找一套房子……"

"不找了，就这么住一段时间看看，实在不行也要等年后再说。"郑子靖摇头打断她。林欣平时软和内向，和他见了好些回了现在才会有几句话说，可今晚却反常地变得热情主动，像个主人一样带着他们熟悉房间，这就是地盘意识，她已经想得很远了。

他也看得清楚，林欣并不想把两老赶走，所以她的想法应该是好好和赵家处好关系，就算她想得自私了点，只要能免了夏乐的后顾之忧都是可以接受的。谁敢说自己不自私呢？自私并不是错，只要没有损人利己，没有伤了别人，用好了自私也没那么坏。

"你平时不用管太多，该给的给，有时间就去看看，要想带他们熟悉这个城市也不成问题。可夏夏，要掌握好度，尤其是在钱的事情上，有时候人的坏和贪是被无意中养出来的，你不要成为那个人。"

夏乐沉默片刻："知道了。"

"对了，有件事要向你汇报。"

"嗯？"夏乐应得漫不经心，眼神落在叠一起的两只手上，她的手关节有点儿大，手指头也比一般女孩子的粗，谈不上有多好看，可现在这么看着她又觉得好像也没那么难看，郑先生的手比她的大，刚好可以包得住她的手。

"今天白天章惠女士和邱凝女士进行了历史性的会晤，定下了这个月十六行订婚之礼。"

夏乐略有些茫然地抬起头来，订婚？他们不是才谈恋爱吗？

可她仍然以最快的速度做出了决断："好。"

郑子靖默默地把到了嘴边要解释的话噎了下去，他当然更不会故作大方地说什么"你要觉得不好可以换个日子"这样的话，开玩笑，得有多想不通才说这种话，这种事当然是得二话不说是最好了。

"两位妈妈意见统一，都不打算惊动太多人，结婚的时候也不会做成生意场上的宴会，当然，你想请的人都可以请，订婚结婚都一样。"

从订婚一下子又说到了结婚，夏乐在心里消化了下，点头应好。这时车子也到了楼下，郑子靖挂好挡位转过身来看她，非常认真地问："是不是只要不是坏事你都无所谓？"

"我会判断。"

"所以这件事也经过了判断？"

夏乐点头，她想不明白，郑先生为什么看起来有点生气？

"你判断这件事对你没有伤害，所以同意？"

"是你说的……"夏乐眉头皱着,有什么问题吗?

郑子靖愣了,因为是他说的,所以就算他说要订婚要结婚她都接受,都不反对吗?是了,他在想什么,夏乐本来也不是那些心思多的人啊,郑子靖拍了拍额头,他刚才一定是被脏东西附身了。

心里翻腾的那些莫名其妙的情绪瞬间消失得无影无踪,郑子靖看向夏乐,倾身把又开始抠皮椅的人抱住。他早就发现了,只要一紧张夏夏就会抠东西,自己的情绪起伏影响到她了。

"我想岔了,以为你根本不在乎是和我还是和谁订婚。"

"可是说的人是你。"

"对,我错了,求原谅。"郑子靖干脆地认错,"以后不会了。"

不会忘了你根本就是最简单的人,从来没有那些乱七八糟的想法,一是一二是二,说的所有话都是字面上的意思,谁想深了谁蠢。就像他现在,蠢到了极点。

一会后,夏乐回抱住他,她觉得这样的事第一次是可以原谅的:"但是没有下次。"

"绝对没有了!"郑子靖应得又脆又响,半点不带耽误的,态度好得不得了。

夏乐最好的一点就是不纠结,对她来说郑先生应下了这一点事情就翻篇了,想着订婚的事她问:"我要做什么吗?"

"你想做什么就做什么,两位妈妈今天见了面后就打了好几通电话沟通后边的事,估计我们也插不上手。"郑子靖控制不住地嘴角上扬,他喜欢的人不但得到了自己家里人的喜爱,连她的妈妈都被认可,在他们这样的家庭太不容易了。就像大嫂,这都结婚多少年了,章惠女士对她娘家一直都是客客气气的,客气当然好,可太客气了就不像自家人了。

果然还是他眼光好,郑子靖在心里美滋滋地想,回头他得对章惠女士更好点才行,不能让她有儿子有了媳妇不要娘的感觉,这样她就会对夏夏更好了。

转着这些有的没的念头,郑子靖嘴上也半点不耽误:"该准备的东西我都会准备好,你要是想出力就多跟着伯母,订婚礼是在女方家举行,伯母会要准备些待客的东西,酒席那些两位妈妈在商量,最后定哪里肯定也不会听我们的。不,准确地说我们连插嘴的余地都不会有。"

夏乐顺着郑先生这些话已经拼凑出了两位妈妈相处的画面,笑了笑:"我妈是不是很开心?"

"那当然,我这么好,她上哪再去找一个比我更好的姑爷。"

"嗯。"

郑子靖说着不要脸的话的时候一点不觉得自己不要脸,可听到夏乐应"嗯"反倒觉出自己不要脸了,更不要脸的是他还责怪开了:"你还真应啊。"

"你说的实话。"

在这么个老实人面前郑子靖更觉得自己不要脸了,刮了下她鼻子强行把这个话题带开了去:"忙活来忙活去的,是不是都快忘了自己是个歌手了?"

"没忘。"车外昏暗的光线照在夏乐脸上,让她整个人看起来都是温软的,"在路上我有写好歌词,曲子还要打磨一下。"

"多准备些歌,不拘于什么类型,都可以尝试,这个市场确实是资本说话,有钱的金主想捧个人也捧得起来,可最终经得起市场检验的仍然是好作品。"

郑子靖把夏乐乱了的头发理顺了:"别看你现在人气好像在跌,可一直有各路人马在和公司接洽,所有和音乐无关的我都让他们婉拒了。现在在谈的是一个电视剧的片尾曲,还有一个电影也是片尾曲,我还没有答应,这两个至少要有一个唱片头曲,影响力会大些,或者干脆唱宣传曲。"

看夏乐眼神亮了,郑子靖笑:"先不管唱片头还是片尾,让你作词作曲有没有问题?"

夏乐想也不想就摇头,她现在还真不担心这个,出去这几天她想写的东西很多很多,就好像哪一窍开了一样。

"我知道这对你都不是问题,所以我一开始就是用这个做底牌来和他们谈,你是原创歌手,写的歌又首首都叫好叫座,都是内行人,看得出你的价值,而且你现在比那些大拿便宜,这一点他们也会考虑进去。"

"能谈成吗?"

"如果不是我坚持要片头曲早就成了。"郑子靖看了下时间,十二点多了,"这些事不着急说,你看起来精神不太好,先回去好好睡一觉,任何有解决方案的事都不是事,咱们有钱有人有实力还有脑子什么都不怕,任何事都别装在心里,嗯?"

夏乐嗯了一声:"明天你来家里吃饭。"

"你不说我也肯定来,怎么能少了我。"郑子靖笑,"我早点来陪你去买东西。"

"好。"拉开车门,夏乐回头看向手也放到车门上的男人,"别下车了。"

郑子靖听话地收回手:"到家给你发信息。"

"好。"

Chapter 19
订婚了

客厅的灯亮着,一推开门夏乐就知道屋里有人,显然妈妈在等她。

邱凝腿上盖着毛毯,看到人就笑,朝她招了招手打趣道:"我听着车可是到了有一会了。"

夏乐有点窘迫,低头掩了掩情绪走到妈妈身边坐下:"您平时这个点早睡了。"

"今天突然就给我女儿定下亲事了,情绪波动太大,睡不着。"邱凝歪头看着女儿笑了笑,"安顿好了?"

不问她为什么不和自己说赵家的事而是直接问结果,邱凝太了解小乐了,这事在她那儿根本不算事,因为她自认能解决,大概在她那里除了她爸找不回来,也没有其他解决不了的事。

"嗯。"

"有和小郑商量吗?"

夏乐想了想,实话实说:"决定是我做的,没有商量,后来他知道后有说几句。"

邱凝点点头,她并不意外,其实能在后边说几句她都觉得意外了:"订婚的事呢?有商量过吗?"

沉默片刻,夏乐摇头。

"那以后结婚呢?也不用商量,一方做下决定就可以了?"

夏乐不说话,她知道这不对。

握住女儿的手,邱凝轻轻叹了口气:"两个人和一个人不一样,在家做女儿和去别人家做媳妇也不一样,就算你强大到能扛起所有事也不要一个人去扛。你要给你的另一半为你们的家付出的机会,自己一砖一瓦搭起来的家才会让他有归属感。"

拍了拍女儿的手背,邱凝温声提醒女儿:"不要把两个人的日子当成一个人过,你要把他纳入你的生活,好的坏的是两个人的事,他有权知道,参与不参与也应该由他说了算,你不能替他做决定。小郑挺好,也适合你,妈妈别的都不担心,就怕你一个人担事担惯了,让他在家里变得无足轻重,一个人如果在家里找不到自己的位置是很危险的事。"

"我做得不好。"夏乐翻手握住妈妈的手,"我会好好想想的。"

"你的前二十五年没人能说你做得不好,后面的生活还没开始,你还有时间来适应调节,妈妈相信你一定能做得很好。"

"嗯。"

"乖,妈妈也就是和你说说这些话心里才安心。"邱凝掀了毛毯站起身来,"在外奔波几天累了吧,快去休息。"

"妈。"夏乐跟着站起来,"明天两个战友会过来吃个便饭。"

邱凝笑:"知道了,妈妈做一桌好菜招待他们。"

"我还想请您帮忙做些菜,分量大些,到时让战友带去部队。"顿了顿,夏乐补充说明了句,"快过年了。"

邱凝随军几年,立刻就明白了女儿话里的意思,点点头道:"好,你把要做的买回来,妈妈一定拿出我的最高水平。"

"辛苦您。"

"你啊。"邱凝无奈,哪家的女儿会这么客气地和妈妈说话的,撒泼打滚的倒是见过不少,和她都这样,这以后结婚了也不知道会相处成什么样。这么想着,邱凝心里更焦虑了。

回到房间,夏乐往床上一躺放空了自己,这一天的跨度太大了,距离上是,关系上来说也是,她有男朋友好像也没几天,这马上就要订婚了,听郑先生的意思像是结婚也快了,太没有真实感了。不过对他们来说也正常,好多战友一次探亲假就能解决人生大事。捂住胸口,心跳得有点儿快,夏乐翻了个身趴在床上,长手一伸扯开被子盖住自己,也藏起了上扬的唇角,好像……有点儿开心。

漫长一夜过去,夏乐依然早早就起床晨跑,一下楼她就感觉到了窥探的视线,扫了一圈,直接往一辆车走去,看了眼车牌号码她敲开车窗。

不一会车窗放下,露出一张带笑的脸:"又这么早啊。"

夏乐看了眼驾驶座上的人,都熟,就那次帮着救人的其中一个记者和司机。

"我住在家里的时间不多。"

"嘿嘿,刚从外地回来吧。"对上夏乐的视线,记者笑,"下次记得让你的经纪人也做个伪装,你藏住了没用,就他那张脸不止我们记得,粉丝也记得了,看到他就知道你在附近。"

这事大概不止她没想到,郑先生自己恐怕也没想到,夏乐突然就心情不错,戴上帽子问:"除了你们还有人吗?"

"没了,之前他们蹲了段时间没蹲着你就知道你不住这了,我这也是运气好。"记者递了张名片过来,"我是新锐报的记者,叫周扬,看在我们也算一起经历过大事的分上让我做个专访?"

夏乐接过名片看了一眼,她对这个记者印象不坏:"回头我让郑先生和你联系。"

周扬一喜,他原本没抱什么希望,这夏乐虽然是个新人可公司护得紧,定位也很明确,路走得非常正,平时要么深居简出,要么就是有新歌,好不容易接个广告还是公益性质的,据说连机票钱都自己贴的,要真能拿到新媒体的头一份专访,嘿嘿。

"不打扰你跑步,回见。"

"平日里不要打扰到我妈。"

"你放一百个心,我们也是有职业操守的。"

夏乐正要开跑,后边周扬又道:"别往偏里去啊!"

挥了挥手,夏乐头也不回地跑远。

郑子靖过来得很早,夏乐跑完步回来就听到厨房里传来妈妈和郑先生的说话声,她站在门口听了会,再寻常不过的唠家常,她听出了妈妈的开心和郑先生的耐心。低头笑了笑,夏乐关上门换鞋。

郑子靖探出头来:"就说听到有声音,快去收拾,早餐马上好了。"

夏乐的笑容还没收起来,语气也远比平时温软:"来很久了吗?"

"一会会儿。"郑子靖从厨房门口出来,走近了微微弯腰轻声问,"很开心?"

"嗯。"

郑子靖又问:"因为我?"

"嗯。"像是为了证明自己说的是真话,夏乐还用力点了下头,眼神比平时更亮了几个度。

郑子靖笑了，回头看了一眼，做贼一样飞快地在她唇上沾了一下。夏乐惊奇地发现她的身体本能并没有反抗，这只有两种可能，要么，是她已经退化到没有了这种本能，要么，就是这个人已经不会让她的本能起反应。她相信是后者。

夏乐背着手后退一步，手指头欢快地互相勾搭着："我去洗漱。"

"快一点，一会我们还要去买东西。"

"好。"

买了一大腿猪肉，又买了排骨和牛肉，还照着邱凝开出来的清单把配菜买齐，回家后两人互相帮忙着系上围裙一起切切洗洗，忙得热火朝天。邱凝脸上的笑容就没下来过，一个人是图表现还是真心她看得出来，更何况小郑做得还不错，比只有一把蛮力的小乐要做得好多了，瞧着倒像是平日里做过。

施浩然和林凯过来得也不晚，家里就有两个当兵的。邱凝熟悉他们的行事方式，也不和他们客气，打了个招呼就继续忙去了，把小郑留下打下手，赶了活做不好的，小乐出去陪着。

"挺好啊。"施浩然朝厨房的方向抬了抬下巴打趣队长，"这才退伍多久，队长就名花有主了。"

还真是名花，作为唯一的女队长，在孤鹰没人不认识夏乐，在她退伍后名声更盛了，不是谁都能在心脏骤停九分钟后还救回来的。

"订婚就不大张旗鼓了，什么时候结婚提前告诉你们。"

施浩然一愣，林凯看他一眼忙问："就订婚？这还没多久吧就订婚？"

"十六。"

这可真是……挺赶的，林凯张了张嘴，到底还是什么都没说，他看得出来郑子靖对队长有多上心，也知道老施对队长是什么想法，他尊重队长的选择，就算站在自己人的立场，他也得承认郑子靖确实不错。

一会后，施浩然笑了："结婚可一定得提前通知我们，只要不是在哪里回不来我们一定都会到。"

"当然。"

施浩然伸出手，夏乐慢了半拍，同样伸出手去和他击掌，就像以往每一次出任务前两人商量完所有事情后一样。

下午四点半离开的时候施浩然多了一个巨大的旅行袋，忙活大半天的菜全用一次性食盒装好，又用透明胶卷卷起来，整整齐齐地码在袋子里，虽然汁少,邱凝还是一再提醒他尽量不要让袋子倒了,免得有汁流出来。

将人送到楼下上了车,夏乐道:"浩然。"

施浩然从车里看过来。

"穿着这身衣服心里就只能装该装的事,不要有其他想法,如果实在压制不住心里那些想法了就离开部队来找我,你知道我在说什么。"

施浩然抬头看向三楼窗户,郑子靖站在那里,眼神对上后朝他挥了挥手,别的不说,这个男人适合队长,他对分寸的把握炉火纯青。

"队长,我们不是你的责任,你担着死了的那些人的责任就足够了,我们还活着的就自己负责吧。"

"把我的话记住了,我不想有朝一日隔着铁窗去探望你。"拍了拍车门,夏乐看向林凯,"走吧。"

施浩然深深地看她一眼,挥了挥手把车窗关上,看着后视镜里的身影越来越小终至不见,闭上眼睛不让难过泄露半分。

他曾经离她最近,如今渐行渐远,可就算如此她也仍然一眼就看穿他的不安分,可是他要怎么安分呢?能压制住他的那个人已经先一步脱下了军装,他没有了心甘情愿去辅佐的人,也没有了那支让他愿意为之殚精竭虑以命相护的队伍,所以他不愿意融入其他小队,因为他看不上,要不是陈飞和路遥还在他得看着点,他真打算也走人了。人走茶凉,在哪都一样,他们小队曾经有多风光现在留下的人就有多尴尬,只是这个就没必要让队长知道了。

"凯子。"

"我知道我知道,保护好队长嘛,还用你说。"不等他说林凯就道,白眼都快翻到天上去了。

"看好赵建和吴中的家人,如果他们开始有点不对的苗头了就告诉我,别让队长发现什么。"

"是说这个啊,我还以为……"

施浩然哂然一笑:"行行好,哪次不是队长保护你?还你保护队长,要真有那种时候我才更要担心了。"

这话有道理得林凯都没话可说,嘿嘿傻笑着当自己啥也没说过。

"来之前我向政委请示过了,你的病情档案调到宁医生那,今后他负责你的病情。"

林凯沉默了下:"知道了。"

施浩然转头看向窗外,片刻后又道:"你那个任务我在留意,前后往那边去了三拨人了,看起来不像是什么都没查到。"

林凯方向盘一打停到路边:"你确定?"

"不确定,任务没让我参与。"施浩然耸肩,"我要敢去打探就等着上军事法庭吧。"

"那你说……"

"一种感觉,前前后后折进去多少人了,哪一次折的不是精英中的精英,大首长什么性格?绝对不会就这么算了的。"

林凯眉头紧皱:"你是怀疑那人真是队长的父亲吧"。

"合理怀疑,所以我会继续盯这件事,你不要和队长透露什么。"

"可以,但是有情况你一定要告诉我。"

两人击了个掌,林凯看了下时间,踩下油门汇入车流。

目送车子走远,夏乐站了片刻才上楼,郑子靖在门口迎了她,什么都不多问,只是告诉她:"伯母说去休息会。"

夏乐点点头,把人带回了自己房间。这还是郑子靖头一回进来,预料之中的整洁,家具看起来挺新,不用想也知道肯定是伯母给她添置的,不然就夏乐这性格,给她张木板床她照样能过得挺好。

"早上跑步见着之前那记者了。"

郑子靖稍一想就反应过来:"他们又来这蹲你了?现在还在?"

"没有。"夏乐走到桌前试图悄悄把相框收起来,郑子靖哪里能让她如意,抓住她的手把照片抠了出来,第一眼就看到了幸福的一家三口中长发及腰的夏乐。那时候的夏乐和现在截然不同,看起来就脾气很好,眉眼间不带半点攻击性,软和得像个面团,让人恨不得上手捏一捏。

伯母是耐老的,哪怕是现在看来也远比同龄人年轻,可和照片里的人相比仍然不可同日而语,头上那片天有人撑着和需要自己撑着是不一样的。而那个男人并不眼生,照片里的夏夏像妈妈,现在的夏夏则像爸爸,从长相到气质,无一不像。

"这是我爸。"没有成功夏乐也就算了,在一边介绍道,"拍了这张照片半年他就出事了。"

郑子靖看向她。

"我没找到他。"夏乐弯了弯唇角,却看不出丝毫笑意。

郑子靖揉揉她的头,把相框摆好了和她一起注视着上边的人,那时候这一家三口有多幸福后来天塌了就有多煎熬,他无法想象照片上那个看起来就

249

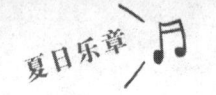

是在蜜罐里长大的女孩经历了怎样的心理路程,不给自己留半点退路地就剪了长发进入部队,然后一步步变成今天的样子。

"我不相信你是放弃了。"

"当然不会,换条路走而已。"夏乐看他,"如果我成了很有名很有名的明星,一打开电脑打开电视就可以看到我,大街小巷上放的歌是我写的,到处有我的广告,有我的头像……到那时他就能看到我了。"

是了,所以夏夏进入和她格格不入的娱乐圈,她要以这种方式把自己送到她爸爸面前,让他看到,让他听到,以有别于和部队完全不同的方式来找人。她这何止是没有放弃,完全是更执着了,而这样的执着其实也未必是好事,可对夏夏来说大概很多时候都是这份执着在支撑着她。也就是说,他定下的路线走偏了。

"我来重新规划。"

夏乐是个行动派的人,而在她的事情上郑子靖同属于这个派系,所以当天周扬就接到了郑子靖的电话,将采访时间定在了次日上午,地点在蜗牛。

这办事风格实在是招人喜欢,在同事面前周扬就将夏乐一通猛夸,第二天到蜗牛时态度也是非常友好。

在圈子好几年,周扬自问也有些见识,大公司见识过,小工作室也进过,好打交道的不好打交道的,当面一套背面一套的,想哄着你多写几句好听话的等这些不说一眼就明,多少也能看出点名堂来。

一进蜗牛他就开始不着痕迹地观察了,想看看这公司到底是什么个情况,要知道从蜗牛成立至今他还是第一个来他们大本营的记者,之前多少人发邮件找关系递话采访都被他们找理由挡回去了,知道他应邀前来,本来只有他和两个摄像师过来的,现在规格已经变成七人的队伍了。

"欢迎。"齐兰笑眯眯地和周扬握手,半点不黏糊地一触即松,引着他们往里走,边打趣道:"咱们夏乐挺有排面。"

"都是夏乐的歌迷,一听说要采访夏乐争着抢着要来,我只好都带上了。"

齐兰不置可否地笑了笑,请几人进了已经布置好的房间:"小乐在接电话,请稍等。"

"没事没事,还没到约定时间。"

齐兰又笑:"提纲我们研究过了,都在能回答的范围内,不过咱们小乐是个直性子,也请周大记者手下留情少给她挖坑,后边如果有我们觉得不适合播的内容我们有权要求删除。"

周扬挑眉,就这样?他早都想好了,只要对方提一句给夏乐多写点好的他一口就答应,反正他就觉得这个歌手挺好的,业务好不说最主要还人品好,这就难得了,之前那事要不是被要求不许报道,他都想专门写一大长篇来歌颂夏乐,没能如愿实在遗憾,这次终于有机会夸了那没说的,必须补上。可人家好像并没有这个需求?

齐兰看向门外:"来了。"

周扬几人连忙站起身来看过去,夏乐在郑子靖的陪伴下走了进来。

她已经做好了造型,头发扎了个小尾巴,看起来随意,其实是被阿杰精心打理过的,衣服一贯的简洁风格,屋子里暖和,她就穿了件黑色高领毛衣和浅色牛仔裤,由郑子靖亲手置办。

这是夏乐第一个真正意义上的访谈,蜗牛从上至下看似随意,实际没一个人大意。在他们对面坐下,夏乐礼貌地朝几人点点头,非常没有废话地等他们说开始,好在有郑子靖及时补上了场面话:"周记者久等了,辛苦大家。"

"夏乐能接受我们的采访是我们的荣幸。"周扬多少也摸出了夏乐的一点性格,示意摄像师打光准备开始,笑眯眯地道,"郑总放心,哪些能说哪些能问我心里都有数。"

和懂事的人说话就是痛快,郑子靖笑了,和他握了握手道:"以后有机会多多合作。"

得了这句话周扬心里顿时就安稳了,立刻道:"谢谢郑总给机会。"

夏乐默默听着,心里过了一遍提纲上那二十个问题,郑先生说她不用勉强去多说什么,心里是怎么想的就怎么回,她当然很喜欢这样,可是她也知道有些问题得好好回答,要达到心里对名气的预期,她的步子迈得有点慢了。

两位打光的也都拿着打光板站到了合适的位置,摄像师看着镜头里的人打了个OK的手势。周扬看向夏乐:"那咱们就开始?"

"可以。"

镜头只拍夏乐一个人,周扬只有声音录入:"今天我们新锐报非常荣幸邀请到了夏乐来做访谈,夏乐,和大家打个招呼吧。"

夏乐对镜头点点头:"大家好,我是夏乐。"

还真是简短,周扬正式进入采访环节。

周扬:知道你愿意接受我们的采访,昨晚我们临时做了问题征集,今天的问题基本来自于大家问题的汇总,那接下来我们问第一个问题,请问夏乐,你是只准备做歌手吗?我很想多看到你出现在镜头里,我想问问你有没有打算去参加综艺或者拍电视剧什么的？这应该算是两个问题了，不过因为是同一个人问的，我们就一起问了。

夏乐：我没演技，应该拍不了戏，综艺听从经纪人的安排，目前的重心在音乐上。

周扬：好，下一个问题，夏乐，听说原创大赛你被排挤了，是真的吗？

夏乐：假的，我很好。

周扬：沈立拿了原创大赛的冠军，你服气吗？

夏乐：我只对我的长辈师长服气。

周扬：很久没见到你出现了，你是在闭关写新歌吗？

夏乐：没有很久，有写新歌。

周扬：你有没有觉得你的歌太过伟光正了？以后会写别的风格吗？

夏乐：会。

周扬：……

夏乐：……

一问一答，十八个问题下来也才过去七分钟，周扬看着最后的问题有点头疼，他们预设的是二十分钟，这大概十分钟都撑不到。

打了个暂停的手势，周扬翻了翻采访稿说出问题所在："可能要再加几个问题，时间太短了。"

夏乐看向郑子靖，郑子靖把水杯递过来："可以，问题稍微尖锐点没关系，夏夏应付得来，不过不能奔着底线去。"

周扬就喜欢蜗牛这配合的态度，拿了笔在后面写起来。

没一会采访继续。

周扬：……

夏乐：……

周扬：有人说娱乐圈都是塑料姐妹情，你现在和吴之如也是吗？如果不是，有没有过这种担心？毕竟你们有利益冲突。

夏乐：没有人会只吃一种菜，没有人会只看一本书，同理，也没有人会只听一首歌，我们可以共存，我也愿意一直做她的朋友。

周扬：如果她不愿意呢？

夏乐：如果她能和我做一辈子的朋友呢？我不是悲观主义者。

周扬笑了，吴之如可未必会这么想，可一念成佛，一念成魔，好坏各占一半不是？

周扬：最后一个问题，新专辑什么时候能出来？很多歌迷已经翘首以待了。

夏乐：腊月二十三。

周扬：已经定下来了？专辑名可以提前透露吗？

夏乐：《五芒星Ⅰ》

周扬：有Ⅰ是不是还有Ⅱ还有Ⅲ？做成系列？

夏乐：是。

新锐报非常有效率，当天下午就放出了访谈，没做任何删减。

阔别热搜有些日子的夏乐再次上了榜，排名节节上升，真要说起来访谈内容只能说规规矩矩，唯二两个爆点就是她和吴之如的朋友关系以及新专辑。

朋友在娱乐圈是奢侈品，甚至可以说是贬义词，比起别人说起这个话题时一味地承认是朋友，夏乐的回答却让人觉得有道理，可不就是这样吗？谁会只吃一道菜，谁会只看一本书，谁又只会永远只听一首歌，她们确实有利益冲突，可这完全是可以共存的。

而夏乐歌迷关心的新专辑也有了消息，算着日子没多久了，这是原创出来的这一批歌手里第一个发布新专辑的，热度很高，总有人会想着她会不会江郎才尽，也有人说这么短的时间内发新专肯定没什么新歌，对于新人的质疑一时间占据了主流。

夏乐也有留意网上的评论，对这些不予置评，她更在意的是之如转发了访谈，并且回复了。

吴之如：挂在嘴边的未必是真朋友，从不提起的也未必就关系不好，做夏乐的朋友最大的烦恼就是：怎么办，又更喜欢她了呢！

夏乐看着这两行字许久，眉眼间却并没有笑意。

郑子靖倾身看着她手机上的内容："怎么了？这话有什么问题吗？"

夏乐抬头："她没有联系我。"

私下没有联系，却高调回复，郑子靖明白夏乐在想什么了，笑了笑，他直接动手退出微博："从字面上来理解，或许她是说给你听的？"

是这样吗？夏乐垂下视线按了手机，想不通就不想了，这种问题就交给时间吧。

"别想了，和伯母说一声，晚上去我家吃饭，爷爷提几次了。"

邱凝自然不反对，知道女儿在人情上不通达，她一再嘱咐不要空手上门，想着她估计也不知道要买什么，干脆说了几个牌子的东西让她去买。

当然，最终并没有用上，郑子靖打开后备箱给她看，大大小小的礼盒码

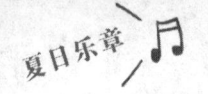

得整整齐齐。

夏乐抿了抿嘴，她有点开心，当一个人处处为你着想时心里就是装着你的，她懂。

背在身后的手指头动了动，趁着郑先生转头看过来时她亲了上去，进攻得快，退得也快，一触即分，然后耳朵红着，一脸若无其事地上了车。

郑子靖摸了摸嘴唇笑容止都止不住，他家夏乐这行动派的作风真是太让人喜欢了！

上了车，郑子靖倾身吻了过去。气氛逐渐升温，郑子靖拥抱的力度越来越大，夏乐不经意泄露的轻哼声让郑子靖一顿，明明欲望更盛，却也让他找回了理智，把人按在怀里抱着平复情绪。

好一会后才听到他道："幸好车子停在角落。"

"嗯？"一说话夏乐才发现自己的嗓子这么哑，想到刚才的事红晕立刻从脖子蔓延到脸庞。

郑子靖松开人，看到她这模样忍不住又吻了一下她："你现在是明星，随时会有人拍你，要是被人拍到我们亲吻大概你又要上热搜了。"想起她现在就在热搜上挂着，郑子靖补充，"双热搜。"

"没什么。"

"不怕被人知道？"

夏乐抿了抿唇："我们快订婚了。"

郑子靖笑，可不就是，他们马上就是未婚夫妻了，得了家里认可的，被人知道了就承认呗。

摸了摸夏乐的脸颊，郑子靖启动车子，刚滑出去警报就响了，郑子靖一看摸摸鼻子刹车，下了车去将后备箱关上，刚才太着急了……

一路上，两人没有多说什么话，但是明显距离近了，看着也终于有了情侣的亲密，夏乐不再贴着门坐，身体朝驾驶座倾，这是一种信任的姿态。

郑家几兄妹都回了，看到大包小包进来的两人就都笑，三姐直接唱了出来："夫妻双双把家还。"

"这出戏我还挺爱看。"章惠起身，示意喻姐几人帮着上前接了，笑眯眯地朝夏乐招手，"过来坐。"

夏乐走过去向大家一一问好，这里眼生的只有一个，她礼貌地点了头，半点不因为现在的局面怯场，大家对她也都挺和善，在家里向来以严父自居的老郑都非常给面子地对她笑了笑。

章惠是越看越喜欢这个未过门的儿媳妇,给她介绍道:"这是老大媳妇魏珊。"

魏珊看了婆婆一眼,主动起身和夏乐握手:"久闻不如一见,欢迎你,以后就是一家人了。"

夏乐对情绪多敏感,立刻感觉出了魏珊对她的排斥,她也不多想,握住她的手道了声谢。

郑子靖眉头微皱,拉着夏乐到给他们留的位置坐下,边道:"爷,我可把人给你领回来了啊。"

老爷子眼睛一瞪:"什么话,这马上就是一家人了,多走动走动不应该?臭小子,说得好像吃了多大的亏一样,你还想藏着人不让别人见啊!"

"应该应该,您说什么都对。"郑子靖眼角余光看到大嫂脸色变了变,心情顿时大好,是大嫂就可以给夏乐下马威了?问过他没有?还不许郑家再多个儿媳妇啊?

再次瞪他一眼,老爷子看向夏乐神情中就带了笑:"听这混小子说你出去一趟又带了一家子回来?"

夏乐点了下头,她没想到这事郑先生都会和家里说。

"倒也不是刻意说起。"章惠接话,"那天我和邱老师见面你不在,他就说了下你的去向,都安排好了?"

"是。"

夏乐不打算多说,可显然这事并不是所有人都赞同的,魏珊笑道:"现在政策对退役军人这一块动作挺大,像他们那样的政府应该更关注吧。"

夏乐还没说什么,郑子靖就接了话:"政策一万个好也管不到家庭内部矛盾,要不是走投无路了谁愿意老大把年纪了还背井离乡。赵家不止有抚恤金,赵平这样的遗孤国家会养大,每个月都有钱给。赵家那媳妇把孩子绑了问老两口要钱,老两口着紧孙子只得给了,这下更不得了,没完没了了。逼得老两口每天把孩子绑身上就怕再被抢了,孩子现在心理都有点问题,要不把人带走都不敢想最后结果会怎样。"

老爷子皱眉:"这么严重?"

"对,不然夏夏怎么会把人接走,瞧着人都已经被逼得快没活路了。"

"警察和政府不管?"

"管啊,可赵家那媳妇和当地的混子勾搭到一起了,他们人多,关进去了就换一批人,他们也不伤人,就踩着线的闹得人不得安宁,这说到底也是

夏日乐章

家庭问题，警察能怎么着？"郑子靖早把事情打听清楚了，为的就是在家里给夏夏刷好感，别让他们以为她这是滥好心。

果然，郑家的人一听那点明里暗里的不赞同就消散不少。章惠低头笑了笑，这两人还真是绝配，一个缺什么另一个就补上了，小四儿也需要找一个夏乐这样直来直往的，要是两个人都人精那日子也没了趣味。

"该管。"话不多的老郑表示认可，对看过来的夏乐道，"后续的处理你多听听那小子的，这方面他懂。"

"好。"

还真是听话，又听话又坦荡，老郑点点头，在心里表示满意。

章惠笑了，她多了解老伴啊，所以说夏乐适合他们家，要再来个心眼子满身的和魏珊就得互别苗头，那家里就别想消停了。

"旭旭穿不了的衣服我都清出来了，回头你看着带过去。"三姐拍着儿子的背，"咱们旭旭又有理由添新衣服了，高不高兴？"

郑旭看了看小舅，又看看妈妈，脆声应："高兴。"

"行，回头妈妈就给你添一柜子，账单我会记得留给你小舅的。"

郑子靖走过去把郑旭抱起来："不就是给旭旭买衣服嘛，要多少买多少，旭旭喜欢的玩具也都买回来好不好？"

"好。"郑旭本来就最亲近这个小舅，这下更是高兴得抱着人亲了好几口。

三姐托着腮看两甥舅闹，眼神一转看到坐得端端正正的夏乐就开始使坏："旭旭，别亲你小舅了，亲你小舅妈去。"

郑子靖和三姐对了个眼神，非常配合地将郑旭放了下来，还在他身后小小推了下，郑旭得了鼓励立刻朝着夏乐跑去，挨近了"叭"就是一口。夏乐眼睛眨了又眨，突然站起来将郑旭抱起来往空中抛去。郑旭先是吓一跳，然后就大笑着要求再来一次，一次又一次，小孩的笑声让屋里的气氛轻快起来。

魏珊脸上带着矜持的笑，心底嗤之以鼻，她看不上夏乐。一个没什么背景的小明星凭什么和她平起平坐，就因为她和郑家小叔一样当过兵就个个对她另眼相看，中国军人那么多，当个兵有什么好稀罕的，她也不信夏乐真的就是那种没心机的人，没点心机能那么巧地认识郑小四，并且把他迷得五迷三道的？什么率真单纯，这词她没法用在一个二十五岁的成年人身上。也就是郑家上上下下都宠着郑小四，他当宝贝的人郑家也都当宝贝。娱乐圈的人，呵。

小孩是通往感情最好的桥梁，一番玩闹过后关系就亲近了许多，郑子靖鬼得很，章惠女士他已经拿下了，家里另一座五指山就得再使使力，于是他故意问夏乐部队的事。夏乐分得清好赖，挑着能说的说了说。那些日复一日的训练；那些比学校里还要多得多的课程；那些防不胜防的评测；以及他们小队成立之初的斗智斗勇。

老爷子摩挲着手杖听得认真极了，有些事他从小儿子那里也听过，再次听到熟悉又怀念，心里还有那么一点满足，就好像又多了解了小儿子一些。夏乐的表述能力一般，可因为说得实在更让人信服，别人不说，就老爷子和郑旭是听开心了，到夏乐走的时候郑旭已经恋恋不舍地问她下次什么时候来了。

"不忙的时候多过来走动，家里平时没这么多人。"章惠接过小王手里的袋子递给夏乐，"这是给邱老师补身体的，你替我带声好。"

夏乐接了下来乖乖应好。

章惠拍拍她的手："再忙也要注意身体。"

"是，您也请保重身体。"夏乐看向老郑，"您也是。"

老郑点点头，揽着章惠道："回吧，我们先进屋了。"

章惠笑着看了老伴一眼，解释道："我有个偏头疼的毛病，一吹风就容易犯，你们慢点开车。"

夏乐一听连忙上了车，边催促："您进去吧，我们马上走。"

章惠笑，挥了挥手挽着老郑回转。

车子开出郑家，夏乐悄悄吐出一口长气，从到郑家开始就绷紧的心终于松弛下来，这种场面应对起来比训练都还累多了。

"第一次会有点不自在，多见几次就好了。"郑子靖握住她的手轻声道，有些事是无论如何也无法避免的，他代替不了，只能尽可能地和夏夏一起承受。

"今天是因为想让你认全家里的人所以大家都在，平时各自忙碌，没什么事需要商量的话就是周末都不一定能聚齐。"郑子靖看她一眼，"难受了吗？"

"不难受。"顿了顿，夏乐又道，"有点紧张。"

"怕他们不喜欢你？"

"有点。"

郑子靖笑："别担心，家里人都很喜欢你，如果谁不喜欢也没关系，我喜欢就够了。"

这是……情话吧，夏乐目不斜视，耳朵悄悄红了。

郑子靖看在眼里忍不住上手摸了摸，又红又烫，他无声地笑了，害羞了好啊，一个人会因为另一个人害羞紧张，那就说明动感情了，夏乐也是喜欢他的。

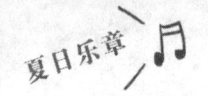

这个结论让郑子靖心花怒放，只要他以后对夏乐更好一点，夏乐对他的喜欢就会一天天增加，累积到一定的量喜欢就变成爱了，以夏乐的性格喜欢上一个人到死都不会变，嘿嘿，嘿嘿嘿。

当越期待一件事时越觉得时间过得慢，对现在的郑子靖来说就是。

明明离订婚没几天了，可一天天过着他仍然觉得时间怎么过得这么慢，什么一日如三秋，什么度日如年他全体会了一遍，恨不得下一秒就是十六号。

好不容易等到了这日，他又希望时间能过快一点，那样亲事就彻底敲定了。

"子靖少爷，客人来了。"

第N次地对着镜子整理好仪容，郑子靖大步往外走去，看到从车上下来的徐成他远远就道："徐老，今天要劳烦你了。"

徐成也是万万没想到这两人不但成了一对还这么快就订婚了，更想不到的是还请了他做媒人，他一个退休的人本来不想掺和这些事，可是郑子靖说原创这档节目是他和夏乐的媒人，节目不会说话，所以想请他做两人的媒人，这原因让他无法拒绝。

原创大赛是他执导的最后一档节目，虽然把他半辈子的名声都赔了进去，可如果能成就一双璧人那他心里也能好受点。

"你们这速度和别人的可不太一样。"

"不快点我怕人跑了啊。"

徐成伸手点了点他，笑意从嘴角蔓延，瘦了几圈的脸因为这笑有了些活力。圈子里早就有传闻说徐成病了一次，只看他这灰暗的脸色就知道传闻多半是真的，病得估计还不轻，在自己最擅长的领域里摔这么大一跟头，能蹚过来都是心志坚强。

郑子靖双手握住徐成的手态度诚恳，"本来应该亲自上门相请的，没想到这么不赶巧"。

"哈哈，你上门也要能请着人啊，要不是做你们订婚人我怕是短时间内都不会回这个伤心地。"徐成拍拍他的手，"挺好，夏乐是个好孩子，你眼光好。"

"那是。"郑子靖引着人往里走，章惠等在门口，互相寒暄过后分宾主落座。

"劳烦您赶回来，本来我还觉得太麻烦您了，可听了小四儿的理由却也觉得您最合适不过。"

"我的荣幸，虚的那些不说，很高兴这档节目促成了他们这一对。"最糟糕的时候已经过去，现在徐成再说起也有了云淡风轻之感，"不过这做媒人我也是头一遭，有什么需要注意的还要请提点一二。"

"您多说说好话就行了。"章惠笑,"他们俩自由恋爱,有爱情就够了,其他事都是点缀。"

"那我就尽量把这事点缀得漂亮点。"

郑子聪从外进来,章惠看了眼他身后,眉头皱了皱起身道:"我去处理点事,您坐会,小四儿,你好好陪徐老。"

徐成跟着起身:"您只管去忙。"

章惠走到郑子聪面前低声问:"魏珊呢?"

郑子聪扶着妈妈到一边温声安抚:"我算了下人数,单出来一个人,干脆就让她在家里待着了。"

章惠神情淡淡:"我都有算好,她不来才成单数。"

"妈,熟悉也需要时间,太过勉强反倒坏事,您知道的,魏珊心不坏,只是要强惯了。"

郑子聪看得明白,解决得也智慧,与其在一起互相不喜,不如一开始拉远了,等慢慢熟悉了知道对方的好再走近,这样远比伤了感情好,毕竟感情一旦有了裂痕再难复原。

章惠叹了口气,魏珊确实心不坏,不然也进不了郑家的门,只是在高处久了有些思想就成了惯性。

"您别生她的气,我会和她说明白的。"

拍了拍儿子的手臂,章惠笑了笑:"你做得对,我也不希望一个儿媳妇进门,另一个儿媳妇却离了心,我也不说一定要你们如何相亲相爱,可是一定要把对方当成家里的一分子,这是妈妈的底线。"

"是,我知道。"郑子聪给妈妈理了理披肩,"您不用担心,我都能处理好,小四儿那里我也会好好和他谈一谈,夏乐什么样我看得到,以后魏珊也会看到的。"

"那妈妈就放心了。"外边有车刹车的声音,看了看时间,章惠温婉地笑了笑,"去楼上请你舅舅他们下来吧,准备准备就该出发了。"

"好。"走了几步郑子聪回头,他虽然知道这么处理是最好的,可看着拢紧披肩站在原地的妈妈心里仍然不好受,离开京城的时候他已经十多岁,有些事就算爸从来不说他仍然是知道的,正因为知道他才明白为什么妈妈这么防着。可人心不受管束,说得再多都不如让她自己去看到去体会,魏珊现在也就是拧着劲没拗过来,有他看着总不会让事情变坏,他也不允许。

"沉思者?"郑子莲双手抱胸居高临下似笑非笑地看着他,"大嫂要缺

259

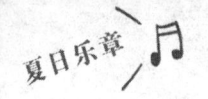

席吗?"

"嗯。"郑子聪上楼警告地看她一眼,"别挑事。"

"我不挑事,我只是告诉你一声,如果大嫂让妈伤心了我不会让她好过的。"

郑子聪挑眉:"你觉得你大嫂是那种十恶不赦的人?"

郑子莲没绷住噗哧一声笑了,得,在大哥那让妈伤心就是十恶不赦,她放心了。

"我觉得我们家挺好的,也想要一直好下去,哥你也想吧。"

"当然,没有谁能破坏,放心。"达成共识,两兄妹错身而过,一人往上,一人往下。

章家来的人不多,但分量重,章惠两个弟弟一个妹妹都带着另一半来了,章老太太过世有些年头,剩下个老太爷一年有大半时间住在疗养院,他自己倒是很想来,可没人敢让他冒这个险。章惠在家是长姐,打小弟妹就听她的,感情向来好,不然也不会小辈订个婚就都赶过来了。

考虑到夏家的情况,章惠并没有邀请太多人,郑家这边就老太爷亲自出马,他们两口子加兄妹四个,老二带了老公,老三带上儿子,老大媳妇不来算上郑子靖就是单数,章惠只好哄着郑旭留下。看时间差不多,再次确认东西都齐了,一行人乘几辆车浩浩荡荡往老城区驶去。

一直都只顾得上算日子的郑子靖在车里抖起了腿,他后知后觉地紧张了,控制不住地就想,应该……不会出现什么变数吧,什么乐极生悲,什么好事多磨……这些事应该都不会发生在他身上吧!

夏乐家今天也难得地热闹。

夏家两老昨天就由儿子儿媳妇陪着过来了,夏雨和丈夫也跟着一起,同来的还有莹莹的哥哥夏亮,来的都是至亲,其他人就没有惊动。邱家这边人则要更多一些,近亲能来的基本都来了,当然,吴敬之吴老也早早就过来了。

老一辈的围着茶几坐了,喝茶聊天倒也自在,几个女眷忙进忙出,把象征吉祥的木媒、麦、缘钱、芋叶和莲焦花等放到合适的地方,无一例外,它们都是双数。夏莹莹和邱梓桐几个小辈被差使得团团转,都是年轻人,时不时爆发出一阵笑声,再好不过的喜气盈门。

夏乐站在桌前眼神落在全家福上,听着那笑声脸上不由得也露出了笑意,真快啊,她想,猝不及防的受伤退伍,进入娱乐圈,认识郑先生到今天订婚,总共加起来也不过将将半年,这么点时间,都算得上是闪婚了吧。

不过,真好。喜欢一个人的感觉真好,被人喜欢的感觉真好。知道会有个人陪着她往前行,真好。

划开手机翻开图片,照片上郑子靖在阳光下抬头眯着眼睛笑,那样子看起来比照在他身上的阳光还让人觉得温暖,这种温暖让人想占为己有。

门被人敲了敲,夏乐关了手机转过身:"请进。"

夏莹莹探头进来贼兮兮地笑:"姐,要化妆吗?我学会了哦。"

"好。"

夏莹莹惊讶地瞪大了眼,她随口说说的……照常理堂姐不是会摇头吗?

"我先换衣服。"夏乐也不理会她,去床上拿了衣服去浴室,飞快洗了个战斗澡,顺便用肥皂洗了头发。擦干身体,夏乐摸到身上的疤痕动作停了下来,片刻后才拿起衣服穿上。

房间里夏莹莹已经抱着化妆包在等着了,听到动静她下意识地一抬头,眼睛因为惊讶瞪圆了,这是她第一次见到退伍后的堂姐穿裙子。裙子长至脚踝,上身西装款式,长袖,V 领露出锁骨,一道荷叶边从 V 领蜿蜒往下,腰身收紧,四组双排扣点缀,下摆是不夸张的鱼尾,明明是很保守的款式,却因她凹凸有致的身段显出了几分禁欲感来。

夏莹莹眼里放光:"姐你今天太好看了!可惜粉丝没眼福。"

"郑先生准备的。"以指代梳顺了下头发,夏乐拖出椅子坐下。

从包里找出夹子把堂姐额前的头发夹起来,夏莹莹抬高她的头开始化妆,嘴里也是半点不闲着:"姐,你还叫郑先生啊?马上就是未婚夫了。"

夏乐就没有考虑过这个问题,郑先生叫惯了,多顺口。

"不过如果你一直叫郑先生那也挺有味道的。"夏莹莹嘿嘿笑着自问自答,她已经不是在学校里读书的纯学生,看过各个部门怎么不着痕迹地给堂姐拉好感,看过他们明明拒绝这个节目拒绝那个朋友,关系却始终没有坏,她也看过老板在公司时的模样,因此有时候都没法将堂姐面前的痴汉和公司里的老板画上等号。可是,真甜,都不用听他们说什么,看着他们两个人相处就觉得甜。

"郑家的人好打交道吗?听说他们家特别有钱。"

"挺好的。"夏乐闭着眼睛,不期然想到了郑家大嫂。

"我觉得也是,老板多好的人啊,他们那样的家庭要是不好肯定得满身戾气。"

"不要以偏概全。"

"看得出来的嘛。"夏莹莹拖着长腔坚持己见,"下学期我的课就很少了,

261

再到下半年大四基本就进入实习期,郑先生说……哎姐,我是不是要改口叫姐夫啦?"

夏乐顿了顿:"嗯。"

"姐你真痛快,一点不矫情。"夏莹莹嬉皮笑脸,"姐夫说到时候就直接挂到蜗牛实习,公司会给我盖章,毕业后如果我愿意就和公司签正式合同。"

夏乐睁开眼睛:"你愿意吗?"

"当然愿意啊,我傻哦,这么好的工作岗位工作环境我再上哪找去。"把粉底铺开,夏莹莹继续道,"现在我和公司签的还是临时合约,开给我的工资就已经很不错了,转正了肯定更高,我绝对抱紧这条大腿。"

"和家里人商量一下。"

"我妈同意了,我爸听我妈的,主要是你在啊,我平时多半时候也是跟着你,我妈对你一百万个放心。对了姐,前天老板和我们开了个会,把你的工作方向调整了下,综艺还是不接,其他的好像都有变动,是你要钱做什么事吗?我这有点。"

夏乐嘴角上扬:"助理养明星?"

"虽然不多,但也能应应急啊。"夏莹莹扁嘴,她不是听说她姐又带了户人家回来嘛,养人不得花钱?她那点补贴哪里经得起这种花费。

夏乐被堂妹的话暖到了,到底也没有真的拒绝她:"好好攒着,要用的时候找你拿。"

"行。"

两人边化妆边说话,直到外边邱凝推门进来催促:"小乐,你问问小郑到了哪。"

刚才手机就在响,因为在化妆夏乐就没有看,这会一划开手机就看到了郑先生的信息,好几条,夏乐都看笑了,昨晚打电话还说时间怎么过得这么慢,现在事到临头了又紧张上了。

"他说还有一刻钟左右。"

邱凝点点头,端着女儿的脸端详了下,从莹莹包里翻出刀片给她修了下眉,小乐眉毛颜色深,眉形也好,随便画几笔就很好看了。

"小乐自然最好看,别太浓了。"

"婶婶你就放心吧,我就给姐打了个底,那些乱七八糟的都没用。"

邱凝捏了捏夏莹莹的脸:"看把你能的,一会我要顾不上的时候你要照看好爷爷奶奶,老人家不自在,你陪着他们会安心些。"

"是，绝对完成任务。"

邱凝戳了下这小淘气包的额头，又顺了顺女儿的头发才离开，今天唱主角的是她，方方面面要做的准备多，怎么周全都不为过，自己这方她就干脆分工了，夏家人交给莹莹，邱家人交给梓桐，她就主要和郑家人周旋。

夏乐回了信息，摸着心脏跳得有点快，被郑先生一影响好像她也有点紧张了。

"来了来了。"邱梓桐一直盯着楼下的动静，听到车子的声音从窗口往下一看立刻喊道。

邱凝暗暗深吸一口气，回头看到从屋里出来的女儿便笑了笑。看着学校里亲亲热热的小情侣她也想过小乐会找个怎样的人，更多的时候是担心有没有那么一个人能毫无保留地喜欢小乐，不让她难过，不让她伤心，现在这个人出现了，他比想象中的还要优秀，并且现在看来一往情深，她只希望感情这条路，小乐要走得比她轻松。

"走吧，我们下楼。"

除了几个老人，其他人纷纷一起出门往楼下走去。

车子已经停稳，按着规矩郑家人没有下车，邱梓桐带着几个小辈上前将车门打开，欢迎郑家人的到来。

"欢迎欢迎。"邱凝眼神微微一转，将郑家的来人看在眼里，她先向老爷子倾身问好，又朝着其他人连连道着欢迎，郑家人也纷纷热情地和女方这边的亲戚握手问好。一身西装意气风发的郑子靖更是精乖，走到夏乐身边让她给自己介绍亲戚，跟着一轮喊下来拉足了好感，一时间气氛很是其乐融融，引得小区里其他人都看了过来。

考虑到小乐的歌手身份，除了自家人知道今天是怎么回事，邱凝没向其他人透露半点，这会寒暄过后便引着人往楼上走去。

进了屋见着老人双方又是一阵热闹，夏家两老虽然见识少，见到城里人天生就有点胆怯，可有邱家人在前，又想着要替他们家小乐挣脸面，表现得竟也可圈可点。

"大家快请坐，家里地方小了点，别嫌弃。"邱凝笑盈盈地招呼着，她头发盘起，一身紫色中式裙子让她看起来气质好极了，既不因郑家高门谄媚，也没有因为自家不如郑家而底气不足，进退得宜，仪态上佳，就算抱着观望的心思过来的郑家亲戚也不得不承认这位妈妈的优秀。

郑子靖把精心准备的伴手礼一一送到对应的人手里，带着他的兄弟们楼上楼下地跑了几趟，把十二礼以及聘礼拿上来，在邱梓桐的指引下放到客厅的柜子前，不一会就堆成了一座小山。

夏乐也没闲着，由伯娘陪着将糖水送到男方亲戚手中，由着人打量，称赞时就笑笑，安安静静的模样。可她今天又实在是好看，就好像那喜意化成实质落在她身上，让她比平日更多了分柔美，惹得郑子靖眼神时不时地就跟了过去，这衣服虽然是他买的，却也是第一次看到夏乐穿，这效果让他骄傲得不行。

双方家人说话间你来我往，徐成发挥出媒人应该起到的作用做着双方的润滑剂，说说笑笑间把纳采、敬茶、压茶瓯程序走完，进入到关键的戴戒指这个步骤。

两方都是老派人，所以虽然郑子靖和夏乐是自由恋爱，走的却是非常传统的路子，这代表了双方家庭的重视，可从另一方面来说也让年轻人少了发挥的空间，郑子靖觉得委屈，他都还没和夏乐求婚呢！这几天早就憋了大招了。

郑子靖径直走到夏乐面前，在众目睽睽之下单膝跪了下去，夏乐下意识地就要把人拉起来，郑子靖握住她的手暗示地捏了捏。夏乐抿了抿嘴，卸了力气。

举高戒指，郑子靖笑容满面："夏夏，你愿意嫁给我吗？虽然我哪哪都比不上你，可从今往后的每一天我都会陪着你，保护你，想你所想，做你想做，你喜欢的我都会去喜欢，你不喜欢的我不去做，所以，嫁给我好不好？"

话说得太软，又太满，长辈们对爱情没那么大需求，甚至还觉得这话说得有点太虚了。可对小辈来说这番话简直说到了心底，谁不想要一段这样的爱情啊，一时间哄声大得都快把屋顶给掀了。

夏莹莹兴奋地原地直跳："姐，快答应，我控制不住地想喊姐夫了。"

"有没有红包？有红包我也喊。"邱梓桐跟着闹，有了两个带头的其他人也都不矜持了，纷纷跟着起哄。

郑子靖也不回头，仍然笑眯眯地看着夏夏，却抬起另一只手做了个OK的手势，这下长辈也都笑开了。

郑家三姐不甘心自己这边被红包抛弃，也加入进来："我只能喊弟妹，小四儿，我喊弟妹有没有红包？"

章惠拍了这个不省心的女儿一下，笑骂道："你这脸皮怎么这么厚，小乐进门不该是你给她红包吗？"

"我给啊，这得分开算，是不是小四儿。"

二姐跟着打趣:"别忘了还有我一份。"

"还有我。"郑子聪笑眯眯地举手,那看热闹的表现不要太明显。

郑子靖回头:"等我把夏夏娶进门,每个人都有!"

三姐大笑:"小乐你快答应,然后赶紧把结婚的日子定下来。"

满屋子人都被逗笑了,邱凝笑眼看着,从心里感谢郑家的有心,女方追着喊着的要嫁和男方催着赶着的要娶是不一样的,和面子无关,和心意有关。

夏乐却在笑声中走开了,去堆砌的回礼中找出一个小盒子又走了回来,众人立刻明白过来,这是女方给男方回礼中的戒指。

"我愿意。"夏乐伸出左手,"我也会陪着你,保护你,想你所想,做你所做。"

郑子靖笑弯了眉眼,拿戒指的手有点儿抖,小心翼翼地将戒指戴到夏乐左手的中指上,大小刚好,白色的指环没有夸张的钻石。当然,这个戒指绝对不便宜,嵌入式的钻戒因为用的彩钻个头不小,所以戒面比一般的戒指要稍宽一些,而夏乐的手也比一般女人的要大一点,这个稍宽一点看起来就挺有分量的戒面看起来反倒更适合她。

夏乐把人拉起来,打开盒子拿出自己准备的戒指,白色的指环没有多余的装饰,简简单单的就像夏乐这个人。

不用催,郑子靖非常主动地把手伸了过去,看着戒指一点点从指尖推到最里边,心里仿佛"哐当"一声响,安稳了。

他握住夏夏同样戴着戒指的手举了起来,面有得色地看向一众亲属,什么话都不用说,宣告的意味溢于言表,那嘚瑟的样子引得两家人都笑了起来,非常给面子地给他热烈的掌声。

一番笑闹,气氛更好了,章惠趁机就道:"结婚确实不适宜拖得太久,小乐妈妈您觉得呢?"

邱凝笑脸都僵了僵,这可真是一茬赶一茬,从确定关系到订婚就已经是坐了火箭了,这要再马上结婚……她夏家也没想要急着赶着要嫁女儿呀!

"结婚和订婚不一样,之前没想到小乐会这么快定下来,我这也没做什么准备。"邱凝笑了笑,"我就小乐一个女儿,不说要给她多少嫁妆,别人有的我这做妈妈的也还是要准备的。"

这个理由太站得住脚,换了其他人可能真就反驳不了,可章惠却是打定主意要早点把这事办了的,于是道:"也不是说真就马上要办,我是觉得拖久了总归不好,就好像咱们郑家不欢迎小乐一样,我这可是巴不得这个儿媳妇赶紧进门的,小四儿,你想不想?"

郑子靖怎么可能不想,闻言头都要点掉了,那样子让一众人善意地笑出了声。

邱凝是丈母娘看女婿,越看越喜欢,她可以和章惠你来我往地拉扯,可是对小郑她态度明显要软和许多:"也不是说要拖多久,我这边备嫁确实是需要一点时间,总不好让小乐拎包就入住,那我这个做妈妈的得有多不爱自己的女儿。"

郑子靖很想说不用准备什么嫁妆,反正他的就是小乐的,可这种场合他按捺住了,眼巴巴地看向章惠女士,用眼神祈求她赶紧发威。

"小乐妈妈您误会了,我再想要这个儿媳妇也不能让她被人看轻了,您要怎么备嫁就怎么备嫁,三个月不够就半年嘛,您觉得把婚期定在半年后怎么样?"

邱凝都有点无奈了,这可真是个谈判高手,先定调说拖太久不好,然后又说个三个月在前,有过比较当然是半年更好,可这件事本来也不只有两个选择,硬生生让章惠说得好像只有两个选择可以选。

邱凝自认不是对手,干脆也就不绕了,直接道:"结婚倒不用那么急着定日子,这一时间我也没法说哪天就合适,不如再看看?"

对方一味退让章惠反倒不好再追击了,点点头道:"是我太着急了,这事也不用急于这一会,后边咱们可以慢慢谈。"

邱凝这才笑了,将一个红封递了过去:"这是小乐的生辰八字,虽然他们是自由恋爱,可既然是按着规矩来的这个就不能缺,您拿去合一合。"

"他们就是天作之合,合不合的也不影响什么,我就没想过还有谁比小乐更适合小四儿。"章惠打趣小儿子,"别看他现在猫儿一样听话,那是因为对象是小乐,是不是啊,小四儿。"

郑子靖傻笑。

"小郑素养在那里,什么时候都不会差。"邱凝向着新姑爷,话里话外地就帮着,边说着边抬头,就看到小郑自然而然地靠向小乐的方向,人的姿态不会骗人,他是信任且喜欢小乐的。

笑了笑,邱凝突然就松了口:"半年左右的准备差不多也够了,如果您没有意见,婚期就定在明年年中吧。"

郑子靖立刻抬头,眼睛腾地就亮了,下意识地握住夏乐的手,夏乐低头看了一眼,没有动。

章惠多聪明，也不去想邱凝怎么就想通了，立刻砸实了道："太好了，回去我就看看年中什么日子最合适。至于嫁妆，小乐妈妈，现在咱们也是一家人了，我也就不说两家话，嫁妆什么的您不用有太大压力，咱们家在乎的是人，其他的那都不重要，要不是不想小乐被说三道四，我是巴不得小乐拎包入住。"

　　双方家人都笑了起来，不论是刻意还是诚心，郑家的态度摆得明明白白，友好得让夏家的亲友意外，更多的却是开心，倒没有想着自己能得什么好处，至少小乐没有被低看。

　　双方都往好了表现，估摸着是被糖水灌了嘴，说出口的都是好听话，屋子里气氛始终是热的，笑声不断。

　　郑子靖悄悄松了口气，他不是没有过担心的，怕自己家里的情况会给夏乐的家人压力，现在看来情况比他预料的要好太多了，不愧是夏乐的家人，就是和别人家不一样。郑子靖喜滋滋地想着，身体不自觉地又往夏乐的方向靠去，一直没撒开的手抓得更紧了。

　　夏乐低头看着覆在自己手上的大手，片刻后她伸直了手指，在郑子靖以为她要把手收回去时手指滑进指缝，十指相扣，身体先于头脑地立刻回握住。郑子靖抬头对上夏乐的视线，笑得像个痴汉。夏乐脸有点儿热，撇开头去又对上了郑家三姐戏谑的视线，脸更红了。不过……仍然是开心多些。

　　邱凝将午饭定在老城区最好的饭店，之前就已经和章惠对过了流程，知道饭后郑家不会再过来，去酒店前将十二礼回了，热热闹闹一顿饭吃完，双方在饭店门口道别，皆大欢喜。

　　总算一切都顺顺利利，邱凝看着车子走远揉了揉泛酸的腮帮子，挺直的腰身都弯了下来。夏乐上前将人扶住，邱凝拍拍她的手，又挺直了背和亲友寒暄，近的散了，远的也都送到了酒店，只剩母女俩坐在车里，一时间两人都没动，一天忙活下来夏乐都觉得累了。

　　"这种时候我就觉得生一个都嫌多。"邱凝笑，"看郑家的意思是想尽早完婚，你怎么想？"

　　"您决定就好。"

　　"不知道的都要以为他们家是不是就娶不到儿媳妇了。"邱凝摇头失笑，"再看看吧，今天也实在是不想费脑子了。"

　　夏乐启动车子："您按自己的决定来就是，不用考虑太多。"

　　要真那么容易就好了，邱凝叹了口气，做妈妈的哪能不多想一想，好的坏的，有利的有弊的，就怕损了女儿的利益，也担心让她承担不利的后果。

看着外边飞逝的景色，邱凝想，她有点理解为什么以前爱惜女儿的人家宁愿低嫁也不愿高攀，那要考虑的不只是嫁妆而已。

回了家，摆满桌面的茶杯瓜果证明上午的热闹不是虚幻，邱凝累得往沙发上一坐就不想动了，夏乐想去收拾她也拦住了，"不着急，去看看郑家来了多少礼。"

夏乐看向堆成小山的红盒子，走过去一个个打开来看，十二礼那些就先放到一边，将几个重要的搬到沙发上给妈妈过目。

按着习俗，其中一个盒子装的是一套黄金首饰，分量十足得扎手，邱凝只拿起手镯看了看就盖上了盒子，第二个盒子是一套红色的衣服，然后是鞋子、手表这些，不说用不用得上，该准备的样样不缺。

最大的盒子邱凝留到了最后，按理这个盒子是装礼金的，在心里做了下心理准备，邱凝打开，入眼所见却并不是一堆人民币，而是一个超大的喜字红包。

母女俩齐齐看着这个红包，沉默片刻，邱凝打趣："你猜这里边是支票还是银行卡。"

"支票？"

"有钱人开支票不都是让人离开吗？"邱凝抬头对上女儿的视线笑眯了眼，"电视里都这么演。"

"不一样。"

"当然不一样，我还没见过这么着急娶儿媳妇的。"邱凝拿起红包才发现有点儿分量，摸着也不止一样东西，她挑眉打开将东西一股脑倒了出来。

一叠钱，一张银行卡，以及一个小本本，上边写着"中华人民共和国房屋所有权证"。

东西不多，可样样实在，大概没有比这更能直白表达诚意的了。

翻开房产证看着上边的地址，邱凝感慨："这地方我可买不起。"

"您不用给我买。"夏乐眼神一一扫过这些东西，"我是结婚，不是做买卖。"

邱凝摇头："不是这么说的，该表现的时候还是要表现，他们有心，妈妈也要做得像个样子。"

"如果他们看重这些，那郑先生应该去找个门当户对的结婚，而不是我。"

邱凝也不点破她的天真，数了数钱，一万零一块，万里挑一，有零有整，方方面面都彰显了郑家的有心,她财力上比不上,心意上是绝对不能输的。

"行了,把东西收好,回头去看看卡里有多少钱,告诉我一声。"

"好。"夏乐不去理一沙发的东西,将妈妈扶起来往卧室送,"忙好几天了,您去躺一会。"

准备这些事劳心又费神,邱凝确实也觉得累极了,由着女儿照顾着上床,几乎是沾枕就睡了过去。

夏乐蹲在床边静静地看了片刻才掖好被子悄无声息地离开,看着满屋子待客过后的痕迹,看着沙发上那堆代表着喜庆的物品,一直在悄悄雀跃的心沉寂下来,妈妈……老了好多。

将东西一一装回去,夏乐想,婚期还是往后延吧,她还想在家多陪陪妈妈。虽然她自信就算结婚了也会常回家,可是不一样的,对妈妈来说不一样。将家里收拾好,看妈妈还睡着夏乐也不打扰,去爷奶他们住的酒店陪着说说话。

这几天正好天气好,气温反常地高,连着几天夏乐带着难得来一趟的爷奶一大家子在乌市玩了一圈。郑子靖也来陪着,比起没话的夏乐他嘴甜多了,把人哄得开开心心,到第三天他们回去时更是安排了车子和司机相送,比夏乐想得还周到。

"姐,姐夫,我回公司了。"夏莹莹喊了三天姐夫了,郑子靖听着仍然觉得顺耳无比,一挥手就放了她的假,"这几天你也不轻松,今天就回去歇着吧。"

"那不行,虽然我还不是正式工,可公司的规矩还是要守着,不然就真要成关系户了,虽然本来也是。"夏莹莹笑眯眯地挥手跑走,她从来没打算做一个只知道得好处的关系户,关系户在一个成熟的公司里是站不住脚的,她会凭自己的本事在公司里扎根,总有一天她不止是受堂姐的照顾,还能帮得上她。

郑子靖双手插进衣兜,走到夏乐身边和她一起看着那马尾一甩一甩地离开视线:"你们家怎么净出有出息的人,这都怎么教的?"

夏乐抿嘴,眼里有笑:"大概和你们家一样。"

"咦?"郑子靖转到夏乐身前蹲身由下往上地看着她,"不得了,咱们夏夏会夸人了。"

"实话。"

"你再说一遍我录音,回去拿给我妈听,她肯定高兴。"

把递到嘴边的手机推开,夏乐低了下头:"郑先生,我有件事想和你说。"

"上车说，风大。"

车子就停在酒店的露天停车场，上了车，郑子靖启动车子，打开空调边笑："你一说有事我就在想是好事还是坏事。"

夏乐也想了想是好事还是坏事，对郑先生来说，大概是坏事。

"我不想那么快结婚。"

郑子靖笑容渐渐消失："为什么？是我哪里做得不好吗？"

"我爸失踪九年了。"夏乐看向郑先生努力解释，"这些年我妈一直是一个人，我想在家里多陪陪她，我如果嫁出去了，她就一个人了。"

"不是结婚了你就不可以回家了，如果你想，我可以天天陪你回家。"

夏乐转头看向窗外，今天太阳依旧很好，只是风很大，飞沙走石，看起来像是要变天了："我嫁出去了就不只是女儿了，不结婚我就只是我妈的女儿。"

"夏夏，我希望能早些结婚。"第一次，郑子靖没有在夏乐提出要求后立刻答应，"我想和你结婚，越快越好，如果你愿意，我可以在两天内就准备一场盛大的婚礼，不需要伯母准备多少嫁妆，所有的礼面我都可以撑起来。没订婚的时候我还能按捺得住，订婚后我脑子里除了和你结婚就装不下其他事了，连年后去京城那些事都装不进去，你说要延后结婚，我不想同意。"

夏乐相信他说的每一个字，可这件事上她也不想退让，想了想，她问："那我们先领证，暂时不办酒可以吗？"

"领证？现在吗？"

"好。"

郑子靖心跳加速，虽然在乌市办酒才算是结婚，可领证那他就是有名分的人了！他心跳加速："真的？"

"嗯，我带了身份证……"

"不够，要户口本！"

"我回去拿。"

郑子靖摸了摸她的脸，坐正了一脚踩下油门冲了出去。

Chapter 20
领证了

邱凝不在家，夏乐毫无阻拦地拿了户口本，两人又一起上了郑家。

郑家有人，可章惠眼角余光瞟到夏乐手上暗红色的本子二话不说就上楼拿给了他，别的不说，小四儿这速度她是赞赏的，只要领了证，什么时候办酒就不着急了。

两人直奔民政局。今天不是周末，也不是七夕情人节五二零这样的日子，民政局人不多，连排队都不用，填表，拍照，复印身份证和户口本，红色小本本就到手了。

郑小四看看自己的，又看看夏乐手里的，嘿嘿笑出了声，人是他的了！

将结婚证放在方向盘前边最打眼的地方，郑子靖看一会路又看一眼结婚证，嘴角拼了命地往上翘，结婚了，嘿嘿，他和夏乐结婚了！

夏乐本来也在走神，发现他这动作后回过神来了，手一伸将结婚证拿过来抓在手里："开车。"

郑子靖根本静不下心来，看了下路，干脆方向盘一打在辅道上停了下来，扑过去八爪鱼一样抱住了夏乐，一连声地喊着："夏夏，夏夏，夏夏，夏夏……"

夏乐就一声一声地应，视线下垂，嘴角却向上翘着，五官柔和得不可思议。

"我们结婚了。"

"嗯。"夏乐悄悄回抱住她新出炉的丈夫，"结婚了。"

"嘿嘿，我们结婚了。"

夏乐笑，又嗯了一声，她见过生气的郑先生，能干的郑先生，心有城府的郑先生，胸有成竹的郑先生，和朋友在一起时不正经的郑先生，在家人面前撒娇的郑先生……可她都记得，郑先生傻气的样子只在她面前表露过，在他们定下关系的时候，在他们订婚的时候，在他们扯结婚证的时候。真好，夏乐偷偷想，她没有的情绪郑先生都有，她就不用担心他们会没有话说，会尴尬，会让她不知道怎么办好。

"会告诉伯母吗？"

"会。"

"我以为你会瞒着。"郑子靖笑，"也对，在乌市只要不办酒就不算结婚。"

"嗯。"夏乐反问，"你呢？会说吗？"

"我一要户口本我妈就知道了，哪里还用我说。"郑子靖笑得有点儿得意，"这会我们家估计没人不知道了。"

夏乐抠着郑先生的外套："我要做什么吗？"

郑子靖把人放开了，看着她的眼睛安抚浑不自知紧张起来的人："你不用去想那些，真正把你当家人的不会对你有要求，对我爸妈来说只要我们把日子过得红红火火开开心心的他们就很开心了。"

代入妈妈一想，夏乐点头："我妈也是这样。"

"以后我们有时间就两边跑，不过等你忙起来估计能回家的日子也少了，夏夏，我有个主意。"

"嗯？"

"你可以问问伯母有没有打算早点退下来，如果她愿意，你去到哪里工作都可以带上伯母，这样你们在一起的时间就多了，你也不用担心伯母一个人在家会孤单。"

夏乐眼神一亮，好主意！把人送到家，郑子靖跟着一起上楼，他了解夏夏，既然说了不瞒着那肯定是会说的，这种时候他当然要在场。

邱凝也是刚到家不久，看到两人就笑："这几天辛苦了，小郑留下吃饭。"

"就是来蹭饭的。"郑子靖换了鞋，偷瞄了夏夏一眼，邱凝瞧见了，在两人之间扫了几个来回，也不多问，都是成年人了，又不是担不起事的人，她管多了就是插手女儿女婿的生活了，那种事她可不做。

"妈，我们把证领了！"

"证？"邱凝立刻反应过来，"结婚证？"

夏乐把红本本递了过去，直截了当。

邱凝打开一瞧，呵，男俊女靓还挺好看，可是："怎么突然就去领证了？"

"我和郑先生说暂时不办酒，就先把证扯了。"

暂时不办酒？邱凝焦躁的情绪缓了缓："怎么又不办酒了？"

"夏夏想多陪您一些时日，就说暂时不办酒。"郑子靖接过话去："领证也是为了安抚我，不瞒您说，我是恨不得明天就把酒办了。"

这一点邱凝绝对相信，郑子靖那架势将猴急两个字表达得淋漓尽致，不知道的还以为郑家穷，小郑娶不着媳妇才这么着急。揉了揉眉心，邱凝看着这红本本都不知道说什么好，她还在适应女儿有了对象，订婚就排上了议程，这订了婚吧结婚提上了议程，这还谈着呢两人就已经扯了证了，这算怎么回事！

"小郑，你妈妈知道吗？"

"不知道。"

夏乐抬头看他一眼没有拆穿，而邱凝听到他这话心里倒是舒坦了点，双方家长都不知道，这倒也公平。

"伯母，您的担心我知道。"郑子靖语气诚恳，"我是真心喜欢夏夏，您不用担心，我不会让她伤心，我舍不得。"

这可真是……情话都说到她这里来了，邱凝失笑，将红本本放到了女儿手里："我要是对你不放心就不会同意订婚，不想过早完婚是想给你们两个留点余地，订婚和大张旗鼓的结婚不一样，真要反悔了处理起来也容易。不过你们既然这么有信心，我这个做长辈的总不会还来拦着，至于陪我……"

邱凝笑了笑："这么多年我都这么过来了，已经很习惯了，酒该办还是得办。"

"这事我听夏夏的，她说什么时候就什么时候。"

夏乐并不接这茬话，起身往厨房走去："我去洗菜。"

邱凝无奈："行吧，这事我和你妈妈来商量。"

"已经领了证我就没那么着急了。"听着里边水龙头打开的声音，郑子靖轻声道，"夏夏说她不结婚的话就只是您的女儿，她心疼您，想多陪陪您。"

邱凝鼻子泛酸，眼神又落在红本本上。当年她和夏涛也是在所有人不知道的情况下扯了证，她一意孤行，夏涛根本拦不住她，有时候想想，小乐和她太像了。

话说到这里已经很多了，郑子靖起身去了厨房帮忙，边挽袖子边道："我来做饭。"

夏乐怀疑地看他一眼，林湖别墅那边可是有厨子的。

"不相信我点亮了这个技能？"猛地凑近亲了一口，郑子靖面露得色，"等着瞧。"

夏乐眼里藏了笑,走到厨房门口和妈妈说了一声。邱凝从章惠那知道郑子靖也就煮个粥的水平,她们还就安排人做饭这事商量过,这会心里那点感伤都没了,整个做菜期间进来转悠了好几趟。郑子靖确实是花了功夫的,一道茄子炒豆角虽然出菜的速度慢了点,可颜色香气都很出色,夏乐尝了一口,味道比妈妈的差了点,可比起自己是强多了。

"怎么样?"

"好吃。"

郑子靖提着的心放了下来,人也不那么绷着了,得意地笑着洗锅准备炒下一道菜。正好这时邱凝又转悠了过来,夏乐立刻取了双筷子夹了一箸送到妈妈嘴角,眼角眉梢间掩不住的引以为傲。

邱凝看着,神情也跟着柔软下来,算上心意分给了最高评价:"五星好评。"夏乐抿直了嘴角笑,拿了个盘把菜盖住免得凉了,回头又去帮着剥蒜。

看着两人忙活的背影片刻,邱凝笑着离开了这方小天地。多好,如果是在电视里这应该就可以大结局了,可现实中他们的生活才刚刚开始。九九八十一难,谁也不敢说自己就一难都碰不上,要是碰上的是个小难,咬咬牙那也就蹚过去了,如果是大难……就像她和夏涛这样的,有时候活着都不知道是什么滋味。

站在窗前,邱凝看着楼下的风景,南方的冬天又潮又湿,可南方的冬天也美,哪哪都一片青绿,是北方没有的生机勃勃。她曾经就站在这个位置送走过夏涛许多回,夏涛总是会走几步就转过身来挥手,最后一次却不同,那次他落下了手机,她本想送下去,夏涛不让她跑,自己跑了回来,后来无数次想起她都后悔,她不该让夏涛出去了还回跑一趟的,如果没有回那一趟,说不定他就不会出事。

靠着窗户邱凝想,小乐说想陪她是真,另一方面,可能也是盼着多留出点时间来给她爸爸吧,说不定……他就回来了呢?她已经这么想了很多年了,在这个窗口看书喝茶成了她这几年的习惯,只盼着哪一天一转头,那个人就站在那里朝她挥手。九年了,她大概也就能再等一个九年。

午饭味道一般,但气氛百分,郑子靖舌灿莲花,哪句话都不像拍马屁,可哪句话都说在人的痒痒肉上,让邱凝笑得合不拢嘴,连带夏乐都不由自主地抿嘴笑了好几次。

饭后他又抢着去洗碗,夏乐也不争,帮着把桌子收拾了,拿着妈妈的保温杯去添了水,又按着妈妈的习惯往里放了五根藏红花。

邱凝笑眼看着，拍了拍身边的位置示意女儿过来坐。

"这已经算是结婚了，感觉怎么样？"

夏乐想了想："没有真实感。"

"我瞧着小郑肯定觉得不错。"邱凝看了厨房一眼，"后边打算怎么办？"

"他年后要去京城，今后的事业重心估计也在那边。"

邱凝都无语了，谁问她这个了，这婚也订了，红本本也拿了，怎么感觉之后就没她什么事了一样！

不过也没有做妈的把女儿往别人嘴里送的道理，喝了口茶邱凝问："过年怎么安排？决定了往哪边去吗？"

这事夏乐还真想过，并且心里有了决断："年前去爷奶那一趟，您去吗？"

邱凝靠着沙发托腮沉吟片刻："住几天？"

"两天左右，今年陪您在外公家过年。"

邱凝因为女儿的贴心笑了，顺了顺她的头发道："不用你陪着，今年你得去郑家过年，如果只是订婚还能装作没那回事，可你们现在都领证了，过去过年就是应该的。"

夏乐没想到这一茬，闻言都愣住了，只领证不办酒也这样吗？

"妈妈知道你的用心，也接受，其他事就灵活应对吧。"

夏乐沉默着不应声，想着回头再问问郑先生，这时候她问起了别的事："妈，您有想过早些退下来吗？"

"嗯？"

夏乐看着妈妈手上的指环，再看看自己手上的，同样是指环，可她的指环上有钻，妈妈的简洁得没有一点花纹，她知道那是妈妈的结婚戒指，那时候爸爸只买得起这个。

"郑先生说明年我的工作会多起来，如果您退下来，我去哪里都可以带着您。"

邱凝挑眉，她有点意外："除非你不爱惜自己，不然我还真没这个打算，再说了，你是去工作，得有工作的样子。"

"妈……"

"心意妈收下了。"邱凝笑，"妈妈那个工作不累，也没几年就要退休了，没必要在这会退下来。"

夏乐只好不再劝，她发现了，这样的事她以后不要开口，得让郑先生来。

郑子靖倒是并不意外这个结果，吃了晚饭离开夏家回去的路上他安慰夏乐:"往好了想伯母在学校没受欺负,只要做得开心就没什么,现在交通便利,咱们乌市地理位置又好,去哪里都方便,不会让你长期回不了家的。"

"嗯。"

"说到工作正好我也想问问。"车子开进别墅大门,郑子靖下了车,想跑过去给夏乐开门时发现她动作比自己还快地下车了,他也就不纠结这个,继续之前的话题,"对工作强度有什么要求吗?"

"嗯?"

"新人都是工作量堆出名气来的,我们不说要和别人一样做到那个地步,肯定也不能像现在这样长期消失在大家的视线内。"

"我都可以。"

郑子靖看着夏乐确认了一点,夏乐希望能多接一些工作让名气更大:"知道了,我来安排,对了,过两天我带你去和导演碰一下,片头曲谈下来了。"

夏乐眼神顿时亮了,眼里像是有小星星在闪。

郑子靖摸了摸她的眼尾,牵着人进屋,边告诉她:"我给林凯安排了住处,离这里不远,来接你也方便。"

"好。"

"是个三居室的套房,以后你再有兄弟过来也有地方住。"郑子靖回头看她,"我让厨子回去了。"

"嗯。"

看着还没反应过来的夏乐,郑子靖靠近她:"以后,这里只住我们两个。"

语气因为压低而显得暧昧,吹在脸颊的热气让夏乐莫名就觉得脸热得慌,点头的动作都有点乱了。

"夏夏,我们现在是夫妻了是不是?"说着话,郑子靖靠得更近,一只脚挤入夏乐两腿之间,"你知道结婚后的人会做些什么吗?"

夏乐不是三岁小孩,她当然知道夫妻之间的义务是什么,并且丝毫没打算回避,只是问:"可以关灯吗?"

"你说了算。"

夏乐点点头,率先转身往楼上卧室走去,走到半道上她又回过头来,看着站在原地没动的郑先生面露疑色。郑子靖捂住脸,这是不是有点不对!他们之间到底是谁比较着急!

大步追上去,郑子靖试图掌握主动,拉着夏乐打算回自己房间,可他还没来得及动,快他一步的夏乐已经做了他想做的,推门进屋,关门。冬天黑得早,这里又没有闪烁不断的霓虹灯，屋里光线很昏暗，郑子靖下意识就要去开灯，手被人按住了："不开灯。"

郑子靖软声应了，他其实不知道事情怎么就变成这样了，可事情都到了这一步他要是后退那他绝对不是男人！这种事怎么可能发生！

黑暗中，郑子靖反客为主……不是，找回主动权，握住夏乐的手把人推到墙上直接亲了上去，不给夏乐半点反悔的机会。他想要把这个人彻彻底底变成自己的，从身体到心再到思想都装着他，也只有他！

夏乐被动承受着，一米七二的身高在郑子靖一米八三的身高中没有任何优势，第一次她觉得被完全压制住了，身体的本能想要反抗，另一种本能却又让她柔软，脸上和身体都急速升温，她知道会发生什么，并且做好了心理准备，只是……她暂时还不想让郑先生看到身上的疤痕。

洞房花烛夜，人生一大喜事，自然也是郑先生的喜事，可是风停雨歇过后，抱着安静的躺在怀里的人他却也没有那么高兴。夏乐可能忘了，他是见过她身体的，就在不久前，从手臂到肚子再到腿上大片的疤痕触目惊心，当然是不美观的，可那会他根本想不到美不美观，他就想啊，当时是伤得有多厉害才会痊愈后还留下这么多伤疤，当时夏乐得有多痛，身体上的痛可以扛得住，战友牺牲了她活下来的痛呢？他不敢去想一个从不向人诉苦的人是怎么熬过那个阶段的。

"夏夏。"

夏乐动了动，肌肤相贴的感觉有点新奇，她还在适应。

"如果早些认识你就好了。"早点认识你就会早点喜欢上你，就能陪着走过那一段艰难的时间，做不了像你这样的英雄，也能做英雄身边的一根拐杖，一个依靠，疼的时候给你吹吹，睡不着的时候陪你寻找睡眠，难受的时候安静地陪着……好遗憾，那时候他不在。

"除非你去当兵，还要进入孤鹰，不然还是不认识。"

郑子靖抱紧了蹭了蹭她额头，在被子里挠她的腰。夏乐觉得自己平时是不怕痒的，这会却像痒到了心里，一边去抓作怪的手一边躲，两人在被子里就闹了起来。

平时冷淡的眉眼因为笑意而变得格外生动起来，郑子靖翻到她身上居高临下地看着她，将她那点不明显的羞意看在眼里，手指从额头眉骨慢慢往下。夏夏是那种骨相很美的人，渐渐年长后会更加优越，她的眼睛很亮，尤其是在此时她的眼底只有自己，就好像自己是她的全世界，满足感溢满胸腔。

低头蹭了蹭眼神游移的人，郑子靖感慨般地低喃："夏夏……"

次日早上肌肤相亲的感觉大概是对初次同房的两人最大的考验，对看一眼，夏乐强作镇定地移开视线。

郑子靖笑得眼睛都眯了起来，抵住她额头蹭了又蹭，考虑了一秒是继续睡还是起床，那个作息规律，今天已经算晚起的人抱着被子坐了起来，背上有几个不算起眼的疤痕。

手臂上的伤被子遮掩不住，夏乐也发现了，她动作顿了顿并没有去多此一举地遮掩，打算去捡地上的衣服时身边的人动了："我去拿睡衣。"

夏乐不动了，不着痕迹地把被子往上扯了扯。

郑子靖仿佛没看到她的动作，从柜子里拿了两套同款同色只是大小不一样的睡衣出来，将小的那套递给她："早上吃面条可以吗？"

"嗯。"夏乐不动，眼神还不敢乱看，那人，就那么光着站那慢悠悠地穿衣，好像显摆他身材好一样，部队里比他身材好的多了去了，夏乐在心里悄悄想。

表现了一番，郑子靖终于穿好了衣服离开，夏乐这才掀了被子低头看了一眼身上的疤痕，神情平静地把睡衣穿上，她还活着，代价不过是这些伤痕而已，算什么。

洗漱好下楼，循着动静来到厨房："我能做什么吗？"

"有。"郑子靖笑眯眯地回头，"去坐着等吃。"

夏乐露出她不自知的柔软笑意，嗯了一声去外边餐桌坐下，从这个方向可以看到厨房里忙碌的人，他每一个动作都放慢了，这样就减少了出错的概率，看起来也不会手忙脚乱，昨天在家里做饭也是这样，很聪明的做法。

像是感觉到了她的注视，男人转过头来朝她做了个飞吻："马上就可以吃了。"

夏乐笑，伏在手臂上看着眉飞色舞的男人，他是真的开心，和自己一样开心。

不一会郑子靖端了面出来，还特别讲究地在上边卧了个蛋，青白的葱段洒在上边，赏心悦目。

夏乐发现了，郑先生做的东西不说味道好不好，色香是肯定过得去的，首要是色。

"吃吃看盐味够不够。"

夏乐吃了一口："刚刚好。"

"那就好，快吃，平时这个点你早吃了。"

至于为什么今天晚了，两人对望一眼默契地笑笑又低下头去，吃面吃面，不能多想，这会还是大白天呢！

两人在家腻歪了半天，中午的时候去吃饭约会，还一起去看了住在一起的赵家人和林欣母子，看他们相处得挺好夏乐也放心了些，除了让几人安心住下她也什么都没有提起，半下午的时候买了菜回家陪妈妈吃晚饭。

邱凝是过来人，看两人腻乎的劲就猜到了大概。虽然已经领证，也算名正言顺了，可心里总觉得女儿吃了亏，对郑子靖就有些爱搭不理的。郑子靖摸了摸鼻子抢着干活，那殷勤的样子才算让邱凝心里舒坦了点，晚饭后也不留人，直接把他们赶了出去。

回到家里，夏乐去楼上捏了会多肉，过瘾了后拿着手机在钢琴前坐下登录飞飞。这些日子她常在外边跑，再加上订婚这些事绊着，她有些日子没上去唱歌了，曾经十来个听众的房间又只剩下最早到来的四季。

小白马甲安静地挂在那里，人不知道在不在，夏乐有种感觉，这人就是自己身边的人，而她的感觉很少出错。弹了个音，夏乐说了声好久不见，很快那人就在屏幕上打了"好久不见"几个字。

夏乐笑了笑，也不好奇披着马甲的人是谁，对方愿意说就会说，不愿意说也不影响什么，她就是把这个当录音笔在用，不过多日不来这人还在，这种忠诚度让她很感恩，于是问："想听什么？"

四季：都听。

夏乐也就不多问，先弹了几首世界名曲练练手，然后边弹边唱自己会唱的歌。

郑子靖倒了一大杯水放到夏乐触手可及的地方，自己则去酒柜前选了一瓶红酒开了，倒了一杯慢慢喝着，想着夏夏又是好几天没动静了，他拍了个视频登录公司微博发了上去，看看留言也觉得挺有意思。

唱足了两个小时夏乐才停下来，在屏幕上和四季道了再见后来到郑子靖身边坐下，端起他的酒喝了一口。郑子靖把手机递到她面前让她看评论："我才知道有这么多夸人的词，还都是四个字四个字，有些我都没听过。"

夏乐翻了翻，因为被表扬而嘴角上扬。

"新专辑快发布了。"

"嗯。"

"我一直想问，五芒星有什么特别的意义吗？"

夏乐放下酒杯握住郑先生一只手摊开，在他掌心画了一个五芒星："像

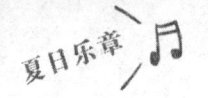

什么？"

郑子靖恍然，夏乐这一身军魂可真是……

只要认识夏乐的人都知道她有多能藏事，可大概因为眼下正是情最浓的时候，又或者是喝了酒气氛正好，她忍不住吐露了压在心底有些时日的秘密："我爸还活着。"

郑子靖惊讶得笑容都收了起来，虽然他从不说破，可在心底里他就觉得夏爸肯定是没了的，不然不可能失踪这么多年不联系。

"谁告诉你的，消息准确吗？"

"林凯受伤那次带回来一个子弹壳，上边有一个很小的五芒星，从起笔到落笔，和我小时候我爸教我的一样。"沾了酒，夏乐在手背上又画了一个，这次明显画得仔细了，起笔有一点回勾，收笔的时候连上的是回勾的那个点，"子弹壳上一模一样。"

"只有这一个凭证？"

夏乐沾了酒在掌心又画了一个："我知道你想说什么，确实有人的字相近，可是五芒星不是常见字，也不是谁都愿意这么画，就像我们画五角星那样画多省事，偏偏就在我爸出事的地方找到这么一个东西，我无法不多想。"

"是在你爸失踪的地方找到的？"

"嗯，在那里我们已经折进去几支队伍了，林凯他们队伍就回了他一个，我甚至都怀疑我爸认识他，所以给他留了活命的机会。"

郑子靖坐直了身体："夏夏，你知道你在怀疑什么吗？"

"我知道。"作为特别部队执行特别任务的兵，一般人根本不可能知道长相，如果有人知道了，那……

"在医院照顾林凯的时候这个想法就有了，可我谁都不能说，没凭没据，我没法说。"夏乐抱住膝盖，"我会找到我爸的，确定了他还活着我就一定能找到他。"

郑子靖跪立起来将人抱在怀里，拍了拍她的背一时之间不知道说什么好，这种猜测有点太吓人了，可是真将事情串起来……按夏乐的思路去想又确实是能串起来，执行特种任务的兵档案都是加密的，一般人根本不知道，更不用说还知道长相。

"夏夏，你要答应我一件事。"把人扶正了，郑子靖盯着她的眼睛特别郑重其事。

"我知道，我不会和其他任何人说，连我妈我都没说。"夏乐握住他的手似是笑了笑,"我会很小心。"

"万一被察觉到了呢?"

"如果真有这么一个人,那么会有许多人保护我,有些错误能犯,有些错误念头都不能有。"夏乐语气很轻,可一个字一个字充满了分量,贪名贪利都能忍,可你不能刨了自家的祖坟!

郑子靖因为小叔的缘故也知道部队里一些事,可以说每一个特种兵都是钱堆出来的,子弹每天不限量,所有训练与时俱进。要真在同一个地方折进去了几个队伍,他理解夏乐的愤怒,死在外人手里那是技不如人,可如果和自己人有关,作为局外人他都想将人剥皮抽筋。

"一定一定不能再和第三人说,做任何决定之前千万要和我商量过,夏夏,可不可以答应我?"

夏乐低头沉默。

"我能相对客观地替你分析,但是我答应你,一定不会干涉你的决定。"

听了这话夏乐才抬起头来:"就算你觉得危险也不干涉?"

郑子靖顿了顿:"我尽力克制。"

"我在前线待了三年。"夏乐重新握住他的手用力握紧了,"你要相信我有分辨危机的能力,如果事不可为我不会去送死,我已经不是兵了,没有了保命的装备我不会靠一双拳头去和人拼命。"

可你从来都把自己当个兵啊,郑子靖反手将她的手包在掌心笑得一脸无奈,却也只能应好。

结婚这种事有些人没必要知道,可有些人却是必须知道的,比如公司同仁,一旦有风吹草动,都需要公关部去应对。

所以星期一的例会不但郑子靖出席了,连向来隐形的夏乐都坐在了会议室里。

齐兰看着两人手上同款的戒指眼珠子都要瞪出来了:"老板,你们这速度……坐火箭了吧这是。"

郑子靖转着中指上的戒指有点儿得意:"你们心里有个数就行。"

"你们戴戒指的位置一样,可能会有人多想。"惊讶过后齐兰首先就想到了最敏感的地方,"如果有人问起……"

"明年我和夏夏一起露面的时间会减少,就算真被人发现也不用理会。"

"不承认也不否认?"

"对,否认了以后肯定打脸,承认暂时也没必要。"郑子靖看夏夏一眼:

"信誉要维护好,这一点一定要记住。"

各部门的人也都随着他的视线看过去,明白了老板的意思。

敲了敲桌子,郑子靖转开话题:"咱们来说说新专辑的事,准备工作都做得怎么样了?"

"万事俱备只欠东风。"任强接话,"和各大音乐平台都已经做好对接,业内人士听过后都很看好。"

"这是夏夏第一张专辑,各部门做好沟通,宣传要跟上,别的事可以低调,专辑怎么高调都不为过。"

"明白。"

早会过后,两口子没有在公司久留。

"蒋导来了乌市,约了中午一起吃个饭。"

夏乐扣好安全带抬头:"蒋导?谁?"

"蒋洲,正在拍的《双陈计》这部电视是明年暑假的重头戏,我谈下来了。"扣好的安全带也阻挡不了郑子靖靠近夏乐的决心,五花大绑地凑过去索了个吻,"片头曲。"

夏乐追过去主动给了郑子靖一个吻,她当然知道名气和一线明星相比也不差的导演蒋洲,不用想也知道他的剧多少人争着抢着拼资源也要往里插一脚,郑先生能替她一个新人拿下来不知道花了多少心思。

蒋洲是科班出身的演员,在业内也是个传奇人物。不要说演而优而导,他压根就没演过什么戏,在学校的时候就天天混导演系,靠着蹭课把导演那一套弄明白了。

别的同学一毕业就是去找门路演戏,他则是找门路去了名导的片场打杂,名导的戏拍完了他也补足了欠缺的那一部分,下一个剧组的时候他直接就奔着副导演去了,一年后他开始拍片,做MV导演,拍商业广告。

他的作品总是出人意料但又抓人眼球,在业内渐渐有了名气,可再有名气也有限,谁能想到这样玩了多年的他甩出一个本子,筹备一支队伍开始拍电视剧了。当时没有一个人看好,大台没一个人要他的片,最后在一个没有半点存在感的上星电视台播出的,结果这个剧把那个台都带出名了。

后来他再拍的片就不用他再求爷爷告奶奶去求人了,才开拍的片就有电视台来现场看片,然后拍板买下,后续他不用操半点心。他这人也是真有点东西,拍的剧只分大火和小火,从没一滑到底过,虽然网上时不时就有人喷他江郎才尽,可他的剧电视台从来都买账,因为谁也说不好他这个剧是不是会爆。

而蒋洲本人也是个时不时就上热搜的人物,原因之一就是他出色的外表,就连向来对外貌不在意的夏乐在见到人的时候都不由得多看了一眼,有些人的好看是皮相的好看,还有那么一小撮人是骨相的好看,蒋洲是后者。

郑子靖也没想到蒋洲竟然比他还先到了,下意识地一看手表,离约定的时间还有二十分钟。

"我来早了。"蒋洲站起身来伸出手来和他握手,不等郑子靖介绍他又朝夏乐伸出手去,"夏乐,电视里见过,本人比电视里还让人印象深刻,有打算往影视圈发展吗?"

夏乐毫无准备,他们不是来谈片头曲的吗?

郑子靖也很意外,蒋洲的挑剔和他的长相一样出名,这么说是看好夏夏?

"蒋导这话我可要误会了。"

"没有误会。"蒋洲示意两人坐,自己也坐下,抬头看到夏乐端正的坐姿心里更多了几分喜欢,本来以为见着真人会要减去几分,现在看来真人比电视上看起来还要不错。

郑子靖心里迅速转了几圈:"蒋导的意思是……"

"我有一个剧想拍很久了,剧本一直不能让我满意是一方面,另一方面也因为找不到适合的人选。"蒋洲看向夏乐,"在那个比赛上看到夏乐我就一直有关注,她的歌里总比别人多那么一点东西,这也是你这边一联系我就松口的原因,可真正让我留意她是在最后一场,我喜欢她那股劲,输家看起来比谁都像赢家。"

蒋洲笑:"有些人天生就是明星,夏乐做点什么都能上热搜,那个冠军还有几个人记得?可真要比起来,她露脸的时间比夏乐多多了。"

夏乐突然就想起了她安慰老师的话,所有人都觉得她吃了亏她就没有吃亏,就像现在,她的面前多了一条路。

"都说蒋导有一双创造奇迹的手,您给的机会我们不想错过,可是……"郑子靖顿了顿,"不瞒蒋导,在之前的规划中夏乐目前的重心在音乐上,接的通告也基本和音乐有关。现在虽然在重新规划,可是拍戏夏乐并没有受过专业学习,而且她的个性在我看来也不太适合,所以……"

蒋洲有点意外,他很久没被人拒绝过了,转念一想他又觉得合情合理,来之前他拿到了夏乐比赛后的行程,除了拍了个禁毒广告基本属于神隐状态,自己公众账号都没有,连歌都是发在公司微博。听说最近要发新专辑了,也

就明白她最近都在做什么了,夏乐运气很好,签了个愿意长线发展的公司。

"不用急着拒绝,你们再好好考虑考虑,几年我都等了,也不急于这一会,眼下我的主要心力还是在《双陈计》,回头我把故事大纲和人物小传发你一份,歌曲我还是希望能贴合剧情来。"

郑子靖明白了,蒋洲过来根本不是因为片头曲,是为了见夏乐。

停车场内,两人上了车也没有急着离开。

"这段时间我一直在想要怎么重新规划你的发展方向。"郑子靖转头看向夏乐,"我们一开始定下的只有音乐这一条单行道,综艺和影视不沾,单纯就做个歌手,可是想要打开知名度短时间内做不到。"

"你觉得我应该接这个剧吗?"

"不是接不接这个剧的问题,没看到剧本不知道是要演什么样的角色,就算对方是蒋洲我也不会贸然同意。夏夏,我们需要做一个整体的规划,让你尽量走稳了但是又能如你所愿快速打开知名度达到你的目的。"

夏乐看向窗外,车停在最里边,外边墙上一颗水珠往下滑落:"我一直都觉得一个人精力有限,只能用心做好一件事情,所以之前我只打算做歌手。可是在知道我爸还活着,可能正在哪个地方一个人煎熬着后我就按捺不住了,我想把步子迈大点儿,只要是我能做的我都愿意去做。"

转过头来,夏乐的难过那么明显:"我爸现在孤立无援。"

郑子靖抱住她轻拍她的背:"知道了,我们把步子迈大点儿。"

夏乐把头埋进男人颈窝用力点头。

关系到夏乐,郑子靖行动力卓绝,这边一定下方向自己又敲实了一些细节就召集管理层开会,除了告诉大家这个决定,更重要的是告诉他们底线在哪。

新专辑按时上线,夏乐虽然在意数据但也没有时刻盯着,该干什么还干什么。一个小时后郑子靖把手机递到她面前。

夏乐看着那个数字有点愣:"十一万?"

"对,上线一小时,下载十一万次。"郑子靖凑近了问,"开心吗?"

夏乐当然开心,拿过郑子靖的手机翻看左右发过来的数据。

"昨天放出消息十一点上架各平台,当时跟帖的人就挺多,不过也没想到会这么火爆,后边的涨势会慢下来,但是冲破二十万还是有希望的。"

夏乐一听又去点开了微博,置顶的就是宣布专辑上架的那条,下边的评论已经五万二了,她默默地看着官博一百三十六万的关注数,有点吃惊于这个比例,她之前还听谁吐槽说一个明星八九千万的粉丝,每次发博评论也就是几千条,这么换算下来……官博这可就太没水分了。

打开评论,顶在最前面的几条照例是熟人,老师是夸,吴之如最直接,站在摆了一茶几估计得有上百张的专辑前比心拍了张自拍,谢浩、周茹、粉丝后援团都有表示,还有许多眼熟或者眼生的ID也都在替她应援。

夏乐往下拉了很久,那些话或许没有什么营养,或许只是一句干巴巴的支持,或许只是一张加油的图片,可那都是心意,和她毫无关系的那些人在尽心尽力地支持她。从来也说不上对这个行业有多喜欢,只是想利用这个圈子的便利来达成目的的夏乐这一刻突然觉得羞愧难当,他们喜欢自己的心是真的,而自己却并没有那么用心。这样不好,做一个行业最起码要喜欢它,尊重它,如果只是纯粹的利用,她对不起那些人对她的喜欢。

"以后我会写很多歌,等我很有名了我就免费唱给他们听。"夏乐回过头来看着自己的经纪人,"可以吗?"

郑子靖不知道夏乐刚才想到了什么,可他什么时候拒绝过这人的要求,点头点得比夏乐本人还确定,"当然可以。"

新专辑卖得比预期的好,十二个小时售出二十一万四千七百张,他原先预测的是二十四小时冲破二十万。翻了翻各大平台的新闻,毫不意外都在热议这事,一个新人能有这个成绩,超出所有人预料。

"年前我没有给你安排其他行程,好好享受你最后的清闲,以后知名度越来越大你去哪里都不会这么方便了。"把一杯红酒递给夏乐,郑子靖笑,"咱们自己小小地庆祝一下新专辑大卖。"

夏乐和他碰了下杯,一饮而尽:"郑先生好像从来不担心我会越来越没名气。"

郑子靖给她斟上酒:"我这几年做投资,所以对市场一直非常关注,倒真让我发现一个很有意思的事情"。

"什么?"

"老天爷开始回馈认真的人了,认真工作的人,认真生活的人,认真在奋斗的人,那些曾经的捷径已经被堵住了。作为一个投资人,项目摆在我面前我首先关注的是对方是个什么人,如果对方是个认真在实现自我价值的人,那我会对那个项目多几分关注,如果对方是个脑子过于灵活,只想早日实现利益套现的人,我反而会多加考虑。"

郑子靖摇了摇酒杯,浅浅啜了一口:"不止是我,现在投资人都开始有这个转变了。"

"也不会因为认真就一定成功。"

"可不认真一定不会成功。"

夏乐想了想,有道理:"我会很认真。"

"让你不认真可能比较难。"郑子靖和她碰了下杯,"一起加油。"

夏乐再次一饮而尽:"你……什么时候去京城?"

"可算等到你问了,你要再不问我都要主动说了。"郑子靖有点儿小惊喜,他当然知道夏乐某些方面太被动,可有时候心里还是会期望她对自己更上心一些,就比如现在这样。

"初五就会往京城去一趟,大概待上一个星期左右,有些人家需要去拜会一下。"

"你的事我好像帮不上什么忙。"

"你帮的忙可大了。"对上夏乐疑惑的视线,郑子靖倾身过去偷了个吻,"你让我充满斗志。"

夏乐自觉地往感情上边去想了,隐隐也就明白是什么意思,她有点儿高兴,能让自己的男人充满斗志总归是好事,作为一个行动派,她当然是亲上去用行动表达自己的情绪。送上门来的机会郑子靖哪里会放过,顺势加深这个吻。

一晚后,两人先去了宁浩那儿一趟,这段时间倒是两个男人联系得更多一些,都是为着夏乐的病情沟通,郑子靖还拍了几段夏乐捏多肉的视频给他,哪怕没见面,宁浩对夏乐的情况也是清楚得很。

检查过后消息大好:"药量减半吃一个星期,之后再减半吃一星期,然后就先停了,年后等出了节你再找时间过来一趟,中间这段时间如果有什么情绪上的不对一定要立刻打电话给我。"

夏乐点头:"林凯情况怎么样?"

"林凯……"宁浩组织了下语言,"他的问题有点复杂,倒也不是说多严重,而是他知道自己的问题,但是他不像你,你就是在不承认自己有问题的情况下发病都能保持冷静,他不是,他明知道自己有问题可他控制不住,你要多留意他,可能某些时候需要你去制止他。"

"明白。"夏乐起身,"谢谢宁医生。"

"谢我的话就把这个签了,我送人。"宁浩笑着从抽屉里拿出十来张碟,五芒星三个字围绕着一颗五个角上都闪着光的五芒星,红黑为底的封面看起来其实并不够清爽,可这是夏乐坚持要的封面,郑子靖自然千依百顺。

看着埋头签名的人,宁浩打趣:"你这速度可不行,得去练得艺术点,以后开签唱会什么的也方便，不然照你这速度可应付不过来。"

"练成那种我自己都认不出来的？"夏乐头也不抬，"我都担心他们下一次写的会不会和上次写的一样。"

"就知道忽悠不了你，这张我自己留着的，写句好听话。"

夏乐瞥他一眼，在旁边写道："你是他人的第六十一秒。"

郑子靖扬眉，这话用好了都能是最佳情话了吧，夏乐都还没和他说过这么好听的话呢！

宁浩怔怔地看着那句话，心里百转千回，好一会后他才笑开了："不愧是写歌的，随便写句什么都好听。"

"我写的东西都纪实。"放下笔，夏乐伸出手去，"一直想郑重地和你道声谢，拖到现在，谢谢你。"

宁浩站起来握住，用力紧了紧才松口："听说你订婚了，恭喜。"

订婚已经不赶趟了，现在都结婚了，夏乐在心里偷偷嘚瑟，语气都带了出来："正常操作。"

郑子靖转过身去忍笑，正常操作还可以这么用的吗？

宁浩无奈，也只能顺着接话："结婚记得来张喜帖，咱们怎么也算朋友吧。"

"当然，一定会请的。"怕夏乐再说出什么惊人之语，郑子靖连忙接了话，"到时候宁医生一定要赏光。"

"一定。"

几人再次握手，郑子靖状似无意实则有意地拉住夏乐的手离开，那宣告所有权的意味不要太明显。

宁浩失笑，看着桌上的CD无声地叹了口气，一步慢，步步慢。他守着医德，在医护期间不敢表明心意，可郑子靖没有这个顾忌，自己只能亲眼看着他大步跑向夏乐，在他还想挣扎一下的时候他们直接订婚了，半点机会都不给他留。

苦笑着摇了下头，宁浩把CD一张张收进抽屉里码好，最后拿着那张多写了一句话的CD出了神，"你是他人的第六十一秒"，也是你的吗？当时他差点脱口而出这几个字，最后他还是忍住了，既然从始至终没有进入她的生活，现在也不必用这种话来试探。

能做朋友……也挺好。

从宁浩那出来两人就回了郑家，这是郑家认可的自己求来的媳妇，对她态度自然好，老爷子喜欢听部队的事，夏乐就拣着能说的说。

写歌，上软件上唱歌，陪妈妈置办年货，去郑家陪着吃饭，夏乐的小日

287

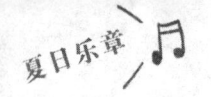

子过得不像个明星。

二十七这天母女俩带上莹莹开车回了双水镇老夏家，郑子靖年底忙没法同去，买了不少礼物让带去。

车子直接开到了院子里，夏乐没有身为明星的自觉，可在公司里实习有段时间的夏莹莹有，再加上被姐夫叮嘱过，她一到家就把家里人叫到一起让大家别把堂姐回来的事往外说。她也非常小心，在夏家待了两天愣是没让夏乐在外人面前露过脸。

初现端倪的玲珑心思让孙玲暗地里又欣慰又心疼，人的成长和付出是相等的，她不知道在她看不到的地方女儿付出了多少才有了现在人人夸赞的能干。

母女俩一直留到大年三十，夏家人五点多就起床忙活，九点多提前吃团圆饭，这个点邱凝吃不下大鱼大肉，好在有个夏乐不挑，吃得还挺多。夏奶奶一个劲地往她碗里夹菜，那边孙玲则和夏雨一起在往袋子里装东西，杀好的土鸡土鸭，腌好的鱼、冬笋等等，只要是乡下有的都恨不得给装上，地上这会已经有两个装满的蛇皮袋了。

邱凝也不拦着，哪次来都是这样，老人的心意她也不拒绝，有来有往才是感情的维系方式。

"我初四就过去。"夏莹莹早早放下了筷子坐一边陪着。

夏乐摇头："不用，你在家里多待几天，以后工作了想在家里多留几天都不行。"

"你正月里有工作，我得跟着。"

"不差那几天，初十你再过去。"

"那太晚了，你初十就得录制元宵晚会，我得跟着。"夏莹莹反对，"姐，公司就是初七上班，我不能因为是你妹妹就特殊，初六吧，我初六过去。"

夏乐摸摸她的头："懂事了。"

"那是。"夏莹莹得意地一扬下巴，"齐姐也说我学得很快。"

夏家人看着两姐妹这样面上都露出笑意。孙玲眼睛红了红，又转身去厨房拿了满怀的东西出来，走的时候不但后备箱装满，连后座都没放过。老人想得周全，其中一部分是给邱家的，一部分给郑家，人不能到礼到。

离别的伤感没有往年重，夏乐在电视上网上就能看到，再不是之前消失的状态，所以分别的时候夏奶奶眼睛仍然红了，却是笑着的。

回到乌市母女俩直接去了郑家，土特产不值钱，心意却无价，章惠也没想到隔着老远的奶奶都能记着他们这一家，心里别提多高兴了，回礼又回了一堆,车里非但没空还堆得更满了。

之后再去邱家,大包小包的东西在客厅里堆成了个小土包,邱梓桐翻了翻,乐得不行:"这出节前都不用再去外边买了。"

"都是好东西,有钱都买不到的。"邱奶奶拍开孙子,"他们身体都好?"

"都好,爷爷奶奶让我替他们向您和外公带声好。"

邱爷爷点点头:"有心了。"

邱家人今天都回了老宅,小一辈的想好好和夏乐聊聊娱乐圈的八卦,结果夏乐要么就是在厨房帮忙,要么就是进进出出拿东西,要么就楼上楼下地跑。他们好奇啊,边问边追着人跑,一串串人进进出出的说笑声成了邱家一景,两老口看着笑意就没从脸上褪下去过。

年终岁尾,又是一年。正月里走亲串户,时间轻易滑过。

夏乐就像消失了一样,公众平台上没有一点点踪迹,直到她在红樱台后台被人拍到传到网上才被人知晓她会参与录制元宵晚会,没多久消息就被送上了热搜。人就是这样,你天天在人眼前刷存在感久了会被人嫌,可你身为一个明星新闻上基本见不着,可业务能力却出众,那么一点点风吹草动都能引起别人的注意。当然,夏乐不知道这些,她也不关心。

被领着进了单人化妆室,阿杰边给她上妆边嘚瑟:"咱们小乐就是棒,都有单人化妆间了。"

"之前不是就有吗?总决赛的时候。"

"那不一样,那时候节目需要你,得把你高高捧着,今天可是大牌云集的元宵晚会。"头发总掉下来,阿杰给自己扎了个小冲天辫继续忙活:"小乐你用什么护肤品了,我怎么觉着皮肤更好了。"

"淘米水。"夏乐闭着眼睛回答,她最近还真在用这个,被妈妈逼着,她以前脸上就不爱长东西,进部队后黑了好多,她觉得这应该和淘米水没什么关系,多半是因为她养白了些。

阿杰动作都停下来了:"小乐,你睁开眼睛看着我。"

夏乐听话地睁开眼睛。

"你就用的淘米水?"

"嗯,我妈让用的。"

阿杰画眼线都能一笔到位的手有点儿抖:"你家的米有什么不一样吗?特供的?"

"市场上买的。"夏乐不解,"怎么?"

阿杰指指她，又指指自己，最后手里的东西一放打开自己的包，从里边拿出一瓶喷雾："就这玩意儿，一万多。"

夏乐睁大眼睛："就这，一万多？"

阿杰往脸上一喷，咬牙切齿地点头："一万多。"

"起什么作用？"

"保湿。"

夏乐细看了下阿杰的皮肤，又摸了摸自己的，试探着建议："你要不要试试淘米水？"

阿杰把那水扔回包里，重新把粉扑拿起来："录完了你带我去买米，我要买一百斤，不吃，就拿来洗脸。"

"不耽误你吃。"

"我在减肥，眼睛看上边。"

夏乐听话地往上看去，心思还在那一百斤米上："剩下的米怎么办？"

阿杰都有点忍不住笑了："我一定不浪费了行不行？"

"行。"

门敲了两响，林凯推开门，夏莹莹领着一个人进来，给看过来的堂姐介绍道："这是导演许涤。"

夏乐站起身来，也不在意头上夹着夹子的自己是什么形象，伸出手去主动问好："许导。"

许涤笑容可掬："祝贺你新专辑大卖，已经奔着四十万去了吧。"

"许导您这消息滞后了啊，已经突破四十万了。"阿杰笑着接话，他和许涤是旧识，红樱台曾经有一档节目是他带团队来做的造型。

许涤和他也握了握手："听说你现在是夏乐的专属造型师？之前多少人请你可都请不动。"

"没办法啊，太爱夏乐这张脸了。"

许涤指指他："你这毛病也是没得治了。"

"我就没打算治，这么美好的毛病我得留着。"阿杰还挺得意，看夏乐一眼，他把话带了回去，"说起来这场晚会咱们小乐的出场顺序可不算好。"

说到这个许涤也头疼不已，看向夏乐解释道："为着这个出场已经开好几次会了，各方人马在背后也是各种角力，我现在是最怕听到电话响，哪边都不能得罪，也哪边都不好拒绝，可你说这也不能一窝蜂地全上去啊。"

许涤摇摇头："你这边是事儿最少的，我反倒觉得挺不好意思，夏乐，你一定要相信我没有拉高踩低，这个排序我已经是尽了最大的努力了。"

"我相信。"夏乐浅浅笑了笑，"许导有心了。"

"我相信"三个字嘎嘣脆，根本让人无法和敷衍客套扯上关系，许涤心生感慨，但愿在这个圈子里沉浮后夏乐还能保持住这份纯粹，而不是变成装出来的大度。

再次握了握手，许涤的话里也多了诚心："咱们以后多多合作。"

"好。"

又闲话了几句许涤的手机就响了，他一看来电无奈地笑了笑，扬手道："又催了，我先去忙，好好表现。"

"是，您忙。"

将人送到门口，夏乐回来继续化妆，阿杰抱怨道："你这也太好说话了，怎么也得让人觉得你吃了亏才是。"

"统筹全局不容易，他能过来说一声就是没有看低我，可以了。"

夏乐闭着眼睛，她没看到阿杰的笑容。做夏乐的专属造型师首先确实是因为郑子靖给的钱大方，可真正让他决定留下来是和夏乐有了接触后，从她身上看不到半点阴霾，不论是为人还是处事都明快得半点不拖泥带水，这太难得了。

他见过那么多人，平时笑得再灿烂心底也住着魔鬼，上一刻还笑着下一刻割了手腕都不稀奇。可夏乐心里只有目标，然后就满腔心思奔着那个目标去了，根本没时间去想那些有的没的，他有点羡慕，这得有一颗多强大的心才能做到。

夏莹莹回来坐到堂姐身边："我之前出去的时候那边起了争执，就是为着出场顺序，我看了会儿，许导两头哄，确实挺不容易的。"

"莹莹，我要提醒你一下。"阿杰停下动作，笑意也收了起来，"小乐可以轻易放下，甚至替对方说几句好话，你不行。现在郑总不在，你行使的是经纪人的权利，你就得拼尽全力替小乐争取好处，同情放在心里，绝对不能露在脸上，别人不见得会欺负你，但在外边，好说话换来的一定是你的退让，因为有更多不好说话的在那等着。"

夏莹莹想到自己刚才的表现顿时红了脸，低着头一脸窘迫。

夏乐没有说话，莹莹已经进入职场，与其将来在外边吃了亏不如在自己人这里听一顿训，有能力去心软也好过瞎心软，阿杰这是拿她当自己人才会说这些。

"吸取这次的教训，听到没有？"

"记住了。"夏莹莹郑重道谢,"谢谢你,杰哥。"

"乖。"阿杰又恢复了嬉笑的模样,不再多说其他。公司里的人都挺喜欢这小姑娘,虽然背靠着夏乐这棵大树自己却从来不使什么特权,该做什么就做什么,努力学习往前冲的那股劲和夏乐还真有点像。齐兰把她当成妹妹在带,该教的半点不含糊,就盼着她能尽快成长为夏乐的左右手。她也争气,以肉眼可见的速度在进步,只是在城府上还是差了些,毕竟年轻,这也是急不来的,只能尽量教着些。

忙乱中录制开始了,夏乐留下了莹莹,由林凯跟着去了后台。她今天穿了一身烟灰西装,妆容清爽,在一众浓妆艳抹长裙飘飘的明星中自成一格,年轻一辈的没人愿意往她面前凑去挨别人比较,年长的、咖位大的则都端着,更不会主动和她打招呼。

夏乐保持了基本的礼貌,和年长的打了招呼就去角落等候上场,一时间连个上来和她合影的群舞人员都没有。如果是别人估计会尴尬,夏乐却根本没往那个方向去想,还挺开心不用应对那些。

林凯往周围扫了一眼:"我看了后边的行程,比去年要忙多了。"

"嗯。"夏乐反问他,"学得怎么样了?"

"还行,不难。"

对他们来说确实不难,部队里上的那些特殊课程比这难多了,他们不也得生啃下来,夏乐看着歌舞升平的开场身上的伤口突然就疼了起来,大概要变天了,她想。

这种晚会开头结束都有人看,中间那个时间段疲软,所以向来各方角儿都是抢开场和压轴,而夏乐就是在中间阶段出场,在她前边是个表演老艺术家,年轻观众早趁着这个机会换台去看别的台了,一首歌的时间也不见得能切回来,位置确实不算好。

好在现场没有这个问题,主持人一报歌名下边就响起热烈的掌声,还能听到有人大喊"夏乐"的名字,夏乐朝那个方向招了招手:"节日快乐,《晨光》送给你们。"

郑子靖一直到元宵节这天才匆匆赶回来,比预期的晚了不少。先回家收拾了下,他匆匆提着章惠女士准备的礼物前往夏乐家拜节。邱凝早就从女儿口中知晓他会过来,一早就开始拾掇,厨房里摆满了盘盘碟碟。

"你们去说说话,今天用不上你们。"邱凝堵在厨房门口不让女婿进去献殷勤,"瞧着瘦了不少,眼睛是不是有点儿肿?"

郑子靖哪敢说自己这段时间天天喝到半夜三更，只是道："一早赶飞机，没睡好，回头补上一觉就好了。"

"你也别回头了，马上吃午饭，饭后你去小乐房里睡。"

回头看了身后的夏乐一眼，郑子靖笑："好，下午我睡一会，晚上陪您一起看元宵晚会，今晚有夏夏。"

"行。"邱凝朝女儿道，"桌上有我蒸好的红糖发糕，上次看着小郑好像挺喜欢吃，先吃点垫垫。"

"我自己去拿，不会客气的。"郑子靖真就去饭桌上找发糕，邱家饭桌上那个锡纸防蚊罩保温效果厉害，拿出来还是热腾腾的。他确实挺喜欢吃这个，也是真饿了，站那儿口就吃了一块，去拿第二块的时候夏乐递了果汁过来，他接过来一气儿喝了半杯。

"没吃早餐？"

"就吃了个面包，还是六点多在机场吃的，饿了。"又拿起一块吃着，郑子靖揽着人去沙发坐下，肚子里垫了点东西饥饿感没那么强烈了，吃得也斯文起来。

夏乐把果汁倒满给他拿着："看起来很累。"

"长这么大头一回这么累。"郑子靖咬了一口发糕往后靠，整个人放松下来，"有时候累得都想撂下那个烂摊子回来，可也只是想想，做不到。"

转头看向夏夏，郑子靖笑："我有你，有爸妈兄姐随时给我支援，可老爷子自我奶奶走了后就谁都没有了，这么多年他就是这么过来的，我哪里忍心在知晓是什么滋味后还把这些事扔回给他去。"

夏乐把果汁送到他嘴边，郑子靖笑，就着她的手喝了一口，蜜一样甜。

"老爷子说节后和我一起走。"对上夏乐的视线，郑子靖笑，"他来得突然，京城那边什么都没交代，不管怎样他都是要回去一趟的。我也还有许多事要向他请教，一年吧，最多一年我肯定控制局面，等今年年底我就把爷的东西都收拾过来，以后就让他跟着我爸妈养老了。"

"可以安排个司机，把我外公、吴爷爷和郑爷爷送到一起去。"

"对，喝茶听戏下棋，他们想去干什么就让他们去，派几个人跟着就行，有伴儿陪着他们也开心。"

"有时间我们就陪着去。"

"嗯，我哥和两个姐姐也可以陪。"

厨房里不知道什么时候关了火，邱凝听着外边的话嘴角弯起，脸上全是笑意，都是有心的好孩子，小乐给自己找了个好丈夫。

听着外边没了声音，邱凝才走到门口道："小乐，打个电话给莹莹，问问她是不是去种草莓去了，怎么这么久还没回。"

话音未落门就从外打开，夏莹莹元气十足的声音从客厅传到厨房："婶，我可听到了啊。"

"谁让你去那么久。"邱凝打趣，"还不回就不等你了。"

郑子靖一听就知道草莓是给自己准备的，趴在沙发上扬手和小姨子兼下属打了个招呼。

"姐夫，咱们公司你是不是都要放养啦。"

"公司人员关系不复杂，也没有没事找事的关系户，遥控就行。"

夏莹莹指着自己："关系户。"

邱凝端着菜出来笑得不行："你倒还挺有自知之明。"

"那是。"放下草莓夏莹莹得意地一抬小下巴，"最有自知之明的关系户。"

邱凝刮了下她鼻子："去把草莓泡上。"

"遵命。"

有郑子靖这个刻意卖好的，还有夏莹莹这个开心果，一顿饭吃得欢声笑语，邱凝脸上的笑意就没有下来过，这是她这些年来过得最开心的一个年，也是最热闹的一个节，只盼着能年年如此。

饭后郑子靖用吃了饭不能立刻睡的理由抢过了洗刷的活，夏乐反倒像个客人一样无所事事，索性回屋铺床去了。夏莹莹悄悄地跟了进去，看堂姐在换被套，本来还打算上去帮忙的，堂姐一推一抖就到位了，她干脆拖着书桌下的椅子到一边坐了和堂姐说话。

"姐，我刚得到一个消息。"

"嗯？"

"谢敬轩被雪藏了。"

谢敬轩？夏乐回头，她记得那时候在后台她被踩时替她说话的男孩，无论什么时候见到他都带着他的吉他，比起她因为别的原因唱歌，他要纯粹多了。

"听说是因为抄袭。"

"不可能。"夏乐皱眉，"他最近有新歌出来吗？"

"没有，说是在发表之前就被发现了。"

"在说什么？"郑子靖进来，"谁被发现了？"

"莹莹说谢敬轩因为抄袭被雪藏了。"夏乐看向他，"我觉得他不会做这种事。"

"姐，你和他只在比赛的时候接触过，怎么就那么相信他了。"

"人需要有提防心，但也没必要在一开始就把人想得那么坏，亲眼所见都有可能不是事实，不是证据确凿的事我都持观望态度。"

夏莹莹觉得自己才是姐姐，这会为单纯的妹妹操碎了心，无风不起浪，肯定是在什么事上被人抓住了小辫子这些话才能传出来啊。

郑子靖在床边坐下："莹莹你哪里得来的消息？"

"姜小莉，就之前姐参加比赛的时候带她的那个。"

"你还和她有联系？"

夏莹莹嘿嘿笑了笑："多个朋友多条路嘛，以后如果有什么事说不定人家就愿意给我通个风报个信呢？"

郑子靖竖起大拇指："是个做经纪人的料，好好学习，以后转型做经纪人。"

"这是我的目标。"夏莹莹极有眼色地起身，"我去看看婶婶休息没，不打扰你们啦。"

"快走快走，电灯泡。"

夏莹莹走到门边扒着门反击："就算没有我这个电灯泡，在婶婶眼皮子底下你敢做什么吗？"

郑子靖认怂，他不敢。

夏莹莹假笑着咧嘴，砰一声关上门，就算是她老板，占她姐便宜她心里也超级不舒服的好不啦！郑子靖回头看到夏乐还皱着眉，他拿出手机坐到她身边拨通了齐兰的电话，并且非常体贴地按了免提。

"老板，有何吩咐？"

"打扰你一点时间，听说谢敬轩那边出事了？"

"老板，这是咱们的宝贝疙瘩想知道的吧？"齐兰在那边哈哈笑，平时郑子靖并不会刻意威严，年轻人的朝气让办公室气氛更舒服，效果当然是好的，连带地员工也不那么敬畏他，敢和他说笑。

郑子靖看了眼还陷在宝贝疙瘩这个称呼里没有回过神来的夏乐："知道什么赶紧说。"

"什么抄袭啊，还不是有些人臭毛病犯了，看上了人家想潜结果人家不上道，就动用了这种手段呗。"

一听这话郑子靖就知道要糟，果不其然，宝贝疙瘩直接开口了："橙红不保护他吗？"

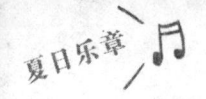

"如果保护他就不会雪藏他了。"

"可是老师说过橙红答应过不会亏待他们。"

"一脚踏进这个圈子，什么承诺都没有用，小乐，你想得太简单了。"

齐兰正巧遇到了点糟心事，这会喝了酒说话也比往常更敢："圈子里就这么多机会，想要得到这个机会的人太多太多了，那怎么办呢？挤破了头去争啊，长得漂亮的不如穿得少的，穿得少的不如能喝的，能喝的又不如豁得开的，就看谁最后舍得下自己。当然，你也可以安于现状，没有通告也没有关系，赚得少也能忍受，可真进了这个圈子耐得住的太少了。"

齐兰轻笑一声，"谢敬轩多半也是不甘心的，所以他也去找门路了，他愿意付出的代价只是湿了脚，可人家想要的是他这个人，这买卖自然谈不成，被雪藏很奇怪吗？"

夏乐哑然。

"你看看沈立，现在的工作机会比许秋怡都多，许秋怡有背景有后台，竟然连个样样不如她的纯新人沈立都比不过，你又知道沈立付出了什么。也不能怪外人说这个圈子乱，是真乱，入眼所见纸醉金迷，钱进出动辄上千万上亿，能有几个人扛得住？"

"可还是有许多认真唱歌认真演戏的人。"

"他们是认真，给他们机会他们说不定就红了，大火了，可机会呢？谁给他们？"齐兰把话题说回谢敬轩，"现在金主是通过橙红在磨谢敬轩，他要想全身而退，就只能忍受合约期内谁都踩在他头上，如果他忍受不了，那就是金主要的结果。现实就是这么恶心，而那些恶心的人掌握着资本，他们甚至是制定规则的人，能奈他何？"

"好了。"眼看着夏乐情绪不对了，郑子靖立刻叫停，他从来没想过把夏乐当成什么都不懂的小白兔在身后护着，她早就在成长过程中把自己逼成了狼。可娱乐圈还是不一样的，你可以什么都不做，但一定要什么都懂，他狠不下心自己教，正好说到这事，他就干脆让齐兰给她上一课。可也是真的舍不得。

握住夏夏的手，郑子靖嘱咐道："去打听一下具体什么情况。"

"收到。"

"元宵节快乐。"

"也祝老板和老板娘元宵节快乐，今晚我会守着红樱台的。"

夏乐划开手机找出谢敬轩的电话号码，他们曾经加过联系方式，但是从来没用过。

郑子靖按住手机，对看过来的夏夏摇头："不到时候，任何决定都需要他自己下，后果也由自己承担。如果他心思纯正，今天明天后天他的决定都不会变，如果他本来就摇摆不定，你帮得了他这一回帮不了他下一回。"

"我可以给他多一个选择，不用被逼到绝境……"

"没到绝境，如果他能扛住最多也就是接不到工作而已，圈子里有自己一套规则，意志坚定的人也能出污泥而不染，这样的人不少。"郑子靖从她手里拿过手机退出去，"而且你现在也帮不了他，你知道橙红的新人违约金多少吗？一千万，这钱我有，你愿意用吗？"

夏乐不愿意，谁的钱也不是天上掉下来的，她只是想帮，却根本没想着要怎么去帮，就像齐兰说的，她把这个圈子想得太简单了，处事方式也简单，部队里的规则在这里是用不上的，就算她现在联系谢敬轩又能做什么呢？她连安慰的好听话都挤不出。

"再看看吧，这事也不是三两天就能有结果的。"郑子靖往后一躺，还想着要怎么和夏夏就这事剖析一番，一个眨眼的工夫眼睛就没能睁得开了。

夏乐听到绵长的呼吸声回头，心突然就闷闷地疼起来，得是累成什么样才会让一个平日精气神十足的人几秒钟的工夫就睡沉过去。

嘴巴张了张，她到底是舍不得将人叫醒扰了睡眠，轻手轻脚地掀起被子，给人脱了拖鞋后将人抱起来放进被子里，把被子捂得严严实实的，就这样人都没有醒。她蹲在旁边看了一会，拿起手机无声地走出房间。

客厅里和人微信聊天的夏莹莹看到堂姐就笑："还以为你们睡了呢！"

夏乐走到她身边坐下："有新的消息吗？"

"有传言说有人整他。"夏莹莹眉头皱了皱，怀疑地看向自家姐姐，"姐，你不会想要管吧？赶紧把你的正义感收一收，这种事就算有逼良为娼之嫌，他谢敬轩也不是完全无辜，听说那个局他去两次了，你说要是真没想法去一次就知道怎么回事了，怎么还会再去第二次，他都去两次了人家不得往那个方向想？好嘛，都给人念想了又想抽身，这不是耍人吗？"

有齐兰那番话在前，后来又有郑先生的分析，夏乐已经想明白了许多，只是总记着他替自己说话的情分就多关注了点，现在听到莹莹这么说她倒是有些惊奇了："怎么懂了这么多？"

"齐兰姐说这个圈子复杂，不想被人坑了害了就要多几个心眼，有用的没用的都要学着些，谁知道什么时候是不是就用得上呢？我可用功呢！"

夏莹莹小眼神还有些怀疑："姐这事你不许管啊，管不了的。"

"嗯。"夏乐起身,"我去看看小宝他们。"

"我也去。"

姐妹俩收拾了不少东西带过去,之前夏乐叫林凯过来过节他没来,去那边了,三家人凑一起,应该也挺热闹。

元宵晚会争奇斗艳,热搜榜单一会一换,夏乐也上去晃悠了一圈,只是占的时间稍微长了点,没办法,她实在是太少露面了,这还是她新专辑发布后头第一次演出。官博非常顺应民意放出了夏乐近期的节目安排,当然,没有具体时间,几档节目的录制比起之前的消失简直称得上勤奋了。

郑子靖非常私心地把夏乐的工作时间安排在正月二十开始,因为他二十的早班飞机飞京城,两人直接在机场道别,各自飞往不同的城市。夏乐的航班还早,和同行的林凯夏莹莹一起去了贵宾室休息。

"阿杰说在路上了。"挂断电话夏莹莹汇报。

夏乐点点头:"还有时间。"

郑先生说过这两个人就是她之后的标配了,她听安排。

"那边有人接机,有什么要求可以提。"

"人家请了我就不会怠慢,不必要的要求也不用提。"夏乐看向堂妹低声问,"谢敬轩那事怎么样了?"

夏莹莹无奈:"就知道姐你要问,我打听过了,暂时没有什么动静,仍然被雪藏着,没给任何工作。"

已经五天了,夏乐抬头,正巧对上一双视线,下意识地将帽檐往下压了压。对方本来还在是与不是之间犹豫,这下立刻确认了,当下起身走过来。林凯反应快,慢一步起身却早一步将人拦住了。

"我就想找夏乐签个名,不干别的。"那人连忙解释,还想往夏乐这边看,可林凯的身形完美地将她的视线挡住了。

夏乐站起身来:"林凯。"

林凯这才让开,二十四五岁穿着时尚的女人欢喜地走近:"夏乐,我真的好喜欢你。"

没有人不喜欢被这么直白地表达喜欢,夏乐掩饰似的低头把帽子取了,同时也把那点不好意思压了下去:"签哪里?"

"哦,对。"女人连忙拿出本子,但是找半会没找着笔,急得不行。

夏乐拿过她手里的本子:"莹莹,笔。"

夏莹莹乖巧地递上笔。女歌迷也挺高兴,夏乐的平易近人出乎她预料,平时电视里的夏乐太冷了,总感觉不好打交道,可她的歌又挺温暖的,就是凭着这点她才敢走过来。

"能麻烦你写个祝福语吗?就是你平时也不怎么露面,现在也没听说有什么演唱会什么的,下次见着你都不知道什么时候……"

夏乐点点头,在玻璃茶几前蹲下写道:"百尺竿头更进一步,身体健康,生活顺意。夏乐。"

实在的祝福语就像端着茶杯的老干部写的,女人拿着左看右看,开心得不得了:"夏乐你太好了,以后我会继续支持的。"

"谢谢。"

这边的动静已经让其他人看过来了,夏乐取了帽子后自然被人轻易认了出来,毕竟这几天她热度还是挺高的。

女歌迷觉得挺不好意思的:"我当时太吃惊了……"

"没事,去休息吧。"

"我我我还想拍个合照!"

夏乐直接走到她身边,歌迷手忙脚乱地把手机打开递给夏莹莹,夏莹莹挑着好角度把堂姐拍得美美的。

"谢谢,夏乐你太好了。"

熊抱了夏乐一下,歌迷抱着本子手机回到座位,一坐下就看到好几个人去了夏乐那边,夏乐也都一一给他们签名,她偷偷拍了几张照片传到后援会群里,好像时时在线的周茹立刻单独找了她。

会长周茹:是现在拍的吗?这是乌市机场的贵宾室?

几乎无所不能的周茹在后援会很有威望,听她问忙回答。

比小心心:对,现在在机场贵宾室,夏乐人超好的,我要了签名,还合了影!

会长周茹:嫉妒!你找机会多拍几张照发给我。

比小心心:能问问要做什么吗?

会长周茹:趁着现在热度还在给她宣传。

比小心心:夏乐好像挺不喜欢的……

会长周茹:她是不喜欢,公司也都随她,我头发都要愁白了,营销可以看不上,可一定要跟得上,她和公司都太佛了,我给她刷一波热度。

比小心心:好,我找机会拍给你。

会长周茹:拍好看点。

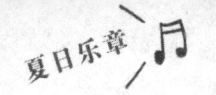

比小心心：夏乐五官长得太好了，高糊的照片都掩不下她的美。

会长周茹：乖，这话我爱听。

比小心心嘿嘿笑着，开了美颜相机拍了一张，发现还不如原图好看后她就放弃了，时刻开着相机抓拍。

林凯看了一眼低头和夏乐耳语了一句。

"没事。"夏乐头也不抬地签完最后一张，应要求合了影。

等人走开了夏莹莹低声提醒："姐，你太好说话了，这还是人不多，要是碰到人多的时候怎么办，总不能个个都满足，哪里有那么多时间。"

"被人这么喜欢，我只是给他们签个名他们就那么高兴，为什么不满足他们？"

他们也未必真就是你的歌迷啊，有些人就是凑热闹的，夏莹莹无奈，可她大概也能想到堂姐会怎么回答，干脆就安保问题上讨论起来："回头我和公司提一下，需要增加几个保镖才行。"

夏乐指着自己："我需要保镖？他们能伤了我？"

"可是人多了怕发生意外……"

"是我的歌迷就不会伤我，就算真有人想浑水摸鱼也伤不到我。"夏乐摸摸堂妹苦恼的脸，"我为什么需要保镖来防备喜欢我的人？"